KB106612

엄청나게
시끄럽고
믿을 수 없게
가까운

Extremely Loud & Incredibly Close

엄청나게
시끄럽고
믿을 수 없게
가까운

EXTREMELY
LOUD &
INCREDIBLY
CLOSE

조너선 사프란 포어 소설 · 송은주 옮김

민음사

EXTREMELY LOUD AND INCREDIBLY CLOSE
by Jonathan Safran Foer

Copyright © Jonathan Safran Foer, 2005
All rights reserved.

Korean Translation Copyright © 2006 by Minumsa

Korean translation edition is published by arrangement
with Jonathan Safran Foer c/o The Marsh Agency Ltd.
through Eric Yang Agency.

이 책의 한국어 판 저작권은 에릭양 에이전시를 통해 The Marsh Agency Ltd. 와
독점 계약한 (주)민음사에 있습니다.

저작권법에 의해 한국 내에서 보호를 받는 저작물이므로
무단 전재와 무단 복제를 금합니다.

Jacket Design and Illustration: GRAY318

Illustrations

Pages 7, 52, 81, 162, 186, 204, 296, 360, 361, 365, copyright © 2005 by Debra Melzer; pages 9, 230–231, © Marianne Müller; pages 11, 147, copyright © 2005 by Christopher Moisan; page 82, © Scotsman / Corbis Sygma; page 83, © Underwood & Underwood / Corbis; page 84, © Stephen Waits; page 85, © Peter Johnson / Corbis; page 86, © Alison Wright / Corbis; pages 87, 90, 285, 457–485 (right-hand pages), photo illustration based on a photograph by Lyle Owersko © 2001 / Polaris; pages 88, 89, © David Ball / Corbis; page 92, © Chang W. Lee / New York Times; page 93, © Randy Faris / Corbis; page 94, "Earliest Human Relatives (American Museum of Natural History)," © Hiroshi Sugimoto; page 95, © ESA / CNES / Corbis Sygma; page 127, © Alan Schein Photography / Corbis; pages 130, 402, © Kevin Fleming / Corbis; page 134, © Palani Mohan / Corbis; page 213, © Lester V. Bergman / Corbis; page 265, © Ralph Crane / Time & Life Pictures / Getty; page 335, video grab courtesy of WNYW Television / AFP / Getty; page 340, © James Leynse / Corbis; page 350, © Mario Tama / Getty Images North America / Getty; page 409, © Philip Harvey / Corbis; page 422 copyright © 2005 by Anne Chalmers; page 443, © Rob Matheson / Corbis.

차례

● 일러두기 ●

이 책에는 본문 사이사이 60여 점의 사진들이 삽입되어 있다. 그리고 단 한 문장만 들어가 있는 페이지들이 있고(책 41쪽 등), 붉은색 펜으로 교정을 본 곳도 있으며(288~300쪽), 아예 어떤 글자도 들어 있지 않거나(169~171쪽), 오직 숫자들만이 페이지를 가득 채우고(372~374쪽), 텍스트들이 점점 겹치다가 전혀 알아볼 수 없는 지경에 이르는 곳도 있다(390~396쪽). 기존의 소설에서는 볼 수 없었던 이런 실험적인 시도들은 독서에서 비롯되는 감각적 반응을 극대화하여 소설의 서사를 완전하게 만들기 위해 작가가 의도적으로 사용한 장치이다.

니콜

내 아름다운 여신

당신에게 이 책을 바칩니다.

대체 뭐야

이런 찻주전자가 있다면 어떨까? 김이 나올 때마다 주둥이를 여닫는 주전자가 있다면? 그러면 주둥이가 입이 돼서 휘파람으로 멋진 가락을 불어제친다든가, 셰익스피어를 읊는다든가, 그렇게까지는 아니더라도 뭐든 지껄이며 날 웃겨주지 않을까? 아빠 목소리로 책을 읽어주는 찻주전자를 만들어낼 수 있었으면 좋겠다. 그러면 나도 잠들 수 있을 텐데. 아니면 아예 주전자들을 세트로 모아서 내가 좋아하는 비틀스의 「노란 잠수함」을 합창하게 해도 좋겠지. 곤충학*은, 내가 아는 프랑스어 표현을 빌자면, 내 레종 데트르(raisons d'etre, 존재 이유) 중 하나니까. 항문을 훈련시켜서 방귀를 뀌며 말을 하게 만들어도 근사하겠다. 엄청나게 신나는 장난을 치고 싶다면, 믿을 수 없게 지독한 방귀를 뀔 때마다 "나 아니야!" 하고 말하게 훈련을 시킨다 이거지. 프랑스 파리 외곽에 있는 베르사유

---

* 어원이 '풍뎅이(beetle)'라는 데 빗대 '비틀스(Beatles)'를 지칭하는 말.

궁의 거울의 방에서 믿을 수 없을 만큼 지독한 방귀를 뀐다 해도, 내 항문은 당연히 프랑스어로 이렇게 말할 거다. "나 아니야(Ce n'étais pas moi)!"

소형 마이크는 어떨까? 모두가 마이크를 삼킨 다음, 오버올 앞주머니에 작은 스피커를 넣고 그걸로 심장이 뛰는 소리를 사람들한테 들려준다면 어떤 일이 벌어질까? 스케이트보드를 타고 밤거리를 지날 때면 모든 사람들의 고동 소리를 들을 수 있을 테지. 다른 사람들도 수중 음파 탐지기처럼 내 고동 소리를 들을 수 있을 테고. 좀 이상한 얘긴데, 그러면 사람들의 심장이 모두 똑같이 뛰게 될지 궁금하다. 전혀 알고 싶지 않았던 사실이지만, 같이 사는 여자들은 월경 주기가 같아진다는 것을 알고 있던 탓이다. 얼마나 이상할까. 아기들이 태어나는 병원에서는 거대한 유람선에 매달린 크리스털 샹들리에가 흔들리는 듯한 소리가 날 거야. 아기들은 미처 심장 고동을 서로 맞추지 못했을 테니까. 뉴욕 시 마라톤 대회의 결승선에서는 전쟁이라도 난 듯 요란한 소리가 울리겠지.

그리고 또, 잽싸게 도망쳐야 할 때가 무수히 많은데도 우리한테는 날개가 없으니, 아니면 아직은 없으니, 그건 그렇다 치고, 그럼 새 모이로 만든 셔츠가 있으면 어떨까?

뭐 어쨌든.

내가 유술* 수업을 처음 받은 것은 석 달하고도 보름 전이었다. 나는 호신술에 엄청나게 관심이 많았고, 엄마는 내가 탬버린 연주 말고도 뭔가 몸을 쓰는 활동을 하나쯤 하면 좋겠다고 생각했다. 그래서 석 달 반 전에 처음으로 유술 수업을 받으러 가게 된 것이다. 그

---

* 柔術. 유도의 모태가 된 일본의 옛 무술.

반에는 애들이 열네 명 있었고, 우리는 모두 흰 도복을 단정하게 차려입었다. 절을 하고 나서 모두 인디언 식으로 바닥에 앉자, 마크 사부가 나에게 자기 쪽으로 와보라고 했다. "내 사타구니를 걷어차 봐라." 그가 말했다. 나는 어찌할 바를 몰랐다. "무슨 말씀이세요?" 그는 다리를 쫙 벌리고 선 채로 말했다. "내 사타구니를 있는 힘껏 걷어차 보란 말이다." 그는 옆구리에 손을 척 올리고 숨을 들이마시더니 눈을 감았다. 그 모습을 보고 비로소 그의 말이 진담이라는 것을 알았다. "맙소사," 나는 그에게 말하면서 속으로 생각했다. 대체 뭐야. 그가 말했다. "어디 한번 해봐. 내 불알을 터뜨려보라고." "불알을 터뜨리라고요?" 그는 여전히 두 눈을 꾹 감은 채 호탕하게 웃어젖혔다. "네가 아무리 힘을 써봤자 내 불알을 터뜨릴 순 없을걸. 끄떡도 없을 거다. 잘 단련된 육체는 직접적인 타격을 흡수할 수 있다는 걸 시범 삼아 보여주려는 거야. 어디 한번 해봐." 내가 말했다. "전 평화주의자예요." 그리고 내 또래 아이들은 그 말이 무슨 뜻인지 잘 모를 거라 생각하고 아이들 쪽으로 몸을 돌려 이렇게 말했다. "남의 불알을 터뜨리는 건 옳지 않다고 생각해요. 정말로요." 마크 사부가 말했다. "뭐 하나 물어봐도 되겠냐?" 나는 다시 몸을 돌려 그에게 말했다. "'뭐 하나 물어봐도 되겠냐'라는 게 뭔가 물어보시는 거잖아요." "유술 고수가 되겠다는 꿈이 있냐?" "아뇨." 지금은 가업인 보석상을 물려받을 꿈을 버렸지만, 그때는 그렇게 대답했다. "유술 초보가 어떻게 유술 고수가 되는지 알고 싶지 않냐?" "전 뭐든지 다 알고 싶어요." 말은 그렇게 했지만, 그것도 이제는 사실이 아니다. 그가 말했다. "고수의 불알을 터뜨리면 유술 초보가 고수가 되는 거다." "근사하군요." 내 마지막 유술 수업은 석 달 반 전에 있었다.

지금 나한테 탬버린이 있다면 얼마나 좋을까. 그렇게나 많은 일이 있었지만 어쨌든 나는 아직도 무거운 부츠를 신고 있고, 무거운 부츠는 가끔 박자를 맞추는 데 도움이 되기 때문이다. 내가 탬버린으로 연주할 수 있는 노래 중에서 가장 감동적인 곡은 니콜라이 림스키코르사코프의 「왕벌의 비행」이다. 아빠가 돌아가신 후 얻은 핸드폰에도 이 곡을 벨소리로 다운받아 놓았다. 내가 「왕벌의 비행」을 연주할 수 있다니 나도 신기할 따름이다. 이 곡은 믿을 수 없을 만큼 빨리 쳐야 하는 부분이 여러 군데 있는 데다가, 아직 손재주도 제대로 익히지 못한 나한테는 엄청나게 어려운 곡인데 말이다. 론 아저씨는 나에게 다섯 피스짜리 드럼 세트를 사주겠다고 제안했다. 당연히 돈으로 내 마음을 살 수야 없지만, 질드지언* 심벌즈는 안 되겠느냐고 물어봤다. 아저씨가 대답했다. "네가 원하는 것이면 뭐든 사줄게." 그러더니 내 책상 위에 놓여 있던 요요를 집어 들고 강아지 기술**을 부리기 시작했다. 친해지고 싶어서 그러는 줄은 알았지만, 믿을 수 없을 만큼 화가 치솟았다. "내 요요예요!" 나는 아저씨 손에서 요요를 낚아챘다. 그에게 정말로 하고 싶었던 말은 이거였다. "아저씨는 우리 아빠가 아니라고요. 그리고 앞으로도 절대 그렇게 되지는 않을 거예요."

지구는 항상 똑같은 크기인데 죽은 사람들의 수는 늘어나고 있다니 정말 이상하지 않은가? 이러다가 언젠가는 매장할 자리도 없어질지 모른다. 작년 내 아홉 번째 생일에 할머니가 《내셔널 지오그래픽》을 구독 신청 해주셨다. 할머니는 그 잡지를 "더 내셔널 지오그래픽(the national geographic)"이라고 부르신다. 또 블레이저코트도 주셨는데, 나는 흰색 옷만 입기 때문에 그 옷도 흰색이었다. 옷이

---

* 세계적으로 유명한 심벌즈 제조업체.
** 요요 묘기 중 하나로, 요요가 바닥을 구르는 모습이 강아지 같다고 해서 붙은 이름.

어찌나 큰지 앞으로도 한참은 더 입을 수 있을 것 같다. 할머니는 또 할아버지의 카메라도 주셨다. 나는 두 가지 이유에서 카메라가 마음에 쏙 들었다. 나는 할아버지가 할머니를 떠나시면서 왜 카메라는 갖고 가지 않으셨는지 여쭈어보았다. 할머니가 말씀하셨다. "아마 네게 주고 싶으셨던 모양이지." "하지만 제가 태어나기 삼십 년도 더 전이었는걸요." "그래도." 어쨌거나, 《내셔널 지오그래픽》에서 읽은 기사 중에 흥미진진했던 것은 인류 역사를 통틀어 죽은 사람의 수보다 현재 생존해 있는 사람의 수가 더 많다는 글이었다. 다시 말해서, 사람들이 죄다 햄릿을 연기하려 한다면 해골이 모자란다는 얘기다!*

그렇다면 죽은 사람들을 위해 고층 빌딩을 땅 밑으로 지으면 어떨까? 산 사람들을 위해 올린 고층 빌딩 밑에 지을 수도 있다. 지하 100층에 사람들을 매장할 수도 있다. 아예 죽은 사람들의 세상을 이승 밑에 만들어도 좋겠다. 엘리베이터는 한자리에 머물러 있고 건물이 오르락내리락하는 고층 빌딩이 있다면 얼마나 희한할까 가끔 생각해 본다. 95층에 가고 싶을 때 버튼을 누르기만 하면 95층이 나한테 오는 거다. 또 95층에 있는데 비행기가 아래쪽에 부딪힌다면, 건물이 나를 땅으로 데려다 줄 수 있을 테니 엄청나게 편리할 거다. 그러면 그날따라 새 모이 셔츠를 집에 두고 왔다 해도 모두 무사할 테고 말이다.

나는 지금까지 리무진을 딱 두 번 타봤다. 처음 탔을 때, 리무진이 굉장하긴 했어도 그건 끔찍한 경험이었다. 엄마는 집에서 내게 텔레비전을 보지 말라고 했고, 그건 리무진 안에서도 마찬가지였다. 하

* 「햄릿」 제5막에서 묘지에 간 햄릿이 왕의 어릿광대였던 요릭의 해골을 집어 든 모습을 상상한 것.

지만 차 안에 텔레비전이 있다니 근사하긴 했다. 나는 우리가 학교 앞을 지나갈 수 있는지 물었다. 치약과 민치에게 리무진을 탄 내 모습을 보여주고 싶었다. 엄마는 학교가 우리가 가는 길목에 있질 않으니 거기 들렀다가는 묘지에 늦게 도착하게 될 거라고 했다. "왜 안 돼요?" 내가 물었다. 나는 그것이 정말로 좋은 질문이라고 생각했다. 생각해 본다면 안 될 이유가 뭐 있겠는가? 지금은 아니지만 한때 나는 무신론자였다. 즉 눈에 보이지 않는 것은 믿지 않았다는 뜻이다. 사람이 일단 죽으면 그걸로 그는 영원히 끝이고, 아무것도 느끼지 못하고, 꿈조차 꾸지 않는다고 믿었다. 그렇다고 지금은 보이지 않는 것을 믿는다는 얘기는 아니다. 지금도 역시 믿지 않는다. 단지 만사가 엄청나게 복잡하다는 것은 믿는다. 하여간, 우리가 **정말로** 아빠를 매장한 것 같지가 않다.

피하려고 무지 애썼지만, 할머니가 자꾸만 내 몸을 쓰다듬어서 짜증이 났다. 그래서 앞좌석으로 기어가 운전사의 어깨를 쿡쿡 찌르며 그의 주의를 끌었다. "어디로. 가시는. 겁니까." 나는 스티븐 호킹을 성대모사하며 물었다. "뭐라고?" "얘가 기사 양반 이름을 알고 싶다는구먼." 뒷좌석에서 할머니가 말씀하셨다. 운전사가 내게 명함을 건넸다.

제럴드 톰슨
선샤인 리무진

다섯 개 구에서 영업 중
(212)570-7249

나도 그에게 내 명함을 내밀며 말했다. "반갑습니다. 제럴드 씨. 저는. 오스카. 입니다." 그는 나에게 왜 그런 투로 말하느냐고 물었다. 내가 대답했다. "오스카의 시피유(CPU)는 신경망(neural-net) 프로세서입니다. 학습하는 컴퓨터죠. 인간과 접촉하면 할수록 더 많은 것을 배운답니다." 제럴드가 대꾸했다. "오(O)," 잠깐 사이를 두고 말했다. "케이(K)." 나를 마음에 들어 하는지 아닌지 알 수가 없었다. 그래서 이렇게 말했다. "아저씨 선글라스는 백만 불짜리군요." 그가 말했다. "백칠십오 달러야." "욕 많이 아세요?" "몇 개 알지." "전 그런 말을 쓰면 안 된대요." "짱 나." "'짱 나'가 뭐예요?" "나쁜 거야." "'씹할'이란 말 아세요?" "그건 욕이잖냐." "'십장생'이라고 한다면 괜찮잖아요." "그렇긴 하구나." "내 좆이나 빨아라, 이 십장생 개나리야." 제럴드는 고개를 가로저으며 약간 웃었지만, 기분이 나쁜 것 같지는 않았다. 내 얘기에 반응을 보인 것이다. "전 '보지 (hair pie)'란 말도 못 써요. 토끼털로 만든 진짜 파이 얘기를 한다면 모르겠지만. 운전 장갑 멋지네요." "고맙다." 그때 한 가지 생각이 떠올랐다. "**있잖아요**, 만약 리무진이 **엄청나게** 길다면, 운전사가 필요 없을 거예요. 뒷좌석으로 올라타서 리무진 안을 걸어가 앞좌석으로 내리면, 거기가 바로 목적지란 말이죠. 그러니까 지금 같으면 앞좌석이 묘지가 되는 거예요." "그러면 난 이제 앉아서 구경만 하면 되겠구나." 나는 그의 어깨를 두드리며 말했다. "아저씨는 유머를 아시는 분이군요."

뒷좌석에 있던 엄마는 핸드백 속에 손을 넣어 뭔가를 쥐고 있었다. 팔에 힘줄이 솟은 것으로 보아, 그것을 꽉 쥐고 있는 것 같았다. 할머니는 벙어리장갑을 뜨고 계셨다. 흰색인 걸 보니, 아직 날씨는 춥지 않았지만 그것이 내 장갑이라는 것을 알 수 있었다. 엄마에게 무엇을 그렇게 쥐고 있는지, 왜 그걸 숨겨야 하는지 물어보고 싶었다. 내가 저체온증에 걸린다 해도 **절대로**, 죽어도 그 장갑은 끼지 않겠다고 생각한 기억이 난다.

"생각해 보니까, 앞좌석은 아저씨 엄마의 질구(膣口)에 있고, 뒷좌석은 아저씨의 영묘(靈廟)에 있을 정도로 **믿을 수 없을 만큼** 긴 리무진을 만들 수도 있겠어요. 아저씨 평생만큼 긴 리무진 말이에요." 제럴드가 말했다. "그래, 하지만 다들 그렇게 산다면 아무도 평생 다른 사람 얼굴은 못 보겠구나, 안 그러니?" "그래서요?"

엄마는 뭔가를 꽉 쥐고 있고, 할머니는 뜨개질을 하고, 나는 제럴드에게 말했다. "제가 프랑스 닭을 호되게 걷어차 준 적이 있거든요." 그를 웃기고 싶었다. 그를 웃길 수만 있다면 내 부츠가 조금은 더 가벼워질 것 같았다. 그는 아무 말도 하지 않았다. 아마 내 말을 듣지 못한 모양이었다. 그래서 다시 말했다. "제가 프랑스 닭을 호되게 걷어차 준 적이 있**다고 말했어요**." "응?" "그랬더니 그 닭이요, '외프(Oeuf, 달걀.)', 그러지 않겠어요." "그게 무슨 소리니?" "그냥 농담이에요. 다른 얘기를 해드릴까요, 욍 외프(un oeuf, 달걀 하나.) 얘기는 벌써 들으셨으니까요?" 그는 백미러로 할머니를 보며 말했다. "얘가 뭐라는 겁니까?" 할머니가 말했다. "저 애 할아버지는 사람보다 동물을 더 좋아했다우." 내가 말했다. "아시겠어요? 외프?"

나는 다시 뒷좌석으로 기어갔다. 운전하면서 말을 하면 위험하고, 특히 지금 우리처럼 고속도로를 달릴 때는 더 위험하다. 할머니가 또 나를 쓰다듬기 시작해서, 참으려고 해도 자꾸 짜증이 났다. 엄마가 나를 불렀다. "얘," "위(Oui, 예.)," "네가 우체부 아저씨한테 우리 아파트 열쇠를 복사해서 줬니?" 나는 엄마가 아무 상판도 없는 이야기를 왜 하필 지금 꺼냈을까 참 이상도 하다고 생각했다. 지금 생각해 보니 아무거나 말할 거리를 찾느라고 그랬던 모양이다. 내가 대답했다. "우체부 **아줌마**예요." 엄마는 딱히 나에게랄 것도 없이 고개를 끄덕이더니, 우체부 아줌마에게 열쇠를 주었느냐고 다시 물었다. 나는 그렇다고 대답했다. 이 모든 일이 벌어지기 전에는 엄마에게 절대 거짓말을 하지 않았었다. 그럴 이유가 없었다. "왜 그런 짓을 했니?" "스탠 아저씨가……." "누구라고?" "수위 아저씨 말이에요. 가끔씩 커피를 마시느라고 구석에 박혀 있을 때가 있거든요. 그럴 때 저한테 소포가 오면 어떡해요. 그래서 생각했는데, 만약에 앨리샤 아줌마가……." "누구라고?" "우체부요. 앨리샤 아줌마가 열쇠를 갖고 있으면 우리 집 문 안에 소포를 놓고 갈 수 있잖아요." "그래도 모르는 사람한테 열쇠를 주면 안 돼." "앨리샤 아줌마는 모르는 사람이 아니니까 괜찮아요." "우리 집에는 귀중품이 많단 말이야." "저도 알아요. 우리 집엔 정말 굉장한 것들이 잔뜩 있죠." "착하게 보이는 사람들이 나중에 뒤통수치는 일이 얼마나 많은데. 그 우체부가 네 물건을 훔쳐 가기라도 했다면 어쩔 거니?" "그럴 리가 없어요." "하지만 만약 그런다면?" "하지만 그럴 사람이 아니라니까요." "그래서, 그 우체부는 자기 아파트 열쇠를 너한테 주던?" 엄마가 나한테 잔뜩 화가 난 것이 분명했지만, 나로서는 이유를 알 수가 없었다. 난 잘못한 것이 없는데. 있다 해도 그게 뭔지 몰랐다. 그러니까 고의는 절대 아니었다는 거다.

나는 할머니 옆자리로 가서 엄마에게 말했다. "저한테 우체부의 아파트 열쇠가 왜 필요하겠어요?" 엄마는 나에게 꼼짝 말고 침실에 처박혀 있으라고 말할 수도 있었고, 나는 엄마가 나를 정말로 사랑하지 않는다고 말할 수도 있었다. 나는 알고 있었다. 만약 엄마가 마음만 먹는다면 그때 치르러 가는 장례식이 내 것이 되었을 것이다. 나는 리무진의 선루프를 올려다보며 천장이 나오기 전의 세상을 상상해 보았다. 생각하다 보니 문득 궁금해졌다. 동굴은 천장이 없는 걸까, 아니면 온통 천장인 걸까? "다음번에는 나한테 먼저 물어보렴, 알겠니?" "저한테 화내지 마세요." 이렇게 말하면서 나는 할머니 쪽으로 손을 뻗어 차문의 잠금장치를 두어 번 여닫았다. "화나지 않았다." "조금도요?" "그럼." "아직 절 사랑하세요?" 피자 헛 배달원, UPS* 직원, 그린피스에서 나왔다는 멋진 사람들한테도 이미 열쇠를 만들어줬다는 말은 나중에 하는 편이 좋을 듯했다. 그 열쇠 덕분에 그린피스 사람들은 스탠 아저씨가 커피를 마시러 가고 없을 동안 매너티**며 멸종 위기에 처한 동물들에 관한 기사들을 두고 갈 수 있었다. "너를 지금만큼 사랑한 적이 없단다."

"엄마?" "왜?" "물어볼 것이 하나 있어요." "그러렴." "핸드백 속에 꽉 쥐고 있는 게 뭐예요?" 엄마는 손을 꺼내 펴 보였다. 손에는 아무것도 없었다. "그냥 누르고 있었어."

믿을 수 없을 만큼 슬픈 날이었지만, 엄마는 정말, 너무너무 아름다웠다. 어떻게 엄마한테 그 말을 해줄까 궁리하고 또 궁리했지만, 어떤 방법을 생각해 봐도 다 이상하고 어색했다. 엄마는 내가 만들어준 팔찌를 끼고 있었고, 그래서 나는 기분이 최고로 좋았다. 나는 엄마에게 장신구 만들어주는 걸 아주 좋아했다. 그러면 엄마가 행복해한다. 엄마를 행복하게 해주는 것 또한 나의 레종 데트르다.

이젠 아니지만, 한때는 가업인 보석상을 물려받는 것이 내 오랜 꿈

---

* 국제 택배 전문 업체인 United Parcel Service를 말한다.

** 해우(海牛). 국제보호동물로 지정되어 있다.

이었다. 아빠는 늘 내가 너무 영리해서 장사를 하기에는 아깝다고 말하곤 했다. 그게 무슨 말인지 나로서는 도통 이해가 안 되었다. 아빠가 나보다 훨씬 더 영리했으니까, 내가 너무 영리해서 장사에 맞지 않는다면, 아빠야말로 **진짜로** 장사를 할 사람이 아닐 것이다. 내가 아빠에게 그렇게 말하면, 아빠는 이렇게 대꾸했다. "첫째로, 난 너보다 똑똑하지 않단다. 너보다 아는 게 많을 뿐이지. 그것도 내가 너보다 나이가 많기 때문일 뿐이야. 부모들은 언제나 자식보다 아는 게 많고, 자식들은 항상 부모보다 똑똑하단다." "아이가 정신지체아가 아니라면 말이죠." 아빠는 내 말에 아무 대꾸도 하지 않았다. "'첫째로'라고 하셨죠, 그럼 둘째는 뭐예요?" "둘째로, 내가 그렇게 영리하다면 어째서 장사를 하고 있겠니?" "그건 그래요." 그때 문득 한 가지 생각이 떠올랐다. "하지만 잠깐만요, 가족 중에서 아무도 가업을 맡지 않는다면 더는 가업이 아니잖아요." "그거야 물론 그렇지. 남의 사업이 되겠지." "그럼, 우리 가족은 어떻게 해요? 새로운 사업을 시작할 건가요?" "우리도 뭔가 시작할 거야." 세입자와 함께 아빠의 텅 빈 관을 파내러 가기 위해 두 번째로 리무진을 탔을 때, 나는 그 일을 떠올렸다.

아빠와 나는 일요일이면 종종 수색 작전이라는 멋진 게임을 했다. 수색 작전이 엄청나게 간단할 때도 있었다. 예를 들면 아빠가 나에게 20세기의 매 십 년에 속하는 것을 아무거나 가지고 돌아오라고 했을 때가 그랬다. ──나는 꾀를 부려 돌을 주워 가져왔다. 가끔은 작전이 믿을 수 없을 만큼 복잡해서 몇 주가 걸리기도 했다. 지난번 작전이 그랬다. 도대체 끝이 없었다. 아빠는 나에게 센트럴 파크 지도를 주었다. 내가 물었다. "그리고요?" "그리고라니?" "단서가 뭐냐고요?" "단서가 꼭 있어야 한다고 누가 그러디?" "항상 단서가 있는 법이잖아요." "단서 자체는 아무 의미도 없어." "진짜 아무 단서도 없단 말이에요?" "단서가 없다는 게 단서라면 모를까." "단서가 없는 게 단서라고요?" 아빠는 내 말을 전혀 알아듣지 못하겠다는 듯 어깨를 으쓱했다. 나는 아빠의 그런 모습이 정말 좋았다.

온종일 나는 공원을 쏘다니며 실마리를 찾아다녔다. 그러나 문제는 내가 무엇을 찾고 있는지 그것조차 모른다는 것이었다. 나는 사람들에게 다가가 내가 알아야 하는 것을 그들이 알고 있는지 물어봤다. 아빠는 가끔씩 내가 사람들에게 말을 걸어야만 답을 찾을 수 있도록 정해 두기도 했기 때문이다. 하지만 내가 접근한 사람들은 다들 이런 반응이었다. **대체 뭐야?** 나는 단서를 찾아 저수지 주변을 헤맸다. 가로등 기둥과 나무에 붙은 포스터란 포스터는 모조리 읽어봤다. 동물원의 동물들에 대한 설명문도 꼼꼼히 훑어봤다. 심지어 말이 안 되는 줄 알면서도 연을 날리고 있던 사람들한테 연을 자세히 볼 수 있도록 줄을 감아달라는 부탁까지 했다. 아빠가 얼마나 고단수인지 모른다. 아무것도 없다는 것이 단서라면 몰라도, 하여간 불행히도 아무것도 없었다. 아무것도 없다는 것이 단서였을까?

그날 밤 초 장군네 국수집에서 저녁을 시켜 먹다가, 아빠가 젓가락질에 아주 능숙한데도 포크를 쓰고 있다는 사실을 알아챘다. "잠깐만요!" 나는 자리에서 일어나 아빠의 포크를 가리켰다. "그 포크가 단서지요?" 아빠는 어깨를 으쓱했다. 결정적인 단서라는 뜻 같았다. 나는 머리를 쥐어짰다. **포크, 포크라.** 내 실험실로 달려가 옷장 속의 상자에서 금속 탐지기를 꺼내 왔다. 밤에는 혼자 공원에 나가지 못하게 했기 때문에, 할머니와 함께 나갔다. 86번가 초입에서 시작해서 잔디 깎는 멕시코인처럼 사소한 것 하나도 놓치지 않도록 엄청나게 꼼꼼히 살피면서 걸어갔다. 여름이라 곤충들이 시끄럽게 울어댔을 테지만, 이어폰을 끼고 있어서 하나도 들리지 않았다. 나와 메탈 언더그라운드뿐이었다.

탐지기가 신호음을 울릴 때마다 할머니에게 그 지점에 손전등을 비춰보라고 말했다. 그런 다음 흰 장갑을 끼고 도구 상자에서 모종삽을 꺼내 엄청나게 조심스럽게 땅을 파냈다. 그러다 뭔가 찾으면 진짜 고고학자처럼 붓으로 흙을 살살 털어냈다. 그날 밤에는 손바닥만큼밖에 수색하지 못했는데도 25센트 동전 한 개와 종이 집게 한 무더기, 램프에 불을 켤 때 당기는 줄로 보이는 것과 스시 모양 냉장고 자석을 찾아냈다. 스시 따위는 차라리 모르는 편이 나왔을 것이다. 나는 증거품들을 모조리 가방 속에 쓸어 넣고 그것들이 나온 지점을 지도에 표시해 두었다.

집에 돌아온 후에는 실험실에서 증거품들을 하나씩 현미경으로 조사했다. 구부러진 숟가락, 나사 몇 개, 녹슨 가위, 장난감 자동차, 펜, 열쇠고리, 믿을 수 없을 만큼 눈이 나쁜 사람이 썼던 것 같은 깨진 안경…….

나는 그 잡동사니들을 가지고 아빠에게로 갔다. 아빠는 부엌 식탁에 앉아 《뉴욕 타임스》를 읽으며 빨간 펜으로 오자를 표시하고 있었다. "여기 제가 찾아낸 것들이에요." 나는 식탁에서 고양이 버크민스터를 밀어내고 그 자리에 증거품을 담은 쟁반을 놓으며 말했다. 아빠는 쓱 쳐다보더니 고개를 끄덕였다. 내가 물었다. "어때요?" 아빠는 내가 무슨 소리를 하는 건지 도통 모르겠다는 듯이 어깨를 으쓱하고는 다시 신문으로 눈길을 돌렸다. "제가 제대로 하고 있는지 정도는 말씀해 주셔도 좋잖아요?" 버크민스터가 가르랑거렸다. 아빠는 또 한 번 어깨를 으쓱했다. "하지만 아빠가 아무 말도 해주시지 않으면, 제가 어떻게 제대로 할 수 있겠어요?" 아빠는 기사 중 한 부분에 동그라미를 치고는 말했다. "찾는 방법이 하나만 있는 것도 아닌데, 어떤 방법을 쓰건 네가 틀렸다고 할 수는 없잖 겠니?"

아빠는 자리에서 일어나 물을 가지러 갔다. 나는 아빠가 동그라미 친 부분을 자세히 들여다보았다. 아빠는 그런 식으로 교묘하게 단서 를 흘리기도 했다. 실종된 한 소녀에 관한 기사였다. 다들 소녀와 성 관계를 가진 국회의원이 그녀를 죽였다고 생각했다. 몇 달 후 워싱 턴에 있는 록 크릭 공원에서 소녀의 시체가 발견됐다. 그러나 그때 는 이미 모든 상황이 달라진 뒤였고, 소녀의 부모 말고는 아무도 관 심을 갖지 않았다.

레비의 아버지는 집 뒤뜰에 임시로 꾸민 회견장에서 수백 명의 청중들을 향해 성명서를 읽으며, 딸이 발 견되리라는 굳은 믿음을 재차 밝혔다. "우리는 탐사 를 중단할 확실한 이유가 생길 때까지, 다시 말해서 찬드라가 돌아올 때까지 탐사를 멈추지 않을 것입니 다." 이어진 짤막한 질의응답 시간에, 《엘 파이스》* 의 기자가 레비 씨에게 '돌아온다'라는 건 '무사히 돌아온다'는 것을 의미하느냐고 질문했다. 레비 씨 는 감정이 북받쳐 입을 열지 못했고, 변호사가 마이 크를 넘겨받았다. "우리는 찬드라의 안전을 위해 간 절히 기도하면서 할 수 있는 일은 다 하고

---

* 티 Pais. 스페인의 일간지.

착각한 게 아니었다! 나에게 보내는 메시지였다!

나는 사흘을 내리 밤마다 공원으로 갔다. 머리핀, 잔돈, 압정, 옷걸이, 9볼트짜리 건전지, 야전용 다용도 나이프, 작은 액자, '터보'라고 적혀 있는 개 이름표, 알루미늄 포일 조각, 반지, 면도칼, 오전인지 오후인지는 모르겠지만 5시 37분에 멈춰 있는 엄청나게 낡은 회중시계를 파냈다. 그러나 여전히 이것들이 다 무엇을 의미하는지는 알 수가 없었다. 찾아낸 물건들이 늘어날수록 점점 더 오리무중이었다.

나는 식탁 위에 지도를 펼쳐 V8 캔으로 귀퉁이를 눌러놓았다. 물건들을 찾아낸 곳에 찍어둔 점들이 우주의 별같이 보였다. 점성가처럼 나는 그 점들을 연결했다. 중국 사람처럼 눈을 가늘게 뜨고 보면 얼핏 '연약한(fragile)'이란 단어처럼 보이기도 했다. 연약하다. 뭐가 연약하지? 센트럴 파크가 연약한가? 자연이 연약하다는 건가? 내가 찾아낸 물건들이 연약한가? 압정은 연약하지 않다. 구부러진 숟가락이 연약한가? 나는 선을 지우고 다른 식으로 연결해 보았다. 이번에는 '문(door)'이란 글자가 되었다. 연약한? 문? 그러자 'porte'가 떠올랐다. 프랑스어로 '문'이다. 나는 지우고 'porte'가 되도록 점들을 다시 연결했다. 눈을 중국인처럼 엄청나게 가늘게 뜨고 보다가, 점들을 이어서 '사이보그(cyborg)', '오리너구리(platy-pus)', '얼간이(boobs)', 심지어는 '오스카(Oskar)'도 만들어 낼 수 있다는 사실을 발견했다. 어떤 단어든 마음먹은 대로 만들어낼 수 있었다. 결국 내가 한 짓이 다 시간 낭비였다는 얘기다. 이제는 무엇을 찾아내야 할지 도무지 알 수 없게 되었다. 그러니 잠이 올 리가 없었다.

뭐 어쨌든.

나는 봐도 좋다고 허락받은 다큐멘터리 비디오 테이프를 빌릴 수 있고, 원하는 것은 무엇이든 읽을 수 있지만, 텔레비전은 볼 수 없다. 내가 제일 좋아하는 책은 『시간의 역사』*지만, 실은 아직 끝까지 다 읽지 못했다. 수학이 믿을 수 없을 만큼 어려운 데다가, 엄마도 나를 잘 도와주지 않았기 때문이다. 제일 마음에 드는 부분은 1장 서두다. 스티븐 호킹이, 지구는 태양 주위를 돌고 태양은 태양계의 중심에서 돌고 있다는 등의 내용을 강의하는 유명한 과학자들에 대해 이야기하는 대목이다. 그때 강의실 뒤쪽에서 한 여자가 손을 들고 말했다. "다 허튼소리예요. 세계는 아주 거대한 거북 등 위에 올려진 평평한 접시라고요." 그러자 과학자가 그녀에게 거북이는 무엇 위에 서 있냐고 물었다. 여자가 대답했다. "그 밑에도 죽 거북이들이 있다니까요!"

나는 이 이야기를 정말 좋아한다. 사람들이 어느 정도까지 무식해질 수 있는지를 보여주기 때문이다. 또 거북이를 좋아하기 때문이기도 하다.

최악의 날로부터 몇 주가 지났을 때, 나는 편지를 무더기로 쓰기 시작했다. 지금은 내가 왜 그랬는지 모르겠지만, 그 일은 내 부츠의 무게를 덜어주었다. 나 스스로도 이해가 안 가는 일이지만, 나는 일반적인 우표 대신 내가 수집했던 우표들을 썼다. 그중에는 값나가는 것들도 있었다. 그래서 가끔은 내가 정말로 이 우표들을 없애버리려는 건가 의아스럽기도 했다. 첫 번째 편지는 스티븐 호킹에게 보냈다. 알렉산더 그레이엄 벨이 그려진 우표를 붙였다.

---

* 영국의 물리학자인 스티븐 호킹의 책.

친애하는 스티븐 호킹,

　　저를 당신의 제자로 받아주시겠습니까?

감사합니다,
오스카 셸

　그는 굉장한 천재이고 나는 보통 사람이니까, 그가 답장을 해줄 거라고는 기대하지 않았다. 하지만 어느 날 학교에서 돌아오는데 스탠 아저씨가 내가 가르쳐준 AOL* 목소리로 내게 봉투를 건네며 말했다. "편지 왔다!" 나는 우리 집까지 백다섯 개의 계단을 뛰어올라가, 내 실험실로 달려가, 벽장 속으로 들어가 손전등을 켜고 봉투를 뜯었다. 스티븐 호킹은 근위축성 측삭 경화증(루게릭병)이라는, 나도 알고 있는 병이 있어서 손을 쓸 수 없으니까, 안의 편지는 물론 타이프로 친 것이었다. 안된 일이었다.

　편지 감사합니다. 저에게 오는 편지가 너무 많아서 개인적으로 답장을 쓰지는 못합니다. 그렇더라도 언젠가는 편지를 보내주신 정성에 제대로 보답할 날이 오기를 바라며, 편지들은 모두 다 읽고 잘 모아두고 있습니다. 그날까지 안녕히.

진심을 담아
스티븐 호킹

　나는 엄마의 핸드폰으로 전화를 했다. "오스카니?" "벨도 울리기 전에 받네요." "별일 없니?" "저 코팅기가 필요해요." "코팅기라니?" "믿을 수 없게 근사해서 잘 보관하고 싶은 물건이 있거든요."

---

　* American Online. 미국 인터넷 회사.

아빠는 항상 나를 품에 안고, 세상에서 제일 멋진 이야기들을 들려 주었다. 우리는 함께 《뉴욕 타임스》를 읽었고, 아빠는 휘파람을 불며 애창곡인 비틀스의 「나는 바다코끼리(I am Walrus)」를 흥얼거리기도 했다. 가사가 무슨 뜻인지 설명해 주지 못해서 나를 실망시키기는 했지만. 정말로 굉장한 것은 아빠가 어떤 기사를 읽어도 잘못된 부분을 꼭 하나씩은 찾아낸다는 것이었다. 문법상의 오류일 때도 있었고, 지리명이나 사실을 잘못 썼을 때도 있었고, 기사가 이야기를 다 해주지 않은 경우도 있었다. 나는 《뉴욕 타임스》보다 더 똑똑한 아빠를 두어서 기뻤다. 티셔츠를 통해 내 뺨에 느껴지는 아빠 가슴에 난 털의 감촉과, 하루가 저물 무렵까지도 풍기는 면도 크림 냄새가 좋았다. 아빠와 함께 있을 때는 내 머리도 잠잠했다. 아무것도 발명해 낼 필요가 없었다.

최악의 날이 오기 전날 밤 아빠가 나를 안아주었을 때, 나는 세계가 거대한 거북이 등 위에 놓인 평평한 쟁반이냐고 물었다. "뭐라고?" "그래서 지구가 우주로 떨어지지 않고 제자리에 머물러 있는 거예요?" "내가 지금 안고 있는 애가 오스카 맞나? 외계인이 실험에 쓰려고 뇌를 훔쳐 가버렸나?" "외계인이 어디 있어요." "지구는 **진짜로** 우주 속으로 떨어지고 있단다. 녀석, 너도 알잖니. 태양을 향해서 계속 떨어지는 중이야. 궤도를 돈다는 건 바로 그런 뜻이란다." "그야 물론 그렇죠. 하지만 그럼 인력은 왜 있는 거예요?" "인력이 왜 있냐니, 그게 무슨 소리냐?" "이유가 뭐냐고요?" "이유가 꼭 있어야 한다고 누가 그러던?" "물론 그런 사람은 없죠." "진짜 있냐고 물어본 게 아니고 수사법이야." "그게 뭐예요?" "대답을 꼭 듣자는 게 아니라, 강조한 거라는 뜻이야." "뭘 강조해요?" "이유가 꼭 있어야 하는 건 아니라는 걸." "하지만 이유가 없다면, 우주는 도대체 왜 존재하는데요?""여러 조건들이 맞아떨어졌기 때문이지.""그럼 제가 왜 아빠 아들이에요?""엄마랑 아빠가 사랑해서 아빠 정자 하나가 엄마 난자 하나를 수정시켰으니까.""죄송하지만 좀 토하고 올게요.""알 거 다 알면서 왜 그러냐.""흠, 제가 알고 싶은 건 우리가 왜 존재하느냐, 예요. 어떻게가 아니라 왜요." 아빠의 생각들이 반딧불처럼 아빠 머리 주위를 회전하는 모습이 보이는 듯했다. 아빠가 말했다. "우리는 존재하니까 존재하는 거야." **"그게 대체 뭐예요?"** "이 우주와는 다른 어떤 종류의 우주도 있을 수는 있지. 하지만 생겨난 것은 지금의 이 우주야."

나는 아빠의 말을 알아들었다. 그 말을 부인하지 않았지만, 그렇다고 동의하지도 않았다. 무신론자라고 해서, 사물에 나름대로 존재 이유가 있다는 것을 마음에 들지 않아 해야 하는 건 아니니까.

나는 단파 라디오를 켰다. 아빠가 도와줘서 그리스어로 말하는 사람이 나오는 주파수를 잡을 수 있었는데, 근사했다. 그가 하는 말을 이해할 수는 없었지만, 누워서 내 방 천장의 야광 별자리를 바라보며 한동안 귀를 기울였다. "네 할아버지는 그리스어를 하셨단다." "아빠 말은 할아버지가 그리스어를 **하신**다는 거죠." "맞아. 여기서는 그리스어를 하지 않으신다뿐이지." "어쩌면 우리가 지금 듣고 있는 목소리가 할아버지 것인지도 몰라요." 우리는 신문 제1면을 담요처럼 덮어썼다. 아빠의 등 위에는 테니스 선수의 사진이 덮여 있었다. 나는 그가 우승자일 것이라고 짐작했지만, 그가 기쁜지 슬픈지는 알 수 없었다.

"아빠?""응?""얘기 하나 해주세요.""해주고말고.""재미있는 얘기인가요?""손톱만큼도 지루하지 않은 것으로 해주마.""좋아요." 나는 아빠 겨드랑이에 코를 쑤셔 박을 정도로 믿을 수 없을 만큼 바짝 몸을 붙였다. "그럼 아빠 얘기 방해하지 않을 거지?" "안 그럴게요." "그러면 얘기를 하기가 힘들어진단 말이야." "게다가 짜증도 나죠." "짜증 나지."

아빠가 이야기를 시작하기 직전이 내가 제일 좋아하는 순간이었다. "옛날 옛날에, 뉴욕 시에는 여섯 번째 구(區)가 있었단다." "구가 뭔데요?" "너 또 끼어드는구나." "알아요, 하지만 구가 뭔지 모르면 제가 이야기를 이해하지 못 할 거 아니에요." "동네 같은 거야. 아니면 동네들의 집합이랄까." "여섯 번째 구가 있었다면, 그럼 다섯 개는 뭐예요?" "그야 맨해튼, 브루클린, 퀸스, 스태튼 아일랜드, 브롱크스지." "그중에 제가 가본 구도 있나요?" "얘기 좀 하자." "그냥 알고 싶어서 그래요." "몇 년 전에 브롱크스 동물원에 간 적이 한 번 있단다. 기억 안 나니?" "안 나요." "그리고 식물원에 장미를 구경하러 브루클린에도 갔었고." "퀸스에도 가봤어요?" "거긴 안 가본 것 같은데." "스태튼 아일랜드는요?" "거기도 안 갔어." "**진짜로** 여섯 번째 구가 있어요?" "지금 막 그 얘기를 하려던 참이었잖니." "이젠 방해 안 할게요. 약속해요."

이야기가 끝나자, 우리는 다시 라디오를 켜고 프랑스어로 말하는 사람을 찾아냈다. 그 목소리를 듣노라니 우리가 그때 막 보내고 돌아온 휴가가 떠올라 특히 기분이 좋았다. 나는 그 휴가가 끝나지 않길 바랐다. 잠시 후 아빠가 나에게 깨어 있느냐고 물었다. 내가 잠들 때까지는 아빠가 자리를 뜨지 않는다는 것을 알고 있었기 때문에, 아니라고 대답했다. 아빠가 아침에 피곤에 절어 일하러 나가는 것은 싫었다. 아빠는 내 이마에 키스를 하고 잘 자라고 한 다음 문가로 갔다.

"아빠?" "응?" "아무것도 아니에요."

그다음 아빠 목소리를 들은 것은 이튿날 학교에서 돌아왔을 때였다. 우리는 그날 일어난 일 때문에 평소보다 일찍 하교했다. 나는 전혀 겁먹지 않았다. 엄마 아빠는 모두 중심가에서 일하고, 할머니는 일하지 않으니까, 내가 사랑하는 사람들은 다들 안전했다.

나는 시계를 자주 들여다보기 때문에, 집에 돌아왔을 때가 10시 18분이었다는 것을 알고 있다. 아파트는 너무나 휑뎅그렁하고 너무나 고요했다. 부엌으로 걸어가면서 현관문에 쓸 수 있는 지레를 발명했다. 지레가 거실의 살바퀴를 건드리면 천장에 늘어뜨린 톱니바퀴가 돌아가며 비틀스의 「빗물이 스미는 곳(Fixing a Hole)」이나 「너에게 말하고 싶어(I Want to Tell You)」 같은 멋진 음악을 연주하는 거다. 그러면 아파트 전체가 커다란 오르골이 될 테지.

나는 버크민스터를 잠시 쓰다듬으며 애정을 표시한 다음, 전화 메시지를 확인했다. 그때 나는 아직 핸드폰이 없었는데, 학교가 끝나고 나올 때 치약이 내가 자기의 스케이트보드 묘기를 보러 공원으로 가야 할지, 아니면 사람들 눈에 안 띄는 통로가 있는 편의점으로 《플레이보이》를 보러 가야 할지 전화로 알려주겠다고 했다. 《플레이보이》를 보는 것은 별로 내키지 않았지만, 어쨌거나.

첫 번째 메시지. 화요일 오전 8시 52분. 누구 있니? 여보세요? 아빠다. 있으면 받으렴. 방금 사무실에도 전화했는데 아무도 받지 않는구나. 잘 듣거라, 일이 좀 생겼어. 난 괜찮다. 꼼짝 말고 소방수가 올 때까지 기다리래. 아무 일 없을 거다. 상황을 좀 더 알게 되면 다시 전화하마. 그냥 아빠는 괜찮으니 걱정 말라고 전화했어. 곧 다시 걸게.

아빠로부터 네 개의 메시지가 더 와 있었다. 9시 12분, 9시 31분,

9시 46분, 10시 4분에. 나는 그것들을 듣고 또 들었다. 무엇을 해야 할지, 아니 무슨 생각을 해야 할지, 어떤 기분이 들어야 할지 미처 알 겨를도 없이, 전화벨이 울렸다.

10시 22분 27초였다.

발신자 번호를 봤다. 아빠였다.

네가 있는 곳에 왜 나는 없는가

1963. 5. 21.

아직 태어나지 않은 나의 아이에게: 난 한시도 조용히 있어본 적이 없단다, 항상 떠들고 떠들고 떠들고 또 떠들었지, 입을 다물고 있을 수가 없었어, 침묵이 암처럼 나를 덮쳤거든, 미국에 와서 처음으로 식사를 할 때였지, 웨이터에게 이렇게 말하려고 했어, "당신이 나한 테 그 나이프를 건네주는 모습을 보니 떠오르는 사람이 있는 데……" 하지만 말을 끝까지 이을 수가 없었어, 그녀의 이름이 입 밖 으로 나오질 않았어, 다시 시도해 봤지만 역시 안 되더군, 그녀는 내 안에 갇혀 있었어, 얼마나 이상한지, 나는 생각했어, 얼마나 안달이 나던지, 얼마나 애가 닳던지, 얼마나 슬프던지, 주머니에서 펜을 꺼 내 냅킨에 '애나(Anna)'라고 썼어, 이틀 후 다시 똑같은 일이 일어 났어, 그리고 그 다음 날에도, 오직 그녀에 대한 것만이 내가 하고 싶은 얘기의 전부였는데, 그런 일이 계속 반복됐어, 펜이 없을 때는 허공에 '애나'라고 썼어, 거꾸로 뒤집어서, 오른쪽에서 왼쪽으로,

나와 대화하는 상대에게 보이도록, 전화를 하고 있을 때는 다이얼을 눌렀어, 2, 6, 6, 2. 상대방이 내가 할 수 없는 말을 들을 수 있게. 그 다음에는 '그리고(and)'라는 말을 할 수 없게 되었어, 아마 그녀의 이름과 너무 비슷해서 그랬던가 봐, 그토록 말하기 쉬운 단어를, 잃어버리기에는 그토록 심오한 단어를, 나는 '앰퍼샌드*'라고 말해야 했지, 우스꽝스럽게 들렸지만, '커피 앰퍼샌드 단것 주세요.'라고 말하는 식이었단다, 그런 짓을 좋아서 할 사람은 아무도 없을 거야. 내가 일찍부터 잃어버린 단어는 '…하고 싶다'였어, 뭔가를 원하지 않게 되었다는 뜻이 아니야, 더 많이 원했어, 단지 원한다는 말을 할 수 없게 되었을 뿐이지, 그래서 그 말 대신 '욕망하다'라는 말을 썼어, 빵집에 가서는 이렇게 말했지, '롤빵 두 개를 욕망합니다.' 하지만 제대로 되지 않았어, 내가 생각한 것들의 의미는 나뭇잎이 떨어져 강물 위로 떠내려가듯 내게서 날아가 버렸지, 내가 나무고, 세상은 강이었어. 어느 오후엔가는 공원에서 개들과 함께 있다가 '오다'를 잃어버렸고, 이발사가 나를 거울 쪽으로 돌리는 순간 '좋은'을 잃어버렸어, '수치심'과 '수치심을 느끼게 하다'를 동시에 잃었어, 수치스러운 일이었지. '지니다'를 잃어버렸고, 지니고 다니던 물건들도 잃어버렸어, '일기장', '연필', '잔돈', '지갑', 급기야는 '분실'까지 잃어버렸어. 오래 지나지 않아 내게는 단어가 얼마 남지 않게 되었단다, 누군가 나에게 친절을 베풀면 이렇게 말했어, "'천만에요' 앞에 하는 말입니다,"** 배가 고프면 내 배를 가리키며 이렇게 말했어, "배부른 상태의 반대야,' '예'는 잃어버렸지만, '아니요'는 아직 있었어, 그래서 누군가 나에게 "당신이 토머스요?" 하고 물으

---

* &(ampersand)를 가리킴.

* * '고맙습니다'를 말함.

면 "아니지 않습니다,"라고 대답했지, 하지만 결국 '아니요'도 잃어 버리자, 문신 가게에 가서 왼쪽 손바닥에는 '예', 오른쪽 손바닥에 는 '아니요'를 써 넣었어, 덕분에 삶이 근사해지지는 못했어도 그럭 저럭 버틸 수는 있었지, 한겨울에 양손을 맞비비면 예와 아니요의 마찰로 몸을 덥히는 셈이야, 손뼉을 칠 때는 예와 아니요의 만남과 떨어짐으로 내가 어떻게 감상했는지를 보여주는 거지, 박수치던 손 을 쫙 펼치면 '책'을 의미해, 모든 책이, 내게는, 예와 아니요의 균형 이지, 내 마지막 책인 이것조차도, 아니 이번 책이야말로. 물론 매일 매 순간 내 마음은 점점 더 작은 조각들로 산산이 깨지지, 내가 조용 한 사람이라고 생각한 적은 한번도 없었고, 하물며 말이 없는 사람 이라고는 더더욱 생각해 본 적이 없었어, 주변에도 전혀 신경 써본 적이 없었는데, 모든 것이 변했어, 나와 내 행복 사이를 벌려놓은 것 은 세상이 아니었어, 폭탄과 불타는 건물들도 아니었어, 그건 나였 지, 내 생각, 결코 떨쳐버릴 수 없는 암 덩어리, 모르는 게 약이고 축 복일까, 모르겠어, 하지만 생각하는 건 너무 고통스러워, 말해 봐, 생 각이 내게 뭔가 도움이 된 적이 있었던가, 생각으로 어디고 멋진 곳 에 도달해 본 적이 있었던가? 생각하고 생각하고 또 생각하지, 난 행 복의 바깥에 있다고, 그 안에 한번도 발을 들여본 적이 없다고 수도 없이 생각했어. '나'는 내가 큰 소리로 말할 수 있었던 마지막 단어 였어, 끔찍한 일이지, 하지만 사실이야, 나는 동네를 걸어 다니며 말 했지, "나 나 나 나." "커피 한 잔 할래, 토머스?" "나." "뭐 단거라도 먹을래?" "나." "오늘 날씨 어때?" "나." "안색이 별로인데. 안 좋은 일 있어?" 이렇게 대답하고 싶었어. "물론 있고말고." 이렇게 묻고 싶었어. "좋은 일이 하나라도 있어?" 나는 실을 뽑아 내 침묵의 스카 프를 풀고 처음부터 다시 시작하고 싶었어, 하지만 내게선 이 말만 나왔어, "나." 이 병에 걸린 사람이 나뿐인 건 아니야, 거리의 늙은이들에게 귀를 기울여보면 이런 신음을 흘리는 이들이 있지, "아이 야이 야이," 그러나 그중에는 자기들에게 남은 마지막 말, '나'에 매달리는 이들도 있어, 그들은 절박하기 때문에 말하고 있는 거야, 투덜거림이 아니라 기도지, 그 후 나는 '나'를 잃었고 내 침묵은 완전해졌어. 그리고 이렇게 공책을 갖고 다니기 시작했어, 내가 말할 수 없는 것들로 공책을 채웠지, 그렇게 시작된 거야, 빵집에 가서 롤빵 두 개를 사고 싶으면 공책에 "롤빵 두 개를 사고 싶은데요"라고 썼지, 누군가의 도움이 필요하면 "도와주세요"라고 썼어, 누가 웃기는 얘기를 하면 "하 하 하!"라고 썼단다, 소나기를 맞으며 노래하는 대신 공책에 좋아하는 노래 가사를 썼어, 빗물이 잉크에 물들면 파란색 붉은색 초록색으로 변하지, 음악이 내 다리를 타고 흘러내려, 하루가 끝나면 난 침대로 공책을 갖고 가서 내 삶의 페이지들을 훑어보았지.

롤빵 두 개를 사고 싶은데요

그리고 단것도 사양하지 않겠습니다

미안합니다만, 이렇게 작은 것은 처음이군요

소식을 퍼뜨리기 시작하세요…

보통 사이즈로 주세요

감사합니다만, 배가 터질 것 같아요

확실치는 않습니다만, 늦었어요

도와주세요

하 하 하!

하루가 끝나기 전에 공책을 다 써버리는 일도 드물지 않았단다, 그래서 거리나 빵집이나 버스 정류장에서 누군가에게 말을 걸 일이 생기면, 공책을 뒤져 재활용하기에 제일 적당한 페이지를 찾아내는 수밖에 없었지, 누가 내게 "어떻게 지내세요?"라고 물으면, 기껏 대답이랍시고 "보통 사이즈요"나 "단것도 사양하지 않겠습니다"를 가리켰어, 내 유일한 친구인 리히터 씨가 "다시 조각을 해보는 게 어때? 그런들 더 나빠지기야 하겠어?"라고 제안했을 때에도 다 쓴 공책을 반쯤 넘겨 이 답을 내밀었지, "확실치는 않습니다만, 늦었어요." 내가 쓴 공책이 수백 권, 수천 권을 넘어서 아파트를 잔뜩 뒤덮었어, 공책들을 문 버팀쇠와 문진으로 썼고, 높은 곳의 물건을 내릴 때 쌓아서 받침대로 썼지, 기우뚱거리는 탁자 다리를 받쳤고, 삼발이와 컵받침으로 썼어, 공책으로 새장을 메우고, 용서를 빌면서 벌레를 때려잡았어, 공책은 필수품일 뿐이지, 특별한 것이라고는 전혀 생각지 않았거든, "미안합니다만, 이렇게 작은 것은 처음이군요"라고 쓴 페이지를 뜯어내 흘린 것을 닦아내거나 온종일 비상용 전구를 포장했어, 센트럴 파크 동물원에서 리히터 씨와 오후를 보냈던 기억이 난다, 난 동물들한테 줄 먹을거리들을 낑낑대며 잔뜩 짊어지고 갔지, 동물이 돼본 적 없는 사람들이나 동물들한테 먹이를 주지 말라는 푯말을 걸어놓지, 리히터 씨가 농담을 했어, 나는 사자들에게 햄버거를 던져주었어, 그의 웃음소리는 동물원을 뒤흔들 정도였어, 동물들은 구석으로 숨었지, 우리는 따로 또 같이, 큰 소리로 웃고 소리 죽여 웃고 또 웃었어, 우리 세계에서 구해 낼 수 있는 것이 아무것도 없다면 무(無)에서 새로운 세상을 건설하기 위해, 무시할 것은 무시하기로 했어, 내 생애 최고의 날 중 하나였지, 내 삶에 대해 전혀 생각하지 않으며 보낸 날이었어. 그해 말, 눈이 내려 현관 계단을 덮기 시작하고, 소파에 앉아 있는 동안 아침이 저녁으로 저물어갈 때, 내가 잃어버린 모든 것들 아래 파묻힌 채 나는 불을 피우고 내 웃음으로 불씨를 키웠어. "하 하 하!" "하 하 하!" "하 하 하!" "하 하 하!" 내가 네 엄마를 만났을 때는 이미 단어가 다 떨어진 상태였단다, 어쩌면 그 덕에 우리가 결혼할 수 있었는지도 몰라, 네 엄마는 나를 알아야 할 필요가 전혀 없었거든. 우리는 브로드웨이의 컬럼비안 빵집에서 만났단다, 우린 둘 다 외롭고 망가지고 혼란스러운 상태로 뉴욕에 왔지, 나는 구석에 앉아 커피에 크림을 넣고 휘젓고 있었어, 작은 태양계처럼 빙글빙글, 빵집은 한산했지만 그녀는 곧장 내 옆으로 미끄러지듯 다가왔지, "당신은 모든 것을 잃었군요," 그녀가 말했어, 마치 우리가 비밀을 공유하고 있다는 듯이, "전 알 수 있답니다." 내가 다른 세계의 다른 누군가였더라면 뭔가 다른 행동을 했겠지만, 나는 나였고 세계는 이 세계였어, 그래서 나는 침묵했어, "좋아요," 그녀가 내 귓가에 입을 바짝 갖다 대고 속삭였지, "나도 그렇답니다. 아마 당신도 방 건너편에서 알아챘을 거예요. 이탈리아인 같다는 건 아니에요. 우리는 곪은 손가락처럼 눈에 확 띄어요. 사람들 표정을 한번 보세요. 아마 저 사람들은 우리가 모든 것을 잃었다는 걸 모를 거예요, 하지만 뭔가 이상하다는 눈치는 채겠죠." 그녀는 나무였고 나무에서 흘러나오는 강이었어, "더 나쁜 것도 있어요. 우리처럼 되는 것보다 더 나쁜 것이요. 보세요, 적어도 우리는 살아 있잖아요," 그녀는 마지막으로 한 말을 도로 삼키고 싶어 하는 것 같았지만, 한번 시작한 말은 둑이 터진 듯이 흘러나왔어, "게다가 날씨도 완벽하고요, 이 말은 꼭 해야겠어요," 나는 커피를 휘저었어. "하지만 오늘 밤에는 날씨가 별로일 거라더군요. 라디오에서 그랬던가, 하여튼," 나는 어깨를 으쓱했어, '별로'라는 말을 무슨 뜻으로 썼는지 알 수

가 없었어, "저는 A&P*에 참치를 좀 사러 가려던 참이었어요. 오늘 아침 《포스트》에서 쿠폰을 몇 장 오려냈거든요. 세 캔 값에 다섯 캔을 준대요. 괜찮지 않아요? 전 참치를 좋아하지도 않는데 말이에요. 솔직히 말하면 참치를 먹으면 배가 아파요. 하지만 그런 가격을 놓칠 수야 없지요," 그녀는 나를 웃기려고 애쓰고 있었지만, 나는 어깨를 으쓱하고 커피만 저었단다, "하지만 이젠 모르겠어요. 지금은 날씨가 완벽하지만, 밤이 되면 별로일 거라고 라디오에서 그러니까, 슈퍼마켓이 아니라 공원에 가야겠네요. 제 피부가 잘 타는 편이긴 해도, 어쨌거나 오늘 밤 참치를 먹게 될 것 같지는 않군요, 그렇지요? 솔직하게 말하자면 영영 안 먹을지도 몰라요. 아주 솔직하게 말하자면 참치를 먹으면 배가 아프니까요. 그러니 슈퍼마켓에 급하게 달려갈 일도 없어요. 하지만 날씨가 언제까지나 이대로 계속되지는 않겠지요. 적어도 선례를 보면 그런 적이 한번도 없었어요. 의사가 그러는데요, 저한테는 외출이 좋다더군요. 당신도 알아두세요. 전 눈이 별로예요. 의사 말로는 제가 외출을 잘 안 해서 그렇대요. 조금만 더 바깥바람을 쐬면, 조금만 더 걱정을 줄이면……" 그녀는 손을 내밀었어, 나는 어떻게 받아들여야 할지 몰라 침묵으로 대했지, 그녀가 말했다, "나랑 얘기하고 싶지 않군요, 그렇죠?" 나는 배낭에서 공책을 꺼내 마지막 두 페이지 남은 빈 장을 찾아서 이렇게 썼어. "나는 말을 못 합니다. 미안합니다." 그녀는 종이와 나를 몇 번이고 번갈아 보더니 손으로 눈을 가리고 울음을 터뜨렸어, 눈물이 그녀의 손가락 사이로 새어 나와 작은 그물처럼 맺혔어, 그녀는 울고 울고 또 울었지, 주변을 둘러봐도 냅킨 한 장 없더구나, 할 수 없이 공책

---

* The Great Atlantic Pacific Tea Co., Inc.의 약자. 미국의 슈퍼마켓 체인.

을 뜯어냈지——"나는 말을 못합니다. 미안합니다."——그걸로 뺨을
닦아주었어, 나의 해명과 사과가 마스카라처럼 그녀의 얼굴을 타고
흘러내렸어, 그녀는 내게서 펜을 가져가더니 내 공책의 남은 빈 장
에 이렇게 썼단다, 마지막 장에

제발 저와 결혼해 주세요

나는 공책을 앞장으로 넘기고 가리켰어, "하 하 하!" 그녀는 공책을 뒷장으로 넘기고 가리켰지, "제발 저와 결혼해 주세요." 나는 앞장으로 넘기고 가리켰어, "미안해요, 이렇게 작은 것은 처음이군요." 그녀는 뒷장으로 넘기고 가리켰지, "제발 저와 결혼해 주세요." 그러더니 이번에는 손가락을 "제발" 위에 놓았어, 마치 그 장을 눌러놓아 대화를 끝내려는 듯이, 아니면 그 말을 뚫고 정말로 하고 싶었던 말로 들어가려는 듯이. 나는 삶에 대해 생각했어, 내 삶, 당황스러움, 사소한 우연의 일치, 테이블 옆 자명종 시계들이 드리운 그늘에 대해서. 내가 거둔 사소한 승리들과 파괴되는 모습을 보았던 모든 것에 대해 생각했어, 부모님이 아래층에서 손님을 접대할 동안 난 안방 침대에서 밍크코트에 파묻혀 헤엄을 치곤 했지, 한 번뿐인 내 삶을 함께 보낼 수도 있었던 단 한 사람을 잃었어, 엄청나게 많은 대리석을 버렸어, 그것들에 조각을 할 수도 있었는데, 나 자신을 대리석으로부터 해방시킬 수도 있었어. 기쁨을 경험할 수도 있었지만, 충분치는 않았어, 충분할 수가 있었겠니? 고통이 끝난다고 해서 그 고통이 정당화되는 건 아니야, 그래서 고통에는 끝이 없지, 뒤죽박죽이로군, 나는 생각했어, 정말 바보 같군, 어리석고 편협하기 짝이 없어, 아무 짝에도 쓸모가 없어, 어찌나 궁상맞은지 보기에도 안쓰럽군, 난 한없이 무력한 존재야. 내 애완동물들 가운데 자기 이름을 아는 놈은 한 마리도 없어, 나는 어떤 종류의 인간일까? 나는 레코드 바늘을 들듯 그녀의 손가락을 들어 올리고 공책을 뒤적여 한 페이지를 짚었어.

도와주세요

구골플렉스*

엄마가 장례식에 끼고 간 팔찌는 내가 아빠의 마지막 음성 메시지를 모스 부호로 바꾼 것이었다. 침묵은 하늘색 구슬, 문자 사이의 휴지는 밤색 구슬, 단어 사이의 휴지는 보라색 구슬로 바꾸고, 삭제음이라나 그 뭐라던 길고 짧은 발신음은 구슬 사이에 길고 짧은 실로 넣었다. 아빠라면 무슨 의미인지 아셨을 텐데. 그걸 만드는 데 아홉 시간이 걸렸다. 알리앙스 프랑세즈** 밖에서 가끔 보았던 노숙자 소니에게 줄까도 생각해 봤다. 그를 보면 부츠가 무거워지기 때문이다. 아니면 자연사 박물관을 구경시켜 주는 자원 봉사자인 멋쟁이 린디 할머니에게 주어도 좋을 것 같았다. 그러면 내가 그 할머니에게 특별한 존재가 될 수 있을 테지. 아니면 휠체어를 탄 사람한테라도. 하지만 대신 엄마에게 주었다. 엄마는 이렇게 멋진 선물은 난생처음이라고 했다. 식용 기상학 사건에 관심이 있던 때라, 엄마에게

---

* 10을 10의 100제곱한 수. 실제로는 존재하지 않기 때문에 상상할 수 없는 세상에서 가장 큰 수.
** 프랑스어 학원.

식용 쓰나미보다 더 좋으냐고 물어봤다. 엄마가 말했다. "그거랑은 달라." 나는 엄마에게 론 아저씨를 사랑하느냐고 물었다. "론은 멋진 사람이야." 동문서답이었다. 그래서 다시 물었다. "사실인지 아닌지만 말해 주세요. 엄마는 론 아저씨를 사랑해요." 엄마는 반지 낀 손으로 머리카락을 만지며 말했다. "오스카, 론은 엄마 **친구야**." 엄마는 친구하고도 그 짓을 하느냐고 물어봐야겠다. 만약 그렇다고 하면 도망가 버려야지. 아니라고 하면 서로 진한 애무를 했느냐고 물어봐야겠다. 난 다 알고 있다. 엄마는 아직 스크래블 게임*을 해서는 안 된다고 말하고 싶었다. 거울을 볼 때가 아니라든지. 필요 이상으로 전축을 크게 틀어놓으면 안 된다든지. 그런 일은 아빠한테도 옳지 않고, 나한테도 옳지 않았다. 하지만 전부 마음속에 묻어두었다. 엄마에게 아빠의 메시지로 목걸이, 발찌, 달랑거리는 귀걸이, 머리 장식 등등 다른 모스 부호 장신구들을 만들어주었다. 하지만 확실히 팔찌가 제일 아름다웠다. 어쩌면 그것이 마지막 메시지라서, 그래서 가장 귀중한 것이었기 때문인지도 모른다. "엄마?" "응?" "아무것도 아니에요."

일 년이 지났어도 나는 여전히 무슨 이유에서인지 샤워를 하기가 엄청나게 어려웠다. 엘리베이터를 타는 일은 더더욱 그랬다. 현수교, 세균, 비행기, 불꽃놀이, 지하철의 아랍인들(나는 인종주의자가 아닌데도), 레스토랑이나 커피숍 등 공공장소의 아랍인들, 비계(飛階), 하수구, 지하철 격자창, 주인 없는 가방, 신발, 콧수염을 기른 사람들, 연기, 매듭, 높은 건물, 터번, 나를 공포에 빠뜨리는 것들이 한두 가지가 아니었다. 거대한 검은 바다 속이나 깊은 우주 속에 있는

---

* 철자를 바꿔가며 비슷한 단어를 만드는 게임.

듯한 기분에 사로잡힌 적도 여러 번이었다. 하지만 전혀 재미있지 않았다. 그저 모든 것이 믿을 수 없을 만큼 나에게서 멀리멀리 사라지는 듯했다. 밤이 최악이었다. 나는 별의별 것들을 다 발명하기 시작했다. 마치 비버처럼 멈출 수가 없었다. 비버가 나무를 자르는 것을 두고 댐을 만들려고 그러는 거라고 사람들은 생각하지만, 사실은 이빨이 계속해서 자라기 때문에 그러는 거다. 나무란 나무는 모조리 쏠아서 쉬지 않고 이빨을 갈아내지 않으면, 이가 너무 많이 자라 얼굴까지 파고들어 비버를 죽이고 말 것이다. 내 뇌도 바로 그런 식이었다.

어느 날 밤, 구골플렉스에 맞먹을 만큼의 발명을 하기라도 한 것처럼 지쳐서, 나는 아빠의 서재로 갔다. 우리는 서재 바닥을 구르며 그레코로만형 레슬링을 벌이다가 신나는 농담을 주고받곤 했다. 한번은 지구가 돈다는 것을 입증하기 위해 천장에 추를 매달아 놓고 바닥에 도미노를 쌓아 원을 만든 적도 있었다. 하지만 아빠가 돌아가신 후로는 서재에 들어가지 않았다. 엄마는 거실에서 론 아저씨와 함께 음악을 크게 틀어놓고 보드 게임을 하고 있었다. 엄마는 아빠를 그리워하지 않았다. 나는 문고리를 잡고 돌리기 전에 잠시 그대로 있었다.

아빠의 관은 텅 비어 있었지만, 아빠의 서재는 꽉 차 있었다. 일 년이 넘었어도 방에서는 여전히 면도 크림 냄새가 났다. 아빠의 흰색 티셔츠를 모두 만져보았다. 아빠가 한번도 찬 적이 없는 화려한 시계와 다시는 신고 저수지 주변을 달릴 일이 없을 스니커즈의 여벌 끈을 만져보았다. 아빠의 재킷 주머니마다 손을 넣어보았다.(택시 영수증 한 장, 미니 쿠키 포장지, 다이아몬드 공급업자의 명함을 찾아냈다.) 아빠 슬리퍼에 발을 넣어보았다. 아빠의 금속 구둣주걱에 내 얼굴을 비춰보기도 했다. 보통 사람 같으면 칠 분 만에 잠들겠지만, 나는 몇 시간이 지나도록 잠을 잘 수가 없었다. 아빠의 물건들 속을 서성이면서 아빠가 만졌던 물건들을 만져보고, 쓸데없는 짓인 줄 알면서도 옷걸이들을 좀 더 가지런히 정리하고 있노라니 부츠가 좀 가벼워졌다.

아빠의 턱시도는 아빠가 신발 끈을 맬 때 앉던 의자에 걸쳐져 있었다. **이상하다**는 생각이 들었다. 왜 양복이 옷걸이에 걸려 있지 않을까? 돌아가시기 전날 밤 멋진 파티라도 다녀오셨나? 그래도 그렇지, 왜 턱시도를 벗어둔 채 걸어놓지도 않았담? 세탁하려고 그랬나? 하지만 멋진 파티는 기억에 없었다. 아빠 품에 안겨 함께 단파 라디오에서 그리스어로 말하는 사람의 목소리를 듣고, 아빠한테서 뉴욕의 여섯 번째 구에 관한 얘기를 들었던 기억을 떠올렸다. 또 다른 이상한 점을 발견하지 못했다면, 턱시도에 대해 다시 생각하지 않았을 것이다. 그러나 이상한 점들이 줄줄이 눈에 띄기 시작했다.

제일 높은 선반 위에 예쁜 파란색 꽃병이 놓여 있었다. 예쁜 파란색 꽃병이 왜 저 위에 있는 거지? 손이 닿질 않아서, 턱시도가 걸쳐져 있는 의자를 옮겨 왔다. 그다음에는 내 방에 가서 셰익스피어 선집을 가져왔다. 내가 요릭* 역을 하게 되었다는 것을 알고 할머니가 사주신 것이었다. 4대 비극을 한꺼번에 갖고 와서 쌓으니 충분한 높이가 되었다. 나는 그 위에 올라서서 꽃병을 잡으려 했다. 그러나 손가락 끝이 꽃병에 닿은 순간 비극들이 흔들리기 시작했다. 턱시도가 믿을 수 없을 만큼 심하게 춤을 추더니 다음 순간 나와 꽃병을 비롯해 모든 것이 바닥에 쏟아졌고, 꽃병은 산산조각 났다. "내가 안 그

---

* 「햄릿」에 나오는 왕의 어릿광대.

랬어!" 나는 고함을 질렀지만, 엄마와 론 아저씨는 음악을 귀청이 터지도록 크게 틀어놓고 깔깔대며 웃느라고 내 목소리는 듣지도 못했다. 나는 내 침낭 속으로 들어가 지퍼를 올렸다. 아파서가 아니라, 뭔가를 깨뜨려서가 아니라, 그들이 신나게 웃고 있었기 때문이다. 나는 그러면 안 되는 줄 알면서도 스스로에게 상처를 냈다.

나는 전부 치우기 시작했다. 그리고 그때 뭔가 이상한 것을 발견했다. 유리 파편 속에 무선 인터넷 카드만 한 조그만 봉투가 있었다. **대체 뭐지?** 봉투를 열어보니 속에 열쇠가 들어 있었다. **뭐지, 대체 뭐야?** 기묘하게 생긴 열쇠였다. 보통 열쇠보다 훨씬 더 두껍고 짧은 것으로 보아, 엄청나게 중요한 것의 열쇠임이 틀림없었다. 무슨 영문인지 통 알 수가 없었다. 아빠 서재의 맨 꼭대기 선반 위에, 파란 꽃병 속에, 작은 봉투 안에, 두껍고 짧은 열쇠라니.

나는 제일 먼저 논리적인 행동을 취했다. 아무도 눈치 채지 못하게 그것을 아파트 안의 자물쇠란 자물쇠에는 다 꽂아보았다. 현관 열쇠가 아니라는 것쯤은 해보나 마나 알 수 있었다. 집에 아무도 없을 때 들어갈 수 있도록 내가 끈에 꿰어 목에 걸고 다니는 열쇠하고는 닮지 않았기 때문이다. 나는 들키지 않도록 까치발로 살금살금 걸어가서 욕실 문, 다른 침실 문, 엄마 화장대 서랍에 열쇠를 넣어보았다. 아빠가 지불할 청구 내역들을 계산하곤 했던 부엌 책상과 숨바꼭질할 때 가끔 숨었던 수건 보관장 옆의 벽장, 엄마의 보석 상자에까지 다 넣어보았다. 그러나 어디에도 맞지 않았다.

그날 밤 침대에 누워 뉴욕의 모든 베개 밑에서 저수지로 이어지는 특수 배수구를 발명했다. 사람들이 울다가 지쳐 잠이 들 때마다 눈물이 전부 같은 곳으로 흘러가게 되면, 아침마다 일기예보관이 눈물 저수지의 수위가 올라갔는지 내려갔는지 알려줄 수 있을 것이다. 그러면 뉴욕이 무거운 부츠를 신고 있는지 아닌지도 알 수 있겠지. 그리고 **진짜로** 무시무시한 일이 일어난다면——핵폭탄이나, 아니면 적어도 생화학 무기 공격이나——엄청나게 시끄러운 사이렌 소리가 울리며 모두를 센트럴 파크로 불러들여서 저수지 주위에 모래주머니를 쌓으라고 알려줄 것이다.

뭐 어쨌든.

다음 날 아침 엄마에게 너무 아파서 학교에 못 가겠다고 말했다. 태어나서 처음 한 거짓말이었다. 엄마는 내 이마를 짚어보더니 말했다. "열이 약간 있구나." "체온을 재봤는데 41.6도였어요." 두 번째 거짓말. 엄마는 몸을 돌려 드레스 뒤의 지퍼를 올려달라고 했다. 엄마가 직접 할 수도 있었지만, 엄마도 내가 지퍼 올려주길 좋아한다는 것을 알고 있었다. "엄마는 온종일 모임 때문에 들락날락해야 해. 네가 필요한 것이 있으면 할머니가 들러주실 거다. 네가 잘 있는지 한 시간마다 전화할게." "제가 받지 않거든 잠들었거나 욕실에 있는 줄 아세요." "받으렴."

엄마가 일하러 나가자, 나는 옷을 주워 입고 계단을 내려갔다. 스탠 아저씨가 건물 앞을 쓸고 있었다. 나는 아저씨 눈에 띄지 않게 지나가려고 애썼지만, 들키고 말았다. "너 하나도 안 아파 보이는데," 아저씨가 낙엽을 거리로 쓸어내며 말했다. "아파요." "아프신 몸께서 어딜 가시나?" "기침약 사러 84번가 약국에 가요." 세 번째 거짓말. 내가 가려는 곳은 실은 79번가에 있는 자물쇠 가게 프레이저 앤드 선즈(Fraze & Sons)였다.

"열쇠를 더 복사하려고?" 월트가 물었다. 나는 그에게 하이파이브를 해준 다음, 찾아낸 열쇠를 내놓고 의견을 물었다. "자물쇠 달린 상자의 열쇠 같은데." 그는 얼굴 가까이 열쇠를 치켜들더니 안경 너머로 들여다보며 말했다. "내가 보기에는 금고 같아. 만듦새로 봐서 자물쇠로 잠그는 상자의 열쇠야." 그는 나에게 열쇠가 잔뜩 달린 열쇠걸이를 보여주었다. "봐, 이 열쇠들 중에 비슷한 건 하나도 없어. 훨씬 더 두꺼워. 부러뜨리기도 어렵고." 나는 손에 닿는 대로 열쇠들을 모두 만져보았다. 왠지 모르게 차라리 잘됐다 싶었다. "하지만 한 곳에 붙박아놓은 금고의 열쇠는 아니야, 그건 아닌 것 같아. 그렇게 크지는 않아. 아마 휴대용일 거야. 은행의 대여 금고일 수도 있지. 오래된 열쇠야. 아니면 화재 지체용 캐비닛의 열쇠이거나." 그 말에 정신지체가 생각나서 웃음이 나왔다. 정신지체가 우스울 것은 하나도 없는데도. "오래된 열쇠구나. 이삼십 년은 묵은 것 같아." 그가 말했다. "어떻게 알아요?" "열쇠야 내 전공이지." "멋지군요." "그런데 요즘은 열쇠를 쓰는 자물쇠함이 별로 없는데." "열쇠를 안 쓴다고요?" "음, 요새는 열쇠를 쓰는 사람이 거의 없어." "난 쓰는데." 나는 그에게 우리 집 열쇠를 보여주었다. "너야 그렇지. 하지만 너 같은 사람들은 사라져가고 있다고. 요즘은 전자 열쇠가 대세야. 번호키나 지문 인식 장치 같은 거." "그런 건 너무 이상해요." "나도 열쇠가 좋아." 잠시 생각해 보자, 부츠가 더 무거워졌다. "흠, 저 같은 사람들이 사라져간다면, 아저씨 장사는 어떻게 되는 거예요?" "우린 전문화될 거야. 타자기 가게처럼 말이야. 지금은 쓸모가 있지만, 곧 흥밋거리가 되겠지." "어쩌면 새로운 사업을 찾아야 할 수도 있겠군요." "난 이 일이 좋아."

"궁금한 게 하나 있어요." "쏴봐." "쏘라고요?" "쏘라고. 해봐. 물어보라고." "아저씨는 프레이저예요, 아니면 그 아들이에요?" "난 실은 손자란다. 우리 할아버지가 이 가게를 처음 여셨어." "멋지네요." "하지만 아버지가 생전에 가게를 운영하셨으니까, 내가 아들이기도 하지. 여름에는 내 아들놈이 여기서 일하니까 프레이저도 되고."

"묻고 싶은 게 또 하나 있어요.""쏴.""이 열쇠를 만든 회사를 찾을 수 있을까요?""그런 걸 만들 수 있는 사람은 아무도 없어.""그럼, 이 열쇠가 맞는 자물쇠를 찾을 방법이 있을까요?""보이는 자물쇠마다 닥치는 대로 한번 맞춰보라는 말밖에는 해줄 말이 없구나. 원한다면 복사본은 언제라도 만들어주마.""그럼 열쇠가 구골플렉스의 수만큼 있어야 할걸요.""구골플렉스라고?""10을 10의 100제곱한 수에요.""10의 100제곱이라고?""1 뒤에 0을 백 개 붙이는 거예요."그는 내 어깨에 손을 얹고 말했다. "자물쇠가 있어야겠구나." 나는 손을 있는 힘껏 높이 뻗어 그의 어깨에 얹고 말했다. "예."

가게를 나올 때 그가 물었다. "학교에 있어야 하는 거 아니냐?" 나는 잽싸게 머리를 굴렸다. "오늘은 마틴 루터 킹 주니어 박사의 날이 잖아요." 네 번째 거짓말. "그날은 1월에 있는 줄 알았는데.""예전에는 그랬죠." 다섯 번째 거짓말.

아파트로 돌아오자 스탠 아저씨가 말했다. "편지 왔다!"

친애하는 오스크,

안녕, 친구! 멋진 편지와

방탄 드럼스틱 고맙다. 절대 쓸 일이 없기를

바랄 뿐이야! 솔직히 털어놓자면, 자나 깨나

음악을 가르쳐야겠다는 생각뿐이었어…….

동봉한 티셔츠가 마음에 들었으면 좋겠다.

너를 위해 내가 마음대로 사인을 했단다.

너의 벗,

링고

함께 들어 있는 티셔츠는 마음에 안 들었다. 내가 이런 티셔츠를 좋아한다고! 불행히도 흰색이 아니어서 입을 수 없었다.

나는 링고의 편지를 코팅해서 압정으로 벽에 꽂았다. 그런 다음 인터넷을 뒤져 뉴욕의 자물쇠에 대해 쓸 만한 정보를 꽤 많이 찾아냈다. 예를 들면, 뉴욕에는 319개의 우체국과 207,352개의 우체통이 있다. 모든 우체통에는 당연히 자물쇠가 있다. 또 대략 70,571개의 호텔 방이 있고, 대부분의 방에는 현관 잠금장치, 욕실 잠금장치, 벽장 잠금장치, 미니바 잠금장치가 있다는 것도 알았다. 미니바가 뭔지 몰라서 플라자 호텔에 전화를 걸었다. 내가 알기로는 유명한 호텔이라고 해서 거기에 물어본 것이다. 그래서 미니바가 뭔지 알아냈다. 뉴욕에는 300,000대가 넘는 차가 있다. 택시 12,187대와 버스 4,425대는 치지도 않은 숫자다. 또 지하철을 탈 때에도 차장이 열쇠로 문을 여닫던 기억이 났다. 그러니까 지하철에도 잠금장치가 있다는 얘기다. 뉴욕에는 900만 명이 넘는 사람들이 산다. (뉴욕에서는 50초마다 한 명씩 아기가 태어난다.) 이 사람들 모두 살 곳이 있어야 할 테고, 대부분의 아파트에는 현관 잠금장치 두 개 말고도 적어도 욕실 잠금장치가 있을 테고, 다른 방에도 몇 개 더 있을 수 있고, 화장대와 보석함 열쇠는 당연히 있다. 또 사무실과 화실, 창고, 은행 대여 금고, 마당으로 통하는 문, 주차장이 있다. 자전거 자물쇠부터 지붕 걸쇠, 커프스단추 보관함까지, 전부 다 계산에 넣는다면 뉴욕 시민 한 명이 대략 열여덟 개의 자물쇠를 갖고 있다는 답이 나왔다. 그러면 162,000,000개의 자물쇠가 있다는 얘기가 된다. 바위라도 갈라질 무게다.

"셸의 집입니다… 네, 엄마… 약간요, 하지만 아직도 많이 아파요… 아뇨… 예에… 예에… 제 생각에는… 인도 음식을 주문할까 해요… 하지만 아직… 좋아요. 예에. 그럴게요… 알아요… **안다니까요**… 끊을게요."

시간을 재보니 자물쇠 하나를 여는 데 3초가 걸렸다. 뉴욕에서 50초에 한 명씩 아기가 태어나면, 한 명당 자물쇠 열여덟 개를 갖고 있으니까, 2.$\overline{777}$초당 새로운 자물쇠가 한 개씩 생긴다는 얘기다. 그러니까 내가 내내 자물쇠 여는 일만 한다 해도, 초당 0.$\overline{333}$개의 자물쇠가 더 늘어나는 셈이다. 그것도 한 자물쇠에서 다음 자물쇠를 찾아 이동할 필요가 없고, 먹지도 자지도 않는다면 그렇다는 얘기다. 잠은 원래 안 자다시피 하니까 됐다 치더라도 말이다. 더 나은 계획이 있어야 했다.

그날 밤, 나는 흰 장갑을 끼고 아빠 서재에 있는 쓰레기통으로 가서 꽃병 조각들을 쓸어 넣은 주머니를 열었다. 방향을 잡아줄 단서를 찾으려는 것이었다. 증거물을 오염시키거나 엄마한테 들키거나, 손을 베어 감염되지 않도록 엄청나게 주의해야 했다. 나는 열쇠가 들어 있던 봉투를 찾아냈다. 훌륭한 탐정이라면 벌써 찾아냈을 것을 그제야 발견했다. 봉투 뒤에 '블랙(Black)'이라고 쓰여 있었다. 나는 좀 더 일찍 이것을 알아차리지 못한 스스로에게 너무나 화가 나서 기분이 좀 나빠졌다. 그런데 아빠의 필체라고 하기에는 글씨가 이상했다. 급하게 쓰거나 아니면 통화중이었거나 아니면 딴 생각을 하다가 쓴 것처럼 대강 흘려 쓴 필체였다. 아빠는 무슨 생각을 하고 있었던 것일까?

나는 구글을 한참 헤맨 끝에 '블랙'이 자물쇠함을 만드는 회사의 이름은 아니라는 것을 알아냈다. 약간 실망했다. 만약 그랬다면 논리적으로 아귀가 맞아떨어졌을 텐데. 다행히도 논리적인 설명이 유일한 방법은 아니지만, 최고의 방식이라는 점만은 변함이 없다. 그런 다음 전국 각 주, 그리고 실제로 세계 거의 어느 나라에나 블랙,

즉 '검정'이라는 뜻의 지명이 있다는 사실을 알아냈다. 예를 들자면 프랑스에는 '누아르(Noir)'라는 곳이 있다. 그러니 이건 별 도움이 되지 않았다. 나는 결국 마음만 아플 줄 알면서도 어쩔 수 없었으므로 몇 가지를 더 찾아봤고, 발견한 사진 몇 장을 출력했다. 소녀를 공격하는 상어, 쌍둥이 빌딩 사이에서 줄타기를 하는 사람, 남자 친구한테서 오럴섹스를 받는 여배우, 이라크에서 머리를 잘린 군인, 도난당한 명화가 걸려 있던 벽의 빈자리. 나는 그 사진들을 나에게 일어났던 모든 일을 스크랩해 두는『나에게 일어난 일』에 넣어두었다.

다음 날 아침 나는 엄마에게 또 학교에 못 가겠다고 말했다. 엄마는 뭐가 문제냐고 물었다. "문제야 늘 똑같죠." "아프니?" "슬퍼요." "아빠 때문에?" "모든 게 다요." 엄마는 출근이 급한데도 침대 위 내 옆에 앉았다. "모든 거라니 그게 뭐니?" 나는 손가락을 꼽기 시작했다. "우리 냉장고에 있는 고기랑 유제품, 주먹다짐, 교통사고, 래리……" "래리는 누구지?" "자연사 박물관 앞에 있는 노숙자 아저씬데요, 돈을 달라고 한 다음에는 항상 '진짜로 먹을 걸 살 거야'라고 말해요." 엄마는 몸을 돌렸고, 나는 드레스 지퍼를 올려주면서 계속 주워섬겼다. "아마 엄마도 죽 그 아저씨를 보았을 텐데 누군지도 모른다는 것도 슬프고, 버크민스터는 만날 먹고 자고 싸기만 하고 레종 데트르도 없고, 아이맥스 극장에서 표 받는 일을 하는 그 키 작고 못생기고 목 없는 애를 봐도 슬프고, 해마다 받는 생일 선물 중에 내가 벌써 가진 것이 꼭 한 개씩은 끼어 있는 것도 그렇고, 싸구려 정크 푸드를 먹어서 살이 찐 가난한 사람들하고……" 더 꼽을 손가락이 남지 않았지만, 내 목록은 이제 막 시작이었다. 나는 목록을 길게 늘이고 싶었다. 내가 계속 읊고 있을 동안에는 엄마가 떠나지 않을 테니까. "…길들인 동물들하고, 나한테 길들인 동물이 **있다**는 것도 슬프고, 악몽이랑, 마이크로소프트 윈도랑, 아무도 함께 시간을 보내주려 하지 않고 남들한테 함께 있어달라고 부탁하기도 부끄러워 온종일 어슬렁거리는 노인들이랑, 비밀이랑, 다이얼 전화기랑, 재미있는 것도 신나는 것도 없는데 중국인 웨이트리스들이 미소를 짓고 있는 거랑, 또 중국인들은 멕시코 식당을 갖고 있는데 멕시코 사람들한테는 중국 식당이 하나도 없다는 거랑, 거울이랑, 테이프 플레이어랑, 내가 학교에서 왕따라는 거랑, 할머니의 쿠폰이랑, 창고랑, 인터넷이 뭔지도 모르는 사람들이랑, 악필이랑, 아름다운 노래들이랑, 오십 년 후에는 인간이 존재하지 않는다는 거랑……" "오십 년 후에는 인간이 존재하지 않을 거라고 누가 그러디?" "엄마는 낙천주의자예요 비관주의자예요?" 엄마는 시계를 보더니 말했다. "**낙천주의자야**." "그럼, 엄마한테는 나쁜 소식이네요. 인간들은 그럴 힘만 생기면 그때부터 바로 서로를 파괴할 테니까요." "어째서 아름다운 노래가 널 슬프게 하니?" "진실이 아니니까요." "정말?" "아름다우면서 진실한 것은 이 세상에 없어요." 엄마는 미소를 지었지만 기쁠 때 웃는 웃음은 아니었다. "넌 꼭 아빠 같은 소리를 하는구나."

"제가 아빠 같은 소리를 한다니 무슨 말이에요?" "아빠도 그런 소리를 곧잘 했거든." "예를 들면요?" "음, 이러저러한 것은 **아무것도** 없다느니 말이야. 아니면 **모든 것**이 이러저러하다느니. 아니면 '**분명히**' 같은 말." 엄마는 깔깔 웃었다. "아빠는 항상 아주 명확했지." "'명확하다'는 게 뭐예요?" "확실하다는 뜻이야." "명확한 게 문제가 되나요?" "아빠는 종종 나무를 보느라 숲을 놓치는 때가 있었거든." "무슨 숲이요?" "아무것도 아니다."

"엄마?" "응?" "엄마가 내 행동을 보면 아빠 생각이 난다고 하니까 기분이 좋지 않아요." "어머, 미안하구나. 내가 그런 말을 자주 했니?" "늘 그러시잖아요." "왜 네 기분이 좋지 않은지 이해하겠구나." "그리고 할머니도 항상 제 행동을 보면 할아버지 생각이 난다고 그러세요. 그럴 때는 기분이 참 묘해요. 두 분 다 돌아가셨잖아요. 그리고 제가 특별하지 않다는 기분이 들어요." "할머니나 엄마는 전혀 그런 뜻으로 말한 게 아니란다. 넌 우리에게 그 누구보다도 특별해, 그렇지 않니?" "그런 것 같아요." "**가장** 특별한걸."

엄마는 내 머리를 잠시 쓰다듬어 주었다. 엄마의 손가락이 내 귀 뒤에 손이 거의 닿은 적 없는 곳까지 닿았다.

나는 다시 엄마의 드레스 지퍼를 올려도 좋으냐고 물었다. "물론 되고말고." 엄마는 몸을 돌렸다. "학교에 가도록 노력해 보는 게 좋을 것 같구나." "노력은 하고 있어요." "첫 수업이 끝나기 전까지만 들어가도 좋겠는데." "침대에서 나가지도 못하겠는걸요." 여섯 번째 거짓말. "그리고 페인 박사님이 말하길 자기 감정에 귀를 기울이라고 하셨어요. 가끔씩은 스스로에게 휴식을 주어야 한대요." 페인 선생님이 딱 이렇게 말하지는 않았지만, 그렇다고 완전히 거짓말도 아니었다. "엄마는 습관이 되지만 않았으면 한단다." "그러진 않을 거예요." 엄마가 내게 옷을 입은 채로 침대에 누워 있는 거냐고 물은 것으로 보아, 이불에 손을 올려놓았을 때 내 몸이 잔뜩 부풀어 있다는 것을 느낀 모양이었다. "네, 추워서요." 일곱 번째 거짓말. "제 말은요, 열이 있는데도 그렇다는 거예요."

나는 엄마가 나가자마자 내 물건들을 그러모아 계단을 내려갔다. "어제보다 나아 보이는구나." 스탠 아저씨가 말했다. 나는 아저씨 일이나 잘하시라고 말해 주었다. 그가 말했다. "거참." "어제보다 상태가 더 안 좋다고요."

나는 93번가의 미술용품 상점으로 걸어갔다. 문 앞의 여자에게 매니저와 얘기를 좀 할 수 있느냐고 물었다. 아빠는 중요한 질문이 있을 때면 그렇게 말하곤 했다. "뭘 도와줄까?" 그녀가 물었다. "매니저 좀 불러주세요." "그래. 뭘 도와줄까?" "정말 믿을 수 없을 만큼 아름다우시군요." 내가 그녀에게 그렇게 말한 것은 그녀가 뚱뚱했기 때문이었다. 이 말이야말로 그녀에게는 특별히 멋진 찬사로 들릴 것이고, 그러면 설사 내가 성차별주의자라 하더라도 내게로 마음을 돌릴 것이라고 생각했다. "고마워." "영화에 출연하셔도 되겠어요." 그녀는 고개를 가로저었는데 꼭 이렇게 말하는 것 같았다. **대체 뭔 소리야?** "그건 그렇고요," 나는 그녀에게 봉투를 보여주고 열쇠를 찾아낸 경위를 들려주고, 그 열쇠가 맞는 자물쇠를 찾고 있는데 '블랙(Black)'에 뭔가 의미가 있을 것 같다고 말했다. 그녀는 색채의 전문가일 테니까, '블랙'에 대해 내게 해줄 얘기가 있지 않을까 알고 싶었다. "글쎄, 색채든 뭐든 내가 **전문가**라고는 생각 않는데. 하지만 한 가지 말**할 수 있는** 건, 빨간 펜으로 '블랙'이라고 쓰다니 재미있다는 거야." 나는 아빠가 《뉴욕 타임스》를 읽을 때 썼던 붉은 펜일 것이라고만 생각했기 때문에, 그게 왜 재미있느냐고 물었다. "이리 와보렴." 그녀는 나를 열 가지 종류의 펜들이 진열되어 있는 곳으로 데려갔다. "이걸 봐." 그녀는 나에게 진열대 옆에 있는 종이 철을 내보였다.

brown cow?

how-now,

ORANGE

Yellow.

blue

green

Orange

green

Orange

Purple

Orange

brown

RED.

purple

Tom

blue

Bridget Lee

purple

RED.

black

Tom

Rita Mantanardi

EN

blue

FRE Tom

Rita M/antanardi

tom

orange Red

purple

Tom

Nat

brown

Mike

Nat

pink

green

purple

red

green.

purple

green

orange

brown

brown

green

BLUE

Black

"봐, 사람들은 보통 자기가 쓰고 있는 펜 색깔의 이름을 쓴다고."
"어째서요?" "이유야 나도 모르지. 뭔가 심리적인 이유가 있나 보지." "심리적이라는 건 정신적인 것을 뜻하는 말인가요?" "말하자면 그렇지." 하긴 생각해 보니 나라도 파란색 펜을 테스트할 때는 '파랑'이라고 쓸 것 같았다. "너희 아빠처럼 다른 색 이름을 쓰기는 쉽지 않아. 자연스럽지가 않다고." "정말 그런가요?" "훨씬 더 어렵지." 그녀는 종이 다음 장에 뭔가를 쓰더니 나에게 큰 소리로 그것을 읽어보라고 했다. 그녀가 옳았다. 조금도 자연스러워 보이지 않았다. 나의 일부는 그 색깔의 이름을 말하고 싶어 하고, 다른 일부는 쓰인 이름을 말하고 싶어 했다. 결국 어느 쪽도 말하지 못했다.

나는 그녀에게 그것이 뭔가를 의미한다고 생각하느냐고 물었다. "글쎄, 뭔가를 **의미**하는 건지는 모르겠구나. 하지만 보렴, 펜을 테스트할 때는 보통 자기가 쓰고 있는 펜 색깔의 이름을 쓰든가, 아니면 자기 이름을 쓴다고. 그러니까 '블랙'을 붉은색으로 쓴 걸 보면 '블랙'이 누군가의 이름이 아닐까 싶어." "여자 이름일 수도 있고요." "그럼 하나 더 얘기해 줄게." "네?" "봐, b를 대문자로 썼잖아. 보통 색깔 이름의 첫 글자는 대문자로 쓰지 않아." "오호라!" "뭐라고?" "블랙이 블랙을 썼군요!" "무슨 소리니?" "**블랙이 블랙을 썼다고요!** 블랙을 찾아야 해요!" "내가 도와줄 일이 또 있으면 말만 하렴." "사랑해요." "가게에 있는 탬버린은 치지 말아줬으면 좋겠구나."

그녀가 가버린 후 나는 잠시 그 자리에 남아 생각을 추스르려고 애썼다. 스티븐 호킹이라면 다음에 어떻게 했을까 생각하면서 종이 철을 뒤로 홀홀 넘겼다.

BLACK

Tina Cliff
pink
green
purple
pink
purple
purple
blue
orange
blue
purple
Ray Cho
purple
Purple
Sylvia
Ray Cho
BLUE
Green
GREEN
blue
orange
purple
yellow
blue
Patrick
green
blue
Patrick
pink
green
yellow
Lythe!
Brown
green
don kannenberg
GREEN
purple
Pink
red
Black
Don
RAY CHO
purple
ORANGE.

Orange

blue

Sarah

black

Dave Stanley

PURPLE

red

pink   blue   orange   black

orange

Dave Stanley

blue

blue

PURPLE

green   green

brown   Wendy   blue   Yellow

Yellow

pink   Yellow

MARCO

Kelly Rice   purple   blue

YELLOW   Sarah   orange

orange   GREEN

PARKER   RED   blue   pink

blue

Trisha Grand

Sarah

green
Beth Feiga
Yellow
black
orange
red
pink
John
black
Thomas Schell
purple
Purple
Purple
Jeremy
GREEN
orange
pink
Fred
BLU
brown
Pink
orange
BLUE
blue
Maria
green
red
GREEN
DENNIS
John
Purple
RED
BROWN
brown
blue
green
green
John
Nick
yellow

나는 마지막 장을 뜯어낸 후 다시 매니저를 찾으러 갔다. 그녀는 붓을 사러 온 손님을 상대하고 있었지만, 좀 끼어들어도 실례가 되지는 않을 것 같았다. "이건 우리 아빠예요!" 나는 아빠 이름을 손가락으로 짚으며 말했다. "토머스 셸(Thomas Schell)!" "기막힌 우연의 일치로구나!" 그녀가 말했다. "한 가지 걸리는 건, 아빠는 미술용품을 사지 않았다는 거예요." "어쩌면 샀는데 네가 모르는 것일 수도 있잖아." "아마 아빠는 그저 펜이 필요했을지도 몰라요." 나는 가게 안의 진열대를 모두 돌아다니며 아빠가 다른 미술용품들도 테스트했는지 찾아보았다. 그런 식으로 아빠가 미술용품을 샀는지 아니면 그냥 펜을 사려고 테스트만 해보았는지 알아낼 수 있었다.

나는 내가 찾아낸 것을 믿을 수가 없었다.

아빠의 이름이 **사방**에 있었다. 아빠는 마커와 오일 스틱, 색연필, 분필, 펜, 파스텔, 수채화 물감을 다 테스트했다. 심지어 거푸집용 플라스틱 조각에까지 긁어서 이름을 써놓았다. 끝에 노란 게 묻어 있는 조각도가 있는 것으로 봐서 그걸로 판 모양이었다. 마치 아빠가 역사상 최대의 미술 프로젝트라도 벌이려 한 것 같았다. 하지만 이해할 수가 없었다. 그건 일 년도 더 전의 일일 텐데.

나는 다시 매니저를 찾았다. "도움이 더 필요하면 말하라고 하셨죠?" 그녀가 대답했다. "우선 이 손님부터 봐드리고, 그다음에 도와줄게." 나는 그녀가 손님을 상대할 동안 기다렸다. 그녀가 내 쪽으로 돌아섰다. "도움이 더 필요하면 말하라고 하셔서 하는 말인데, 가게 영수증을 몽땅 좀 보고 싶어요." "왜?" "우리 아빠가 여기 며칠에 오셨는지, 또 무엇을 사셨는지 알아보려고요." "왜?" "알아보려고 그런다니까요." "하지만 이유가 뭔데?" "아줌마 아빠는 돌아가시지 않았잖아요. 그러니까 아줌마한테는 설명할 수가 없어요." "아빠가 돌아가셨니?" 나는 그렇다고 대답했다. "전 쉽사리 상처를 받아요."
그녀는 컴퓨터로 작동하는 금전 등록기로 가서 손가락을 움직이며
뭔가 타자를 쳤다. "이름 철자 좀 다시 불러줄래?" "S. C. H. E. L. L."
그녀는 자판을 몇 개 더 누르더니 얼굴을 찌푸리며 말했다. "없는
걸." "없다고요?" "뭘 사시거나 현금을 지불하신 적이 없어." "이런
십장생, 잠깐만요." "뭐라고?" "오스카 셸입니… 아, 엄마… 욕실에
있어서요… 옷 주머니 속에 있었거든요… 예에. 예에. 조금요, 근데
욕실에서 나간 다음에 다시 전화하면 안 돼요? 30분 후에요? 그건
개인적인 용무예요… 아마 그럴 거예요… 예에… 예에… 알았어요,
엄마… 어… 안녕."

"음, 그럼, 질문이 또 있어요." "나한테 하는 말이니, 아니면 전화에
대고 하는 말이니?" "아줌마한테요. 저 종이 철이 언제부터 진열대
에 있었나요?" "모르겠는데." "아빠가 돌아가신 지는 일 년 됐어요.
시간이 제법 됐지요." "종이 철이 그렇게까지 오래전부터 있진 않았
을 거야." "확실해요?" "확실해." "75퍼센트쯤요?" "그 이상." "99퍼
센트요?" "그렇게까지는 아니고." "90퍼센트?" "대충 그쯤." 나는
잠시 생각에 빠졌다. "그 정도면 꽤 높은 수치군요."

나는 집으로 달려가 몇 가지를 더 조사했다. 뉴욕에는 '블랙'이라
는 이름을 가진 사람이 472명 살고 있었다. 블랙 중 몇 명은 당연히
함께 살고 있었으니까, 주소는 216개가 있었다. 휴일을 넣고, 「햄릿」
연습이며 광물과 주화 컨벤션 등 이런저런 일들을 빼고 대충 한 주
걸러 한 번 토요일마다 갈 수 있다 치면, 자물쇠를 모두 조사하는 데
삼 년쯤 걸릴 것이다. 그러나 사실을 알아내지 못한 채 삼 년을 버틸
수 있을 것 같지가 않았다. 나는 편지를 한 통 썼다.

친애하는(Cher) 마르셀 선생님,

안녕하세요(Allô). 저는 오스카의 엄마입니다. 많이 생각해

봤는데, 오스카가 프랑스어 수업을 받으러 가야 할

이유가 분명치 않다는 결론에 이르렀습니다. 그래서

더는 예전처럼 오스카가 일요일에 선생님을 뵈러

가지 않게 될 겁니다. 그간 오스카를 가르쳐주신 데

대해 깊이 감사드리고 싶어요. 특히 기묘하기 짝이 없는

조건문 시제를 가르쳐주신 것에 대해서요.

오스카가 수업에 오지 않는다고

저한테 전화하실 필요는 없습니다.

저도 이미 알고 있고, 제가 결정한 일이니까요.

하지만 선생님은 매력남이니까

수업료는 계속 보내드리도록 하겠습니다.

당신의 벗(Votre ami dévouée)

마드무아젤 셸

나는 원대한 계획을 세웠다. 토요일과 일요일에는 블랙이라는 이름을 가진 사람들을 모조리 찾아내 그들이 아빠 서재의 꽃병 속에 든 열쇠에 대해 아는 게 있는지 알아볼 셈이었다. 일 년 반이면 전모를 알게 될 것이다. 아니면 적어도 새로운 계획을 생각해 내야 한다는 것이라도 알게 되겠지.

물론 그날 밤 엄마한테 자물쇠를 찾으러 나서기로 결심했다고 말하고 싶었지만, 그럴 수가 없었다. 이리저리 기웃거리고 다니다가 골치 아픈 일을 겪게 될지 몰라서도 아니었고, 꽃병을 깼다고 엄마가 화를 낼까 겁이 나서도, 눈물의 저수지에 눈물을 보태야 할 판에

내내 론 아저씨와 시시덕거리며 지낸다고 엄마한테 화가 나서도 아니었다. 이유를 꼬집어 말하기는 어려웠지만, 꽃병, 봉투, 열쇠에 대해 엄마는 모르고 있을 거라는 확신이 들었다. 자물쇠는 나와 아빠 사이의 일이었다.

그래서 여덟 달 동안 뉴욕을 온통 헤매고 다니면서, 어딜 가려는 건지, 언제 집에 돌아올 건지를 엄마가 물으면 이렇게만 대답했다. "좀 나갔다 올게요. 금방 돌아올 거예요." 정말로 이상한 것, 내가 더 이해할 수 없다고 느꼈어야 마땅한 것은 엄마가 그 이상의 질문은 절대 하지 않았다는 사실이다. 평소에는 나한테 그렇게 세심하게 주의를 기울였고, 특히 아빠가 돌아가신 후로는 더욱 그랬는데도, "어디 가는데?"라든가 "금방이라니 언제쯤?" 같은 질문조차도 하지 않았다. (엄마는 우리가 언제라도 서로를 찾을 수 있도록 나에게 핸드폰을 사주었고, 지하철 대신 택시를 타고 다니라고 말했다. 심지어는 경찰서에 데려가 내 지문을 채취해 놓기까지 했다. 근사했다.) 그런데 왜 엄마가 갑자기 나에 대해서 잊어버리기 시작했을까? 자물쇠를 찾으러 아파트를 나설 때마다 아빠에게 더 가까워졌기 때문에, 내 기분은 조금씩 더 가벼워졌다. 하지만 엄마한테서는 점점 멀어지고 있었기 때문에, 동시에 조금씩 더 무거워졌다.

그날 밤 잠자리에 들어서도 열쇠와 뉴욕에서 2.$\overline{777}$초마다 새로 생겨나는 자물쇠 생각을 떨쳐버릴 수가 없었다. 나는 침대와 벽 사이 빈틈에서 『나에게 일어난 일』을 끄집어내서는, 잠들기를 바라며 잠시 뒤적거렸다.

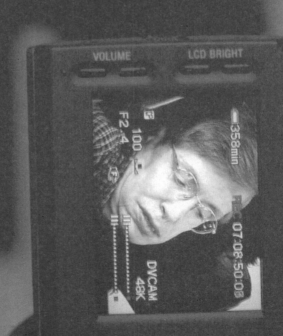

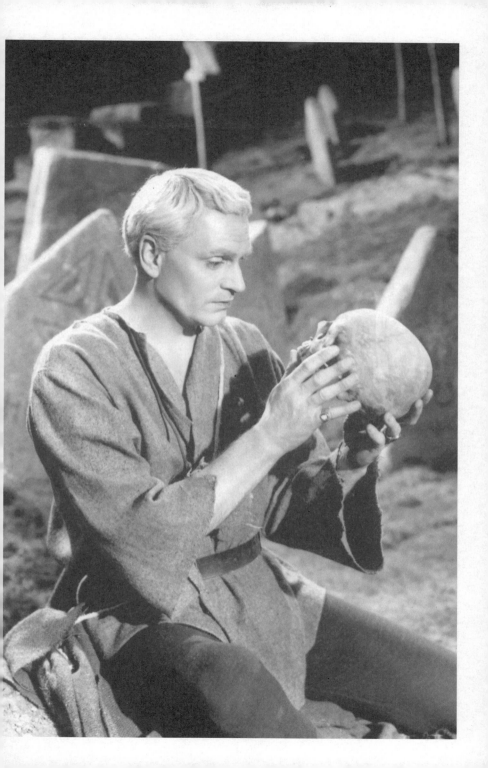

Intrepid Flyer

PAPER AIRPLANE #14

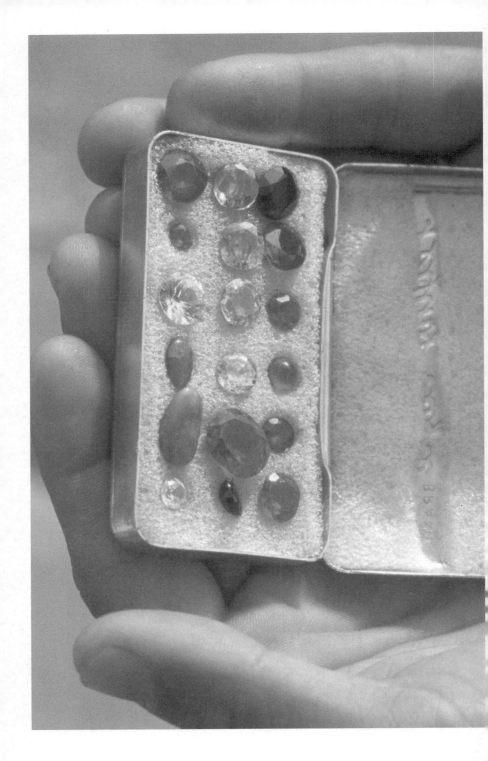

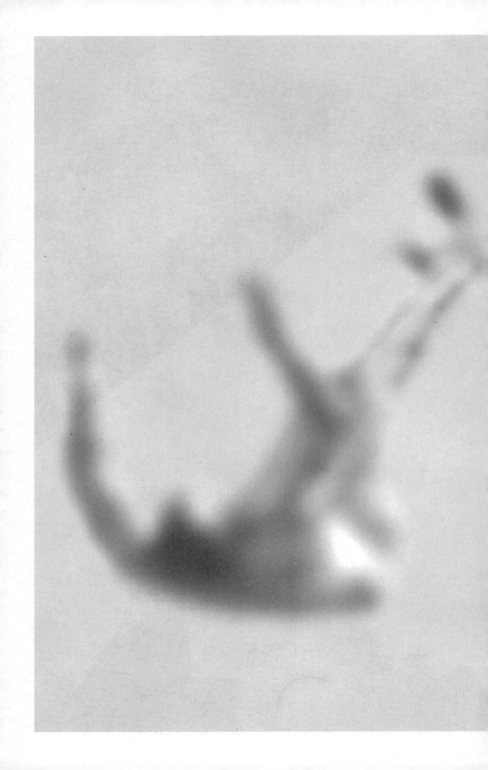

Purple

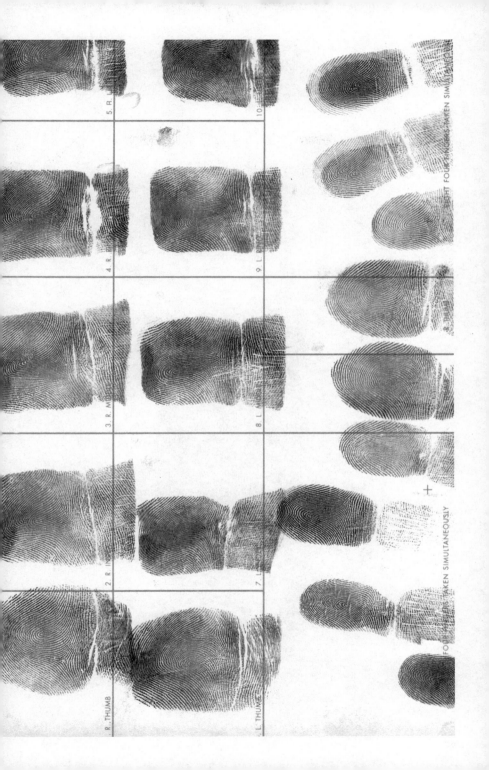

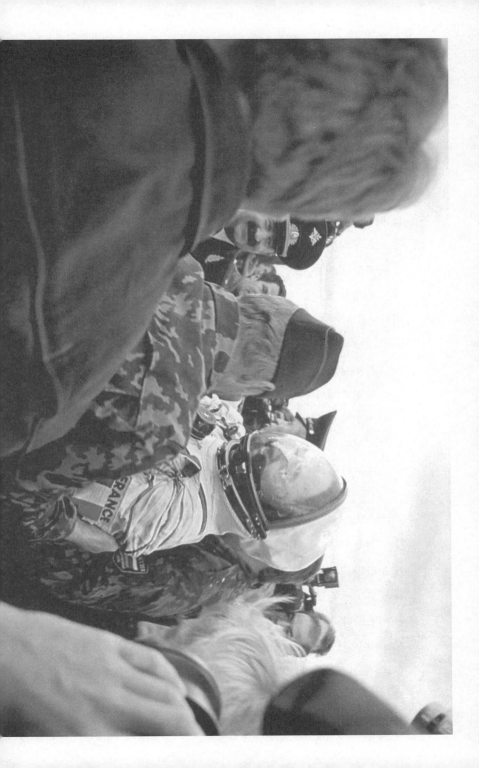

아무리 해도 잠이 오지 않자 잠자리에서 나와 전화기를 넣어둔 벽장으로 갔다. 그 최악의 날 이후로 한번도 전화기를 꺼낸 적이 없었다. 꺼낼 수가 없었다.

내가 집에 온 후 아빠한테서 전화가 걸려오기까지의 4분 30초에 대해 수없이 생각했다. 스탠 아저씨가 내 얼굴을 쓰다듬었다. 평소 같으면 절대 하지 않을 행동이었다. 내 생애 마지막으로 엘리베이터를 탔다. 아파트 문을 열고, 가방을 내려놓고, 신발을 벗었다. 실은 정말로 무시무시한 일이 벌어지고 있는 줄 모르는 탓에 모든 것이 다 근사해 보이는, 그런 상황이었다. 내가 어떻게 알 수 있었겠는가? 나는 애정의 표시로 버크민스터를 쓰다듬어 주었다. 전화기로 가서 메시지를 체크하면서 하나씩 들었다.

첫 번째 메시지: 오전 8시 52분
두 번째 메시지: 오전 9시 12분
세 번째 메시지: 오전 9시 31분
네 번째 메시지: 오전 9시 46분
다섯 번째 메시지: 오전 10시 4분

엄마한테 전화를 걸까 생각했다. 내 무전기를 들고 할머니를 호출할까 생각했다. 첫 번째 메시지로 되돌아가 전부 다시 들었다. 시계를 보았다. 10시 22분 21초였다. 도망가서 다시는 아무하고도 말하지 말까도 생각했다. 침대 밑에 숨을까. 시내로 달려가 내 힘으로 조금이라도 아빠를 구할 수 있을지 알아볼까 하는 생각도 했다. 그때 전화벨이 울렸다. 시계를 보았다. 10시 22분 27초였다.

엄마를 보호하는 것도 내 가장 중요한 레종 데트르 중 하나이기 때문에, 엄마한테는 도저히 그 메시지들을 들려줄 수가 없었다. 그래서 아빠의 경대 위에서 아빠의 비상금을 갖고 와서 암스테르담 가에 있는 라디오색*으로 갔다. 첫 번째 건물이 무너지는 모습을 본 것도 바로 그곳의 텔레비전에서였다. 나는 완전히 똑같은 전화기를 사서 집으로 달려와서는, 거기에 원래 쓰던 전화기에 있는 인사말을 녹음해 놓았다. 원래 쓰던 전화기는 할머니가 만들다 만 목도리에 싸서 장바구니에 넣고, 그걸 다시 상자에 넣고, 그 상자를 또 다른 상자에 넣어 아무도 모르게 내 벽장 속 보석 세공 작업대며 외국 화폐 앨범 따위의 잡동사니 밑에 쑤셔 넣었다.

그날 밤은 자물쇠를 찾는 일을 나의 궁극적인 레종 데트르──다른 모든 레종을 압도하는 레종──로 삼기로 결심한 밤이니만큼, 아빠의 목소리를 꼭 들어야만 했다.

나는 바스락 소리 하나라도 내지 않도록 엄청나게 조심하며 보호막을 걷어낸 후 전화기를 꺼냈다. 아빠의 목소리가 엄마를 깨우지 않도록 음량을 줄였지만, 그래도 여전히 아빠의 목소리는 빛이 퍼지듯 어둑어둑한 방 안을 가득 채웠다.

두 번째 메시지. 오전 9시 12분. 또 아빠다. 거기 있니? 여보세요? 있다면 미안하다. 좀 심하게. 연기가 자욱해. 네가 있으면 했는데. 있으면. 집에. 무슨 일이 일어났는지 네가 들었나 모르겠다. 하여간. 난. 그저 내가 괜찮다는 것만 알고 있으렴. 다. 괜찮. 아. 이 메시지를 들으면 할머니께 전화를 해주겠니. 할머니한테도 아빠는 무사하다고 말씀드려. 좀 이따가 다시 전화하마. 소방수들이 올 거야. 그때까지는 여기 있어야지. 전화하마.

---

* Radio Shack. 휴대폰, 통신 장비 등 전자 장치를 판매하는 업체.

나는 뜨다 만 목도리로 전화기를 다시 싸서, 바구니에 넣고, 상자에 넣고, 또 다른 상자에 넣어 벽장 속 잡동사니 밑에 쑤셔 넣었다.

나는 가짜 별들을 끝없이 응시했다.

나는 발명을 했다.

나는 스스로에게 상처를 입혔다.

나는 발명했다.

나는 침대에서 나와 창가로 가서 무전기를 집어 들었다. "할머니? 할머니, 제 말 들리세요? 할머니? 할머니?" "오스카니?" "전 잘 있어요. 오버." "밤이 늦었어. 무슨 일이냐? 오버." "저 땜에 깨셨어요? 오버." "아니다. 오버." "뭐 하고 계셨어요? 오버." "세입자한테 얘기를 좀 하던 참이었다. 오버." "그 사람도 아직 안 자고 있어요? 오버." 엄마는 세입자에 대한 질문은 하지 말라고 했지만, 묻지 않을 수 없는 때가 종종 있었다. "그렇단다. 하지만 방금 막 나갔어. 심부름할 것이 좀 있어서. 오버." "하지만 지금은 새벽 4시 12분인데요? 오버."

세입자는 아빠가 돌아가신 후로 할머니와 함께 살았다. 나는 할머니의 아파트에 매일 들르면서도 그와 마주친 적은 한번도 없었다. 그는 항상 심부름을 하러 갔든가, 낮잠을 자고 있든가, 물소리가 전혀 들리지 않을 때조차도 샤워를 하는 중이라고 했다. 엄마는 이렇게 말했다. "할머니 입장이 된다면 퍽이나 외로울 거야, 그렇게 생각하지 않니?" "누가 되든 외로운 건 다 마찬가지겠죠." "하지만 할머니한테는 엄마도 없고, 대니얼이나 제이크 같은 친구도 없고, 하다못해 버크민스터도 없잖니." "그건 맞아요." "어쩌면 할머니한테는 상상 속의 친구가 필요한지도 몰라." "하지만 전 진짠데요." "그렇지, 그리고 할머니는 너하고 시간 보내는 걸 무척 좋아하시지. 하지만 년 학교에도 가고, 친구들하고도 어울리고, 「햄릿」 연습도 하고, 모형 완구 가게에도……" "모형 완구 가게라고 부르지 말아주세요." "내 말은 네가 늘 곁에 붙어 있을 수는 없다는 거야. 또 할머니는 또래 친구를 원하실지도 모르잖아." "할머니의 상상의 친구가 또래인지 엄마가 어떻게 알아요?" "모르지."

엄마가 말했다. "친구가 필요한 거야 무슨 잘못이겠니." "사실은 지금 론 아저씨 얘기를 하시는 거죠?" "아니야. 할머니 얘기를 하고 있어." "정말은 론 아저씨 얘기잖아요." "아니라니까, 오스카. 정말 아니야. 그리고 그런 말투는 듣기에 별로 좋지 않구나." "제 말투가 어땠는데요?" "힐문하는 투로 말했잖니." "전 '힐문'이 무슨 뜻인지도 모르는데 어떻게 그런 말투를 쓸 수가 있겠어요?" "내가 친구를 사귀는 것이 나쁜 일인 양 말했어." "아니, 그러지 않았어요." 엄마는 반지 낀 손가락으로 머리카락을 만지며 말했다. "너도 알겠지만, 엄마는 **정말로** 할머니 얘기를 **하고 있었어**, 오스카. 하지만 엄마한테 친구가 필요한 것도 사실이야. 그게 뭐 잘못됐니?" 나는 어깨를 으쓱했다. "아빠도 엄마한테 친구가 있기를 바랄 거라고 생각하지 않니?" "전 그런 말투 안 썼어요."

할머니는 길 건너 건물에 사신다. 우리 집은 5층이고 할머니 댁은 3층이지만, 실제 높이는 비슷하다. 가끔씩 할머니가 창가에서 내게 보낼 쪽지를 쓰는 모습을 망원경으로 볼 수 있다. 아빠와 함께 오후 내내 종이비행기의 밑그림을 그려서 우리 아파트에서 할머니 아파트로 비행기를 날려 보낸 적도 있었다. 스탠 아저씨가 길에 서서 떨어진 비행기들을 전부 모았다. 아빠가 돌아가신 직후 할머니가 썼던 쪽지 하나가 기억난다. "가지 마라."

할머니가 창문에 머리를 기댄 채 무전기에 믿을 수 없을 만큼 가까이 입을 대고 있어서 목소리를 알아듣기가 힘들었다. "별일 없니? 오버?" "할머니? 오버." "응? 오버." "왜 성냥은 그렇게 짧아요? 오버." "무슨 말이냐? 오버." "음, 성냥은 항상 다 타버리잖아요. 누가 켜도 언제나 순식간에 끝까지 다 타 들어가 버리고 어쩔 때는 손가락까지 태우고요. 오버." "이 할미는 별로 똑똑치 못하단다." 할머니는 항상 당신 의견을 내놓기 전에 이런 식으로 겸손한 자세를 취했다. "하지만 할미 생각에는 성냥을 호주머니에 쏙 들어가게 하느라고 짧게 만든 것 같구나. 오버." "네." 나는 팔꿈치를 창턱에 올리고, 손으로 턱을 받친 채 말했다. "제 생각도 그래요. 그럼 호주머니가 훨씬 더 크다면 어떻게 될까요? 오버." "글쎄다, 낸들 알겠느냐만, 호주머니가 훨씬 더 아래까지 내려가게 될 테니 호주머니 바닥까지 손이 닿질 않아서 애를 먹을 것 같구나. 오버." "맞아요." 나는 자세를 유지하기가 힘들어서 손의 위치를 바꿨다. "그럼 휴대용 호주머니는 어떨까요? 오버." "휴대용 호주머니라고? 오버." "네. 양말 비슷한 모양이 되겠지만, 겉에 찍찍이를 달아서 어디에든 붙일 수 있게 하는 거예요. 입고 있는 옷에 붙이는 거니까, 가방하고는 전혀 달라요. 하지만 옷 밖에 있고 떼어버릴 수도 있으니까 정확히 호주머니도 아니에요. 이 옷에서 저 옷으로 물건들을 쉽게 옮길 수 있고, 주머니를 떼어내서 손 닿는 곳에 둘 수 있으니까 큰 물건들도 지니고 다닐 수 있고, 여러 가지 이점이 있지요. 오버." 할머니는 심장 근처를 손으로 누르며 말했다. "아주 멋진 생각이구나. 오버." "휴대용 호주머니가 있으면 짧은 성냥 때문에 손가락을 델 일도 확 줄어들 거예요. 게다가 짧은 챕스틱 때문에 입술이 마르는 일도 줄어들 거고요. 그런데 초콜릿바는 왜 그렇게 짧아요? 그러니까, 초콜릿바를 양에 찰 만큼 먹어본 적이 있으세요? 오버." "할미는 초콜릿을 먹을 수가 없단다. 하지만 네가 무슨 말을 하는지는 알겠다. 오버." "아주 긴 빗도 갖고 다닐 수 있어요. 그러면 가르마를 항상 똑바로 유지할 수 있겠죠. 그리고 큰 남필(mencil)도……" "남필이라고?" "남자용 연필(pencil for men) 말이에요." "오, 그래." "저처럼 손가락이 통통한 사람이 잡기 편한 더 큰 남필도 갖고 다닐 수 있어요. 또 휴대용 호주머니에 십장생을 갖고 다니지 않아도 되도록 새들을 훈련시킬 수도 있고……" "무슨 소린지 모르겠구나." "할머니의 **새 모이 셔츠** 말이에요."

"오스카? 오버." "네, 오버." "무슨 일 있니, 얘야? 오버." "무슨 일이 있냐니요? 오버." "무슨 일이 있느냐고? 오버." "아빠가 보고 싶어요. 오버." "나도 그렇단다, 오버." "아빠가 많이 보고 싶어요. 오버." "나도 그래. 오버." "한시도 잊을 수가 없어요. 오버." "나도 한시도 잊을 수 없단다. 오버." 전화에 얽힌 일을 할머니에게 말할 수 없었으니, 할머니를 비롯한 그 누구보다도 **더** 내가 아빠를 그리워한다는 사실을 설명할 수가 없었다. 그 비밀은 내 속에 뻥 뚫려 모든 행복한 일들을 빨아들이는 구멍이었다. "할아버지가 아무리 급한 일이 있어도 발을 멈추고 눈에 띄는 동물이란 동물은 다 쓰다듬어 주었다는 얘기를 너에게 해줬던가? 오버?" "구골플렉스와 맞먹는 수만큼 얘기하셨어요. 오버." "오. 그럼 할아버지 손이 조각을 하느라 거칠고 붉어져서, 내가 가끔 사실은 할아버지 손이 조각을 한 게 아니라 조각이 할아버지 손을 조각한 거라고 농담한 얘기도 했니? 오버?" "그 얘기도 하셨어요. 하지만 또 해주셔도 돼요. 오버." 할머니는 그 얘기를 다시 들려주셨다.

구급차 한 대가 우리 사이의 거리를 달려갔다. 누가 실려 가는 걸까, 그 사람에게 무슨 일이 일어난 걸까 상상해 보았다. 스케이트보드를 타고 고난도 기술을 시도하다가 발목을 부러뜨렸을까? 아니면 온몸의 90퍼센트에 3도 화상을 입고 죽어가고 있는지도 몰라. 내가 아는 사람일 가능성도 있을까? 누군가 저 구급차를 보면서 그 안에 혹시 내가 타고 있나 궁금해하지는 않을까?

내가 아는 사람들을 모조리 다 알고 있는 장치가 있다면 어떨까? 환자의 장치가 아는 사람의 장치를 주위에서 탐지하지 못했다면 구급차가 거리를 달릴 때 지붕에 커다란 사인을 번쩍일 수도 있겠지.

걱정 말아요! 걱정 말아요!

그 장치가 아는 사람의 장치를 탐지해 낸다면, 구급차는 거기 탄 사람의 이름과 함께 이런 메시지를 번쩍이든가,

심각하지 않습니다! 심각하지 않습니다!

혹은 상태가 심각하다면 이런 메시지를 띄우는 거다.

중태입니다! 중태입니다!

또 내가 사람들을 얼마나 사랑하는가에 따라 등급을 매길 수도 있다. 구급차에 실린 사람이 중상을 입었다든가 벌써 죽었는데, 그의 장치가 그가 가장 사랑하는 사람이나 그를 가장 사랑하는 사람의 장치를 탐지했다면, 이런 메시지를 번쩍이는 거다.

안녕히! 사랑해요! 안녕히! 사랑해요!

많은 사람들의 목록에 첫 번째로 올라가 있는 사람이 된다면 근사하겠다. 그러면 죽음을 목전에 두고 구급차에 실려 병원으로 가는 길 내내 그 메시지가 번쩍거리겠지.

안녕히! 사랑해요! 안녕히! 사랑해요!

"할머니? 오버?" "그래, 얘야? 오버?" "할아버지가 그렇게 훌륭한 분이셨다면, 왜 떠나신 거예요? 오버." 할머니는 약간 뒤로 물러서며 아파트 안으로 모습을 감췄다. "할아버지는 떠나고 싶어서 떠나신 게 아니란다. 떠나실 수밖에 없었어. 오버." "하지만 **왜** 떠나실 수밖에 없었어요? 오버." "나도 모르겠구나. 오버." "그것 땜에 화나셨어요? 오버." "할아버지가 떠나서? 오버." "이유를 모르신다는 것 때문에요. 오버." "아니. 오버." "슬프셨어요? 오버." "물론 그랬지. 오버." "잠깐만요." 나는 도구 상자로 뛰어가 할아버지의 카메라를 꺼냈다. 그리고 그걸 창가로 가지고 와서 할머니의 창을 찍었다. 우리 사이의 거리에 플래시가 번쩍 터졌다.

10. 월트
9. 린디
8. 앨리샤

할머니가 말했다. "네가 뭘 사랑한다 해도 그 마음이 내가 널 사랑하는 마음은 못 따를 게다. 오버."

7. 팔리
6. 민치/치약(묶어서)

5. 스탠

할머니가 손으로 키스를 보내는 소리가 들렸다.

4. 버크민스터
3. 엄마

나도 할머니에게 키스를 날렸다.

2. 할머니

"교신 끝." 우리 중 한쪽이 말했다.

1. 아빠

더 큰 호주머니가 있어야 해, 나는 잠자리에 누워 사람이 잠들기까지 평균적으로 걸리는 시간이라는 7분을 헤아리며 생각했다. 거대한 호주머니, 우리 가족, 친구들, 심지어 리스트에 없는 사람들, 한번도 만나본 적은 없지만 그래도 보호해 주고 싶은 사람들 모두를 감싸고도 남을 만큼 큰 호주머니가 있어야 한다. 구(區)와 도시들을 위한 호주머니, 우주를 다 감쌀 호주머니가 필요하다.

8분 32초……

하지만 그렇게 큰 호주머니는 있을 수 없다는 걸 알고 있었다. 결국 모두가 모두를 잃는다. 이를 극복할 수 있는 발명은 없었다. 그래서 그날 밤, 나는 전 우주를 등에 짊어진 거북이 같은 기분이 되었다.

21분 11초……

열쇠 이야기를 하자면, 나는 그 열쇠를 아파트 열쇠와 나란히 끈에 꿰어 펜던트처럼 목에 걸었다.

나는 오래오래 잠을 이루지 못했다. 버크민스터는 내 옆에서 몸을 웅크리고 있었다. 잠시 다른 생각을 몰아내기 위해 동사 활용*을 했다.

Je suis

    Tu es

        Il/elle est

            Nous sommes

                Vous êtes

                    Ils/ells sont

                        Je suis

                            Tu es

                                Il/elle est

                                  Nous

한밤중에 나는 한 차례 잠에서 깼다. 버크민스터가 발을 내 눈꺼풀 위에 올려놓고 있었다. 녀석도 내 악몽을 감지한 것이 틀림없었다.

---

* 인칭에 따른 être 동사의 활용. être 동사는 영어의 be 동사에 해당한다.

나의 감정들

2003년 9월 12일

사랑하는 오스카,

나는 공항에서 너에게 편지를 쓰고 있단다.

네게 할 얘기가 너무나 많구나. 처음부터 시작하마. 너는 다 들을 자격이 있으니까. 네게 사소한 것 한 가지도 빼놓지 않고 전부 다 얘기해 주고 싶단다. 하지만 어디가 시작일까? 그리고 무엇이 전부일까?

난 지금은 노인네지만, 한때는 소녀였단다. 사실이야. 네가 소년이듯 나도 소녀였지. 내가 맡은 자질구레한 집안일 중 하나는 우편물을 가져오는 것이었어. 어느 날 우리 집 주소로 짤막한 편지 한 장이 왔단다. 이름도 없었어. 딱히 이름이 없으니 내 것이라 해도 상관없겠다고 생각했어. 편지를 뜯어보았지. 많은 단어가 검열관의 손에 삭제되어 있었어.

1921년 1월 14일

이 편지를 받으실 분께

제 이름은 XXXXXX XXXXXXXXX입니다.   저는 XX 지구에 있
는 터키인 강제 노동 수용소 XXXXX의 XXXXXXXXX입니다.   저는
운 좋게도 살아남아 XX X XXXXXXX 했습니다.   저는 당신이 누구
인지도 모르면서 당신에게 편지를 쓰기로 했습니다.   제 부모님은
XXXXXXX XXX입니다.   제 형제자매들은 XXXXX XXXX이며, 주요
XXXXXX XX XXXXXXXX입니다!

여기 온 후로 저는 매일 XXX XX XXXXX XXXXXXX에게 편지를
썼습니다.   빵을 우표와 맞바꿨지만, 아직 한번도 답장은 받아보지
못했습니다.   가끔씩은 우리가 쓰는 편지를 그들이 부치지 않았을
거라고 생각하며 마음을 달랜답니다.

XXX XX XXXXXX, 아니면 적어도 XXX XXXXXXXXX?

XXXXX XX 내내 XX XXXXX X XX.

XXX XX XXXXX, 그리고 악몽 XXX XXXXXXX XXX XXXXX 한
번 없이 XXXXX XX XXXXX XX XXX?

XXX XXX, XX XXXXX XX XXXXX XX! XXXXX XX XXX XX
XXX XX XXXXXX 제게 몇 자라도 편지를 보내주신다면 제가 얼마
나 감사히 여길지 당신은 모르실 겁니다.   XXXXXX XXXX 몇몇은
편지를 받아서 저도 XX XX XXXXXXXX을 알고 있습니다.   부디
당신의 이름과 사진 한 장을 동봉해 주세요.   뭐든 다 넣어 보내주
세요.

크나큰 희망을 품고,

충실한 벗,

XXXXXXXX XXXXXXXXX

나는 편지를 갖고 곧장 내 방으로 갔단다.   매트리스 밑에 편지를

넣었어.   어머니 아버지에게도 함구했지.   궁금한 마음에 몇 주 동
안 밤잠을 설쳤어.   왜 이 사람은 터키인 강제 노동 수용소에 보내
졌을까?   왜 쓴 지 십오 년이나 지나서야 편지가 도착했을까?   그
십오 년 동안 편지는 어디를 떠돌았을까?   왜 아무도 그에게 답장
을 써주지 않았을까?   다른 사람들은 편지를 받았다는데.   왜 우
리 집으로 편지를 보낸 걸까?   어떻게 우리 동네 이름을 알았을까?
드레스덴은 어떻게 알았을까?   어디서 독일어를 배웠을까?   그는
어떻게 되었을까?

나는 편지에서 할 수 있는 데까지 그 사람에 대해 알아내려고 애썼
단다.   단어들은 아주 단순했어.   빵은 그냥 빵이지.   편지는 편지
고.   크나큰 희망은 글자 그대로 크나큰 희망이야.   남은 것은 필적
뿐이었어.

그래서 아버지, 그러니까 네 증조할아버지께 나한테 편지를 써달
라고 부탁을 드렸단다.   아버지는 내가 아는 가장 훌륭하고 가장
마음씨가 따듯한 분이었어.   내용은 아무거나 상관없다고 했어.
그냥 써주시기만 하면 된다고.   아무 얘기나 쓰시라고 했지.

애야,

네가 편지를 써달라고 부탁하니 네게 편지를 쓰는 중이다.   왜 내
가 이 편지를 쓰고 있는지, 무슨 내용을 쓰라는 건지 모르겠다만, 하
여튼 너를 깊이 사랑하고, 네가 좋은 뜻으로 부탁했으리라 믿으니까
쓰는 거야.   언젠가는 너도 네가 사랑하는 사람을 위해 이해할 수
없는 일을 하는 그런 경험을 하게 되기를 바란다.

아버지가

그 편지는 내게 남은 아버지의 유일한 유품이란다.   사진 한 장도
남지 않았어.

그런 다음 교도소엘 갔지.　삼촌이 거기 교도관이었어.　난 한 살인자의 필적 견본을 손에 넣을 수 있었단다.　삼촌이 그에게 조기 석방을 간청하는 탄원서를 쓰라고 시킨 거야.　장난치고는 좀 심했지.

교도소 위원회 여러분께

제 이름은 쿠르트 슐루터입니다.　죄수 번호 24922번입니다.　저는 몇 년 전 이곳 감옥에 들어왔습니다.　얼마나 되었는지는 잘 모르겠습니다.　달력이 없어서요.　저는 벽에 분필로 금을 그어놓습니다.　하지만 비가 오면, 제가 자는 동안 창으로 비가 들이칩니다. 깨어나 보면 금이 지워지고 없지요.　그래서 얼마나 되었는지 잘 모릅니다.

저는 제 형을 살해했습니다.　형의 머리를 삽으로 쳤습니다.　그런 다음 그 삽으로 형을 뜰에 묻었습니다.　흙이 붉게 물들었습니다. 형의 시체가 묻힌 잔디밭에서 잡초가 자라났습니다.　가끔씩 밤에 무릎을 꿇고 잡초를 뽑았으니까, 아무도 몰랐을 겁니다.

저는 끔찍한 짓을 저질렀습니다.　저는 내세를 믿습니다.　지난 일을 되돌릴 수 없다는 것을 압니다.　제 과거가 날짜를 표시한 분필 금처럼 씻겨 나갈 수만 있다면 좋겠습니다.

저는 개과천선하려고 노력해 왔습니다.　다른 수형자들의 잡일을 도와주었습니다.　이제는 인내할 줄도 압니다.

여러분은 대수롭지 않게 여기실지도 모르지만, 형은 제 아내와 관계를 가졌습니다.　아내는 죽이지 않았습니다.　아내를 용서했으니, 아내에게 돌아가고 싶습니다.

저를 석방해 주신다면 착한 사람이 되어 조용히 눈에 띄지 않는 곳에서 살겠습니다.

부디 제 탄원에 귀 기울여주십시오.

쿠르트 슐루터, 죄수 번호 24922

삼촌은 나중에 내게 그 죄수가 감옥에 들어온 지 사십 년이 넘었다고 말해 주었단다. 들어올 때는 젊은이였는데, 나에게 그 편지를 썼을 때는 늙고 쇠약해져 있었지. 그의 아내는 재혼했다더구나. 그 여자는 아이들을 낳고 손자를 보았어. 삼촌은 전혀 그런 말을 하지 않았지만, 난 삼촌이 그 죄수와 친구가 되었다는 것을 알 수 있었어. 그들은 서로를 지켜주었지. 몇 년 후 그 죄수가 어떻게 되었느냐고 삼촌에게 묻자, 삼촌은 그가 아직도 감옥에 있다고 대답했어. 죄수는 계속해서 위원회에 편지를 썼어. 그는 다른 쪽 끝에 아무도 없다는 사실도 모른 채 끊임없이 자신을 책망하고 아내를 용서했단다. 죄수에게서 편지를 받을 때마다 삼촌은 꼭 전해 주겠노라고 약속했어. 그러나 전해 주는 대신 전부 자기가 보관했지. 편지가 삼촌의 경대 서랍을 꽉 채웠단다. 저러다가 누구 하나 자살을 하고도 남겠다고 생각했던 기억이 나. 내 생각이 옳았어. 삼촌, 그러니까 네 증조할아버지는 스스로 목숨을 끊었단다. 물론 그 죄수하고는 무관한 일이었을 수도 있지만.

표본 세 장을 놓고 비교해 봤어. 적어도 강제 노동자의 필적이 살인자의 것보다는 아버지의 것과 더 닮았다는 점은 알 수 있었지. 하지만 더 많은 편지가 필요했어. 손에 넣을 수 있는 데까지 최대한 많이.

그래서 피아노 선생님에게 갔단다. 항상 선생님한테 키스하고 싶었지만, 비웃음을 당할까 겁이 났어. 선생님에게 편지를 써달라고 부탁했어.

그다음에는 이모에게 부탁했지. 이모는 춤을 아주 좋아했지만 춤을 추는 것은 싫어했어.

학교 친구 메리에게도 편지를 써달라고 부탁했단다. 메리는 익살맞고 생기발랄한 아이였어. 홀딱 벗고 빈집 안을 이리저리 뛰어다니기를 좋아했지. 그런 짓을 할 나이는 한참 지났는데도 말이야. 그 애는 도무지 부끄러운 것이 없었어. 나는 툭하면 부끄러움을 타고 상처받는 아이였기 때문에, 메리의 그런 점이 참 대단해 보였지. 메리는 침대 위에서 펄쩍펄쩍 뛰는 것도 무척 좋아했어. 몇 년을 그렇게 침대 위에서 뛰고 또 뛰다가, 어느 오후 내가 구경하던 중 이불 솔기가 터져버렸단다. 깃털이 작은 방 가득 날렸어. 깃털은 우리의 웃음소리를 타고 공중을 계속 떠다녔지. 나는 새들을 생각했어. 웃고 있는 사람이 하나도 없는 어딘가에서는, 그래도 새들이 날 수 있으려나?

나는 할머니, 그러니까 네 고조할머니께 가서 편지를 써달라고 부탁했단다. 우리 어머니의 어머니였지. 네 아버지의 어머니의 어머니의 어머니고. 할머니에 대해서는 아는 게 거의 없었어. 알고 싶은 마음도 없었단다. 어린아이답게 과거는 필요 없다고 생각했지. 과거가 내게 필요할지 모른다고 생각해 본 적도 없었어.

무슨 편지 말이냐? 할머니가 물었지.

쓰시고 싶은 얘길 아무거나 써달라고 말했단다.

나한테서 편지를 받고 싶단 말이냐? 할머니가 물었어.

그렇다고 대답했지.

오, 착하기도 해라, 할머니가 말했어.

할머니가 보내주신 편지는 예순일곱 장이나 됐어. 살아온 얘기를 다 쓰셨지 뭐냐. 내 부탁을 당신 식대로 해석하신 거야. 내 이야기를 들어보렴.

난 많은 걸 알게 됐단다. 할머니는 젊은 시절 노래를 부르셨어. 소녀 적에 미국에 갔다 오신 적도 있지. 난 전혀 몰랐어. 할머니는 어쩌나 자주 사랑에 빠지셨던지, 급기야는 사실은 전혀 사랑에 빠지지 않은 건 아닌가 의심이 들기 시작하셨대. 하지만 훨씬 더 평범한 얘기도 있었지. 할머니는 한번도 수영을 배운 적이 없었지만, 바로 그 때문에 강과 호수를 언제나 좋아하셨다는 것도 알게 됐지. 할머니는 아버지, 그러니까 나한테는 증조할아버지이고 너한테는 현조할아버지인 분께 비둘기를 사달라고 부탁하셨단다. 하지만 네 현조할아버지는 비둘기 대신 비단 스카프를 사주셨대. 그래서 할머니는 스카프를 비둘기로 생각했고. 심지어는 스카프가 날 수 있는 있는데도 아무에게도 정체를 보이고 싶지 않아서 날지 않는다고까지 믿으셨다는구나.

그 정도로 아버지를 사랑하셨던 거야.

그 편지는 없어졌단다. 하지만 마지막 구절은 아직도 기억하고 있어.

이렇게 쓰셨어. 다시 소녀 시절로 돌아갈 수만 있다면 얼마나 좋을까. 그러면 내 인생을 다시 살아볼 텐데. 나는 필요 이상으로 너무 많은 고통을 겪었단다. 기쁠 때도 마냥 기쁘지만은 않았어. 다르게 살 수도 있었으련만. 내가 네 나이쯤이었을 때, 할아버지가 루비 팔찌를 주셨지. 나한테는 너무 커서 팔에서 자꾸 미끄러져 내렸어. 거의 목걸이 수준이었지. 나중에 할아버지는 당신께서 그렇게 만들어 달라고 보석상에 주문했다는 얘길 해주셨어. 팔찌의 크기가 할아버지의 애정을 상징했던 거야. 루비가 많이 달릴수록 애정도 크다는 거지. 하지만 그 팔찌는 제대로 차기가 힘들었단다. 아예 찰 수가 없었어. 내가 말하려 한 내용의 요지는 바로 이거야. 내가 지금 너에게 팔찌를 준다면, 네 손목 치수를 두 번 젤 거라는 게야.

 사랑을 담아,

 할머니가

나는 내가 아는 모든 사람들한테서 편지를 받았단다. 편지들을 침실 바닥에 늘어놓고 공통점에 따라 분류했어. 편지는 백 통이었다. 나는 쉴 새 없이 편지들을 이리저리 옮기면서 연관성을 찾아보려고 애썼지. 이해하고 싶었어.

칠 년 후, 어린 시절의 친구가 내가 그를 가장 필요로 할 때 다시 나타났단다. 내가 미국에 온 지 두 달밖에 안 됐을 때였어. 나는 이민 중개자의 도움을 받고 있었지만, 머지않아 자립해야 할 상황이었단다. 어떻게 혼자 힘으로 먹고살아야 할지 막막했어. 하루 종일 신문과 잡지들을 읽었지. 관용적으로 쓰이는 표현들을 배우고 싶었어. 진짜 미국인이 되고 싶었단다.

지껄이다(chew the fat). 울분을 풀다(blow off some steam). 역부족이다(close but no cigar). 공감을 일으키다(rings a bell). 틀림없이 내 말이 우스꽝스럽게 들렸을 게야. 난 그저 자연스러워 보이고 싶었을 뿐인데. 결국 두 손 들고 말았지.

모든 것을 잃은 후로 한번도 그를 보지 못했어. 생각조차 한 적이 없었지. 그는 우리 언니 애나의 친구였단다. 어느 오후엔가 우리 집 헛간 뒤뜰에서 둘이 키스하는 모습을 우연히 봤어. 너무 흥분됐어. 마치 내가 누군가와 키스하는 듯한 기분이었단다. 난 아무하고도 키스해 본 적이 없었는데 말이다. 진짜 내가 했더라도 그보다 더 흥분되지는 않았을 거야. 우리 집은 작았단다. 언니랑 나는 한 침대를 썼지. 그날 밤 나는 언니에게 내가 본 것을 말했단

다.   언니는 내게 한마디도 입 밖에 내지 않겠다는 약속을 하라고
했어.   난 언니에게 약속했지.

언니가 말했어.   널 어떻게 믿게?

언니에게 이렇게 말하고 싶었단다.   남한테 말한다면 내가 본 것
은 더 이상 내 것이 아니잖아.   하지만 그저 이렇게 말했어.   난 언
니 동생이잖아.

고마워.

나 언니가 키스하는 거 봐도 돼?

우리가 키스하는 걸 봐도 되냐고?

어디서 키스할 건지 나한테 말해 주면, 내가 숨어서 볼게.

언니는 새 떼를 몽땅 이주시킬 수 있을 정도로 웃어댔단다.   좋다
는 뜻이었어.

가끔은 우리 집 헛간 뒤뜰에서였지.

가끔은 학교 운동장 벽돌담 뒤에서였어.   항상 어딘가의 뒤에서
였지.

언니가 그에게도 말했을지 궁금했어.   내가 훔쳐보는 시선을 느
낄 수 있는지, 그러면 더 흥분이 되는지 궁금했어.

왜 나는 구경하게 해달라고 부탁했을까?   언니는 왜 허락했을까?

강제 노동자에 대해 더 많은 것을 알아내려고 애쓰던 때에, 그에게
도 갔단다.   안 찾아간 사람이 없었으니까.

애나의 귀여운 동생에게,

네가 부탁한 편지야.   난 키가 거의 2미터 가까이 돼.   내 눈은 갈
색이야.   내 손이 크다고들 하더라.   난 조각가가 되고 싶고, 네 언
니랑 결혼하고 싶어.   그게 내 유일한 꿈이야.   더 쓸 수도 있지만,
중요한 얘기는 다 했어.

너의 벗,

·토머스

칠 년이 지난 어느 날 빵집에 갔는데, 거기 그가 있었단다.   그의
발치에는 개들이 있었고, 옆에는 새장에 든 새가 있었어.   칠 년은
칠 년이 아니었어.   칠백 년도 아니었어.   그 세월의 길이는 햇수
로 잴 수 있는 게 아니었어.   대양이 우리가 항해한 거리를 말해 줄
수 없듯, 죽은 이들의 숫자를 헤아릴 수 없듯.   난 그에게서 도망치
고 싶은 한편으로 그의 옆으로 바짝 다가가고 싶었어.

난 그의 옆으로 다가갔단다.

토머스 아니에요?   내가 물었지.

그는 아니라며 고개를 저었어.

맞아요, 내가 말했지.   토머스인 거 알아요.

그는 아니라고 고개를 흔들었어.

드레스덴 출신이죠.

그는 오른손을 펼쳐 보였어.   손바닥에는 아니요, 라고 문신이 새
겨져 있었지.

당신을 기억하고 있어요.   당신이 우리 언니하고 키스하는 걸 훔
쳐보곤 했어요.

그는 작은 공책을 꺼내더니 이렇게 썼단다.   저는 말을 못 합니다.
미안합니다.

그것을 보고 난 울음을 터뜨렸어.   그는 내 눈물을 닦아주었지.
하지만 자기가 누구인지는 인정하지 않았어.   죽어도 인정하지 않
더구나.

우리는 오후를 함께 보냈단다.   내내 난 그를 만지고 싶었어.   그
에게 어찌나 깊이 동정을 느꼈는지, 얼마나 오랫동안 그를 들여다봤

는지 몰라.   칠 년 전에는 한없이 커 보였는데, 지금은 작게만 보였
어.   그에게 내가 이민 중개자에게서 받은 돈을 주고 싶었단다.
그에게 내 이야기를 들려줄 필요는 없었지만, 그의 이야기를 들어줄
필요가 있었어.   그를 보호해 주고 싶었지.   내 한 몸도 건사하지
못하는 주제에, 그를 지켜줄 수 있다는 확신이 들었어.

그에게 물었단다.   당신이 꿈꾸던 대로 조각가가 되었나요?

그는 오른손을 보여주었지.   침묵이 흘렀어.

우린 서로에게 할 얘기가 많았지만, 할 방법이 없었어.

그가 이렇게 썼단다.   당신은 잘 지내요?

내가 말했지.   눈이 별로예요.

그가 썼어.   그래도 잘 지내고 있지요?

내가 말했단다.   너무 어려운 질문이군요.

그가 썼지.   아주 간단한 대답이군요.

내가 물었어.   당신은 괜찮아요?

그가 썼지.   감사하는 마음으로 잠에서 깨는 아침도 종종 있답
니다.

우리는 오랫동안 얘기를 나눴지만, 똑같은 말만 되풀이하고 있었어.

우리의 찻잔들이 비워졌어.

하루가 비워졌지.

그렇게 사무치게 외롭다고 느껴본 적이 없었어.   이제 우리는 다
른 방향으로 가야 했어.   달리 무엇을 해야 좋을지 몰랐지.

시간이 늦었어요, 내가 말했어.

그는 왼손을 내게 보여주었어.   손바닥 위에는 예, 라고 문신이 새
겨져 있었단다.

내가 말했지.   슬슬 집에 가야 할까 봐요.

그는 공책을 앞으로 넘겨 이 말을 짚었어.   잘 지내지요?

난 고개를 끄덕였어.

발걸음을 떼어놓기 시작했지.   허드슨 강까지 계속 걸어갈 생각이었단다.   들 수 있는 돌 중에서 제일 무거운 놈으로 골라 그걸 들고 가서 내 폐를 물로 가득 채우려고 했어.

그런데 그때 등 뒤에서 그가 손뼉 치는 소리가 들려왔어.

뒤돌아보니 그가 나에게 오라고 손짓을 하더구나.

그에게서 도망가고 싶은 한편으로 그에게로 가고 싶었어.

난 그에게로 갔단다.

그는 자기를 위해 포즈를 취해 주겠느냐고 묻더구나.   이 질문은 독일어로 썼단다.   그제야 비로소 그가 오후 내내 영어로 썼고, 나도 영어로 말했다는 사실을 깨달았어.   좋아요, 독일어로 대답했지. 좋아요.   우리는 다음 날로 약속을 정했어.

그의 아파트는 동물원을 방불케 했단다.   집 안 곳곳에 동물들이 있었어.   개와 고양이도 있고.   십여 개는 됨 직한 새장에.   수조도 있었지.   뱀과 파충류와 곤충들이 득시글대는 유리 상자들도 있었단다.   쥐들은 고양이가 건드리지 못하도록 새장 속에 들어가 있었어.   노아의 방주 같았단다.   하지만 한쪽 구석만은 반짝반짝 깨끗하게 치워져 있더구나.

그는 그 자리만은 비워둔다고 말했단다.

무엇 때문에요?

조각을 하려고.

무엇을, 아니면 누구를 조각하는지 알고 싶었지만, 묻지 않았어.

그는 내 손을 잡아끌었어.   우리는 삼십 분 동안 그가 만들고 싶어 하는 것을 놓고 얘기를 나눴어.   나는 그에게 필요한 것이라면 뭐든 하겠다고 말했지.

우리는 커피를 마셨단다.

그는 미국에서는 한번도 조각을 하지 않았다고 썼어.

왜 그랬어요?

할 수가 없었어요.

왜 할 수가 없었어요?

우리는 과거에 대해서는 절대 말하지 않았어.

이유는 모르겠지만, 그는 환풍구를 열었지.

새들이 다른 방에서 노래했어.

나는 옷을 벗었단다.

긴 의자로 갔어.

그가 나를 바라봤어.   남자 앞에서 옷을 벗은 건 처음이었단다. 그가 그 사실을 알까 궁금했어.

그는 내게로 다가오더니 마치 인형을 다루듯 내 몸을 움직였단다. 내 손을 머리 뒤에 놓았어.   오른쪽 다리는 약간 구부렸지.   조각을 해온 탓에 그의 손이 그렇게 거칠어졌을 거라고 짐작했지.   그는 내 턱을 낮추었단다.   내 손바닥을 위로 향하게 했어.   그의 관심이 내 속에 뚫린 구멍을 메워주었단다.

난 그 다음 날에도 갔어.   또 그 다음 날에도.   일자리를 찾는 것도 그만뒀어.   나를 바라보는 그 사람 외에는 아무것도 중요하지 않았단다.   때가 오면 다 내팽개칠 각오가 되어 있었지.

매번 똑같았어.

그는 무엇을 만들고 싶은지 얘기하곤 했단다.

난 그에게 필요하다면 무엇이든 하겠다고 했지.

우리는 커피를 마셨어.

과거에 대해서는 한마디도 입에 올리지 않았지.

그는 환풍구를 열었어.

새들이 다른 방에서 노래를 했고.

난 옷을 벗었지.

그가 내 자세를 잡아주었어.

그는 나를 조각했어.

가끔씩 내 침실 바닥에 널려 있던 백 통의 편지를 생각했단다. 내가 그 편지들을 모으지 않았다면, 우리 집이 불타오를 때 그 불빛이 조금은 덜 밝았을까?

매번 모델을 서고 나서는 조각을 보았단다. 그는 동물들에게 먹이를 주러 갔지. 내가 그에게 자리를 비켜달라고 부탁한 적은 없지만, 그는 나를 조각과 단 둘이 있게 해주었어. 그는 알고 있었던 거지.

두어 번밖에 모델을 서지 않았는데도, 그가 언니를 조각하고 있다는 것이 분명해졌어. 그는 칠 년 전에 알았던 소녀를 다시 만들려하고 있었어. 나를 앞에 놓고 조각하면서도, 언니를 보고 있었던 거야.

자세를 잡아주는 시간이 점점 더 길어졌단다. 그는 내 몸 여기저기를 더 많이 만졌어. 나를 더 많이 움직였단다. 내 무릎을 구부렸다 폈다 하면서 십 분을 꼬박 보내기도 했지. 내 손을 오므렸다 펴기도 했어.

당신이 부끄러워하지 않았으면 좋겠어요, 그는 공책에 독일어로 이렇게 썼지.

부끄럽지 않아요, 나도 독일어로 말했어. 괜찮아요.

그가 내 한쪽 팔을 구부렸어. 한 팔은 쭉 펴고. 다음 주에는 내

머리카락을 만졌단다.   오 분 동안이었을 수도 있고 오십 분 동안
이었을 수도 있고.

그는 이렇게 썼어.   만족스러운 타협점을 찾는 중이에요.

그날 밤 내내 그가 어떻게 살아왔는지 알고 싶었어.

그는 내 가슴을 더듬어 살짝 벌려놓았지.

이 편이 나을 것 같아서요, 이렇게 썼단다.

무엇이 낫다는 건지 알고 싶었어.   어떻게 그게 더 낫다는 거지?

그는 내 온몸을 어루만졌어.   이런 얘기를 너에게 할 수 있는 건
내가 그 일을 수치스럽게 여기지 않기 때문이기도 하고, 그 일에서
뭔가를 배울 수 있었기 때문이기도 하단다.   네가 할미를 이해하리
라 믿는다.   내가 믿는 사람은 너뿐이란다, 오스카.

자세를 잡는 것이 조각이었어.   그는 나를 조각하고 있었던 거야.
나와 사랑에 빠질 수 있도록 나를 만들려고 했던 거지.

그는 내 다리를 벌렸어.   손바닥으로 내 가랑이 안쪽을 부드럽게
눌렀지.   내 허벅지의 탄력이 그의 손을 되밀어냈어.   그의 손바닥
이 다시 눌렀어.

새들이 다른 방에서 노래하고 있었어.

우리는 적당한 타협점을 찾고 있었어.

다음 주에는 내 다리 뒤쪽을 쥐었단다.   그 다음 주에는 내 뒤에
섰어.   난 난생처음으로 사랑을 나누었단다.   그가 알고 있을지 궁
금했어.   울고 싶었어.   왜 누구나 사랑을 나누는 것일까?

끝나지 않은 언니의 조각을 바라보았어.   미완성의 소녀도 나의
눈길을 되받았지.

왜 누구나 사랑을 나눌까?

우리는 함께 처음 만났던 빵집으로 걸어갔어.

함께이면서 따로.

우리는 테이블에 앉았어.   같은 쪽에, 창문을 마주 보고서.

그가 나를 사랑할 수 있는지는 알 필요가 없었어.

나를 필요로 할지를 알아야 했지.

나는 그의 공책에서 다음 빈 장을 찾아 이렇게 썼어.   제발 나와 결혼해 주세요.

그는 자기 손을 쳐다봤어.

예와 아니요.

왜 누구나 사랑을 나누는 것일까?

그는 펜을 집어 마지막 남은 한 장인 다음 장에 이렇게 썼어, 아이는 안 돼요.

그것이 우리의 첫 번째 규칙이었지.

알겠어요, 영어로 그에게 말했어.

우리는 다시는 독일어를 쓰지 않았어.

다음 날, 네 할아버지와 난 결혼했단다.

유일한 동물

내가 『시간의 역사』 첫 번째 장을 읽은 건 아빠가 아직 살아 계셨을 때였다. 삶이 얼마나 상대적으로 무의미한지, 우주와 시간에 비하면 내가 존재하느냐 존재하지 않느냐가 얼마나 사소한 문제인지를 생각하면 부츠가 믿을 수 없을 만큼 무거워졌다. 그날 밤 아빠 품에 안겨 그 책을 놓고 얘기를 나누던 중, 나는 아빠가 그 문제에 대한 해결책을 생각해 낼 수 있는지 물어보았다. "무슨 문제?" "우리가 상대적으로 무의미하다는 문제요." "음, 네가 비행기를 타고 가다가 사하라 사막 한복판에 내려서 핀셋으로 모래 한 알갱이를 집어 1밀리미터 옆으로 옮겨놓는다면 어떻게 될 것 같니?" "아마 전 탈수 증상으로 죽고 말겠죠." "아니, 네가 모래알 한 개를 옮겨놓을 때, 바로 그때를 말하는 거야. 그러면 무슨 일이 생길 것 같니?" "모르겠어요, 어떻게 돼요?" "생각해 보렴." 생각해 봤다. "모래알 하나를 옮긴다고 생각해 보고 있어요." "그게 무슨 의미가 있을 것 같니?" "모래알 하나를 옮기는 것이 무슨 의미가 있냐고요?" "그건 네가 사하라를 변화시켰다는 뜻이야." "그래서요?" "**그래서라니?** 사하라는 광대무변의 사막이야. 수백만 년 동안 존재해 왔다고. 그런데 네가 그 사막을 바꿨단 말이야!" "정말 그러네요!" 나는 벌떡 일어나 앉으면서 외쳤다. "제가 사하라를 바꿨어요!" "무슨 의미겠니?" "무슨 뜻인데요? 말해 주세요." "음, 지금 「모나리자」를 그린다든가, 암을 치료한다든가 하는 얘기를 하고 있는 게 아니란다. 그저 모래 알갱이 하나를 1밀리미터 옆으로 옮기는 얘기를 하고 있는 거야." "그래서요?" "네가 그 일을 하지 **않았더라면**, 인류의 역사는 그때까지 흘러왔던 대로 죽 진행되었을 테지……." "으흠?" "하지만 네가 그 일을 **한다면**, 그러면……?" 나는 침대 위에 일어서서 손가락으로 가짜 별들을 가리키며 소리를 질렀다. "제가 인류 역사의 진행 과정을 바꾼 거예요!" "바로 그거야." "제가 우주를 바꿨어요!" "네가 해냈어." "전 신이에요!" "넌 무신론자잖아." "전 존재하지 않아요!" 나는 침대 위로 펄썩 쓰러져 아빠의 팔에 안겼다. 우리는 함께 신나게 웃어댔다.

뉴욕에 사는 '블랙'이라는 성을 가진 사람들을 마지막 한 명까지 모조리 만나보겠다고 결심했을 때도 그때와 비슷한 기분이었다. 상대적으로는 무의미하다 해도 나름대로 의미가 있었다. 상어가 헤엄을 치지 않으면 죽어버리듯이, 나도 뭔가 해야 했다.

뭐 어쨌든.

지역별로 나눠 찾아다니는 편이 더 효율적이었겠지만, 애런(Aron)부터 지나(Zyna)까지 이름들을 알파벳순으로 훑어나가기로 했다. 또 하나, 집에서는 될 수 있는 한 내 임무를 비밀에 붙이고, 집 밖에서는 가능한 한 솔직해지자고 마음을 먹었다. 그래야만 했다. 그래서 엄마가 나에게 "어디 가니? 언제 돌아올 거니?"라고 물으면, "나가요, 좀 이따 올게요."라고 대답할 생각이었다. 그러나 블랙 씨 가운데 누구든 알고 싶어 하는 것이 있다면 죄다 말해 줄 생각이었다. 그 밖의 규칙으로는 다시는 성차별주의자나 인종주의자, 노인 차별주의자, 동성애 혐오자, 지독한 겁쟁이가 되지 않을 것이고, 장애인이나 정신지체자를 차별하지 않겠다는 것과, 거짓말을 밥 먹듯이 했었지만 도저히 피할 수 없는 경우가 아니면 하지 않겠다는 것이 있었다. 나는 매그넘 손전등*, 챕스틱, 피그 뉴턴** 몇 개, 중요한 증거물과 잡동사니를 담을 비닐봉지, 휴대폰, 「햄릿」 대본(한 곳에서 다른 곳으로 이동하는 동안 무대 지시를 암기하기 위해서였다. 내가 외울 대사는 없었다.), 뉴욕 지형도, 습격을 당했을 때를 대비한 요오드 알약, 내 흰 장갑, 주이시 주스*** 몇 상자, 돋보기, 라루스 소사전, 그 밖에 유용한 물건들 한 무더기 등 필요할 물건들과 함께 특수 도구 상자를 챙겼다. 갈 준비가 되었다.

밖으로 나가는데 스탠 아저씨가 인사를 건넸다. "안녕!" "예." "뭐 하러 가니?" 나는 그에게 열쇠를 보여주었다. "훈제 연어 먹으러 가냐?" "눈물 나게 재미있군요. 하지만 전 부모님하고는 아무것도 먹지 않는걸요." 그는 머리를 흔들더니 이렇게 말했다. "미안하구나. 그래서 어딜 가는 거니?" "퀸스와 그린-이치빌리지요." "그리니치 빌리지 말이니?" 탐험에 나선 후 처음으로 느낀 실망이었다. 나는 그 지명이 발음 기호 그대로 발음된다고 생각했고, 그것이 근사한 단서가 될 줄 알았다. "어쨌든요."

애런 블랙의 집까지 걸어가는 데는 세 시간 사십일 분이 걸렸다. 걸어서 다리를 건너는 것도 무섭기는 마찬가지지만, 공포 때문에 대

---

* 손전등 상표.
* * 쿠키의 상표. 무화과 열매가 들었다.
* * * 주스의 상표.

중교통은 절대 이용할 수 없었기 때문이다. 아빠는 때로는 두려움을 다스려야 할 때가 있다고 말하곤 하셨고, 지금이 바로 그때였다. 나는 걸어서 암스테르담 가, 콜럼버스 가, 센트럴 파크, 5번가, 매디슨 가, 파크 가, 렉싱턴 가, 3번가, 2번가를 지났다. 59번가 다리 위 정확히 중간 지점까지 왔을 때, 내 뒤로 1밀리미터가 맨해튼이고 앞으로 1밀리미터가 퀸스이겠다는 생각이 들었다. 그러면 어느 구에도 속하지 않는 지역들—미드타운 터널의 정확히 중간 지점, 브루클린 다리의 정확히 중간 지점, 스태튼 아일랜드의 유람선이 맨해튼과 스태튼 아일랜드의 딱 중간 지점에 왔을 때 유람선의 중간 지점—의 이름은 무엇일까?

몇 발짝 앞으로 옮겨, 태어나 처음으로 퀸스에 들어섰다.

롱아일랜드시티, 우드사이드, 엘름허스트, 잭슨하이츠를 지났다. 다른 구역을 지나더라도 나는 여전히 나라는 것을 기억하는 데 도움이 되도록, 걷는 내내 탬버린을 흔들었다. 마침내 건물에 닿았지만, 수위가 어디에 있는지 알 수가 없었다. 처음에는 아마 커피라도 한 잔 하러 갔나 보다 생각했다. 하지만 몇 분을 기다려도 오지 않았다. 문 안쪽을 들여다보니 수위가 앉는 책상이 없었다. **이상하군.**

자물쇠에 열쇠를 넣어보았지만, *끄트머리도* 들어가지 않았다. 아파트 각 세대마다 버튼이 있기에, A. 블랙의 아파트 버튼을 눌렀다. 9E였다. 아무 대답도 없었다. 다시 눌렀다. 역시 조용했다. 십오 초간 버저를 꾹 누르고 있었다. 그래도 조용하다. 코로나의 아파트 로비에서 바닥에 주저앉아 울음을 터뜨리는 건 약해빠진 겁쟁이 같은 짓일까 생각에 잠겼다.

"알았어요, 알았다고." 스피커에서 사람 목소리가 들렸다. "재촉하지 좀 말아요." 나는 벌떡 일어섰다. "여보세요, 제 이름은 오스카 셸

입니다.""무슨 일이죠?" 화난 목소리였지만, 난 아무 잘못도 하지
않았다. "토머스 셸이란 사람을 아시나요?""몰라요.""정말 모르세
요?""그렇다니까.""열쇠에 관해서 아시는 게 있나요?""무슨 일인
데 그래?""제가 잘못한 건 없어요.""무슨 일이냐니까?""열쇠를 하
나 찾았는데요," 나는 말했다. "열쇠가 든 봉투 겉봉에 아저씨 이름
이 있었거든요.""애런 블랙이라고 쓰여 있었어?""아뇨, 그냥 블랙
이라고만.""그건 흔해빠진 이름이잖아.""저도 알아요.""색깔 이름
이기도 하고.""그렇죠.""그럼 안녕." 목소리가 말했다. "하지만 이
열쇠에 대해서 알아보는 중인데요.""잘 가렴.""하지만……""잘 가
라고." 두 번째 실망.

　나는 다시 자리에 주저앉아 코로나의 아파트 로비에서 울음을 터
뜨렸다. 버튼이란 버튼은 죄다 눌러서 그 멋대가리 없는 건물 주민
모두에게 욕을 한바탕 퍼부어 주고픈 심정이었다. 스스로에게 상처
를 입히고 싶었다. 나는 일어서서 다시 9E를 눌렀다. 이번에는 곧바
로 목소리가 응답했다. "대체. 왜. 그러는. 거야?""토머스 셸은 우리
아빠였어요.""그래서?""아빠였다고요. **지금**은 아니라고요. 돌아가
셨거든요." 그는 아무 말도 하지 않았지만, 그가 대화 버튼을 누르고
있다는 것을 알 수 있었다. 그의 아파트에서 삑삑거리는 소리며, 1층
에서 내게 불어오는 것과 똑같은 산들바람에 창문이 덜컹대는 소리
가 들려왔다. 그가 물었다. "너 몇 살이니?" 일곱 살이라고 대답했
다. 그러면 나한테 더 미안함을 느끼고 나를 도와주겠지. 서른네 번
째 거짓말. "우리 아빠는 돌아가셨어요.""돌아가셨다고?""살아 있
지 않아요." 아무 대답도 없었다. 삑삑대는 소리가 더 시끄럽게 울렸
다. 우리는 그 자리에 서로를 마주하고 서 있었지만, 아홉 층이나 떨
어져 있었다. 마침내 그가 입을 열었다. "젊은 나이에 돌아가신 게로

구나.""네.""아버지 연세는 어떻게 되셨니?""마흔이요.""너무 아까운 나인데.""그러게요.""어떻게 돌아가셨는지 물어봐도 되겠니?" 그 얘기는 하고 싶지 않았지만, 탐사에 나서면서 스스로에게 한 약속이 떠올라 다 얘기해 주었다. 삑삑대는 소리가 더 많이 들려왔다. 그의 손가락이 지쳐버리지 않을까 싶었다. 그가 말했다. "이리로 올라와서 그 열쇠를 한번 보여주렴.""전 올라갈 수가 없어요." "왜?""아저씨는 9층에 있잖아요. 전 그렇게 높은 데까진 올라가지 않거든요.""왜 안 올라오는데?""안전하지 않아요.""하지만 여기는 더할 나위 없이 안전해.""그건 모르는 일이죠.""괜찮을 거다." "평상시에야 그렇겠죠.""마음 같아서는 내가 내려가고 싶지만, 그럴 수가 없단다.""왜요?""난 많이 아프거든.""하지만 우리 아빠는 돌아가셨다고요.""난 온몸에 기계 장치를 매달고 있단다. 그래서 인터폰을 받는 데 그렇게 오래 걸렸던 거야." 다시 또 그런 일이 생긴다면, 그때는 다르게 행동할 것이다. 하지만 지나간 일은 지나간 일이다. 목소리가 나를 불렀다. "얘야? 얘야?" 나는 아파트 문 아래로 내 명함을 밀어 넣고 되도록 빨리 그곳을 벗어났다.

애비 블랙은 베드퍼드 가의 연립 주택 #1에 살고 있었다. 거기까지 걸어가는 데 꼬박 두 시간 이십삼 분이 걸렸다. 내 손은 탬버린을 흔드느라 녹초가 되었다. 문 위에 한때 시인 에드나 세인트 빈센트 밀레이가 그 집에 살았고, 이 집이 뉴욕에서 가장 좁은 집이라고 적힌 작은 표지판이 걸려 있었다. 에드나 세인트 빈센트 밀레이가 남자일까 여자일까 궁금했다. 열쇠를 시험해 봤다. 반쯤 들어갔지만, 더는 들어가지 않았다. 문을 두드렸다. 안에서 말소리가 들려오는데도 아무 대답이 없었다. #1이 1층일 거라고 짐작했기 때문에, 다시 두드렸다. 꼭 그래야 한다면 귀찮게 달라붙는 짓도 마다하지 않을 심산이었다.

한 여자가 문을 열고 말했다. "무슨 일이니?" 믿을 수 없을 만큼 아름다운 여자였다. 얼굴이 엄마 얼굴이랑 닮았고, 웃고 있지 않을 때조차 미소 짓는 것처럼 보였다. 가슴도 빵빵했다. 귀걸이가 살짝살짝 목에 닿는 것이 특히 마음에 들었다. 갑자기 그녀가 나를 좋아하도록 그녀를 위해 뭔가를 발명하고 싶다는 생각이 들었다. 인광(燐光) 브로치처럼 작고 단순한 것이라도.

"안녕하세요." "안녕." "애비 블랙 씨인가요?" "응." "전 오스카 셸입니다." "안녕." "안녕하세요." 나는 그녀에게 말했다. "이런 말은 분명 질리도록 들으셨겠지만, 사전에서 '믿을 수 없을 만큼 아름다운'이라는 말을 찾아본다면 거기 아줌마 사진이 있을 거예요." 그녀는 풋 하고 웃더니 이렇게 말했다. "그런 말은 처음 들어봐." "그럴 리가요." 그녀는 조금 전보다 더 깔깔대며 웃었다. "그런 말은 못 들어봤다니까." "그럼 같이 다니는 사람들한테 문제가 있군요." "그럴지도 모르지." "아줌마는 믿을 수 없을 만큼 아름다운걸요."

그녀는 문을 약간 더 열었다. 내가 질문을 던졌다. "토머스 셸이란 분을 아시나요?" "누구라고?" "토머스 셸이란 사람을 아시느냐고요." 그녀는 생각에 잠겼다. 왜 생각을 해야 되는 건지 의아했다. "모르겠는데." "틀림없나요?" "응." 틀림없다고 했지만 말하는 투에 어쩐지 좀 의심이 가는 데가 있었다. 어쩌면 뭔가 숨기는 게 있을지도 모른다는 생각이 들었다. 그렇다면 그 비밀이란 무엇일까? 나는 그녀의 손에 봉투를 건네고 이렇게 말했다. "이것이 아줌마한테 뭔가 의미가 있나요?" 그녀는 잠시 봉투를 들여다봤다. "없는 것 같은데. 꼭 의미가 있어야 하니?" "의미가 있다면요." "없어." 나는 그녀의 말을 믿지 않았다.

"들어가도 돼요?" 내가 물었다. "지금은 좀 곤란해." "어째서요?"
"뭘 좀 하던 중이거든." "무슨 일인데요?" "알아서 뭐 하게?" "그건
수사법적인 질문이죠?" "그래." "직업이 있으세요?" "응." "직업이
뭐예요?" "역학자야." "질병을 연구하시는군요." "그래." "멋지네
요." "얘, 무슨 일인지는 모르겠지만, 그 봉투와 관계있는 일이라면
난 도와줄 수가……" "저 목이 엄청 말라요." 나는 목마름을 나타내
는 세계 공통의 신호로 목을 만지면서 말했다. "저쪽에 식품 가게가
있어." "실은 제가 당뇨병 환자라서 속속전결로 설탕을 좀 먹어야
한답니다." 서른다섯 번째 거짓말. "속전속결이라는 뜻이겠지." "표
현은 어찌됐든지요."

거짓말하는 것이 기분 좋지는 않았고, 부딪쳐보기 전에 함부로 짐
작할 일은 아니라고 생각했지만, 무슨 이유에서인지 그녀의 집 안에
꼭 들어가 봐야 할 것 같았다.

거짓말을 한 대가로, 용돈이 오르면 반드시 그 일부를 **진짜** 당뇨병
환자들에게 기부하겠다고 스스로에게 약속했다. 그녀는 믿을 수 없
을 만큼 낙담한 듯이 무거운 한숨을 내쉬었지만, 나에게 나가라고 하
지는 않았다. 안에서 뭔가를 부르는 남자 목소리가 들려왔다. "오렌
지 주스 줄까?" 그녀가 물었다. "커피로 주실래요?" "따라오렴." 그
녀는 집 안으로 들어갔다. "우유가 들어 있지 않은 크림은 어떠니?"

그녀의 뒤를 따라가면서 주변을 둘러봤다. 모든 것이 말끔하고 완
벽했다. 벽에는 깔끔하게 사진들이 걸려 있었는데, 그중에는 흑인
여자의 거기가 보이는 사진도 있었다. 그 사진을 보자 괜스레 쑥스
러워졌다. "소파 쿠션은 어디에 있어요?" "쿠션은 없어." "저건 뭐예
요?" "그림 말이니?" "집 안에서 좋은 냄새가 나네요." 다른 방에서
남자가 다시 불렀다. 이번에는 필사적이라는 듯이 엄청나게 큰 소리

로 불렀지만, 그녀는 들리지도 않고 신경도 쓰이지 않는다는 듯 눈 하나 깜짝하지 않았다.

부엌의 물건들을 이것저것 만져보고 있노라니 왠지 기분이 좋아졌다. 손가락으로 전자레인지 위를 쓸었더니 손가락이 회색이 되었다. "지저분하군요(C'est sale)," 나는 그녀에게 손가락을 내보이며 깔깔 웃었다. 그녀의 얼굴이 딱딱하게 굳었다. "망신이군." "제 실험실에 비하면 양반인걸요." 내가 대꾸했다. "어쩌다 그 꼴이 되었는지 모르겠네." "먼지를 다 없앨 수야 있나요." "하지만 난 주변을 깨끗이 해놓고 싶어. 청소부가 매주 와서 청소를 해주는데, 그 여자한테 구석구석 잘 치우라고 골백번은 얘기했어. 저곳도 얘기했을 텐데." 나는 그녀에게 왜 그렇게 사소한 일로 화를 내느냐고 물었다. 그녀가 말했다. "나한테는 사소한 일이 아니야." 모래알 한 개를 1밀리미터 움직이는 얘기가 떠올랐다. 나는 도구 상자에서 물걸레를 꺼내 전자레인지를 깨끗이 닦아주었다.

"역학자이시니 집 안 먼지의 70퍼센트가 사실은 사람의 표피 조직이라는 것도 아시겠네요?" "아니, 몰랐어." "전 아마추어 역학자이거든요." "아마추어 역학자는 흔치 않은데." "맞아요. 제가 아주 근사한 실험을 한 적이 있어요. 펠리츠한테 쓰레기통에 일 년 동안 우리 집에서 나오는 먼지를 몽땅 모아달라고 했지요. 그런 다음 무게를 달아봤어요. 50.4킬로그램이 나오더군요. 그럼 그중 70퍼센트면 35.3킬로그램이죠. 제 몸무게는 34.2킬로그램인데, 물에 흠뻑 젖었을 때 재면 35킬로그램이에요. 사실 그걸로 증명되는 건 아무것도 없지만, 신기하지요. 이건 어디다 둘까요?" "이리 줘." 그녀는 내 손에서 물걸레를 받았다. 나는 그녀에게 물었다. "왜 슬프세요?" "뭐라고?" "아줌마는 슬퍼요. 어째서죠?"

커피 머신에서 꾸르륵거리는 소리가 났다. 그녀는 찬장을 열어 머그잔을 꺼냈다. "설탕 넣어줄까?" 좋다고 대답했다. 아빠는 늘 설탕을 넣었다. 그녀는 앉았다가 바로 다시 일어나 냉장고에서 포도 한 접시를 꺼냈다. 쿠키도 꺼내서 접시에 놓았다. "딸기 좋아하니?" "네. 하지만 배고프지 않아요." 그녀는 딸기도 좀 꺼냈다. 냉장고에 식단이나 작은 자석 달력이나 아이들 사진 한 장 붙어 있지 않다니 이상하다고 생각했다. 부엌을 둘러봐도 있는 거라곤 전화기 옆 벽에 붙은 코끼리 사진 한 장뿐이었다. "저 사진 마음에 꼭 들어요." 그녀가 나를 좋아해 주기를 바라고 한 말은 아니었다. "뭐가 마음에 든다고?" 나는 사진을 가리켰다. "고맙구나. 나도 좋아한단다." "전 **마음에 꼭 든다**고 했어요." "그래. 나도 **마음에 꼭 들어.**"

"코끼리에 대해서 많이 아세요?" "별로." "별로라는 건 조금 아신다는 건가요? 아니면 전혀 모르신다는 건가요?" "거의 아는 게 없어." "예를 들자면요, 예전에 과학자들이 코끼리한테 초월자연력이 있다고 생각했다는 얘기 알고 계셨어요?" "초능력 말이니?" "하여간, 코끼리들은 아무리 서로 멀리 떨어져 있어도 한곳으로 모일 수 있대요. 또 친구들이랑 적이 어디에 있을지도 알고요, 지리적인 단서가 하나도 없어도 물을 찾아낼 수 있대요. 코끼리가 어떻게 그럴 수 있는지 아무도 밝혀내지 못했대요. 그럼 어떻게 된 걸까요?" "모르겠는데." "코끼리들이 어떻게 그렇게 할까요?" "그렇게, 라니?" "초능력이 없다면 어떻게 모이겠냐고요." "나한테 묻는 거니?" "네." "난 모르겠다니까." "알고 싶지 않으세요?" "물론 알고 싶지." "많이 알고 싶으세요?" "그럼." "코끼리들은 아주, 아주, 아주, 아주 깊은 울음소리를 낸대요. 사람이 들을 수 있는 것보다 훨씬 더 깊은 소리를요. 그런 소리로 서로 대화를 한대요. 정말 굉장하지 않아

요?""그렇구나." 나는 딸기를 먹었다.

"콩고인가 어딘가에서 몇 년 동안 지낸 여자가 있는데요. 그 사람이 그 울음소리를 기록해서 무지 많은 자료를 모았대요. 그리고 그다음에 그 소리를 다시 틀어줬대요.""다시 틀었다고?""코끼리들한테요.""왜?" 그녀가 왜냐고 묻는 것이 좋았다. "아마 아시겠지만, 코끼리는 다른 포유동물하고는 비교도 안 될 만큼 기억력이 좋거든요.""그래. 그건 나도 들은 것 같아.""그래서 이 여자는 코끼리의 기억력이 실제로 얼마나 좋은지 알고 싶었대요. 여러 해 전에 녹음해 놨던 적의 울음소리, 그러니까 코끼리들이 딱 한 번밖에 들어본 적이 없는 울음소리를 들려줬대요.

그랬더니 코끼리들이 공포에 질려서 도망을 치고 난리가 났다지 뭐예요. 코끼리들은 수백, 수천 가지도 넘는 울음소리를 기억하고 있었어요. 아예 한계가 없는 것 같았대요. 근사하지 않아요?""그렇구나.""**정말로** 근사한 건요, 그 여자가 죽은 코끼리의 울음소리를 그 코끼리의 식구들한테 들려줬을 때의 반응이었대요.""어땠는데?""코끼리들이 기억하고 있더래요.""그래서 코끼리들이 어떡했다니?""스피커로 다가가더래요."

"코끼리들이 어떤 기분이었을지 궁금하구나.""무슨 말씀이세요?""죽은 식구의 울음소리를 듣고 지프차에 다가갔던 건 애정 때문이었을까? 아니면 두려움? 아니면 분노?""그건 기억이 안 나요.""코끼리들이 덤벼들었대?""기억이 안 나요.""울었다니?""눈물을 흘릴 수 있는 건 인간뿐이에요. 모르셨어요?""저 사진 속에 있는 코끼리는 울고 있는 것처럼 보이는데." 사진에 엄청나게 바짝 눈을 들이대고 보았더니 정말 그랬다. "포토샵으로 손을 봤을지도 몰라요. 하지만 나중에 필요할지도 모르니까 제가 저 사진을 찍어도 될까요?"

그녀는 고개를 끄덕이고 이렇게 말했다. "어딘가에서 코끼리는 인간 외에 죽은 동료를 묻어주는 유일한 동물이라는 얘기를 읽었던 것 같은데." "아뇨." 나는 할아버지 카메라의 초점을 맞추면서 말했다. "그런 내용이 아니었을걸요. 코끼리들은 뼈만 모아요. 죽은 동료를 묻는 건 인간뿐이에요." "하긴 코끼리들이 유령을 믿을 리는 없겠지." 그 말에 나는 가볍게 쿡쿡 웃었다. "흠, 대부분의 과학자들은 그렇게 말하지 않을걸요." "네 생각은 어떠니?" "전 아마추어 과학자일 뿐인걸요." "그래도 어떻게 생각해?" 나는 사진을 찍었다. "코끼리들이 어리둥절했을 것 같아요."

그러자 그녀가 눈물을 흘리기 시작했다.

나는 속으로 생각했다. **울어야 할 사람은 난데.**

"울지 마세요." "울면 어때서?" "왜냐하면," "왜냐하면 뭐?" 그녀가 물었다. 나는 그녀가 왜 우는지 영문을 몰랐기 때문에, 이유를 짐작할 수 없었다. 코끼리 때문에 우는 건가? 아니면 내가 한 다른 얘기 때문에? 아니면 다른 방에서 숨이 넘어가도록 난리를 치는 남자 때문인가? 내가 모르는 뭔가가 있나? 나는 그녀에게 말했다. "저는 쉽게 상처를 받아요." "미안하다." "그 코끼리 울음소리를 녹음한 과학자에게 편지를 썼어요. 저를 조수로 써줄 수 있겠느냐고 물었죠. 언제든 녹음할 수 있도록 공테이프를 틀림없이 준비해 두고, 안전하게 마실 수 있도록 물도 끓여놓고, 장비 나르는 일도 하겠다고 했어요. 과학자의 조수가 저한테 답장을 보내서 이미 조수가 있다고 말해 줬어요. 하지만 나중에 다른 프로젝트가 생기면 같이 일할 수 있을지도 모른다고 했어요." "멋지구나. 기대할 만하겠네." "그렇죠."

누군가 부엌문으로 다가왔다. 다른 방에서 부르던 남자인 듯했다. 그는 엄청나게 잽싸게 머리만 내밀더니 내가 알아듣지 못할 무슨 말인가를 하고는 가버렸다. 애비는 무시하는 척했지만, 나는 그럴 수가 없었다. "누구예요?" "내 남편." "뭐 필요한 게 있대요?" "알 게 뭐냐." "하지만 아줌마 남편이라면서요. 뭘 달라는 거 같은데." 그녀는 더 심하게 울었다. 나는 옆으로 가서 아빠가 내게 하던 대로 그녀의 어깨에 손을 올렸다. 나는 아빠가 묻던 대로 괜찮냐고 물었다. "너도 아주 이상하다고 생각하겠지." 그녀가 말했다. "이상한 게 많기는 해요." "넌 몇 살이니?" 열두 살이라고 대답했다. 쉰아홉 번째 거짓말. 그녀가 나를 사랑해도 좋을 만한 나이이고 싶었다. "열두 살짜리가 낯선 사람의 문을 두드리다니 무슨 일이니?" "전 자물쇠를 찾고 있어요. 아줌마는 몇 살이에요?" "난 마흔여덟이란다." "세상에. 아무리 봐도 그 나이로는 안 보여요." 그녀는 울던 중에도 웃음을 터뜨리며 말했다. "고맙다." "마흔여덟 살 먹은 아줌마가 낯선 사람을 부엌으로 맞아들여 주다니 웬일이세요?" "나도 모르겠다." "제가 귀찮게 굴고 있지요." "귀찮지 않단다." 그녀는 그렇게 말했지만, 그런 말을 하는 사람은 믿기가 엄청나게 힘들다.

내가 물었다. "토머스 셸이라는 사람을 정말로 모르신단 말이죠?" "토머스 셸은 몰라." 하지만 **아직도** 뭔가 찜찜했다. "혹시 토머스라는 이름을 가진 사람은 모르세요? 아니면 성이 셸인 사람이라든가?" "몰라." 그녀가 말해 주지 않는 것이 있다는 생각을 떨칠 수가 없었다. 나는 그녀에게 다시 작은 봉투를 보여줬다. "하지만 이건 아줌마 성이잖아요, 맞죠?" 그녀는 글씨를 들여다보았다. 뭔가 알아챈 듯했다. 아니면 그런 낌새를 챘다고 내가 생각했거나. 그러나 그녀의 대답은 이랬다. "미안하구나. 너를 도와줄 수 없을 것 같아." "그럼 열쇠는요?" "무슨 열쇠?" 열쇠는 아직 보여주지도 않았다는 데 생각이 미쳤다. 먼지니, 코끼리니 수다를 떠느라고 정작 거기 온 이

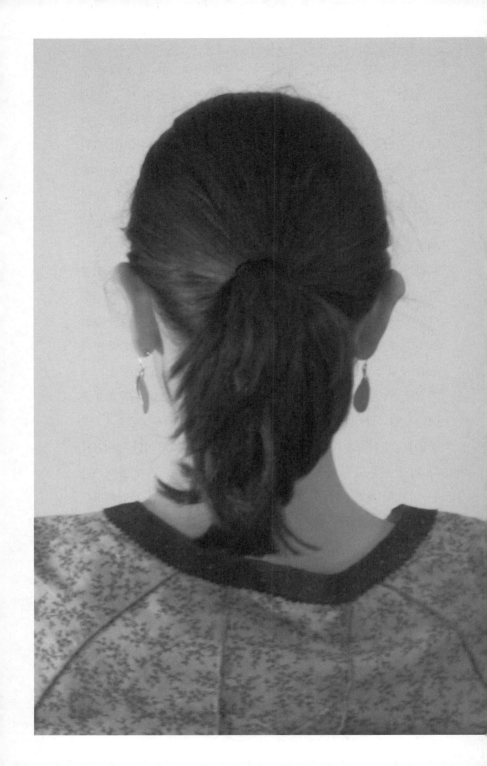

유는 까맣게 잊고 있었다.

나는 셔츠 속에서 열쇠를 꺼내 그녀의 손에 건네주었다. 줄이 아직도 목에 걸려 있었기 때문에, 그녀가 열쇠를 보려고 몸을 기울이자 그녀의 얼굴이 내 얼굴에 믿을 수 없을 만큼 바짝 다가왔다. 우리는 한참 동안이나 얼어붙은 듯 꼼짝도 않고 있었다. 시간이 멈춘 듯했다. 나는 떨어지는 사람을 생각했다.

"미안하구나." "왜 미안해요?" "미안하지만 그 열쇠에 대해서는 전혀 아는 게 없어." 세 번째 실망. "저도 죄송해요."

우리는 믿을 수 없을 만큼 얼굴을 바짝 마주 대고 있었다.

"관심이 있으실지 모르겠지만, 올 가을에 제가 연극에 출연하는데 공연 작품이 「햄릿」이에요. 전 요릭 역이고요. 물이 흐르는 분수도 설치할 거예요. 개막일 밤에 오고 싶으시면 오세요, 지금부터 십이 주 후예요. 아주 근사할 거예요." "가도록 해볼게." 그녀가 말할 때 나오는 입김이 뺨으로 느껴졌다. "잠깐만 키스해도 돼요?"

"무슨 소리니?" 그녀는 이렇게 말하면서도 고개를 뒤로 빼지는 않았다. "그냥 아줌마가 좋아서요. 아줌마도 저를 좋아하시는 것 같고요." "좋은 생각은 아닌 것 같구나." 네 번째 실망. 왜 안 되느냐고 물었다. "난 마흔여덟 살이고 넌 열두 살이야." "그래서요?" "그리고 난 유부녀고." "그래서요?" "게다가 난 널 잘 알지도 못하잖니." "저를 알고 있는 것처럼 느껴지지 않으세요?" 그녀는 아무 말도 하지 않았다. "인간은 얼굴을 붉히고, 웃음을 터뜨리고, 종교를 갖고, 전쟁을 하고, 키스를 하는 유일한 동물이에요. 그러니까 어떻게 보면 키스를 많이 하면 할수록 점점 더 인간다워지는 거라고요." "전쟁을 더 많이 할수록?" 대꾸할 말이 없었다. "요 깜찍한 꼬맹이 같으니라고." "꼬맹이 아니에요." "하지만 좋은 생각 같지 않다니까." "꼭 좋은 생각이어야 하나요?" "그럼." "사진이라도 한 장 찍게 해주실래요?" "그건 좋아." 그러나 할아버지 카메라의 초점을 맞추려 하자, 그녀는 무슨 이유에서인지 얼굴을 손으로 가렸다. 억지로 속마음을 털어놓게 하고 싶지는 않았다. 그래서 다른 사진을 찍기로 했다. 어쨌거나 그 편이 더 신뢰할 만할 것이다. "제 명함이에요." 나는 렌즈에 다시 뚜껑을 씌우면서 말했다. "열쇠에 대해 뭔가 생각이 나거나 그냥 얘기하고 싶은 것이 생길지 모르니까요."

✌ — 오스카 셸 — ✌

발명가, 보석 디자이너, 보석세공사, 아마추어 역학자, 친프랑스주의자, 절대 채식주의자, 종이접기 작가, 평화주의자, 타악기 연주자, 아마추어 천문학자, 컴퓨터 컨설턴트, 아마추어 고고학자, 수집가: 희귀 동전, 자연사한 나비, 소형 선인장, 비틀스 기념품, 준보석, 기타 물건 수집

이메일: OSKAR_SCHELL@HOTMAIL.COM

집 전화: 비공개 / 핸드폰: 비공개

팩스 번호: 아직 팩시밀리 없음

...

나는 집으로 돌아와 할머니의 아파트로 건너갔다. 엄마는 토요일에도 회사에 나가고 가끔은 일요일에도 나가는데, 내가 집에 혼자 있는 걸 불안해해서 매일 오후 한 번씩은 꼭 할머니 댁에 들르게 했다. 할머니의 아파트 가까이에 갔을 때 위를 올려다봤더니, 평상시와는 달리 할머니가 창가에서 나를 기다리고 있는 모습이 보이질 않았다. 팔리에게 할머니가 집에 계시는지 묻자, 그가 그럴 거라고 대

답했다. 그래서 일흔두 개의 계단을 걸어 올라갔다.

초인종을 울렸는데, 대답이 없기에 문을 열었다. 착해 보이는 사람들도 알고 보면 기대와 달리 착하지 않은 경우가 많으니 항상 주의해야 하는데도, 할머니는 늘 문을 잠그지 않았다. 안으로 들어가자 할머니가 문으로 나오는 중이었다. 울다 나오신 것 같은 모습이었지만, 그럴 리는 없었다. 언젠가 할아버지가 떠났을 때 온몸의 눈물이 다 말라버렸다고 말씀하셨으니까. 나는 할머니에게 울 때마다 새로 눈물이 만들어진다고 말씀드렸다. 그때 할머니는 이렇게 대꾸했다. "하여간." 할머니가 보는 사람이 없을 때에는 우실지 가끔 궁금했다. "오스카!" 할머니는 나를 꼭 끌어안아 번쩍 쳐들었다. "전 괜찮아요." "오스카!" 할머니는 다시 한 번 나를 끌어안아 들어 올렸다. "전 괜찮다니까요." 나는 다시 한 번 대답하며, 할머니에게 어디 계셨느냐고 물었다. "손님방에서 세입자랑 얘기를 하던 중이었단다."

내가 아기였을 적에는 할머니가 온종일 나를 돌봐 주셨다. 아빠 말로는 할머니가 나를 싱크대에서 목욕시키셨고, 손톱깎이를 쓰길 겁내서서 당신 이로 내 손톱 발톱을 다듬어주셨다고 했다. 욕조에서 목욕을 해도 될 만큼 자라 고추며 불알이며 모르는 것이 없게 되자, 나는 할머니에게 욕실에 들어오지 마시라고 부탁했다. "왜?" "비밀이에요." "비밀은 무슨 비밀? 나한테 말이냐?" 할머니의 마음을 아프게 하고 싶지는 않았다. 그것도 나의 레종 데트르 중 하나였으니까. "그냥 비밀이라고요." 할머니는 손을 배에 올려놓고 말했다. "이 **할미한테도?**" 할머니는 내 말대로 밖에서 기다리겠다고 하셨지만, 내가 뜨개실 뭉치를 잡아줘야 한다는 단서를 붙였다. 뜨개실은 욕실 문 아래를 지나 할머니가 뜨고 있는 목도리까지 이어졌다. 할머니는 몇 초 간격으로 실을 꽉꽉 끌어당겼다. 그러면 내 쪽에서도 당겨야 했는데, 당긴 만큼 할머니가 방금 뜬 것이 다시 풀리곤 했다. 그것이 할머니에게 내가 잘 있음을 알리는 신호였다.

내가 네 살이었을 때, 할머니가 괴물 흉내를 내며 내 뒤를 쫓아 온 집 안을 뛰어다니며 논 적이 있었다. 그러다가 내가 커피 테이블 모서리에 부딪쳐 윗입술이 찢어지는 바람에 병원엘 가게 됐다. 할머니는 신을 믿지만, 택시는 믿지 않으신다. 그래서 나는 옷에 피를 철철 흘리면서 버스를 탔다. 입술을 두어 바늘 꿰매는 것으로 끝나긴 했지만, 아빠는 할머니가 그 일로 믿을 수 없을 만큼 마음 아파 하셨다고 말했다. 할머니는 몇 번이나 길을 건너와서 이렇게 말했다고 한다. "다 내 잘못이다. 다시는 저 애를 내 곁에 오지 못하게 하렴." 그일이 있은 후 다시 할머니를 만났을 때, 할머니는 내게 말씀하셨다. "애야, 난 그저 괴물 흉내를 냈을 뿐인데, 진짜 괴물이 되었구나."

아빠가 돌아가신 다음 주에 엄마가 포스터를 붙이러 맨해튼을 돌아다닐 동안 할머니가 우리 아파트에 머무셨다. 우리는 엄지손가락 씨름을 수천 번은 했는데, 번번이 내가 이겼다. 지려고 애써 봐도 계속 이겼다. 우리는 봐도 되는 다큐멘터리를 보고, 채식주의자용 컵케이크를 만들고, 틈만 나면 공원으로 산책을 나갔다. 어느 날 나는 할머니한테서 떨어져 나와 몸을 숨겼다. 누가 나를 찾아다니며 내 이름을 거듭 거듭 부르는 소리를 듣는 것이 좋았다. "오스카! 오스카!" 어쩌면 전혀 좋지 않았을지도 모른다. 하지만 그때는 그렇게 해야만 했다.

안전거리를 유지하며 뒤따라가다 보니 할머니는 믿을 수 없을 만큼 겁에 질리기 시작했다. "오스카!" 할머니는 울음을 터뜨리며 닥치는 대로 여기저기를 더듬었다. 하지만 내가 어디에 있는지 알리고 싶지 않았다. 끝에 가서 한바탕 웃어버리면 그걸로 만사 오케이라고 믿었다. 나는 할머니가 집으로 걸어가시는 모습을 보았다. 할머니는 우리 집 현관 계단에 앉아 엄마가 돌아오기를 기다리실 것이다. 할머니는 내가 없어졌다고, 할머니가 나를 제대로 보살피지 않아서 내가 영영 사라졌고, 이제 셸이 한 명도 남지 않게 되었다는 얘기를 엄마한테 하셔야 할 터였다. 나는 앞으로 내달려 82번가, 83번가를 앞질러 올라가, 할머니가 건물로 다가오셨을 때 문 뒤에서 팔짝 뛰어나갔다. "그런데 피자 주문을 안 해놨어요!" 이렇게 말하고 목이 터지도록 웃어젖혔다.

할머니는 무슨 말을 하려다가 그만두셨다. 스탠 아저씨가 할머니의 팔을 잡고 말했다. "좀 앉으세요, 할머니." 할머니가 그에게 말씀하셨다. "손대지 말아요." 한번도 들어본 적이 없는 목소리였다. 할머니는 돌아서더니 그대로 거리를 건너 집으로 가셨다. 그날 밤, 망원경으로 할머니의 창문을 보았더니 이런 쪽지가 있었다. "가지 마라."

그날 이후로, 산책을 나갈 때면 할머니는 마르코 폴로 게임 같은 놀이를 하자고 하신다. 그건 할머니가 내 이름을 부르실 때마다 대답을 해서 내가 잘 있다는 걸 알리는 놀이다.

"오스카."

"잘 있어요."

"오스카."

"잘 있어요."

어느 것이 게임이고 어느 것이 그냥 부르시는 것인지 확실히 알 수가 없다. 그래서 나는 계속 할머니에게 잘 있다고 알린다.

아빠가 돌아가시고 몇 달 후, 엄마와 나는 뉴저지의 창고에 갔다. 아빠가 더는 쓰지 않지만 언젠가, 아마도 은퇴할 때쯤 다시 쓸지 모를 물건들을 보관해 둔 곳이었다. 차를 빌려서 갔는데, 두 시간이 넘게 걸렸다. 그리 먼 거리는 아니었지만 엄마가 화장실에 가서 세수를 하느라고 자꾸 차를 세웠기 때문에 오래 걸렸다. 창고는 정리도 잘 되어 있지 않은 데다가 엄청나게 어두워서, 한참 후에야 아빠의 작은 방을 찾을 수 있었다. 우리는 아빠의 면도칼을 놓고 다퉜다. 엄마는 면도칼을 '버릴 것' 무더기에 넣어야 한다고 했고, 나는 '남겨둘 것'에 넣어야 한다고 했다. 엄마가 말했다. "이걸 놔둬서 뭣에 쓰게?" "뭣에 쓸지는 중요하지 않아요." "왜 아빠가 삼 달러짜리 면도칼을 굳이 챙겨놨는지 모르겠구나." "이유는 중요하지 않다니까요." "전부 다 남겨둘 수는 없어." "엄마가 돌아가신 다음에 제가 엄마 물건을 몽땅 내다 버리고 엄마를 잊어버렸으면 좋겠어요?" 내가 한 말을 도로 삼키고 싶었다. 엄마는 미안하다고 말했다. 미안하다는 말은 좀 이상하다고 생각했다.

우리가 찾아낸 물건들 중에는 내가 아기였을 때 썼던 낡은 무전기 두 개도 있었다. 엄마 아빠는 내가 울면 바로 그 울음소리를 들을 수 있도록 두 개 중 하나를 아기 침대에 놓아두었다. 어떤 때는 아빠가 굳이 아기 침대까지 오지 않아도 무전기에 대고 달래기만 하면, 그 소리를 들으며 내가 잠들었다고 한다. 엄마에게 아빠가 왜 그것을 보관해 두었느냐고 물었다. 엄마가 대답했다. "아마 나중에 네 아이들에게 주려고 그랬나 보지." **"뭐라고요?"** "아빠는 그런 분이었잖아." 나는 아빠가 보관해 둔 물건들 중 상당수——산더미 같은 레고 상자들, 『어떻게 움직일까요』 책 세트, 심지어 빈 사진첩——가 미래의 내 아이를 위한 것이었음을 서서히 깨달았다. 이유는 알 수 없지만, 왠지 화가 났다.

어쨌거나, 나는 무전기에 배터리를 새로 갈아 끼웠고, 그걸로 할머니와 대화를 나누면 재미있겠다고 생각했다. 나는 할머니께 아기용

무전기를 드렸다. 그러면 할머니는 어떤 버튼을 언제 눌러야 하는지 이해하려고 굳이 애쓸 필요가 없을 것이었다. 또 아기용이 작동도 더 잘 됐다. 잠에서 깨면 나는 할머니께 아침 인사를 했다. 잠자리에 들기 전에도 보통 얘기를 나누었다. 내가 말을 걸면 할머니는 항상 반대쪽 끝에서 나를 기다리고 있었다. 내가 무전기를 들고 있을 때를 어떻게 아시는지 모를 일이었다. 어쩌면 하루 종일 기다리고 계신 건지도 몰랐다.

"할머니? 계세요?" "오스카냐?" "전 잘 있어요. 오버." "잘 잤니, 얘야? 오버." "뭐라고요? 잘 안 들려요. 오버." "잘 잤느냐고 물었다. 오버." "잘 잤어요." 나는 손바닥으로 턱을 괴고 길 건너편의 할머니를 바라보며 말한다. "나쁜 꿈도 안 꿨어요. 오버." "그거 참 다행이구나. 오버." 우리 사이에 얘깃거리가 많지는 않다. 할머니는 할아버지의 손이 조각을 너무 많이 해서 거칠었다느니, 동물들과 대화를 할 수 있었다느니 등등 할아버지에 대한 이야기를 토씨 하나 안 틀리고 반복하신다. "오늘 오후에 할미를 보러 올 거니? 오버?" "네. 그럴 거예요. 오버." "꼭 오렴. 오버." "그럴게요. 교신 끝."

어떤 날 밤에는 할머니 침실에서 무슨 일이 일어나고 있는지 들을 수 있도록 무전기를 침대로 가져와서 버크민스터가 누운 베게 옆자리에 놓아두기도 했다. 가끔씩 할머니 소리에 한밤중에 잠을 깨기도 했다. 할머니가 악몽을 꾸었다고 생각하면 마음이 무거웠다. 할머니가 무슨 꿈을 꾸시는지 나로서는 알 수 없었고, 도울 수도 없었기 때문이다. 할머니의 고함 소리에 잠을 깨곤 했기 때문에, 할머니가 주무셔야 나도 잘 수 있었다. 할머니에게 "나쁜 꿈도 안 꿨어요."라고 말할 때는 실은 할머니 얘기를 하는 것이었다.

할머니는 나에게 하얀 스웨터, 하얀 벙어리장갑, 하얀 모자를 떠주

셨다. 할머니는 내가 탈수 아이스크림이라면 사족을 못 쓴다는 것을 알고 계셨다. 엄격한 채식주의자인 내가 예외적으로 먹는 몇 가지 중 하나였다. 우주 비행사가 디저트로 먹는 것이 바로 그 아이스크림이기 때문이었다. 그래서 할머니는 헤이든 천문관까지 가서 내게 그 아이스크림을 사다 주셨다. 할머니는 나한테 주려고 예쁜 암석도 주워 오셨다. 할머니는 무거운 것을 들면 안 되고, 대개 그 암석들은 맨해튼에 널린 변성암일 뿐이었는데도 말이다. 최악의 날이 있고 며칠 후, 페인 선생님을 처음 만나러 가던 중, 할머니가 큼지막한 암석을 들고 브로드웨이를 건너가시는 모습을 보았다. 그 암석은 크기가 아기만 해서 무지 무거워 보였다. 하지만 할머니는 그 돌을 내게 주지 않았을뿐더러, 그 돌에 대해서는 입도 벙긋하지 않았다.

"오스카."

"저 잘 있어요."

어느 날 오후 나는 할머니에게 우표 수집을 시작해 볼까 한다고 말했다. 그랬더니 다음 날 오후 할머니가 앨범 세 개와——"마음이 아플 정도로 너를 많이 사랑하니까, 또 너의 굉장한 수집이 굉장한 시작을 하기를 바라는 마음에서"—— '미국의 위대한 발명가들' 이라는 우표 세트를 주셨다.

"토머스 에디슨도 있단다." 할머니가 우표 하나를 가리키며 말씀하셨다. "벤 프랭클린, 헨리 포드, 엘리 휘트니, 알렉산더 그레이엄 벨, 조지 워싱턴 카버, 니콜라 테슬라, 이건 또 누구더라, 라이트 형제, J. 로버트 오펜하이머……" "그건 누구예요?" "폭탄을 발명했단다." "무슨 폭탄이요?" "그 폭탄." "그럼 위대한 발명가가 아니잖아요!" "위대하기야 하지, 좋은 발명가가 아니었다 뿐이지."

"할머니?" "왜 그러니, 애야?" "원판 번호 블록은 어딨어요?"

"뭐?" "우표 시트 옆에 원판 번호가 있는 부분 말이에요." "숫자 있는 데 말이냐?" "네." "내가 떼어버렸다." "**뭐라고요?**" "내가 떼어냈다고. 잘못한 거니?" 참으려 해도 욱하는 기분을 누를 수가 없었다. "아이참, 원판 번호 블록이 없으면 아무 가치가 없단 말이에요!" "뭐라고?" "**원판 번호 블록이요!** 이 우표는요. 말짱 **헛거**라고요!" 할머니는 나를 잠시 물끄러미 처다봤다. "아, 그런 얘기를 들은 것 같구나. 그럼 내일 다시 우표 가게에 가서 다른 것으로 사 오마. 이건 편지 부칠 때 쓰면 되겠구나." "또 사 오실 것까지는 없어요." 마지막으로 내뱉은 말은 도로 삼키고 이번에는 더 착한 손자답게, 아니면 적어도 과묵한 손자답게 좀 더 부드럽게 다시 말하고 싶었다. "다시 사줘야 옳지, 오스카." "전 괜찮아요."

우리는 많은 시간을 함께 보냈다. 적어도 아빠가 돌아가신 후로, 버크민스터를 제외하고 할머니보다 더 많은 시간을 함께 보낸 사람은 없다. 그러나 내가 할머니를 그리 잘 안다고는 할 수 없다. 예를 들면, 할머니가 어린아이였을 때는 어떤 모습이셨는지, 할아버지는 어떻게 만나셨는지, 결혼 생활은 어땠는지, 왜 할아버지가 떠나셨는지 등에 대해서는 아무것도 몰랐다. 내가 할머니의 일대기를 쓴다면, 기껏해야 남편이 동물들과 대화할 수 있었다든가, 내가 무엇을 사랑해도 할머니가 나에게 쏟은 사랑에는 미치지 못할 것이라는 얘기가 고작일 것이다. 그러면 이쯤에서 이런 의문이 생긴다. 서로를 알지 못한다면 우리는 무얼 하면서 그렇게 많은 시간을 보냈던 것일까?

"오늘은 뭐 특별한 일이 없었니?" 자물쇠 수색을 시작한 날 오후 할머니가 내게 물었다. 우리가 관을 묻은 날부터 내가 파낸 날까지 일어났던 일들을 하나하나 다 짚어보면, 언제나 그때 할머니께 사실대로 말씀드릴 수도 있었을 텐데 하는 생각이 든다. 되돌아올 수 없는 곳까지 가기 전에 방향을 바꾸기에는 아직 늦지 않았었다. 할머니가 나를 이해하지 못하신다 해도 말씀드릴 수 있었을 것이다. "네. 수공예 박람회에 내놓으려고 만들고 있던 문지르면 냄새가 나는 귀걸이에 마무리 작업을 했어요. 또 동양 호랑나비 표본을 만들었어요. 스탠 아저씨가 현관 계단 위에 죽어 있는 것을 찾아줬거든요. 편지도 많이 썼어요. 아직도 써야 할 것을 다 쓰지 못했거든요." "누구한테 편지를 쓰는데?" 할머니가 물었다. 아직도 늦지 않았다. "코피 아난, 지크프리트, 로이, 자크 시라크, E. O. 윌슨, 괴짜 알 얀코빅, 빌 게이츠, 블라디미르 푸틴, 그 밖에 여러 사람들한테요." "아는 사람한테 편지를 쓰지 그러니?" "아는 사람이 없어요." 할머니에게 뭔가 또 말을 하려는데, 무슨 소리가 들렸다. 아니면 들렸다고 생각했거나. 누군가 걸어 다니는 것 같은 소리가 아파트 안에서 들렸다. "이게 무슨 소리예요?" "할미는 귀가 잘 안 들린단다." "하지만 집에 누가 있어요. 아마 세입자겠지요?" "아니야, 그 사람은 일찍부터 박물관에 간다고 나갔는걸." "무슨 박물관요?" "모르겠다. 오늘 밤 늦어서야 들어올 거랬는데." "하지만 누군가의 소리가 들려요." "그럴 리가 없어." "99퍼센트 확실해요." "네 상상일지도 몰라." 나는 돌아올 수 없는 곳까지 와 있었다.

　편지 감사합니다. 저에게 오는 편지가 너무 많아서 개인적으로 답장을 쓰지는 못합니다. 그렇더라도 언젠가는 편지를 보내주신 정성에 제대로 보답할 날이 오기를 바라며, 편지들은 모두 다 읽고 잘 모아두고 있습니다. 그날까지 안녕히.

진심을 담아
스티븐 호킹

나는 그날 밤 늦게까지 자지 않고 보석을 디자인했다. 내가 디자인한 것은 산책용 발찌로, 이 발찌를 차면 걸을 때 밝은 노란색 흔적이 뒤에 남는다. 그래서 행여 길을 잃어도 왔던 길을 찾을 수 있다. 또 결혼반지도 한 쌍 디자인했는데, 이 반지는 그것을 낀 사람의 맥박을 읽어내서 심장이 뛸 때마다 붉은색으로 번쩍이며 다른 반지에 신호를 보낸다. 황홀할 정도로 예쁜 팔찌도 디자인했다. 일 년 동안 제일 좋아하는 시집에 고무 띠를 감아놓았다가 빼서 차고 다니는 것이다.

왜 그런지 모르겠지만, 일을 하면서도 엄마와 함께 뉴저지의 창고에 갔던 날 생각이 머리를 떠나지 않았다. 연어처럼 생각이 자꾸만 그리로 되돌아갔다. 엄마는 세수를 하느라고 열 번은 차를 세웠다. 아주 조용하고 아주 어두웠고, 거기엔 우리뿐이었다. 자동판매기에 무슨 음료가 있었던가? 간판은 어떤 서체로 쓰여 있었던가? 내 머릿속의 상자들을 뒤졌다. 낡았지만 깔끔한 필름 프로젝터를 끄집어냈다. 아빠가 마지막으로 찍은 필름이 뭐였더라? 내가 나왔던가? 치과에서 받은 칫솔 한 뭉치, 아빠가 경기장에서 날아오는 걸 잡아서 날짜를 적어놓은 야구공 세 개도 꺼냈다. 날짜가 어떻게 되더라? 머릿속에서 낡은 지도책(독일이 둘로 나뉘어 있고 유고슬라비아가 한 나라였던)과 인형 속에 인형 그 속에 또 인형 그 속에 또 인형… 이 들어 있는 러시아 인형 등 아빠가 출장길에 사온 기념품들이 든 상자를 열었다. 그중에 내 아이를 위해 아빠가 보관해 둔 것은 어떤 것일까?

새벽 2시 36분이었다. 엄마 방으로 갔다. 엄마는 분명히 잠들어 있었다. 엄마가 숨을 쉴 때마다 이불이 숨 쉬듯 오르내리는 모습이 보였다. 내가 생물학적 과정을 이해하기에는 너무 어렸기 때문에, 사람들이 숨을 내쉬면 나무가 그 숨을 들이마신다고 설명하던 아빠의 얘기처럼. 엄마는 꿈을 꾸고 있는 것 같았다. 하지만 무슨 꿈을 꾸는지는 알고 싶지 않았다. 내 악몽으로도 충분했다. 엄마가 행복한 꿈을 꾸는 중이었다면, 행복한 꿈을 꾼다고 엄마한테 화를 냈을지도 모른다. 나는 엄마를 믿을 수 없을 만큼 부드럽게 만져보았다. 엄마는 펄쩍 뛰어 일어났다. "무슨 일이니?" "아무것도 아니에요." 엄마는 내 어깨를 움켜쥐고 물었다. "무슨 일이냐니까?" 엄마가 하도 꽉 잡아서 팔이 아팠지만, 내색하지 않았다. "우리가 뉴저지의 창고에 갔을 때 기억하세요?" 엄마는 나를 놓아주고 다시 자리에 누웠다. "뭐라고?" "아빠 물건이 있던 곳 말이에요. 기억나세요?" "지금은 한밤중이야, 오스카." "그곳을 뭐라고 불렀어요?" **"오스카."** "그냥 그 창고 이름만 알려주시면 안 돼요?" 엄마는 침대 옆 탁자에서 안경을 찾았다. 엄마가 '블랙 창고'라든가 '블랙웰 창고'나 '블랙먼', 하다 못해 '한밤의 창고'나 '어둠의 창고', '무지개' 정도의 이름만 말해 줘도, 내 수집품 전부와 내가 지금까지 만든 모든 장신구에 앞으로 받을 생일선물과 크리스마스 선물까지 몽땅 내줘도 아깝지 않을 기분이었다.

엄마는 누가 아프게 하기라도 한 것처럼 얼굴을 기묘하게 찌푸리더니, 이렇게 말했다. "만물 창고."

나는 몇 번째 실망인지 세는 것조차 잊어버렸다.

네가 있는 곳에 왜 나는 없는가

1963. 5. 21.

 네 어머니와 나는 과거의 이야기는 일절 입에 올리지 않는단다, 그건 규칙이야. 네 어머니가 욕실을 사용할 때면 난 문 쪽으로 가고, 내가 글을 쓸 때는 네 어머니가 절대 어깨너머로 그걸 보지 않는다, 이 두 가지도 규칙이고. 네 어머니를 위해 문을 열어주지만 문을 지나갈 때 절대 등을 만지거나 하지 않는다, 네 어머니는 절대 자기가 요리하는 모습을 내게 보여주지 않고, 내 바지는 개켜주지만 셔츠는 다림질대에 그대로 놔둔단다, 그녀가 방에 있을 때는 절대 촛불을 켜지 않고 불어서 *끄지*. 슬픈 음악을 절대 듣지 않는 것도 규칙이야, 이 규칙은 일찌감치 정해 두었지, 노래는 듣는 이만큼이나 슬프단다, 우리는 거의 음악을 듣지 않아. 나는 매일 아침 내가 쓴 것을 없애버리려고 시트를 갈고, 우리는 절대로 똑같은 침대에서 한 번 이상 자지 않는다, 아픈 아이들이 나오는 텔레비전 프로그램은 절대 보지 않고, 그녀는 내게 오늘 하루는 어땠느냐고 절대 묻지 않지, 우리는 항상 테이블 같은 편에서 창문을 마주하고 밥을 먹는단다. 규칙이 하도 많아서 가끔은 어느 것이 규칙이고 어느 것이 규칙이 아닌지, 우리가 하는 일 중 어느 것이 규칙에 따르지 않고 자의로 하는 것인지 기억할 수가 없어, 나는 오늘 그녀를 떠날 거다, 이것은 우리가 지금까지 내내 준비해 온 규칙일까, 아니면 만들어놓은 규칙을 내가 지금 깨려는 것일까? 나는 주말마다 버스를 타고 공항에 가서 사람들이 비행기에 오르면서 두고 간 잡지와 신문들을 가져오곤 해, 네 어머니는 그것들을 읽고 읽고 또 읽는단다, 영어를 닥치는 대로 손에 넣고 싶어 해, 그것도 규칙인가? 나는 금요일 오후면 늦은 시간에 집으로 돌아오곤 했단다, 잡지 한두 권이나 신문을 가지고 돌아왔지만, 그녀는 늘 더 많은 속어, 더 많은 어법, 최고의 것(bee's knees), 죽여주는 것(cat's pajamas), 전혀 색다른 것(horse of different color), 기막힌 것(dog-tired)을 원했어, 그녀는 다른 어딘가에서 이곳에 온 사람이 아니라 여기서 태어난 사람처럼 말하고 싶어 했고, 그래서 나는 배낭을 메고 다니면서 넣을 수 있는 데까지 쑤셔 넣었어, 배낭이 무거워지고, 내 어깨는 영어로 화끈거렸지, 그녀는 더 많은 영어를 원했어, 그래서 나는 여행 가방을 가지고 다녔어, 지퍼가 잘 안 채워질 정도로 꽉꽉 채웠더니, 가방은 영어의 무게를 이기지 못해 축 처졌어, 내 팔은 영어로 화끈거렸지, 내 손도, 손가락 관절도, 사람들은 틀림없이 내가 정말로 어딘가로 가는 중이라고 생각했을 거야, 이튿날 아침이면 영어 때문에 등이 욱신욱신 쑤셨어, 어느새 나는 부근을 어슬렁거리며 필요 이상으로 시간을 허비하고, 비행기가 사람들을 태워 가고 내려주는 모습을 쳐다보고 있었지, 나는 일주일에 두 번 공항에 가서 몇 시간씩 머무르기 시작했어, 집에 갈 시간이 되어도 자리를 뜨고 싶지 않았어, 그곳에 있지 않을 때도 거기 있고 싶었고, 이제는 매일 아침 가게를 열기 전에, 그리고 매일 저녁 식사를 하고 나서 그곳엘 간단다, 비행기에서 내리는 사람들 가운데 아는 얼굴을 발견할지도 모른다는 기대를 품고 있는 것일까, 영영 오지 않을 친척을 기다리고 있는 것일까, 애나를 기다리고 있는 것일까? 아니야, 그건 아니야, 그런들 기쁘지도 않고, 짐이 덜어지지도 않는걸. 사람들이 재회하는 모습을 보는 게 좋구나, 어쩌면 어리석은 짓일지 모르지만, 그게 아니면 무슨 말을 하겠니, 사람들이 서로에게 달려가는 모습을 보면 좋고, 키스하고 우는 모습이 좋아, 초조함, 마음만큼 입에서 줄줄 쏟아지지 않는 이야기들, 그 이야기들을 다 담지 못하는 귀, 모든 변화를 다 잡아내지 못하는 눈을 보는 게 좋아, 포옹, 재회, 그리움의 끝이 좋아, 한쪽에 앉아 커피를 마시며 공책에 쓰지, 이미 외우고 있는 비행 일정을 꼼꼼히 훑어보고, 관찰하고, 쓰는 거야, 잃고 싶지 않았으나 잃어버린 삶을 기억해 내지 않으려 애쓰지만, 기억해야 해, 여기 있으면 가슴 가득 기쁨이 차오른단다, 내 것이 아닌 기쁨일지라도, 저물녘이 되면 묵은 뉴스들을 여행 가방 가득 채웠어. 아마 네 어머니를 만났을 때 내 입으로 얘기한 적도 있을 거야, 우리가 서로에게 달려갈 수도 있으리라 생각했다고 말이야, 드레스덴에서 우리는 거의 모르는 사이나 마찬가지였지만, 아름다운 재회를 할 수도 있을 거라고 생각했거든. 하지만 잘되지 않았어. 우리는 팔을 활짝 벌리고 제자리를 맴돌았을 뿐, 서로를 향하지는 못했지, 우리의 팔은 멀찍이 떨어져 있었어, 우리 사이에는 우리의 삶을 지배하는 규칙들밖에는 없었지, 모든 것이 치수였어, 밀리미터의, 규칙들의 결혼, 그녀가 아침에 일어나 샤워를 하러 가면, 나는 동물들에게 먹이를 주지——그것이 규칙이야——그래서 그녀는 부끄러워하지 않아도 돼, 반대로 내가 잠자리에 들기 전 옷을 벗을 때면 그녀가 일거리를 찾아 부산하게 움직인단다——

규칙——그녀는 문이 잘 잠겼는지 확인하고, 오븐을 두 번씩 확인하지, 자기 찬장에 있는 수집품 쪽으로 가서, 우리가 만난 후로 한번도 쓴 적이 없는 머리 마는 핀을, 다시, 확인한단다, 그녀가 옷을 벗을 때만큼, 내 평생 그렇게 분주해 본 적은 없었어. 결혼한 지 몇 개월 되지 않았을 때, 우리는 완벽한 사생활을 보장받을 수 있도록, 아파트 안의 몇 군데를 '무(無)의 공간'으로 지정하기 시작했어, 정해 둔 장소는 절대 쳐다보지 않기로 하고, 그 안에서는 잠시 존재하기를 멈출 수 있는, 아파트에 존재하지 않는 영역으로 하기로 했지, 첫 번째는 침실의 침대 발치께였단다, 우리는 양탄자 위에 빨간색 테이프로 구획을 표시했어, 서 있을 정도의 넓이밖에 안 됐지만, 사라지기엔 딱 좋은 장소였어, 우리는 그곳이 거기 있다는 것을 알면서도 절대 그쪽을 보지 않았어, 꽤 효과가 좋아서 우리는 거실에도 무의 공간을 만들기로 했지, 필요할 것 같았거든, 거실에 있다가도 사라져 버리고 싶을 때가 있으니까, 누구나 가끔씩 그냥 사라져버리고 싶을 때가 있잖니, 이 공간은 약간 더 넓혀서 그 안에 드러누울 수도 있게 만들었어, 그 직사각형의 공간은 절대 쳐다보지 않는 것이 규칙이었단다, 그 공간은 존재하지 않았고, 그 안에 있을 때는 그 사람도 존재하지 않았어, 잠시 동안은 그것으로 충분했지만, 잠시뿐이었다, 더 많은 규칙이 필요했어, 두 번째 결혼기념일에는 손님용 침실 전체를 무의 공간으로 정했지, 그때는 그게 좋은 생각 같아 보였어, 침대 발치의 손바닥만 한 공간이나 거실의 직사각형 정도로는 성이 차지 않을 때가 종종 있었거든, 손님용 침실 문의 안쪽을 향하는 면은 무였고, 복도 쪽 면은 존재였어, 두 면을 연결하는 문손잡이는 존재도 무도 아니었어. 복도 벽은 무였지, 그림은 사라져야 했어, 특히 그림은, 하지만 복도 자체는 존재였어, 욕조는 무였고, 욕조 물은 존재였다, 몸에 난 털은 물론 무였지만, 배수구 주변에 흩어진 것을 일단 모으면 존재였지, 우리는 모든 규칙들로 생활을 더 쉽게 만들려고 애썼고, 힘들이지 않고 살아갈 수 있게 만들려고 애썼어. 하지만 무와 존재 사이에 균열이 생기기 시작했어, 아침이면 무(無)인 꽃병이 잃어버린 누군가의 기억처럼 존재의 그림자를 던졌어, 무슨 말을 할 수 있었겠니, 밤이면 손님용 침실에서 무인 불빛이 무인 문 아래로 흘러나와 존재인 복도를 물들였지, 무슨 말을 하겠니. 무심코 무를 가로지르지 않고서는 존재에서 존재로 나아가기가 어려워졌단다, 존재——열쇠, 펜, 회중시계——를 무심코 무의 공간 안에 두고 왔다가는 절대 도로 가져올 수가 없었어, 그것은 우리의 규칙들 거개가 그렇듯, 암묵적인 것이었다. 한두 해쯤 전인가, 어느 순간부터 우리 집은 존재보다 무에 가까워졌어, 그 자체로는 문제 될 것이 없었어, 잘된 일일 수도 있었지, 그것이 우리에게 구원이 될 수도 있었어. 하지만 우리는 점점 악화되어 갔단다. 어느 날 오후 작은 침실의 소파에 앉아 생각하고 생각하고 또 생각하다가, 내가 존재의 섬에 있다는 사실을 깨달았어. "내가 어떻게 여기에 왔을까," 나는 무에 둘러싸인 채 의아해했어, "어떻게 돌아간다지?" 네 어머니와 내가 함께 산 세월이 점점 길어질수록, 우리는 서로의 위장(僞裝)을 당연하게 받아들였어, 말이 적어질수록 오해는 늘어갔고, 내가 무로 설정했다고 기억하는 공간을 그녀는 우리가 존재라고 동의한 공간이라고 믿는 경우가 적지 않았지, 우리의 무언의 합의는 불일치로, 고통으로 이어졌단다, 나는 그녀의 눈앞에서 옷을 벗었어, 불과 몇 달 전의 일이었다, 그녀가 소리쳤어, "토머스! 무슨 짓이에요!" 나는 공책으로 몸을 가리며 몸짓으로 말했다, "여긴 무인 줄 알았는데," 그녀가 말했다. "거긴 존재예요!" 우리는 복도 벽장에서 아파트 도면을 꺼낸 뒤 현관문 안쪽에 테이프로 붙여놓고, 오렌지색과 푸른색 마커로 존재와 무를 나눴단다. "여기는 존재." "여기는 무." "존재." "존재." "무." "존재." "무." "무." "무." 모든 것이 영원토록 확정되었어, 이제 우리 앞에는 평화와 행복뿐이었어, 우리가 마지막으로 함께 보낸 밤, 피할 수 없는 질문이 결국 튀어나왔던 어젯밤에야 비로소 그렇게 되었단다, 그녀에게 말했어, "존재", 나는 손으로 그녀의 얼굴을 가렸다가 면사포처럼 들췄어. "우리는 존재해야만 해." 그러나 나는 알고 있었어, 마음속 가장 깊은 곳에서, 진실을.

실례지만, 몇 시입니까?

아름다운 소녀는 몇 시인지 모른다고 했어, 그녀는 서두르고 있었어, 소녀가 말했지, "행운을 빌어요," 나는 미소를 지었어, 그녀는 서둘러 가버렸단다, 달려갈 때 치맛자락이 바람에 붕 떴어, 때때로 내 것이 아닌 모든 삶의 무게에 뼈가 뒤틀리는 소리가 들리곤 해. 이런 삶을 살면서 나는 공항에 앉아 아직 태어나지 않은 나의 아들에게 내 입장을 해명하려 애쓰고 있구나, 나는 지금 내 마지막 공책을 채우고 있어, 어느 날 밤엔가 남긴 흑빵 한 덩어리를 생각하고 있단다, 다음 날 아침 쥐가 빵을 파먹은 자리를 보았어, 빵을 얇게 썰면서 매 순간 쥐의 모습을 보았지, 애나를 생각하고 있어, 그녀 생각을 다시는 하지 않을 수만 있다면 모든 것을 내놓아도 좋으련만, 나는 잃어버리고 싶은 것에만 집착한단다, 우리가 만났던 날을 생각해, 애나의 아버지가 우리 아버지를 만나러 올 때 그녀도 따라왔지, 두 분은 친구였다, 전쟁 전에 그들은 예술과 문학을 논했어, 하지만 일단 전쟁이 시작되자, 두 분은 전쟁 얘기만 했지, 멀찍이서 그녀가 다가오는 모습을 봤어, 나는 열다섯이었어, 그녀는 열일곱이었고, 우리는 아버지들이 안에서 이야기할 동안 잔디밭에 같이 앉아 있었어, 우린 어쩌면 그렇게도 어렸을까? 딱히 화제랄 것도 없었지만, 꼭 세상에서 제일 중요한 이야기를 하고 있는 듯한 기분이었어, 우리는 잔디를 한 주먹 가득 쥐어 뽑았어, 내가 그녀에게 독서를 좋아하는지 물어보자, 그녀가 대답했어, "아니, 하지만 아주, 아주, 아주 좋아하는 책들이 있어," 그녀는 늘 이런 식으로 같은 말을 세 번씩 되풀이했단다, "춤추는 거 좋아하니?" 그녀가 물었어, "수영 좋아해?" 내가 물었어, 모든 것이 불꽃을 올리며 폭발할 것만 같은 기분이 들 때까지 우리는 서로를 쳐다봤어, "동물 좋아해?" "나쁜 날씨 좋아해?" "네 친구들 좋아하니?" 내가 그녀에게 내 조각 이야기를 해줬더니, 그녀가 말했어, "넌 틀림없이 훌륭한 예술가가 될 거야." "어떻게 알아?" "그냥 알아." 나는 스스로에 대해 확신이 없다는 바로 그 이유 때문에, 내가 이미 훌륭한 예술가라고 말했어. "내 말은 유명해질 거라는 뜻이야." 그녀가 말했지, 나는 그런 것은 내게 중요하지 않다고 했단다, 그러자 그녀는 내게 중요한 것은 무어냐고 물었어, 난 그 자체를 즐기기 때문에 그것을 한다고 말했어, 그러자 그녀가 웃음을 터뜨렸어, "넌 자기 자신을 잘 모르는구나," "잘 알아," "어련하시겠어," "정말이라니까!" 그녀는 내 껍질을 뚫고 내 속마음을 봤어, "음악 좋아해?" 아버지들이 집에서 나와 문간에 섰어, 한 사람이 물었지, "이제 우리 뭐 할까?" 나는 우리가 함께하는 시간이 거의 끝났음을 알았단다, 그녀에게 스포츠를 좋아하느냐고 물었고, 그녀는 내게 체스를 좋아하느냐고 물었어, 나는 그녀에게 쓰러진 나무를 좋아하느냐고 물었지, 그녀는 아버지와 함께 집으로 돌아갔고, 내 마음도 그녀를 따라갔어, 하지만 나는 내 껍질과 함께 남겨졌어, 그녀를 다시 만나야 했어, 왜 그래야만 하는지 나 자신에게도 설명할 수가 없었지, 그래서 그 욕망이 아름다웠던 거야, 스스로도 이해하지 못하는 것에 잘못이 있을 수는 없는 거란다. 다음 날, 삼십 분을 걸어 그녀의 집까지 갔어, 동네 골목길이었기 때문에 사람들의 눈에 띌까 두려웠어, 설명할 게 너무 많아서 설명할 수가 없었지, 챙이 넓은 모자를 쓰고 고개를 푹 숙였는데, 내 옆을 지나치는 발소리들이 들렸어, 남자인지, 여자인지, 아이인지 알 수 없었지, 가로대가 빠진 사다리를 올라가는 기분이었단다, 너무 창피하고 당황스러워서 그녀 앞에 모습을 나타내지도 못하겠는데, 어떻게 설명하겠니, 사다리를 타고 올라가야 하나 내려가야 하나? 나는 낡은 책을 묻을 무덤 자리로 땅을 파놓은 흙무더기 뒤에 숨었어, 문학은 그녀의 아버지가 실천하는 유일한 종교였어, 책이 마루에 떨어지면 그는 그 책에 키스를 했어, 책 한 권을 다 읽으면 그 책을 좋아할 만한 사람에게 거저 주려고 했고, 만약 줄 만한 사람을 찾지 못하면 땅에 묻었어, 나는 온종일 그녀를 찾았지만, 마당에서도, 창문 너머에서도 보지 못했어, 그녀를 찾아낼 때까지 그 자리를 떠나지 않겠다고 다짐했다, 하지만 날이 저물어 집에 가야 했어, 자리를 뜨는 나 자신이 미웠지, 왜 나는 그 자리를 지키지 못하는 것일까? 나는 고개를 푹 숙이고 되돌아왔어, 그녀를 잘 알지도 못하면서 그녀 생각을 떨쳐낼 수가 없었어, 그녀를 만나러 가서 어쩌겠다는 것인지 나도 알 수 없었단다, 그녀 가까이에 있어야 한다는 생각뿐이었어, 다음 날 고개를 푹 숙이고 그녀에게로 다시 걸어가면서, 그녀는 내 생각을 하고 있지 않을지도 모른다는 생각이 들었어. 책은 다 묻힌 뒤여서, 이번에는 나무 뒤에 숨었어, 뿌리가 책을 감고 책장에서 양분을 빨아먹는 상상을 했다, 글자들이 고리를 이루며 나무줄기를 타고 올라가는 모습을 상상했어, 몇 시간을 기다리자, 2층 창문으로 네 어머니의 모습이 보였다, 그녀는 그저 보통 소녀에 불과했지, 그녀가 뒤를 돌아 나를 봤어, 하지만 애나는 볼 수 없었어. 나뭇잎이 떨어졌어, 종이처럼 노란색이었지, 집에 가야 했어, 그리고 그 다음 날도 그녀에게 다시 와야 했어. 나는 수업을 빼먹었어, 걸음은 아주 빨라지고, 얼굴을 숨기느라 목이 뻣뻣해졌어, 내 팔이 지나가는 이의 팔을 스쳤단다——튼튼하고 억센 팔——누구의 팔일까, 농부일까, 석공일까, 목수일까, 벽돌공일까, 상상해 봤지. 그녀의 집에 닿아 뒤창 아래 몸을 숨겼어, 멀리서 기차가 덜컹거리며 지나갔고, 병사들, 아이들, 사람들이 오고 갔고, 창문은 고막처럼 흔들렸어. 온종일 기다렸어,

그녀가 여행이라도 갔나, 심부름을 하러 갔나, 나를 피해 숨었나?

네가 있는 곳에 왜 나는 없는가 161

집에 돌아오자 아버지가 그녀의 아버지가 또 찾아왔었다고 하셨어, 아버지에게 왜 그렇게 숨을 헐떡이느냐고 물었더니, 아버지가 말씀하셨어, "상황이 점점 더 악화되고 있단다." 그제야 그날 아침 길에서 나와 스쳐갔던 이가 그녀의 아버지였다는 것을 깨달았지. "무슨 상황이요?" 나를 스치고 지나간 튼튼한 팔이 그의 팔이었단 말인가? "모든 것이 다. 온 세상이 말이다." 그가 날 알아봤을까, 아니면 내 모자와 푹 숙인 머리가 나를 가려줬을까? "언제부터요?" 어쩌면 그 역시 머리를 숙이고 있었을지 몰라. "처음부터." 그녀 생각을 하지 않으려 애쓰는 일이 힘겨워질수록, 그녀에 대해 점점 더 많이 생각하게 됐어, 점점 더 설명하기 어려워졌지, 나는 다시 그녀의 집으로 갔단다, 고개를 푹 숙이고 두 마을 사이의 길을 걸어갔지만, 역시 그녀는 없었어, 그녀의 이름을 부르고 싶었어, 하지만 그녀에게 내 목소리를 들려주고 싶지는 않았어, 나의 모든 욕망은 그 짧았던 한 번의 대화에서 나온 것이었어, 반 시간 동안 우리가 함께했던 것은 셀 수 없이 많은 언쟁과 불가능한 고백과 침묵이었지. 그녀에게 묻고 싶은 것이 너무나 많았다, "얼음 위에 엎드려서 그 아래에 뭐가 있는지 찾아보는 거 좋아해?" "연극 좋아해?" "눈에 보이기 전에 소리부터 들리는 쪽이 좋아?" 나는 그 다음 날도 다시 걸어갔다, 걸어다니느라 진이 다 빠졌어, 한 걸음씩 내딛을 때마다 그녀가 나를 안 좋게 보았다는, 아니면 더 나쁘지만, 나 따위는 그녀의 안중에 없다는 확신이 점점 더 굳어졌어, 나는 고개를 푹 숙이고 걸었다, 챙 넓은 모자를 깊이 눌러썼지, 세상으로부터 얼굴을 숨기면 세상을 볼 수 없게 되거든, 그래서 그 어린 시절, 유럽 한복판에서, 우리 두 마을 사이에서, 모든 것을 다 잃으려는 찰나, 나는 무엇인가에 충돌해 땅바닥에 나동그라졌어. 숨을 몇 차례나 들이쉬고서야 몸을 간신히 추스를 수 있었어, 처음에는 나무에 부딪힌 줄 알았어, 그런데 그 나무는 사람이었어, 그쪽도 바닥에 쓰러졌다가 겨우 일어나고 있었단다, 그제야 상대가 그녀임을 알아봤지, 그녀도 나를 알아봤어, "안녕," 내가 몸을 툭툭 털면서 말했어, "안녕", 그녀가 말했어. "별일이 다 있네." "그러게." 어떻게 설명하면 좋을까? "어디 가는 길이야?" 내가 물었어. "그냥 산책하러 나왔어. 너는?" "나도 그냥 산책하러." 우리는 서로를 일으켜주었다, 그녀는 내 머리카락에서 낙엽을 털어주었어, 나도 그녀의 머리카락을 만져보고 싶었지, "사실은 아니야," 내가 말했어, 내 입에서 다음에 무슨 말이 나올지도 모르는 채, 그러나 그 말이 내 것이기를 바라면서, 내 마음속 깊은 곳을 드러내고 이해받기를 세상 그 무엇보다도 간절히 바라면서. "너를 만나러 가는 길이었어." 내가 말했어. "지난 엿새 동안 매일 너희 집에 갔어. 무슨 이유에서인지 너를 다시 만나야만 했어." 그녀는 침묵을 지켰어, 바보짓을 해버린 기분이었단다, 자신을 이해하지 못한다 해서 잘못한 건 아니야, 그녀가 웃음을 터뜨렸어, 그렇게 숨이 넘어가도록 웃는 사람은 처음 봤지, 하도 웃어서 눈물이 나더구나, 한번 눈물이 나더니 둑이 터진 듯 점점 더 많이 흘렀어, 그러자 나도 웃기 시작했어, 더없이 깊고 완벽한 수치심에서, "난 네게 가던 길이었어," 기왕 망신당한 거 될 대로 되라는 심정이 돼서, 내가 다시 말했어, "너를 다시 보고 싶었거든," 그녀는 웃고 또 웃었어, "이제야 알겠어," 그녀는 겨우 말을 할 수 있게 되자 이렇게 말했어, "무슨 말이야?" "지난 엿새 동안 네가 집에 없었던 이유를 이제 알겠다고." 우리는 웃음을 멈췄어, 나는 세상을 내 안으로 끌어넣어, 재배열하고, 이 질문으로 도로 토해 냈단다. "나를 좋아하니?"

지금이 몇 시인지 아시나요?

그는 9시 38분이라고 대답했어, 그는 나와 아주 많이 닮았지, 그쪽에서도 이를 알아챈 듯 했어, 우리는 서로 이를 인정하는 의미의 미소를 나눴단다, 나라고 해도 좋을 만큼 닮은 사람이 몇 명이나 있을까? 우리는 모두 같은 잘못을 할까, 아니면 우리 중 한 사람은 옳은 걸까, 혹은 적어도 덜 잘못했을까, 나는 나를 흉내 내는 자일까? 난 단지 혼잣말로 시간을 말했을 뿐이었어, 지금 난 네 어머니 생각을 하고 있어, 젊고도 늙은 여자, 봉투에 돈을 넣어 지니고 다니는 여자, 어떤 날씨에나 내게 선탠로션을 발라주는 여자, 재채기를 하고는 "신이 보살피길," 하고 말하는 여자, 신이 그녀를 보살펴 주시길. 그녀는 지금 집에서 자서전을 쓰고 있단다, 내가 집을 비우고 없을 동안 타자기를 두드리고 있지, 다음 장에 무슨 내용이 올지도 모르고. 그것은 나의 제안이었어, 그때는 아주 좋은 제안이라고 생각했다, 아마도 그녀가 더 이상 스스로를 괴롭히지 않고 자기 삶을 돌이켜 볼 수 있게 된다면, 그래서 마음의 짐을 덜 방법을 찾는다면, 분명 더 나을 거라고 생각했거든, 그녀는 생기를 얻거나, 관심을 갖거나, 주의를 쏟을 만한 것이라곤 아무것도 없이, 삶 자체보다는 무를 위해 살았단다, 그녀는 가게 일을 거들고, 집으로 돌아와 큰 의자에 앉아 잡지를 뚫어져라 들여다보았지, 잡지를 읽는 게 아니라 그걸 꿰뚫어 보는 것 같았어, 어깨에 먼지가 앉아도 상관하지 않았다. 나는 벽장에서 낡은 타자기를 끌어내, 책상으로 쓸 카드 게임용 테이블, 의자, 종이, 유리컵, 물주전자, 전열기, 꽃 몇 송이, 크래커 등등 필요한 것을 전부 갖추어 손님방에 준비해 주었어, 제대로 된 사무실이라고는 못 해도 그럭저럭 쓸 만했지, 그녀가 말했어, "하지만 여기는 무의 공간이잖아요," 나는 이렇게 썼어, "당신이 자서전을 쓰기에 이보다 더 좋은 곳이 어디 있겠소?" 그녀가 말했어, "난 눈이 별

로예요," 나는 그 정도면 충분히 훌륭하다고 말해 줬어, 그녀가 말했
단다, "거의 보이지도 않아요," 손가락을 눈 위에 대고서, 하지만 나
는 그녀가 단지 내가 관심을 쏟아주니까 부끄러워서 그런다는 것을
알고 있었어, 그녀가 말했어, "어떻게 써야 할지 모르겠어요," 아무
것도 몰라도 되고, 그냥 쏟아내 놓기만 하면 된다고 말해 줬지, 그녀
는 처음으로 누군가의 얼굴을 손으로 느껴보는 맹인처럼, 타자기 위
에 손을 올려놓았어, "이런 건 한번도 써본 적이 없어요," "키를 누
르기만 하면 되오," 그녀는 한번 해보겠다고 했어, 나는 소년 시절부
터 타자기 쓰는 법을 알았지만, 나로서는 그 이상 도와줄 수가 없었
어. 몇 달 간 똑같은 상황이 이어졌다, 그녀는 새벽 4시에 일어나 손
님용 침실로 갔고, 동물들이 그녀 뒤를 따라갔어, 그리고 나는 여기
로 왔다, 아침을 먹고 나면 그녀를 다시 볼 일이 없었지, 일과가 끝
난 후 우리는 각자 따로따로 자기 할 일을 했고, 잠잘 때까지 서로
얼굴 한번 보지 않았단다, 나는 그녀가 자서전에만 매달릴까 봐 걱
정했던 것일까, 아니야, 그녀를 보면 나도 기뻤다, 그녀가 느꼈던 감
정, 세상을 새롭게 건설하는 흥분을 기억했어, 문 뒤에서 창작을 하
는 소리, 종이에 글자가 찍히는 소리, 기계에서 종이가 뽑혀 나오는
소리를 들었어, 이번만큼은 모든 것이 전보다 더 나았고 더 바랄 게
없을 만큼 좋았지, 모든 것이 의미로 충만했고 말이야, 고독 속에서
작업한 지 몇 년이 지난 올해 봄날의 어느 아침, 그녀가 말했어, "당
신에게 보여줄 것이 있어요." 나는 그녀를 따라 손님용 침실로 갔어,
그녀는 구석에 놓인 카드 게임용 테이블 쪽을 가리켰는데, 그 위에
는 타자기가 있었고 양옆으로 거의 같은 높이의 종이 더미가 쌓여
있었어, 우리는 같이 그쪽으로 걸어갔다, 그녀는 테이블 위의 것들
을 하나하나 만져본 다음, 내게 왼쪽의 종이 더미를 건네주었어, "내

자서전이에요." "뭐라고?" 나는 어깨를 추켜올리며 물었단다, 그녀
가 종이들을 톡톡 쳤어, "내 자서전이라고요," 그녀가 재차 말했어,
종이들을 훌훌 넘겨봤는데, 천 장은 족히 되어 보였어, 나는 종이 뭉
치를 내려놓고 물었지, "이게 뭐요?" 내 손 위에 그녀의 손바닥을 올
려놓은 다음, 내 손바닥을 위로 향하게 하고 그녀의 손을 내 손에서
톡 쳐내는 식으로 물었어. "내 자서전이요," 그녀는 아주 자랑스럽
게 말했어, "지금 이 순간의 이야기까지 다 썼어요. 바로 지금요. 내
가 나를 따라잡은 거예요. 마지막으로 쓴 문장이 '그이에게 내가 쓴
것을 보여줄 것이다. 그이 마음에 들었으면 좋겠다.' 예요." 나는 종
이 뭉치를 이리저리 뒤적이며 그녀가 태어난 곳이라든가 첫사랑, 부
모님을 마지막으로 보았을 때 따위를 찾아보려 했어, 그리고 애나를
찾았지, 뒤지고 또 뒤졌어, 집게손가락을 종이에 베었어. 그녀가 누
군가에게 키스하는 장면이 나와야 할 페이지에 핏방울이 작은 꽃처
럼 얼룩졌단다, 하지만 내 눈에 들어온 것은 이것이 다였어.

울고 싶었지만 울지는 않았어, 어쩌면 울었어야 할지도 몰라, 그 방에서 우리 둘 다를 눈물 속에 익사시켜서, 우리의 고통에 종지부를 찍었어야 했다, 그렇게 했다면 우리는 이천 장의 백지 속에 얼굴을 묻은 채 둥둥 뜬 모습으로, 아니면 내 눈물이 증발하고 남은 소금 밑에 묻힌 채 발견되었을 거야, 그제야, 그렇게 늦게야, 오래전 내가 타자기에서 잉크 리본을 빼놓았던 기억이 났어, 그것은 타자기에 대한, 그리고 나 자신에 대한 복수였어, 실타래에서 실을 뽑듯 리본을 길게 뽑아버렸지——애나를 위해 만들었던 미래의 집들, 대답 없는 편지들——마치 그것이 나를 실제의 삶으로부터 보호해 주기라도 할 것처럼. 그런데 더 나쁜 것은——차마 말로는 할 수가 없다, 써야지!——네 어머니는 종이가 텅 비어 있다는 것을 보지 못했다는 사실이다, 아무것도 볼 수가 없었던 거야. 힘들어하는 줄은 알고 있었다, 산책할 때면 내 팔을 잡곤 했으니까, "내 눈은 별로예요."라는 말을 자주 했지만, 나를 만지려는 핑계이거나, 그냥 하는 말이라고만 생각했어, 왜 도움을 청하지 않았을까, 왜 도움을 청하는 대신, 볼 수도 없으면서 그 많은 잡지와 신문들을 부탁했을까, 그것이 그녀 나름대로 도움을 청하는 방식이었을까? 그래서 그렇게 난간을 꼭 붙잡았었나, 그래서 내가 보는 앞에서는 요리를 하지 않았던 건가, 그래서 내가 보는 앞에서는 옷을 갈아입거나, 문을 열지 않았던 건가? 항상 앞에 뭔가 읽을거리를 두고 있었던 것도 다른 것을 볼 필요가 없게 하기 위해서였나? 그 긴 세월 동안 내가 그녀에게 적어줬던 모든 말들, 난 그녀에게 단 한 마디도 전하지 못했단 말인가? "굉장하군," 나는 곧잘 하던 식으로 그녀의 어깨를 쓰다듬으며 말했어, "굉장해요." "더 얘기해 봐요. 당신 의견을 말해 줘요." 그녀가 말했어. 나는 그녀의 손을 잡아 내 뺨 위에 놓고, 어깨 쪽으로 머리를 기울였

다, 그녀는 대화의 흐름으로 미루어 그 행동의 의미를 이렇게 이해
했지, "여기서 이런 것을 읽을 수는 없소. 침실로 가져가서 천천히,
꼼꼼히 읽겠소, 당신의 자서전인데 당연히 그렇게 해야지." 하지만
내가 알고 있는 우리의 대화 문맥에서 그것은 이런 의미였어, "내가
당신을 실망시켰소."

몇 시인지 아십니까?

애나와 나는 애나 아버지의 창고 뒤에서 처음으로 사랑을 나눴단다, 그 집의 이전 주인은 농부였지만, 드레스덴도 주변 마을들을 따라잡기 시작하던 참이었고, 농장은 아홉 개의 부지로 나뉘었어, 애나네 집안이 그중 제일 큰 부지를 소유했고. 어느 가을 오후 헛간 벽이 무너졌어——"낙엽 한 장이 결정적이었어," 애나 아버지가 한 농담이었지——이튿날 그는 책꽂이를 가져다가 벽을 새로 만들었어, 그래서 책 자체가 안과 밖을 분리하게 됐어. (새로 얹은 지붕은 책이 비에 젖지 않도록 보호해 줬지만, 겨울에는 책장들이 얼어붙었다가, 봄이 오면 한숨 같은 소리를 내쉬었단다.) 그는 그 공간에 양탄자와 작은 소파 두 개를 갖다 놓고 응접실처럼 꾸몄어, 저녁이면 그곳에서 위스키 한 잔과 파이프 담배를 즐기며 책을 빼서 벽에 난 구멍으로 시내를 바라보기를 좋아했지. 그는 대단한 인물은 아니었어도 지성인이었어, 더 오래 살았더라면 중요한 인물이 되었을지도 모르지, 어쩌면 그의 내부에 위대한 책들, 안과 밖을 가를 수도 있는 책들이 용수철처럼 똬리를 틀고 있었을지도 몰라. 애나와 내가 처음으로 사랑을 나눴던 날, 나는 그와 마당에서 마주쳤다, 그는 곱슬머리를 사자 갈기처럼 풀어헤친 남자와 함께 서 있었는데, 그 남자의 안경은 휘어 있었고, 흰 셔츠는 물감 묻은 손자국으로 얼룩져 있었어, "토머스, 내 친구 사이먼 골드버그를 소개하마." 나는 인사를 했어, 그가 누구인지, 왜 그에게 내 소개를 해야 하는지 알지 못했지만 말이다, 애나를 찾고 싶었어, 골드버그 씨는 내게 무슨 일을 하느냐고 물었다, 그의 목소리는 자갈돌이 깔린 길처럼 부드러우면서도 갈라져 있었지, 내가 말했어, "아무 일도 안 합니다," 그가 껄껄 웃었어, "그렇게 겸손하게 굴지 않아도 돼," 애나의 아버지가 말했다. "조각가가 되고 싶습니다." 골드버그 씨는 안경을 벗고 바지에서 셔츠를 끄집어내더니, 셔츠 끝자락으로 렌즈를 닦았어. "조각가가 되고 싶다고?" "노력 중입니다." 그는 안경다리를 귀 뒤로 당겨 안경을 다시 끼더니 이렇게 말했다, "자네 같은 경우라면, 노력하는 것만으로도 이미 된 것이나 다름없어." "무슨 일을 하십니까?" 내가 질문했어, 의도했던 것보다 더 도전적인 목소리가 나왔어, 그가 대답했다, "이제는 아무 일도 안 해." 애나의 아버지가 그에게 말했어, "그렇게 겸손 떨지 말라고," 그도 이번에는 웃지 않았어, 그가 나에게 말했단다, "사이먼은 우리 시대의 최고 지성 중 한 명이지." "노력 중이라네," 골드버그 씨가 내게 말했어, 마치 우리 둘만 있는 것처럼. "무슨 노력을 하시는데요?" 의도했던 것보다 더 관심 있는 목소리로 물었어, 그는 다시 안경을 벗고 대답했어, "그런 사람이 되려고 노력 중이야." 그녀의 아버지와 골드버그 씨가 책으로 안과 밖을 갈라놓은 임시 응접실 안에서 얘기하고 있을 동안, 애나와 나는 갈대밭으로 산책을 나갔다, 갈대밭은 한때 마구간이었던 곳 옆에 녹회색 진흙탕을 가로질러, 자리만 잘 잡아 제대로 보면 물가가 보이는 곳까지 펼쳐져 있었지, 우리의 양말은 거지반 진흙투성이가 되었고, 떨어진 열매들을 길 밖으로 차내는 바람에 과즙으로 더러워졌어, 농장 꼭대기에서는 북적대는 기차역이 보였는데, 전쟁의 격랑이 점점 더 가까이 밀려오고 있는게 보였어, 군인들은 우리 동네를 거쳐 동쪽으로 갔고, 피란민들은 서쪽으로 가거나, 거기 머물렀어, 기차들이 출발하고 도착했다, 수없이 많은 기차들, 우리는 산책을 시작한 곳, 응접실로 쓰던 헛간 바깥에서 산책을 끝냈어. "앉자," 그녀가 말했어, 우리는 등을 책꽂이에 기대고, 땅바닥에 앉았단다, 안에서 나누는 얘깃소리가 들려왔고, 책 사이로 새어 나오는 파이프 담배 냄새를 맡을 수 있었어, 애나는 내게 키스하기 시작했어, "이러다 저 사람들이 나오면 어떡해?" 내가 속삭였어, 그녀는 내 귀를 만지작거렸어, 그들의 목소리 덕분에 안전할 거라는 의미였지. 그녀는 내 온몸을 어루만졌어, 그녀가 무슨 짓을 하고 있는지 알 수가 없었어, 나도 그녀의 몸 여기저기를 만졌다, 내가 무슨 짓을 하고 있을까, 설명할 수 없는 것을 이해할 수 있을까? 그녀의 아버지가 말했어, "필요하다면 언제까지고 묵어도 좋네. 아예 눌러 살아도 돼." 그녀가 머리 위로 셔츠를 끌어 올렸다, 나는 그녀의 가슴을 손 안에 쥐었어, 어색하면서도 자연스러웠단다, 그녀는 내 머리 위로 셔츠를 끌어 올렸어, 그 순간 앞이 보이지 않았어, 골드버그 씨의 웃음 섞인 목소리가 들려왔어, "눌러앉으라고," 그가 작은 방 안에서 걸음을 옮기는 소리가 들렸지, 나는 그녀의 치마 밑으로, 다리 사이로, 손을 넣었어, 모든 것이 금세라도 불꽃을 터뜨리며 폭발해 버릴 것만 같았어, 경험이라고는 전무한데도 무엇을 해야 할지 자연히 알 수 있었어, 꿈속에서와 똑같았다, 마치 모든 정보가 용수철처럼 내 안에 똬리를 틀고 있던 것 같았지, 일어나고 있는 일은 모두 전에도 일어났었고 또다시 일어날 거였어, "난 더는 이 세상을 인정할 수 없네," 애나의 아버지가 말했어, 애나는 등을 둥글게 웅크렸단다, 목소리와 파이프 연기가 새어 나오는 책의 벽 뒤에서, "사랑을 나누고 싶어," 애나가 속삭였어, 나는 무엇을 해야 할지 정확히 알았단다, 밤이 오고 있다, 기차가 출발한다, 나는 그녀의 치마를 들쳤지, 골드버그 씨가 말했어, "난 이보다 더 세상을 인정해 본 적이 없다네," 책 반대편에서 그의 숨소리가 들려왔어, 만약 그가 선반에서 책을 한 권 빼냈다면 모든 것을 봤을 거야. 하지만 책들이 우리를 지켜줬어. 나는 불꽃으로 폭발하기 전에 그녀 안에 아주 잠깐 머물렀어, 그녀는 흐느꼈다, 골드버그 씨가 발을 쿵쿵 구르며 상처받은 짐승같이 고함을 쳤어, 그녀에게 혼란스러워서 그러느냐고 물었어, 그녀는 아니라고 고개를 저었어, 나는 그녀 위로 쓰러져, 가슴 위에 뺨을 얹고 누웠지, 2층 창문에 네 어머니의 얼굴이 보였어, "그런데 왜 울고 있어?" 나는 녹초가 되었지만 노련한 척하며 물었어, "전쟁이야!" 골드버그 씨가 분노와 패배감이 깃든 목소리로 외쳤어, 그의 목소리가 떨렸지, "우린 아무런 의미도 없이 서로를 계속해서 죽이고 있어! 인류가 인류에 대해 벌이는 전쟁이야, 싸울 사람이 더 이상 한 명도 남지 않게 되어야 비로소 끝날 거야!" 그녀가 말했다, "아파서."

몇 시인지 아십니까?

매일 아침 식사 전에, 내가 여기 오기 전에, 네 어머니와 나는 손님용 침실로 간단다, 동물들이 우리 뒤를 따라오고, 나는 종이를 대충 손가락으로 훑으며 웃음을 터뜨리거나 눈물을 흘리는 시늉을 하지, 그녀가 무슨 내용을 보고 웃느냐 혹은 우느냐고 물으면, 손가락으로 책장을 톡톡 치는 거야, 그녀가 "왜?"라고 물으면 그녀의 손을 그녀의 가슴에 대고 누른 다음 내 가슴에 가져와 대고 누르거나, 그녀의 집게손가락을 거울에 갖다 대거나, 아니면 잽싸게 전열기에 살짝 대지, 가끔씩은 그녀가 알고 있을까 궁금하기도 해, 내가 가장 무에 가까워진 순간에 그녀가 나를 시험하고 있는 것이 아닌가, 내가 어떻게 반응할지 보려고 하루 종일 아무 얘기나 타자를 쳤든지, 아니면 아예 아무것도 치지 않은 것이 아닌가 의문스러워져, 그녀는 내가 자기를 사랑하는지 알고 싶어 한다, 누구나 다른 이로부터 바라는 것은 오로지 그것뿐이다, 사랑 그 자체가 아니라 사랑이 존재한다는 인식, 복도 벽장 속 구급상자에 넣어둔 손전등 속의 새 배터리처럼, "아무한테도 이것을 보여줘선 안 되오." 나는 그녀가 처음 그것을 내게 보여준 날 아침 이렇게 말했어, 아마도 그녀를 보호하려고 그랬을 거야, 나 자신을 보호하려고 그랬을 것이고, "완성될 때까지 우리만의 비밀로 남겨둡시다. 함께 작업하는 거요. 지금껏 나온 그 어떤 책보다도 더 훌륭한 책을 만듭시다." "정말 그렇게 할 수 있을 것 같아요?" 그녀가 물었어, 밖에서, 낙엽들이 나무에서 떨어졌어, 안에서, 우리는 그런 종류의 진실에 대한 관심을 잃어가고 있었어, "물론이오," 나는 그녀의 팔을 잡으며 말했지, "우리가 힘껏 노력한다면." 그녀는 앞으로 손을 뻗어 내 얼굴을 찾더니, 말했어, "이것에 대해 쓸 거예요." 그날 이후로 나는 더 쓰라고, 더 깊이 파고 들어가라고 그녀를 격려하고, 애걸했다, "그의 얼굴을 묘사해 봐요," 나는 텅 빈 종이 위로 손을 움직이며 그녀에게 말한단다, 그러고 나서, 다음 날 아침에는 "그의 눈을 묘사해 봐요," 그다음에는, 창가 쪽으로 종이를 쳐들고, 밝은 빛에 비춰 보며, "그의 홍채를 묘사해 봐요," 그다음에는, "그의 동공을," 그녀는 결코 "누구의?"라고 묻지 않아, "왜?"라고 묻는 법도 없어, 그 페이지에 묘사된 눈은 내 눈일까? 나는 왼쪽 무더기가 두 배가 되고 네 배가 되는 모습을 봤어, 한 줄이었던 방백이 한 절이 되고 한 장이 되었다는 얘기를 들은 적이 있지, 처음에는 두 번째 문장이었던 것이 나중에는 끝에서 두 번째 문장이 된 이야기를 그녀한테 들어서 알고 있었거든. 불과 이틀 전에 그녀는 자서전을 쓰는 속도가 자기 삶이 진행되는 속도를 앞섰다고 말했어, "무슨 말이오?" 내가 손으로 물었어, "그러니까 새로 일어나는 일이 거의 없어요," 그녀가 말했어, "쓰고 말고 할 것도 없이 기억하면 되지요." "가게에 대해 쓰면 되잖소?" "상자 속의 다이아몬드를 하나하나 다 묘사했어요." "다른 사람들에 대해 써도 좋을 테고." "내 자서전은 내가 지금까지 만난 사람들 전부의 이야기예요." "당신의 감정에 대해 쓰구려." 그녀가 물었어, "나의 삶과 나의 감정들은 같은 것이 아닌가요?"

실례지만, 표를 어디에서 구하십니까?

너에게 할 얘기가 너무나 많구나, 문제는 시간이 부족하다는 것이
아니라, 공간이 부족하다는 것이야, 공책이 다 차서 자리가 없어, 종
이를 다 댈 수가 없단다, 오늘 아침 마지막으로 아파트 안을 둘러봤
어, 여기저기 글이 쓰여 있더구나, 벽과 거울에도 빽빽했어, 양탄자
를 둘둘 말면 바닥에 글을 쓸 수 있을 거야, 선물로 받았지만 한번도
마신 적 없는 와인 병과 창문에도 쓸 수 있을 테고, 날씨가 아무리
추워도, 나는 반팔 옷만 입는단다, 내 팔 역시 책으로 쓸 수 있으니
까. 하지만 쓸 얘기가 너무 많구나. 미안하다. 너에게 줄곧 하려고 했
던 말이다, 전부 다 미안하다. 어쩌면 애나와 우리의 생각을 구할 수
있었을 때, 아니면 적어도 그들과 함께 죽을 수는 있었을 때 애나에
게 작별을 고해서 미안하다. 중요하지 않은 일에서 손을 놓을 능력
이 없어서, 중요한 일에 매달릴 능력이 없어서 미안하다. 네 어머니
와 너에게 지금 막 하려는 일에 대해 미안하다. 네 얼굴을 영영 보지
못하고, 너를 먹여주지 못하고, 동화를 들려주지 못하게 되어 미안
하다. 나 자신을 해명하려고 나름대로 노력해 왔는데, 네 어머니의
자서전을 생각하니, 단 한 가지도 해명하지 못했다는 것을 알았어,
그녀와 나는 전혀 다르지 않아, 나 역시 아무것도 쓰지 않았어. "헌
사예요." 오늘 아침, 바로 몇 시간 전에 내가 마지막으로 손님용 침
실에 갔을 때 그녀가 말했다, "읽어봐요." 나는 손가락을 그녀의 눈
꺼풀에 대고, 가능한 한 모든 의미가 다 전달되도록 그녀의 눈을 쫙
벌렸다, 작별 인사도 없이 그녀를 버리고, 밀리미터와 규칙들로 이
루어진 결혼에 등을 돌릴 참이었어, "너무 많은 것 같아요?" 그녀가
다시 내 주의를 보이지 않는 헌사로 돌리며 물었어, 나는 오른손으
로 그녀를 어루만졌지, 그녀가 누구에게 그 자서전을 헌정했는지도
모르는 채, "우스꽝스러워요?" 나는 오른손으로 그녀를 어루만졌다,

벌써 그녀를 그리워하고 있었어, 재고할 여지는 없었지만, 생각은
했어, "시시하지 않아요?" 나는 오른손으로 그녀를 어루만졌어, 잘
은 모르지만, 그녀는 그것을 자기 자신에게 헌정했을 거야, "당신에
게도 중요한 의미인가요?" 그녀가 이번에는 손가락으로 아무것도
없는 장을 짚으며 물었어, 나는 왼손으로 그녀를 어루만졌어, 어쩌
면 나한테 헌정했을지도 몰랐지. 나는 그녀에게 가야 한다고 말했단
다. 다른 사람에게라면 아무 의미도 없을 일련의 긴 몸짓으로 그녀
에게 특별히 원하는 것이 있느냐고 물었어. "당신은 항상 잘 골라 오
는 걸요," 그녀가 말했어. "자연 과학 잡지?" (나는 그녀의 손을 날개
처럼 퍼덕이게 했다.) "그것도 좋겠군요." "아니면 예술 잡지 같은
거?" (그녀의 손을 붓처럼 쥐고 우리 앞에 그림 그리는 시늉을 했다.)
"물론 좋죠." 그녀는 언제나 그랬듯 나와 함께 문가로 갔어, "당신이
잠든 후에나 돌아올 거요," 나는 손을 활짝 펴서 그녀의 어깨 위에
올리고 손바닥으로 그녀의 뺨을 매만지면서 말했어. 그녀가 말했지.
"하지만 당신이 없으면 잠을 잘 수가 없단 말이에요." 나는 그녀의
손을 잡아 내 얼굴에 대고 잠잘 수 있을 거라고 고개를 끄덕였어, 우
리는 존재의 길을 따라 문으로 걸어갔어. "하지만 당신 없이 잠이 안
온다면 어떡하겠어요?" 나는 그녀의 손을 내 머리에 대고 끄덕였어,
"그러면 어떡하겠냐고요?" 고개를 끄덕였어, "무슨 대답이든 해봐
요," 그녀의 말에, 나는 어깨를 으쓱했어, "조심하겠다고 약속해 줘
요," 그녀가 외투에 달린 모자를 내 머리 위로 끌어 올리면서 말했
어, "아주 아주 조심하겠다고 약속해요. 당신이 길을 건너기 전에 길
양쪽을 다 살핀다는 건 알아요, 하지만 당신이 한 번 더 길을 살폈으
면 좋겠어요, 내 부탁이니까." 나는 고개를 끄덕였어. "로션 발랐어
요?" 나는 손으로 대답했지, "밖은 추워요. 감기 걸리겠소." 그녀가

물었어, "하지만 당신은요?" 오른손으로 그녀를 만지면서 스스로에게 놀랐어. 나는 거짓말을 밥 먹듯 할 수 있었단다, 하지만 그 작은 거짓말은 하지 못했어. 그녀가 말했지, "기다려요." 그러고는 아파트 안으로 달려가더니 로션병을 들고 돌아왔어. 그녀는 손에 로션을 약간 짜낸 뒤 양손에 문질러서 내 목 뒤, 손등, 손가락 사이, 코와 이마와 뺨과 턱, 밖으로 드러난 모든 곳에 전부 펴 발라줬어. 결국은 내가 점토고 그녀가 조각가였던 거야. 우리가 살아야만 한다는 것은 치욕이야, 하지만 우리 삶이 단 한 번뿐이라는 것은 비극이란다. 인생을 두 번 살 수 있다면 한 번은 그녀와 함께 보냈을 텐데. 아파트에 그녀와 함께 남을 텐데, 문에서 도면을 뜯어내고, 그녀를 침대에 눕히고, "롤빵 두 개 주세요"라고 말하고, "소식이 퍼지기 시작한다네,"라고 노래를 부르고, "하 하 하!" 웃고, "도와줘요!"라고 외칠 텐데, 그 인생은 정말로 살아볼 텐데. 우리는 함께 엘리베이터를 타고 입구로 내려갔어, 그녀는 발을 멈췄고 나는 계속 갔지. 그녀가 다시 쌓아올릴 수도 있었을 것을 내가 지금 막 무너뜨리려는 참이라는 것을 알고 있었어. 등 뒤에서 그녀의 목소리가 들렸어. 나 때문이어서, 혹은 나 때문임에도, 나는 뒤를 돌아봤어, "울지 말아요," 나는 그녀의 손가락을 내 얼굴에 대고 내 뺨에 흘러내린 상상의 눈물을 눈으로 다시 밀어 넣는 시늉을 하며 말했단다, "알아요," 그녀는 진짜 눈물을 뺨에서 닦아내며 말했어, 나는 발을 굴렀어, 그건 이런 의미였다, "공항에 가지 않겠소." "공항에 가세요," 그녀가 말했어, 나는 그녀의 가슴을 만진 다음 그녀의 손을 들어 세상 쪽을 가리키고, 그녀의 가슴을 가리켰다, "알아요," 그녀가 말했어, "물론 저도 그건 알아요." 나는 그녀의 손을 잡고 우리가 보이지 않는 벽이나 상상의 그림 뒤에 있고, 손바닥으로 그 표면을 더듬는 척했어, 너무 많이 말해

버릴 위험을 무릅쓰고, 나는 그녀의 한 손을 내 눈 위로, 다른 손은 그녀의 눈 위로 가져갔지, "당신은 저한테 너무 잘해 줘요," 그러자 그녀가 말했어, 나는 내 머리 위에 그녀의 손을 놓고 고개를 끄덕였다, 그녀가 웃음을 터뜨렸어, 그녀의 웃음을 사랑해, 내가 그녀를 사랑하지 않는다는 것이 진실이라 해도, 그녀가 말했어, "사랑해요," 나는 그녀에게 내가 느끼는 바를 말해 줬어, 이런 식으로 말이야, 그녀의 손을 양옆으로 벌리고, 집게손가락을 서로 마주 보게 하고, 천천히, 아주 천천히 다가가게 했어, 손가락이 가까워질수록, 더 천천히 움직였어, 마침내, 손가락이 막 닿으려는 찰나, 겨우 사전 한 장 두께만큼의 거리밖에 남지 않았을 때, '사랑'이라는 단어의 양쪽 끝을 누르면서, 손가락을 멈췄어, 손가락을 멈추고 그 자리에 머물게 했다. 나는 그녀가 무슨 생각을 했는지는 몰라, 무엇을 이해했는지 모르고, 무엇을 이해하지 않으려고 했는지 모른다. 나는 몸을 돌려 그녀를 떠나왔어, 돌아보지 않았다, 돌아보지 않을 거야. 내가 네게 이 모든 이야기를 해주는 이유는, 나는 영영 네 아비가 되지 않겠지만, 너는 언제나 내 자식일 것이기 때문이다. 적어도 네가 알았으면 좋겠다, 내가 이기심에서 떠나지는 않았다는 것을, 어떻게 설명하면 좋을까? 나는 살아갈 수가 없어, 노력해 봤지만 할 수가 없다. 그 말이 쉽게 들린다면, 산이 그저 산인 것이나 마찬가지야. 네 어머니도 고통스러워했다, 그러나 그녀는 살기를 선택했고, 살았어, 네가 어머니의 아들이 되고 남편이 되어주렴. 네가 언젠가는 나를 이해해 주리라는 기대 따위 하지 않는다, 하물며 용서라니 당치도 않지, 네 어머니가 이 글을 너에게 아예 주지도 않는다면, 넌 이걸 읽을 수조차 없겠지. 갈 시간이 다 되었다. 네가 행복하기를 바란다, 나 자신의 행복보다도 더 절실하게 바란다, 쉽게 하는 말 같니? 나는 떠날 거야. 이 종이들은 비행기에 오르기 전에 공책에서 찢어서, 봉투에 넣고 '아직 태어나지 않은 나의 아이에게'라고 겉봉에 적어 우체통에 넣을 거야, 다시는 한 글자도 쓰지 않을 게다, 나는 간다, 이제 더는 여기에 없다. 사랑을 담아서, 너의 아버지가 드레스덴으로 가는 비행기 표를 사고 싶습니다.

여기에서 뭐 하는 거예요?

당신은 집에 가야 해요. 잠자리에 들어야 해요.

내가 당신을 집으로 데려다 줄게요.

정신 나갔군요. 감기 걸려요

감기 곱빼기에 걸릴 거요

~~무거운 부츠~~
더 무거운 부츠

열두 주가 지나고 「햄릿」 첫 공연이 있었다. 사실 진짜 「햄릿」은 너무 길고 이해하기 힘든 데다, 우리 반 애들은 거의가 주의력 결핍 장애*가 있기 때문에, 우리 공연에서는 현대적으로 축약한 대본을 썼다. 얼마나 축약했냐면 예를 들어, 할머니가 사주신 셰익스피어 선집에서 봤던 그 유명한 "죽느냐 사느냐" 대사가 나오는 부분이 "죽느냐 사느냐, 그것이 문제로다", 이 단 한 줄로 확 줄어들었다.

모두가 배역을 하나씩 맡아야 했지만, 역할이 그렇게 많지 않았다. 나는 그날 학교에 가기에는 부츠가 너무 무거웠기 때문에 오디션에 가지 않았다. 그랬더니 요릭 역이 내게 떨어진 것이다. 처음에는 남 보기에 창피했다. 나는 리글리 선생님에게 그냥 오케스트라나 뭐 그런 데 끼어서 탬버린이나 치면 안 되겠느냐고 말했다. 선생님의 대답은 이랬다. "오케스트라 같은 건 없단다." "그래도요." "아주 멋질

---

* ADD, Attention Deficit Disoder.

거야. 넌 온통 검정색으로 차려입을 거고, 분장 담당이 네 손하고 목까지 까만색으로 칠해 줄 거야. 그리고 의상 담당은 네가 머리에 뒤집어쓸 해골을 종이로 반죽할 거란다. 그걸 보면 다들 진짜로 네 몸이 없는 줄 착각할 거야." 잠시 생각해 본 끝에 내게 더 좋은 아이디어가 있다고 말했다. "제 생각은요, 등에 카메라가 붙어 있는 투명 옷을 만드는 거예요. 그 카메라가 제 뒤에 있는 것을 전부 찍어서 제 몸 전면에 두른 플라스마 스크린에 띄워주는 거죠. 얼굴만 빼고요. 그러면 제가 아예 그 자리에 없는 것처럼 보일 거예요." "멋지구나." "하지만 요릭은 배역도 아니잖아요?" 선생님이 내 귀에 대고 소곤거렸다. "선생님 생각으로는, 네가 제일 인기를 끌 것 같아." 그러자 요릭 역에 구미가 확 당겼다.

개막일 밤은 아주 훌륭했다. 안개를 내뿜는 장치 덕분에 묘지가 영화에 나오는 묘지하고 똑같았다. "아, 불쌍한 요릭!" 지미 스나이더가 내 얼굴을 들고 말했다. "난 그를 안다네, 호레이쇼." 의상에 배정된 예산이 많지 않았던 탓에, 플라스마 스크린은 없었다. 하지만 나는 해골 속에서 아무도 모르게 주위를 둘러볼 수 있었다. 아는 얼굴들이 많이 눈에 띄어서 기분이 우쭐해졌다. 엄마와 론 아저씨, 할머니는 당연히 오셨다. 치약도 해밀턴 씨 부부와 함께 왔다. 근사했다. 민치가 길든스턴 역이니까, 민치 씨 부부도 왔다. 지난 열두 주 동안 내가 만났던 블랙들도 많이 왔다. 에이브가 있었다. 에이다와 아그네스도 왔다. (그들은 서로를 몰랐지만, 나란히 앉아 있었다.) 앨버트와 앨리스, 앨런, 아널드, 바버라, 배리의 얼굴도 보였다. 그들이 관객의 반은 차지했을 것이다. 그런데 묘한 점은, 그들은 자기들이 어떤 공통점을 갖고 있는지 전혀 모른다는 사실이었다. 센트럴 파크에서 파냈던 압정, 구부러진 숟가락, 알루미늄 포일 조각 따위들이 서로 무슨 관계가 있는지 내가 알 수 없었던 것처럼.

나는 믿을 수 없을 만큼 잔뜩 긴장했지만, 자신감을 잃지 않고 정신을 엄청나게 바짝 차렸다. 열렬한 기립 박수가 쏟아졌던 기억으로 미루어 알 수 있다. 기분이 최고였다.

두 번째 공연도 아주 훌륭했다. 엄마는 오셨지만, 론 아저씨는 야근을 해야 했다. 하지만 오기를 바랐던 것도 아니니까 상관없었다. 할머니는 당연히 오셨다. 블랙들은 아무도 안 보였다. 하지만 부모가 아닌 다음에야 대부분의 사람들이 보통 딱 한 번만 보러 왔으니까, 그리 마음이 상하지는 않았다. 나는 최고의 명연기를 펼치려고 애썼고, 해냈다고 생각한다. "아, 불쌍한 요릭. 나는 그를 안다네, 호레이쇼. 정말 재미있고 멋진 녀석이었지. 늘 그의 등에 올라타곤 했는데, 지금은, 생각하기도 끔찍하다네!"

그 다음 날 밤에는 할머니만 오셨다. 엄마는 담당 사건들 중 하나가 재판에 가게 되어 늦게까지 회의가 있다고 했다. 부끄러워서 론 아저씨는 어디 있느냐고 차마 묻지 못했다. 하여간 그가 오기를 바라지도 않았으니까. 지미 스나이더의 손에 턱을 올려놓고 되도록 가만히 서 있으면서 궁금해했다. **이러나저러나 봐주는 사람이 아무도 없다면 최고의 명연기를 펼친들 무슨 소용이람?**

할머니는 비록 공연 전에도, 공연 후에도 무대 뒤로 인사하러 오지는 않으셨지만, 다음 날에도 역시 객석에 와 계셨다. 머리에 쓴 해골 눈구멍을 통해 할머니가 체육관 뒤쪽의 농구 골대 밑에 서 계신 모습이 보였다. 할머니의 화장이 환상적으로 빛을 빨아들여서, 얼굴이 자외선을 받은 듯 빛나 보였다. "아, 불쌍한 요릭." 나는 되도록 가만히 있으면서 내내 생각했다. **역사상 최고의 연극보다 더 중요한 재판이 대체 뭐람?**

다음 공연에도 온 사람은 할머니뿐이었다. 할머니는 울 장면이 아닌 곳에서 우셨고, 웃을 장면이 아닌 곳에서 웃으셨다. 관객들에게 오필리아가 익사했다는 소식이 알려졌을 때는 박수를 치셨다. 그 소식은 나쁜 소식이었는데 말이다. 햄릿이 레어티즈와의 결투에서 먼저 한 점을 올렸을 때는 좋은 일인데도 야유를 보내셨다.

"여기가 내가 수없이 키스하곤 했던 그의 입술이 있던 자리구나. 지금 네 야유, 네 익살, 네 노래는 다 어디로 갔나?"

폐막일 밤, 공연 전 무대 뒤에서 지미 스나이더가 출연진과 보조 담당들 앞에서 할머니 흉내를 냈다. 할머니 목소리가 얼마나 컸는지 내가 미처 몰랐었나 보다. 나는 그가 흉내 내는 대상이 할머니인 줄 알아챈 나 자신에게 화가 치밀었지만, 어쩔 수 없었다. 할머니 잘못이었다. 모두가 누구 얘기인지 알아차렸다. 지미는 할머니가 우스운 장면에서 얼굴 앞에 파리라도 날아다니는 것처럼 왼손으로 손사래를 치는 모습을 고대로 따라 했다. 믿을 수 없을 만큼 뭔가에 깊이 몰두한 것처럼 머리를 기울인 모습이며, 재채기를 하더니 "안됐어라." 하고 혼잣말하는 모습까지. 그리고 울면서 다 들리도록 "슬프기도 하지," 하고 말하는 모습도.

나는 그가 아이들을 배꼽이 빠지게 웃길 동안 거기 앉아 있었다. 리글리 선생님조차 폭소를 터뜨렸다. 무대 장치를 바꿀 동안 피아노를 쳐주는 그녀의 남편도 웃었다. 나는 그 사람이 우리 할머니라고 말하지 않았고, 그에게 그만두라고 하지도 않았다. 겉으로는 나도 같이 웃었다. 속으로는 할머니를 휴대용 호주머니에 넣든가, 아니면 할머니한테도 투명 옷을 입혔으면 좋겠다는 생각뿐이었다. 둘이 어딘가 먼 곳, 말하자면 여섯 번째 구 같은 곳으로 달아나고 싶었다.

할머니는 그날 밤에도 오셔서, 앞이 세 줄밖에 안 찼는데도 뒷줄에 앉아 계셨다. 나는 해골 밑에서 할머니를 보았다. 할머니는 자외선을 받은 것처럼 빛나는 가슴을 손으로 꼭 누르고 계셨다. 할머니의 목소리가 들려왔다. "슬퍼, 너무 슬퍼." 나는 미완성의 목도리, 할머니가 브로드웨이를 지나 들고 오신 바윗돌, 그렇게 오랜 세월 살아오셨지만 아직도 상상의 친구가 필요하다는 사실, 그리고 수천 번의 엄지손가락 씨름을 생각했다.

마지 카슨	여, 햄릿, 폴로니어스는 어디 있느냐?
지미 스나이더	저녁 식사에 갔소.
마지 카슨	저녁이라고! 어디서?
지미 스나이더	그가 먹고 있는 곳이 아니라, 먹히고 있는 곳에서.
마지 카슨	아니!
지미 스나이더	왕의 행차라도 거지의 배 속에서 끝날 수 있습니다.

그날 밤, 그 무대 위, 해골 밑에서, 우주의 모든 것과 믿을 수 없을 만큼 가까운 동시에 엄청나게 혼자인 듯한 기분을 느꼈다. 난생처음으로, 살기 위해 요구되는 그 많은 일을 다 해야 할 만큼 삶이 가치 있는 것일까 하는 의문이 들었다. 정확히 무엇 때문에 삶이 그만한 가치를 갖는다는 걸까? 영원히 죽은 상태, 아무것도 느끼지 못하고, 꿈조차 꾸지 않는 그런 상태가 뭐 그리 끔찍하다는 걸까? 느끼고 꿈꾸는 것이 뭐 그리 대단할까?

지미는 내 얼굴 밑에 손을 갖다 댔다. "여기가 내가 수없이 키스하곤 했던 그의 입술이 있던 자리구나. 지금 네 야유, 네 익살, 네 노래는 다 어디로 갔나?"

어쩌면 지난 열두 주 동안 일어난 모든 일 때문이었을지도 모르겠다. 그날 밤 내가 너무나 가까우면서도 홀로 있다고 느꼈기 때문일 지도 모른다. 더는 죽은 채로 있을 수가 없었다.

나   아, 불쌍한 햄릿. (지미 스나이더의 턱 밑에 손을 갖다대며)

지미   하지만 요릭은… 넌… 해골인데.

나   그래서 어쨌다고? 상관없어. 엿이나 먹어라.

지미   (속삭인다) 이건 대본에 없어. (그는 앞줄에서 대본을 뒤적이 고 있는 리글리 선생에게 도움을 청한다. 선생은 오른손으로 허공에 동그라미를 그린다. '즉흥 연기'를 뜻하는 만국 공통의 신호다.)

나   난 그를 알고 있었다네, 호레이쇼. 정말이지 아둔한 멍청이, 2 층 남학생 화장실에서 가장 훌륭한 자위 선수였지 ── 증거도 있다네. 게다가, 난독증 환자이기도 하지.

지미   (할 말이 전혀 떠오르지 않는다.)

나   지금 네 헐뜯음, 네 장난질, 네 노래는 어디 있단 말인가?

지미   무슨 소릴 하는 거야?

나   (득점 게시판 쪽으로 손을 쳐들면서) 내 좆이나 빨아라, 이 말 아먹을 십장생 개나리야!

지미   뭐라고?

나   넌 너보다 약한 아이들을 괴롭힌 죄가 있다. 나와 치약과 민치 같은 왕따들을 살기 피곤하게 만든 죄, 정신지체아들을 흉내 낸 죄, 전화가 거의 오지 않는 사람들에게 장난 전화 한 죄, 순한 동물들과 노인들을 겁준 죄 ── 어찌 됐든 그들은 너보다 훨씬 더 똑똑하고 박식한 이들인데 ── 내가 고양이를 키운다는 이유 만으로 놀린 죄… 그리고 네가 물건을 어지르는 것도 보았다.

지미   난 정신지체아들한테 장난 전화 한 적 없어.

나   넌 입양아야.

지미   (관객 속에서 자기 부모님을 찾는다.)

나   아무도 너를 사랑하지 않아.

지미   (눈물을 글썽인다.)

나   그리고 넌 근위축성 측삭 경화증이야.

지미   뭐?

나   죽은 자들을 대신하여… (나는 머리에서 해골을 벗는다. 종이
     반죽으로 만든 것이지만 아주 단단하다. 그것을 지미 스나이더
     의 머리에 내리치고 또 내리친다. 그는 의식을 잃고 바닥에 쓰
     러진다. 내가 그렇게 힘이 세다니 믿을 수가 없다. 온 힘을 다해
     그의 머리를 다시 내리친다. 피가 그의 코와 귀에서 흘러나오기
     시작한다. 그러나 나는 여전히 그에 대해 일말의 동정심도 느끼
     지 않는다. 그가 피를 흘렸으면 좋겠다. 그래도 싼 놈이다. 그
     밖에는 아무것도 이해가 되지 않는다. 아빠도 이해가 되지 않는
     다. 엄마도 이해가 안 된다. 관객도 이해할 수 없다. 접이 의자
     와 안개 발생 장치의 안개도 이해가 안 된다. 셰익스피어도 무
     슨 소린지 도통 못 알아먹겠다. 체육관 천장 바깥에 있을 별들
     도 하나도 말이 안 된다. 그 순간 제대로 이해할 수 있는 것은
     오직 하나, 내가 지미 스나이더의 얼굴을 후려치고 있다는 사실
     뿐이다. 그의 피. 그의 이빨이 부러지도록 때린다. 부러진 이빨
     이 목구멍으로 넘어갈지도 모른다. 온통 피바다다. 해골로 그의
     골통을 계속 후려친다. 그것은 론 아저씨의 골통이며(엄마를
     계속 버티고 살게 해줬으니까), 엄마의 골통이고(계속 살아가
     고 있으니까), 아빠의 골통이고(죽었으니까), 할머니의 골통이

고(할머니 때문에 망신살이 뻗쳤으니까), 페인 선생님의 골통이고(아빠가 죽어서 좋은 점이 있느냐고 물었으니까), 내가 아는 모든 사람들의 골통이었다. 관객들은 모두 환호하며 갈채를 보낸다. 내 행동이 지극히 온당하니까. 그들은 내가 그를 패고 또 팰 때 기립 박수를 보낸다. 그들의 외침이 들려온다.]

관객   고맙다! 고마워, 오스카! 너를 사랑한다! 우리가 널 지켜줄게!

그럼 정말로 근사할 텐데.

나는 지미의 손 위에 턱을 올려놓은 채 해골 밑에서 관객들을 둘러봤다. "아, 불쌍한 요릭." 그때 에이브 블랙의 눈과 내 눈이 마주쳤다. 우리가 뭔가를 공유하고 있다는 것을 알았다. 그게 무엇인지, 중요한지 아닌지는 몰랐지만.

코니아일랜드의 에이브 블랙을 방문했던 것은 열두 주 전의 일이었다. 나는 이상주의자였지만 그렇게 멀리까지 걸어갈 수 없다는 것쯤은 알았으므로, 택시를 탔다. 맨해튼을 벗어나기도 전에 지갑 속에 있는 7.68달러로는 턱도 없겠다는 생각이 들었다. 이것도 거짓말로 쳐야 할지 모르겠지만, 아무 말도 하지 않았다. 거기까지 꼭 가야 하는데, 달리 방법이 없었으니까. 택시 기사가 건물 앞에 차를 세웠을 때, 미터기는 76.50달러를 가리켰다. 내가 말했다. "마할트라 씨, 아저씨는 낙관주의자예요 비관주의자예요?" "뭐라고?" "불행히도 저한테는 7달러하고 68센트밖에 없거든요." "7달러라고?" "그리고 68센트요." "있을 수 없는 일이야." "안됐지만 정말인걸요. 하지만 주소를 주시면 꼭 나머지 돈을 보내드릴게요." 그는 운전대에 머리를 박았다. 나는 괜찮으냐고 물었다. 그가 말했다. "7달러 68센트는 넣어두렴." "꼭 돈을 보내드릴게요. 약속해요." 그는 내게 자기 명함을 주었다. 사실은 치과의사의 명함이었지만, 뒷면에 자기 주소를 적어놓았다. 그러고 나서 그는 프랑스어도 아닌 뭔가 다른 말로 중얼거렸다. "저한테 화나셨어요?"

물론 나는 롤러코스터를 믿을 수 없을 만큼 무서워하지만, 에이브는 자기와 함께 타면 된다며 나를 안심시켰다. "사이클론*을 타보지 않고 죽는다면 창피한 일이라고." 그가 나에게 말했다. "죽는 것이 창피한 일이겠죠." "그렇지. 하지만 사이클론을 타느냐 마느냐는 네가 선택할 수 있어." 우리는 맨 앞 차량에 탔다. 에이브는 내리막에서 손을 번쩍 쳐들었다. 나는 떨어지는 기분이 이런 것일까 계속 궁금했다.

나는 머릿속으로, 차를 선로에 잡아두고 나를 차에 잡아두는 모든 힘들을 계산해 봤다. 당연히 인력이 있다. 원심력도 있다. 관성도. 바퀴와 선로 사이의 마찰력. 바람의 저항이라든가 그런 것도 있다. 아빠는 팬케이크가 나오기를 기다릴 동안 종이 식탁보 위에 크레용으로 그림을 그려가며 물리를 가르쳐주셨다. 아빠가 설명 못 할 것이 없어 보였다.

바다에서 이상한 냄새가 났다. 널빤지를 깐 길 위에서 파는 도넛이며 솜사탕, 핫도그 같은 음식에서도 냄새가 났다. 에이브가 열쇠나 아빠에 대해 아무것도 모른다는 점만 빼면 거의 완벽한 날이었다. 그는 맨해튼까지 차를 몰고 갈 예정이니 원한다면 태워주겠다고 했다. 나는 그에게 말했다. "전 낯선 사람하고는 같이 차를 타지 않아요. 그리고 제가 맨해튼에 갈 줄 어떻게 아셨어요?" 그가 말했다.

---

* 코니아일랜드에 있는 롤러코스터의 이름.

"우린 서로 낯선 사이가 아니야. 그리고 내가 어떻게 알았는지는 나도 모르겠는걸." "아저씨 차 레저용(SUV)이에요?" "아니." "잘됐군요. 기름과 전기를 섞어 쓰는 차인가요?" "아니." "아쉽네요."

차를 타고 가면서 나는 그에게 뉴욕에 사는 블랙이라는 성을 가진 사람을 모조리 만날 생각이라는 얘기를 전부 해줬다. 그가 말했다. "내 식대로 설명해 볼게. 예전에 내가 키우던 개가 도망간 적이 있거든. 세계 최고의 개였지. 난 그 개를 끔찍이 사랑했고 더할 수 없이 최고의 대접을 해줬어. 개는 도망가고 싶은 생각이 없었어. 그저 어쩌다 혼란에 빠져서 갈팡질팡하게 되었던 거야." "하지만 우리 아빠는 도망가지 않았어요. 아빠는 테러리스트의 공격에 살해당하셨다고요." 에이브가 말했다. "난 네 얘기를 하고 있는 거야." 혼자 갈 수 있다고 말했지만, 그는 나와 함께 에이다 블랙의 아파트 문 앞까지 가주었다. "네가 여기까지 무사히 왔다는 것을 알아야 내 마음이 편할 테니까." 그는 엄마 같은 소리를 했다.

에이다 블랙은 피카소의 그림을 두 점 갖고 있었다. 그녀는 열쇠에 대해 아는 게 없었으므로, 아무리 유명한 그림도 내게는 의미가 없었다. 그녀는 원한다면 소파에 앉아도 좋다고 했지만, 나는 가죽은 좀 찜찜하다고 말하고 서 있었다. 그녀의 아파트처럼 굉장한 아파트는 처음이었다. 마루는 대리석 체스판 같았고, 천장은 케이크 같았다. 모든 실내 장식과 집기가 박물관의 예술품처럼 근사해서, 할아버지의 카메라로 사진을 몇 장 찍었다. "무례한 질문일지 모르지만, 아줌마가 세계에서 제일가는 부자인가요?" 그녀는 전등갓을 매만지며 이렇게 대답했다. "난 세계에서 467번째 가는 부자란다."

나는 그녀에게 노숙자와 백만장자가 같은 도시에 있다는 것을 어떻게 생각하느냐고 물었다. 그녀가 말했다. "네가 비판적인 뜻으로

한 소리라면 말인데, 나는 자선에 돈을 아끼지 않는단다." 나는 아무
뜻도 없고, 그저 기분이 어떤지 알고 싶을 뿐이라고 말했다. "기분이
야 좋지." 그녀는 내게 마실 것을 들겠느냐고 물었다. 내가 커피를
한 잔 달라고 하자, 그녀는 다른 방에 있는 사람을 불러 커피를 가져
오라고 시켰다. 나는 그녀에게 모든 사람이 일정 액수의 돈을 갖게
될 때까지 아무도 그 이상 갖지 못하게 한다면 어떻겠느냐고 의견을
물었다. 언젠가 아빠가 내게 내놓았던 아이디어였다. 그녀가 말했
다. "너도 알겠지만, 어퍼 웨스트사이드*도 마찬가지란다." 내가 어
퍼 웨스트사이드에 사는 것을 어떻게 알았느냐고 물었다. "너도 꼭
필요하지 않은 걸 갖고 있지 않니?" "꼭 그렇진 않아요." "동전 모으
지?" "제가 동전 모으는 걸 어떻게 아셨어요?" "어린애들은 보통 동
전을 모으니까." "그건 필요해서 모으는 거예요." "노숙자들한테 음
식이 필요한 만큼 동전이 절실히 필요하니?" 그 말에 부끄러워졌다.
"네가 가진 것 중에 필요한 것이 더 많니, 아니면 필요하지 않은 것
이 더 많니?" "필요하다는 것이 어떤 의미냐에 따라 다르죠."

"안 믿어도 그만이지만, 나도 한때는 이상주의자였단다." 나는 '이
상주의자'가 무슨 뜻이냐고 물었다. "자기가 옳다고 생각하는 대로
산다는 뜻이야." "그럼 지금은 그렇지 않아요?" "난 어떤 질문들은
더 이상 하지 않기로 했단다." 흑인 여자가 은쟁반에 커피잔을 담아
내게 갖다 주었다. 나는 그녀에게 말했다. "제복이 믿을 수 없을 만
큼 아름답네요." 그녀는 에이다를 쳐다봤다. "정말이에요. 밝은 파
란색이 너무너무 잘 어울려요." 그녀는 계속 에이다를 쳐다봤다. 그
러자 에이다가 말했다. "고마워, 게일." 나는 부엌으로 발걸음을 옮

---

* 뉴욕의 지역 이름. 센트럴 파크와 링컨 센터가 이곳에 있다.

기는 게일의 등 뒤에 대고 이렇게 말했다. "이름도 근사해요."

다시 우리 둘만 남게 되자, 에이다가 말했다. "오스카, 넌 게일을 아주 불편하게 만들었어.""무슨 말씀이세요?""게일이 당황했잖니.""전 친절하게 대하려고 했을 뿐인데요.""네 행동에는 지나친 데가 있었어.""친절이 지나칠 수도 있어요?""생색을 내는 태도였단 말이야.""그게 뭐예요?""어린아이를 대하는 투로 말했다는 거지.""전 안 그랬어요.""가정부가 된다는 건 부끄러운 일이 아니야. 게일은 중요한 일을 하고 있고, 나는 정당한 보수를 주고 있어.""전 그저 친절하게 대하려고 했을 뿐인걸요." 그때 갑자기 이상하다는 생각이 들었다. 내 이름이 오스카라고 말한 적이 있었나?

우리는 잠시 그대로 앉아 있었다. 그녀는 센트럴 파크에서 무슨 일이 일어나기를 기다리는 사람처럼 창밖을 내다봤다. 내가 물었다. "아파트를 좀 둘러봐도 괜찮을까요?" 그녀는 깔깔 웃었다. "결국은 속마음을 털어놓는구나." 나는 약간 둘러봤다. 방이 하도 많아서 아파트 내부가 외부보다 더 큰 게 아닐까 궁금해졌다. 하지만 단서는 전혀 찾지 못했다. 돌아와 보니 그녀가 핑거 샌드위치*를 먹겠느냐고 물었다. 핑거 샌드위치라면 사족을 못 썼지만, 아주 공손하게 간단히 대답했다. "됐거덩요.""뭐라고 했니?""됐거덩요.""미안하지만, 무슨 말인지 못 알아듣겠다.""됐거덩요. '싫다'라는….""나는 내가 어떤 사람인지 알아." 나는 그녀가 왜 난데없이 그런 말을 꺼냈는지 몰랐지만, 고개를 끄덕였다. "나는 지금의 내가 마음에 들지 않지만, 내가 어떤 인간인지는 알아. 내 자식들은 자기 자신을 좋아하지만, 자기가 어떤 인간인지는 몰라. 너 같으면 어느 쪽이 더 나쁜

---

* 간단히 손으로 집어 한입에 넣을 수 있는 샌드위치.

것 같니?" "보기를 다시 말씀해 주실래요?" 그녀가 폭소를 터뜨리며 말했다. "너 맘에 든다."

나는 그녀에게 열쇠를 보여주었지만, 그녀는 그것을 본 적이 없었고, 그래서 내게 해줄 수 있는 말이 없었다.

도움은 필요치 않다고 말했는데도, 그녀는 수위를 부르더니 나를 택시에 태워 보내달라고 부탁했다. 나는 택시비가 없다고 말했다. "난 있어." 그녀의 말이었다. 나는 그녀에게 내 명함을 주었다. "행운을 빈다." 그녀는 내 뺨을 어루만지고 머리에 키스를 해주었다.

토요일이었고, 그리고 울적한 날이었다.

> 친애하는 오스카 셸,
> 미국 당뇨병 재단에 기부를 해주셔서
> 감사합니다. 1달러 지폐 한 장 한 장이
> ──당신의 경우에는 50센트지만── 모두 소중합니다.
> 미래의 장단기 목표에 대한 정보는 물론이고
> 우리의 선언문과 과거 활동 및 성과를 담은
> 브로슈어 등 재단에 관한 자료를 동봉했습니다.
> 이 절박한 대의를 위해 기부해 주신 데 다시 한 번
> 감사드립니다. 당신은 생명을 구하셨습니다.
>
> 감사를 드리며,
> 퍼트리샤 록스버리
> 뉴욕 지부장

믿기 어려운 일이지만, 다음 차례의 블랙은 우리 건물, 그것도 바로 우리 위층에 살고 있었다. 내 얘기가 아니라면 나도 믿지 않았을

것이다. 나는 로비로 가서 스탠 아저씨에게 6A에 사는 사람을 아느냐고 물었다. "사람이 드나드는 것을 당최 본 적이 없어. 택배랑 쓰레기만 산더미같이 들고 날 뿐이지." **"멋진데요."** 그는 몸을 숙이고 속삭였다. "귀신 들린 집이야." 나도 따라서 속삭였다. "초자연적인 현상 따위는 믿지 않아요." "유령도 네가 믿건 말건 신경 쓰지 않아." 나는 무신론자였지만, 그의 말이 옳다는 것은 알고 있었다.

나는 계단을 올라갔다. 이번에는 우리 층을 지나 6층까지 갔다. 문 앞에는 열두 가지 다른 언어로 환영합니다, 라고 적힌 매트가 깔려 있었다. 유령이 아파트 문 앞에 놓아둘 법한 물건은 아니었다. 열쇠를 문구멍에 꽂아봤지만 맞지 않았다. 그래서 초인종을 눌렀다. 우리 초인종과 똑같은 위치에 있었다. 안에서 뭔가 소리가 들렸다. 으스스한 음악을 틀어놓은 것 같기도 했지만, 용감하게 그 자리에서 버텼다.

믿을 수 없을 만큼 긴 시간이 지나고 나서야 문이 열렸다. "무슨 일이야!" 나온 사람은 노인이었지만, 목소리는 엄청나게 커서 귀를 쩡쩡 울렸다. "안녕하세요, 전 5A에 살아요. 몇 가지 좀 여쭈어보려고 왔어요." "안녕, 꼬마야!" 노인은 좀 기묘한 차림새였다. 프랑스 사람처럼 빨간 베레모를 쓰고, 해적처럼 안대를 하고 있었다. 그가 말했다. "나는 미스터 블랙이란다!" "알고 있어요." 그는 몸을 돌려 아파트 안으로 걸어 들어갔다. 따라오라는 뜻인 것 같아서, 나도 들어갔다.

또 하나 이상한 것은 그의 아파트가 우리 아파트와 찍어낸 듯이 똑같다는 점이었다. 마룻바닥도 똑같고, 창틀도 똑같고, 벽난로에 바른 타일까지 똑같은 초록색이었다. 그러나 또 한편으로 그의 아파트는 다른 물건들로 꽉 채워져 있어서, 믿을 수 없을 만큼 다르기도 했다. 물건이 엄청나게 많았다. 발 디딜 곳도 없을 지경이었다. 또 식당 한가운데 거대한 기둥이 있었다. 냉장고 두 개 크기는 됨 직했다. 그 기둥 때문에 우리 집과는 달리 테이블이고 뭐고 놓을 자리가 없었다. "저 기둥은 왜 있어요?" 물어봤지만, 노인은 듣지 못했다. 벽난로 위에는 인형이며 잡동사니가 한 아름 놓여 있었고, 마룻바닥에는 작은 깔개들이 빈틈없이 깔려 있었다. "아이슬란드에서 가져온 것들이란다!" 노인은 창턱에 놓인 조개껍질을 가리켰다. 그리고 벽에 걸린 칼을 가리키며 말했다. "저건 일본에서 가져왔지!" 사무라이 칼이냐고 물었다. "복제품이야!" **"멋진데요."**

그는 나를 부엌 식탁으로 안내했다. 우리 식탁과 같은 자리에 있었다. 그는 자리에 앉아 손으로 무릎을 철썩 쳤다. "자!" 목소리가 어찌나 큰지 귀를 막고 싶을 지경이었다. "난 아주 굉장한 인생을 살았단다!" 그의 인생에 대해 묻지도 않았는데 그런 말을 하다니 이상도 했다. 게다가 난 내가 온 이유조차 아직 말하지 않았다. "난 1900년 1월 1일에 태어났단다! 20세기를 하루도 빼먹지 않고 산 셈이지!" "정말이세요?" "우리 어머니가 내 출생증명서를 고치신 덕에 1차 대전에 참전할 수 있었단다! 어머니 평생에 유일한 거짓말이었지! 난 피츠제럴드의 누이와 약혼했었단다!" "피츠제럴드가 누구예요?" "프랜시스 스콧 키 피츠제럴드* 말이다! 위대한 작가지! 위대한 작가야!" "우와." "난 약혼녀의 집 현관에 앉아 그녀가 위층에서 콧잔등에 분을 찍어 바를 동안 예비 장인과 이야기를 나누곤 했어! 우리는 아주 활발하게 토론을 했지! 그는 위대한 인물이었어. 윈스턴 처칠 못지않게 말이다!" 윈스턴 처칠이 누구인지 모른다는 소리

---

* F. S. Fitzgerald(1896~1940). 미국의 소설가. 대표적인 작품으로 『위대한 개츠비』가 있다.

는 하지 않았다. 대신 집에 가서 구글에서 검색해 보기로 마음먹었다. "어느 날, 그녀가 나갈 준비를 마치고 아래층으로 내려왔지! 난 예비 장인과 이제 막 아주 근사한 대화를 시작한 참이었기 때문에, 잠시만 기다리라고 했단다. 근사한 대화를 방해하면 안 되지, 안 그러냐!" "모르겠는데요." "그날 밤늦게, 바로 그 현관에서 그녀를 내려주는데, 이러더구나. '가끔씩 당신이 나보다 우리 아버지를 더 좋아한다는 생각이 들어요!' 난 우리 어머니한테서 물려받은 이놈의 성격 때문에 곧 죽어도 거짓말을 못 했는데, 아 또 그놈의 성격 때문에 망했지 뭐냐! 그녀에게 이랬단다. '정말 그렇소!' 그게 내가 그녀에게 말한 마지막 '정말 그렇소'가 되었단다. 무슨 뜻인지 알겠지!" "모르겠는데요." "내가 병신 같은 짓을 했단 말이야! 다 망쳐버렸다고!" 그는 엄청나게 큰 소리로 무릎을 치면서 껄껄 웃었다. 나는 맞장구를 쳤다. "아주 유쾌한 얘기군요." 노인이 숨이 넘어가게 웃는 것으로 보아 웃긴 얘기가 틀림없었다. "유쾌하다고!" 노인이 말했다. "그렇지! 다시는 그녀 소식을 듣지 못했으니까! 얼마나 많은 사람들이 우리 인생에 왔다가 가버리냐! 다 셀 수도 없을 정도라고! 그들이 들어올 수 있도록 문을 활짝 열어놔야 해! 하지만 마찬가지로 그들이 떠날 땐 잡지도 말아야지!"

노인은 가스레인지 위에 찻주전자를 올려놓았다.

"할아버지는 현명한 분이시군요." 내가 말했다. "이만큼 나이를 먹었는데 현명해지지 않으면 어떡하겠냐! 이걸 보렴!" 그는 고래고래 소리를 지르더니 자기 안대를 홱 까뒤집었다. "이건 나치 놈들의 포탄 파편에 당한 거야! 난 종군기자였는데, 마침내는 영국 탱크 부대에 끼어 라인 강까지 올라갔단다! 우린 1944년 말께 어느 날 오후 기습을 당했지! 내가 기사를 작성하고 있던 종이가 온통 눈에서 흘러내린 피로 얼룩졌지 뭐냐! 하지만 그 개자식들이 나를 막을 수는 없었어! 난 쓰던 문장을 끝까지 다 썼지!""무슨 문장이었어요?" "아, 그딴 걸 누가 기억하고 있냐! 요는 그 망할 독일군 놈들도 내 펜을 꺾지는 못했다는 거지! 펜은 칼보다 강하다니까! MG34 기관총보다도!""죄송한데 안대 좀 다시 쓰시면 안 될까요?""이것 보라니까!" 그는 부엌 바닥을 가리키며 말했다. 하지만 내 머릿속은 온통 그의 눈 생각뿐이었다. "저 깔개 밑은 참나무야! 네 조각으로 켠 참나무라고! 내 손으로 직접 깔았어!""세상에." 멋지다는 뜻으로 한 말은 아니었다. 나는 머릿속으로 그와 비슷해지려면 해야 할 일들이 무엇일지 목록을 만드는 중이었다. "난 마누라랑 같이 이 부엌을 완전히 뜯어고쳤단다! 이 손으로 말이다!"그는 내게 자기 손을 내보였다. 그 손은, 검버섯투성이의 피부로 덮여 있다는 점만 빼면, 론 아저씨가 나한테 사주겠다고 했던 레이니에 과학 모형 목록에 나온 뼈다귀와 똑같았다. 하지만 론 아저씨가 주는 선물 따위는 사양이었다. "할머니는 지금 어디에 계신가요?" 찻주전자가 휘파람을 불기 시작했다.

"오, 마누라는 24년 전에 죽었단다! 참 오래됐지! 엊그제 일 같은데 말이야!""저런." "괜찮다!" "제가 할머니에 대해 여쭤도 언짢지 않으시겠어요? 괜찮으시다면 들려주세요." "물론 괜찮지! 마누라 생각을 하는 건 내가 두 번째로 좋아하는 일이란다!"그는 차를 두 잔 따랐다. "커피 있으세요?" "커피라고!" "커피가 성장을 저해한대요. 전 죽기 싫거든요." 그는 테이블을 탁 치더니 이렇게 말했다. "애야, 나한테 온두라스산 커피가 좀 있는데, 네 이름하고 똑같은 이름이란다!" "하지만 할아버지는 제 이름을 알지도 못하시잖아요."

잠시 앉아 있는 동안, 노인은 나에게 자신의 굉장한 인생 경험을

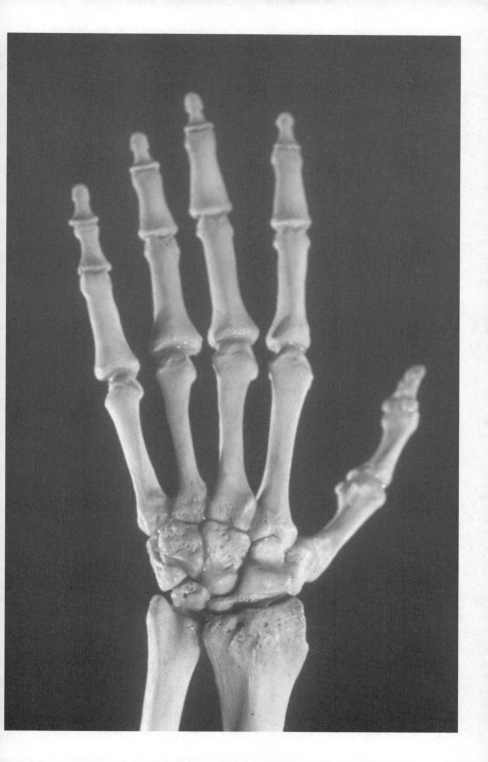

좀 더 들려주었다. 노인은 아는 것이 꽤 많은 것 같았다. 그가 아는 한 두 번의 세계 대전에 참전하고 아직까지 살아 있는 사람은 자기밖에 없었다. 그는 오스트레일리아, 케냐, 파키스탄, 파나마에도 가봤다. 내가 물었다. "대충 헤아려보면, 몇 개국이나 가보신 것 같아요?" "헤아려볼 것도 없어! 백열두 개 나라란다!" "그렇게 많은 나라가 있기나 해요?" "네가 들어본 곳보다 들어보지도 못한 곳이 더 많지!" 그 말에 귀가 솔깃해졌다. 그는 20세기의 전쟁이란 전쟁은 거의 다 취재했다. 스페인 내전, 동티모르 학살, 아프리카에서 벌어진 끔찍한 사건들도 보았다. 모두 들어보지도 못한 것들이어서, 집에 가면 구글에서 검색할 수 있도록 열심히 외워놓았다. 머릿속의 목록은 믿을 수 없을 만큼 길어졌다. 프랜시스 스콧 키 피츠제럴드, 코에 분 바르기, 처칠, 머스탱 컨버터블, 월터 크론카이트, 전희(前戲), 피그스 만 침공, 엘피(LP), 다슨(Datsun), 켄트 주, 라드(돼지기름), 아야톨라 호메이니, 폴라로이드, 아파르트헤이트, 드라이브인(Drive-in), 파벨라(Favela), 트로츠키, 베를린 장벽, 티토, 바람과 함께 사라지다, 프랭크 로이드 라이트, 홀라후프, 테크니컬러(Technicolor), 스페인 내전, 그레이스 켈리, 동티모르, 계산자(slide rule), 기억하려고 애썼지만 벌써 잊어먹은 아프리카의 여러 지명들까지. 모르는 것들을 몽땅 머릿속에 담아두기가 점점 더 힘들어졌다.

그의 아파트는 그가 평생을 보낸 전쟁터에서 수집한 물건들로 가득했다. 나는 할아버지의 카메라로 그것들을 찍었다. 외국어로 된 책들, 작은 조각상들, 예쁜 그림이 그려진 두루마리들, 세계 각지에서 가져온 코카콜라 캔들, 그리고 모두 흔해빠진 것들이었지만 벽난로 선반 위에는 바윗돌들도 있었다. 근사하게도 바윗돌마다 '44년 6월 19일 노르망디', '51년 4월 9일 화천 댐', '63년 11월 22일 댈러스'와 같이 가져온 날짜와 장소를 적은 작은 종잇조각이 옆에 놓여 있었다. 아주 멋있었지만, 한 가지 이상한 것은, 벽난로 위에는 바윗돌 말고 탄환도 잔뜩 있었는데, 그 옆에는 종잇조각이 없다는 점이었다. 나는 노인에게 어느 것이 어느 것인지 어떻게 아느냐고 물었다. "탄환이 탄환이지 뭘!" "하지만 그럼 돌멩이도 돌멩이 아니에요?" "그건 당연히 아니지!" 무슨 말인지 알 것도 같았지만, 확실히 수긍이 가지는 않았다. 그래서 테이블 위의 꽃병에 꽂힌 장미를 가리켰다. "장미는 장미인가요?" "아니야! 장미는 장미가 아닌 장미가 아니야!" 그때 갑자기 '그녀의 움직임 속에는 뭔가 있어'*가 떠올라, 이렇게 물었다. "사랑 노래는 사랑 노래인가요?" "그렇지!" 나는 잠시 생각했다. "사랑은 사랑이에요?" "아니야!" 한쪽 벽에는 아르메니아며 칠레, 에티오피아 등 그가 방문했던 나라에서 가져온 가면들이 잔뜩 걸려 있었다. "세상은 무시무시한 곳이 아니란다!" 노인은 캄보디아에서 가져온 가면을 얼굴에 쓰며 말했다. "하지만 무시무시한 인간들은 득시글대지!"

나는 커피를 한 잔 더 마셨다. 이제 본론으로 들어갈 때라고 생각했다. 그래서 목에 건 열쇠를 끄집어내 그에게 건넸다. "이 열쇠가 무엇을 여는 건지 아세요?" "모르겠는데!" 노인이 고함쳤다. "그럼 저희 아빠는 혹시 아시나요?" "네 아빠가 누군데!" "이름은 토머스 셸이고요. 죽기 전까지는 5A에 사셨어요." "모른다. 그 이름을 들어도 전혀 생각나는 것이 없어!" 백 퍼센트 확신할 수 있느냐고 물었다. "나만큼 오래 살아보면 백 퍼센트 확신할 수 있는 일은 세상에 없다는 걸 알게 된단다!" 그는 일어나더니 식당의 기둥을 지나 계단

---

* Something in the way she moves. 비틀스의 노래 "Something"의 가사 일부.

밑에 있는 벽장으로 갔다. 그때 그의 아파트는 층이 두 개라는 점에서 우리 아파트와 꼭 같지는 않다는 사실을 깨달았다. 노인이 벽장을 열자, 그 안에 도서 대출 카드 목록이 보였다. "멋지군요."

"이건 내 전기(傳記) 색인이란다!" "할아버지의 뭐라고요?" "기자 생활을 시작하면서부터 색인을 만들었지! 언젠가 참고할 필요가 있을 만한 사람들에 대해 전부 카드를 만들어놓았단다! 내가 지금까지 기사를 썼던 사람들 모두에 대한 카드가 있지! 기사를 쓰는 과정에서 대화를 나눴던 사람들에 대한 카드도! 내가 읽은 책에 나오는 사람들에 대한 카드도! 그 책들의 주석에 나온 사람들에 대한 카드도 있고! 아침에 신문을 읽으면서, 전기를 쓸 때 중요할 것 같은 사람들에 대해서도 모두 카드를 만들어놓지! 아직도 다 끝나지 않았단다!" "인터넷을 쓰지 그러세요?" "난 컴퓨터가 없거든!" 그 말에 머리를 한 대 세게 맞은 듯 멍해졌다.

"카드가 몇 장이나 돼요?" "한번도 안 세어봤어! 지금까지 수만 장은 모였을걸! 어쩌면 수십만 장일지도 몰라!" "카드에 무슨 내용을 쓰시나요?" "이름하고 한 단어로 요약한 전기를 써놓지!" "겨우 한 단어라고요?" "어떤 사람이든 딱 한 단어면 충분해!" "그게 도움이 되나요?" "엄청나게 도움이 되지! 오늘 아침만 해도 라틴 아메리카의 통화(通貨)에 관한 기사를 읽었는데, 마누엘 에스코바르라는 사람 얘기가 나오더구나! 그래서 에스코바르를 찾아봤지! 당연한 얘기지만, 그 사람도 카드에 있었어! 마누엘 에스코바르: 노동 조합주의자, 라고!" "하지만 그 사람은 동시에 남편일 수도 있고, 아빠라든가, 비틀스 팬이라든가, 조깅이 취미라든가, 뭐 그런 것도 있을 수 있잖아요." "그야 그렇지! 마누엘 에스코바르를 가지고 책을 한 권 쓸 수도 있겠지! 그래도 빼먹는 것이 한둘이 아닐 테고! 책을 열 권은 써야 할지도 몰라! 써도 써도 끝이 없을걸!"

노인은 수납장 서랍을 열고 카드를 하나씩 끄집어냈다.

"헨리 키신저: 전쟁!

"오닛 콜먼: 음악!

"체 게바라: 전쟁!

"제프리 베조스: 돈!

"필립 커스턴: 예술!

"마하트마 간디: 전쟁!"

"하지만 그는 평화주의자였어요." 내가 한마디 보탰다.

"맞아! 전쟁!

"아서 애시: 테니스!

"톰 크루즈: 돈!

"엘리 위젤: 전쟁!

"아놀드 슈왈츠제네거: 전쟁!

"마사 스튜어트: 돈!

"렘 쿨하스: 건축!

"샤론: 전쟁!

"믹 재거: 돈!

"야시르 아라파트: 전쟁!

"수전 손택: 사상!

"볼프강 픽: 돈!

"요한 바오로 2세: 전쟁!"

나는 스티븐 호킹도 있느냐고 물었다.

"있다마다!" 노인은 서랍을 열어 카드 한 장을 꺼냈다.

```
┌─────────────────────────────────────┐
│                                     │
│                                     │
│           스티븐 호킹: 천체물리학        │
│                                     │
│                                     │
└─────────────────────────────────────┘
```

"할아버지 카드도 있어요?"
그는 서랍을 열었다.

```
┌─────────────────────────────────────┐
│                                     │
│                                     │
│         A. R. 블랙: ~~존쟁~~           │
│               남편                    │
│                                     │
│                                     │
└─────────────────────────────────────┘
```

"그럼 우리 아빠 카드도 있나요?" "토머스 셸이랬지!" "맞아요."
그는 S로 시작하는 카드가 들어 있는 서랍으로 가서 그것을 반쯤 열
었다. 그의 손가락은 백세 살 먹은 노인의 손답지 않게 날렵하게 카
드를 훑었다. "미안하구나! 없다!" "한 번 더 찾아봐 주시면 안 될까
요?" 그의 손가락이 다시 카드를 훑었다. 그는 고개를 가로저었다.
"미안하다!" "저, 카드가 엉뚱한 곳에 잘못 꽂혀 있는 건 아닐까요?"

"그렇다면 문제가 있는 거지!" "그럴 수도 있나요?" "종종 그런 일이 있지! 마릴린 먼로를 십 년이 넘도록 못 찾았단다! 내 머리만 믿고 노마 진 베이커(Norma Jean Baker) 밑에서 계속 카드를 찾으면서도 그녀의 본명이 노마 진 모텐슨(Norma Jean Mortenson)이라는 건 까맣게 잊고 있었던 거야!" "노마 진 모텐슨이 누구예요?" "마릴린 먼로!" "마릴린 먼로는 누구예요?" "섹스!"

"모하메드 아타의 카드도 있어요?" "아타! 생각난다! 어디 보자!" 그는 A 서랍을 열었다. "모하메드는 세상에서 가장 흔해빠진 이름인데요." 그는 카드를 한 장 꺼내들고 외쳤다. "빙고!"

모하메드 아타: 전쟁

나는 마룻바닥에 주저앉았다. 그가 왜 그러느냐고 물었다. "왜 그의 카드는 있는데 우리 아빠 카드는 없어요?" "무슨 소리냐!" "이건 불공평해요." "뭐가 불공평해!" "우리 아빠는 좋은 분이었어요. 모하메드 아타는 나쁜 놈이고요." "그래서!" "그러니까 우리 아빠도 카드에 기록될 자격이 있단 말이에요." "왜 저기 들어가 있는 게 좋다고 생각하는 거냐!" "전기상 중요하다는 의미니까요." "그러니까 그게 왜 좋냐고!" "전 중요한 인물이고 싶어요." "중요한 놈들 열에 아홉은 돈 아니면 전쟁하고 관련이 있어!"

그러나 여전히 그 사실 때문에 부츠가 한없이 무거워졌다. 아빠는 윈스턴 처칠이 어떤 사람이었건 간에 처칠 같은 위인은 아니었다. 그저 가업인 보석상을 경영하는 사람에 불과했다. 그냥 평범한 아빠였다. 그러나 아빠가 위인**이었더라면** 얼마나 좋을까 싶었다. 아빠가 영화 스타처럼 유명했더라면 좋을 텐데. 아빠는 그럴 자격이 있는데. 블랙 씨가 아빠에 대해서도 썼더라면, 생명의 위험을 무릅쓰고 온 세상에 아빠의 이야기를 전하고, 아파트를 온통 아빠의 기념품들로 채웠더라면 좋았을 텐데.

나는 생각하기 시작했다. 아빠를 한 단어로 축약한다면, 그러면 무슨 단어가 좋을까? 보석상? 무신론자? 교열자?

"너 뭔가를 찾고 있구나!" 블랙 씨가 말했다. "이 열쇠는 우리 아빠 것이었어요." 나는 다시 셔츠 밑에서 열쇠를 끄집어냈다. "그리고 전 이 열쇠가 무엇을 여는 건지 알고 싶어요." 그는 어깨를 으쓱하고는 고함쳤다. "나도 알고 싶구나!" 우리는 잠시 침묵에 빠졌다.

울어버릴까도 생각했지만, 그 앞에서 울고 싶지는 않았다. 그래서 화장실이 어디냐고 물었다. 그는 계단 위를 가리켰다. 계단을 오르면서 난간을 꽉 잡고 머릿속에서 발명품을 고안하기 시작했다. 고층 빌딩용 에어백, 달리다 멈출 필요가 없는 태양열 리무진, 영구 요요. 욕실에서는 노인 특유의 냄새가 났고, 벽에 붙어 있어야 할 타일 몇 개가 바닥에 떨어져 있었다. 세면대 위 거울 구석에는 한 여자의 사진이 붙어 있었다. 여자는 내가 조금 전에 앉아 있던 부엌 식탁에 앉아 있었다. 실내인데도 엄청나게 큰 모자를 쓰고 있는 것으로 보아 특별한 여자가 분명했다. 그녀의 한 손은 찻잔 위에 놓여 있었다. 미소는 믿기지 않을 정도로 아름다웠다. 사진을 찍을 때 그녀의 손바닥에 수증기가 물방울로 맺혀 있었을까 궁금했다. 블랙 씨가 사진을 찍었을까 궁금했다.

다시 내려가기 전에 주변을 약간 훔쳐봤다. 블랙 씨가 얼마나 파란 만장한 삶을 살아왔는지, 자신의 인생을 얼마나 곁에 놓아두고 싶어 하는지를 보고 깊은 인상을 받았다. 블랙 씨는 열쇠에 대해 모르겠다고 말했지만, 나는 문마다 모조리 열쇠를 꽂아봤다. 그를 믿지 못해서가 아니었다. 조사를 끝낼 즈음에는 이렇게 말할 수 있기를 바랐기 때문이었다. 나는 할 수 있는 데까지 최선을 다했습니다. 문 하나는 벽장문이었는데, 그 안에는 외투 한 더미뿐, 흥미를 끌 만한 것은 아무것도 없었다. 또 다른 문 뒤에는 상자가 가득한 방이 있었다. 그중 두어 개의 뚜껑을 열어보았더니, 신문이 가득 들어 있었다. 어떤 상자의 신문들은 누렇게 색이 바랬고, 어떤 것들은 거의 나뭇잎 같았다.

다른 방도 둘러봤는데, 노인의 침실인 듯했다. 그렇게 신기한 침대는 처음이었다. 나무의 각 부분들로 이루어진 침대였다. 다리는 나무 그루터기였고, 침대 끝은 통나무였으며, 천장은 가지들로 이루어져 있었다. 또한 동전, 핀, 루즈벨트라고 적힌 단추 등 온갖 근사한 쇠붙이들이 침대에 부착되어 있었다.

"원래는 공원에 있던 나무였지!" 등 뒤에서 블랙 씨가 말했다. 나는 너무 놀란 나머지 손이 덜덜 떨렸다. "제가 몰래 훔쳐봐서 화나셨어요?" 그러나 그는 내 말을 듣지 못했는지, 자기 할 말만 계속했다. "저수지 옆에 있었어. 아내가 저 나무뿌리에 발이 걸려 넘어진 적도 있었지! 내가 구애하던 중이었는데 뒤에 그게 있었던 거야! 아내는 넘어져서 손을 다쳤어! 작은 상처였지만, 잊을 수가 없단다! 아주 오래전 일이야!" "하지만 어제 일 같으시죠?" "어제라고! 오늘 같아!

십오 분 전의 일 같아! 아니, 지금 같아!"노인은 바닥에 눈길을 던졌다. "아내는 항상 기자 일을 좀 쉬라고 애원했지! 내가 집에 있기를 바랐어!"그는 고개를 저으며 말했다. "하지만 나한테도 필요한 것이 있었어!"그는 마룻바닥을 보다가, 나에게로 눈을 돌렸다. "그래서 어떻게 하셨어요?""결혼 생활 내내 아내를 하찮은 존재처럼 취급했어! 집에는 전쟁 사이사이 잠깐만 들르고, 몇 달씩 혼자 놔뒀지! 전쟁이 끊이질 않았어!""지난 3,500년간 문명화된 세계 전체를 통틀어 평화로웠던 기간은 230년에 불과했다는 거 아세요?""그 230년이 언제였는지 말해 주면 네 말을 믿으마!""언제였는지는 모르지만, 하여튼 사실이에요.""그러면 네가 말하는 그 문명화된 세계라는 게 어디냐!"

나는 그에게 전쟁 취재를 그만두게 된 계기가 뭐였느냐고 물었다. 그가 대답했다. "내가 원하는 것은 한 곳에서 한 사람과 머무는 것이라는 사실을 깨달았거든!""그래서 영원히 집으로 돌아오신 거예요?""전쟁을 버리고 마누라를 선택했지! 집으로 돌아와서 제일 먼저 한 일, 아니 집으로 돌아가기도 전에 한 일이 공원에 가서 저 나무를 베어 오는 것이었어! 한밤중이었지! 누가 못 하게 할지도 모른다고 생각했지만, 아무도 그러지 않더군! 그것들을 집으로 날라 왔어! 그 나무로 이 침대를 만든 거란다! 우리가 함께한 마지막 세월 동안 같이 쓴 침대였어! 좀 더 일찍 스스로에 대해 깨우쳤으면 좋았으련만!""마지막 전쟁은 어떤 전쟁이었어요?""저 나무를 벤 것이 내 마지막 전쟁이었단다!"나는 그에게 누가 이겼느냐고 물었다. 그가 자랑스럽게 자기가 이겼다고 말할 수 있을 테니 멋진 질문이라고 생각했다. 노인은 이렇게 대답했다. "도끼가 이겼지! 늘 그런 식이야!"

그는 침대로 다가가 손가락으로 못의 머리를 만졌다. "이걸 보렴!"

과학적인 방법을 신봉하고 날카로운 관찰력과 통찰력을 지닌 사람이 되려고 노력하는 나였지만, 침대 전체가 빈틈없이 빼곡하게 못으로 뒤덮여 있는 줄은 미처 눈치 채지 못했다. "마누라가 죽은 후로 매일 아침 침대에 못을 한 개씩 박아 넣었단다! 눈뜨자마자 제일 먼저 하는 일이 그거란다! 8,629개의 못이 박혀 있지!" 나는 이유를 물었다. 그가 대답 삼아 아내를 얼마나 사랑했는지 얘기할 수 있을 테니 이것도 좋은 질문이라고 생각했다. 그의 대답은 이러했다. "나도 몰라!" "하지만 모르신다면 왜 그런 일을 하세요?" "도움이 될 것 같아서! 소일거리가 되잖냐! 말도 안 되는 소리인 줄은 나도 알지만!" "말도 안 되는 소리라고는 생각지 않아요." "못은 가볍지 않아! 한 개 무게는 얼마 안 되지! 한 줌이라 해봤자고! 하지만 합하면 어떻게 되는지 봐라!" "인체는 평균적으로 1인치짜리 못 한 개분의 철을 함유하고 있대요." "침대가 무거워졌단다! 마룻바닥이 무게를 못 이겨 삐걱이는 소리가 들린단다! 마치 고통스러워하는 것처럼 말이야! 가끔씩 모든 것이 아파트 아래층으로 무너져 내리지 않을까 겁이 나서 한밤중에 잠을 깨곤 한단다!" "저 때문에 못 주무시는 걸 거예요." "그래서 아래층에 그 기둥을 만든 거란다! 인디애나 대학교 도서관 얘기 들어봤냐!" "아뇨." 대답하면서도 나는 계속 기둥 생각을 했다. "일 년에 2.5센티미터 이상 내려앉고 있단다! 책의 무게를 고려하지 않고 건물을 지은 탓이지! 그것에 대해 기사를 쓴 적이 있단다! 그때는 연관 지어 생각해 보지 않았지만, 지금 보니 드뷔시의 「가라앉은 사원(Sunken Cathedral)」이 생각나는구나! 지금까지 작곡된 가장 아름다운 곡 중 하나지! 들어본 지가 언젯적인지. 너도 한번 뭔가를 느껴보고 싶냐!" "좋아요." 그를 몰랐지만, 알고 싶었으므로 이렇게 대답했다. "손을 펴봐라!" 그의 말대로 했다. 그는 주머니에 손을 넣어 종이 집게를 한 개 꺼냈다. 그는 집게로 내 손을 집더니 말했다. "집게를 감싸고 주먹을 쥐어봐!" 시키는 대로 했다. "이제 손을 죽 뻗어봐!" 손을 뻗었다. "이제 손을 펴봐라!" 종이 집게가 침대로 날아갔다.

바로 그때 열쇠가 침대 쪽으로 떠오르는 것을 보았다. 열쇠는 종이 집게보다 무거웠으므로, 집게처럼 날아가지는 않았다. 열쇠가 내 가슴 위로 아주 약간 붕 떠오르면서, 내 목 뒤에서 줄이 믿을 수 없을 만큼 부드럽게 당겨졌다. 센트럴 파크에 묻혀 있는 모든 금속들을 생각했다. 그것들도 침대로 끌어당겨질까? 아주 조금만이라도. 블랙 씨는 허공에 뜬 열쇠를 손으로 감싸며 말했다. "난 24년 동안 한번도 아파트 밖으로 나선 적이 없단다!" "무슨 말씀이세요?" "슬프지만, 얘야, 내가 말한 그대로란다! 24년간 아파트를 떠난 적이 없다고! 한번도 발로 땅을 밟아보지 못했단 말이다!" "왜 나가지 않으셨어요?" "그럴 만한 이유가 없었으니까!" "필요한 물건들은 어떡하시고요?" "나 같은 사람이 뭐 필요한 게 있겠냐!" "음식이나 책 같은 거요." "음식은 전화로 주문하면 갖다 준단다! 책이 필요하면 서점에, 영화를 보고 싶으면 비디오 가게에 전화하면 되지! 펜, 문방구, 청소 도구, 약까지 다! 심지어 옷도 전화로 주문한단다! 이것 봐라!" 그는 내게 위로 솟은 게 아니라 아래로 축 처진 근육을 보여줬다. "아흐레 동안 플라이급 챔피언이었던 적도 있는데!" "아흐레라뇨?" "내 말을 믿지 않는구나!" "당연히 믿어요." "세상은 넓단다! 하지만 아파트 안도 그래! 이것도 그렇고!" 그는 자기 머리를 가리켰다. "하지만 할아버지는 여행을 아주 많이 다니셨잖아요. 경험도 아주 많고요. 세상이 그립지 않으세요?" "그립다마다! 사무치게 그립지!"

부츠가 어찌나 무거운지 우리 밑에 기둥이 있어서 다행이었다. 어떻게 이렇게 외로운 이가 내가 살아온 동안 죽 바로 가까이에 살고 있었단 말인가? 진작 알았더라면 위층으로 올라와 친구가 되어주었을 텐데. 아니면 장신구라도 좀 만들어주든가. 유쾌한 농담도 해주고. 아니면 탬버린 콘서트라도.

그런 생각을 하다 보니 이렇게 외로운 또 다른 누군가가 아주 가까운 곳에 있지 않을까 궁금해졌다. 비틀스의 「엘리노어 리그비(Eleanor Rigby)」가 생각났다. 정말 그렇다. 그들은 모두 어디 출신일까? 모두 어디에 속해 있을까?

샤워기에서 나오는 물에 맥박, 체온, 뇌파 등에 종합적으로 반응하는 화학 물질을 처리해서, 피부색을 기분에 따라 바꿔주면 어떨까? 엄청나게 흥분했을 때는 피부가 초록색으로 바뀌고, 화가 나면 붉은색, 기분이 십장생 같을 때는 갈색, 우울할 때는 파란색으로 바뀌는 거다.

그러면 모두 다른 사람들의 기분을 알 수 있게 될 테고, 서로 좀 더 조심할 수 있겠지. 피부 빛이 자주색이 된 사람한테 네가 늦게 와서 화가 났다는 말을 하고 싶지는 않을 테니까. 마찬가지로 분홍색이 된 사람한테는 등을 두드려주면서 "축하해!"라고 말해 주고 싶을 것이다.

좋은 발명이라고 생각되는 이유가 또 있다. 어떤 기분이 강하게 들기는 하는데 그게 무엇인지는 알쏭달쏭할 때가 아주 많기 때문이다. **내가 낙담한 건가? 실은 겁을 먹었을 뿐인가?** 그러한 혼란에 휘둘리다보면, 이도 저도 알 수 없는 애매하고 갈피를 잡을 수 없는 상태에 빠진다. 하지만 이 특수한 물만 있으면 오렌지색이 된 손을 보며 이렇게 생각할 수도 있다. **난 행복해! 실은 내내 행복했던 거야! 정말 다행이야!**

블랙 씨가 말했다. "언젠가 러시아의 한 마을에 취재차 간 적이 있었단다! 도시에서 도망칠 수밖에 없었던 예술가들의 공동체였지! 마을 곳곳에 그림들이 걸려 있다고 들었어! 온통 그림으로 덮여서 벽이 안 보일 정도라고 했지! 천장이며, 접시며, 창문이며, 전등갓에까지 그림을 그린다는 거야! 그건 반역 행위였어! 표현 행위이기도 하고! 그림을 잘 그리고 못 그리고는 문제가 아니었어! 내 눈으로 직접 보고, 세상에 그 얘기를 전해야 했어! 그런 것들을 취재하는 게 내 삶의 목적이었지! 그런데 스탈린이 그 마을을 찾아냈어! 그는 내가 도착하기 불과 며칠 전에 자기 부하들을 보내서 화가들의 팔을 모조리 부러뜨렸지! 그들한테는 차라리 죽는 편이 더 나았을 거야! 끔찍한 광경이었단다, 오스카! 조잡한 부목을 팔에 대고 앞으로 똑바로 늘어뜨린 좀비 같은 꼴이라니! 그들은 손을 입으로 가져갈 수가 없어서 밥도 먹지 못했단다! 그들이 어떻게 했을 것 같으냐?" "굶었나요?" "서로 밥을 먹여주었어! 그게 지옥과 천국의 차이지! 지옥에서는 굶주린단다! 천국에서는 서로 먹여주지!" "전 내세를 믿지 않아요." "나도 안 믿는다! 하지만 그 이야기는 믿어!"

그때 갑자기 어떤 생각이 번뜩 떠올랐다. 엄청난 것. 굉장한 것이. "절 도와주시지 않겠어요?" "무슨 말이냐!" "열쇠 말인데요." "너를 돕는다고!" "저와 함께 다녀주세요." "내 도움을 원한단 말이냐!" "네." "글쎄, 날 동정할 필요는 없다!" "맙소사. 할아버지는 아주 똑똑하시고 아는 것도 많으세요. 제가 모르는 것도 엄청 많이 알고 계시고요. 친구가 있는 것도 좋잖아요. 그러니 제발 좋다고 해주세요." 그는 눈을 감고 잠자코 있었다. 우리 얘기에 대해 생각하는 중인지, 아니면 다른 생각을 하는 중인지 짐작할 수가 없었다. 어쩌면 잠든 것인지도 몰랐다. 우리 할머니 같은 노인들은 자기도 모르게 잠에 빠지는 경우가 종종 있었다. "꼭 지금 당장 결정하지 않으셔도 돼요." 강요당하는 듯한 기분을 느끼게 하고 싶지는 않았으므로, 이렇게 말했다. 나는 그에게 162,000,000개의 자물쇠가 있고, 그 자물쇠를 다 조사하려면 아마도 오랜 시간이 걸릴 것이라고 말했다. 꼬박 일 년 반이 걸릴지도 모른다고. 그러니까 잠시 생각해 봐도 상관없었다. 언제고 아래층으로 내려와 대답해 주시면 되니까. 그는 계속 생각했다. "천천히 생각하세요." 그는 계속 생각했다. "결정하셨어요?"

그는 아무 말도 하지 않았다.

"무슨 생각을 하세요, 미스터 블랙?"

아무 대답도 없다.

"미스터 블랙?"

어깨를 톡톡 치자 그가 갑자기 나를 쳐다봤다.

"괜찮으세요?"

그는 하면 안 되는 짓을 하다가 엄마한테 발각당했을 때 내가 그러는 것처럼 미소를 지었다.

"네 입술을 읽고 있었단다!" "뭐라고요?" 그는 보청기를 가리켰다. 하나도 빼놓지 않고 다 보려고 두 눈을 크게 뜨고 있었으면서도 보청기는 미처 보지 못했던 것이다. "오래전에 꺼놨었거든!" "보청기를 끄셨다고요?" "아주 오래전 일이란다!" "일부러요?" "배터리를 아끼려고 그랬지!" "무엇 때문에요?" 그는 어깨를 으쓱했다. "하지만 소리를 듣고 싶지 않으세요?" 그는 어깨를 또 으쓱했다. 긍정인지 부정인지 알 수가 없었다. 그때 다른 생각이 떠올랐다. 아름다운 것. 진실한 것. "제가 보청기를 켜드릴까요?"

그는 나를 보면서 동시에 내가 마치 스테인드글라스 유리창인 양 들여다보았다. 나는 그가 내 말을 틀림없이 알아들을 수 있도록 입술을 천천히, 조심스레 움직여 다시 물었다. "제가. 보청기를. 켜. 드릴까요?" 그는 계속 나를 쳐다보기만 했다. 다시 물었다. "나는 좋다고 말하는 법을 모른단다!" "말씀 안 하셔도 돼요."

그의 뒤로 가서 살펴보니 보청기 뒤에 작은 다이얼이 있었다.

"천천히 하렴!" 그가 거의 애원에 가까운 투로 말했다. "보청기를 쓴 지가 아주, 아주 오래됐거든!"

나는 그가 내 입술을 볼 수 있도록 다시 앞으로 가서, 최대한 부드럽게 하겠다고 약속했다. 그런 다음 다시 뒤로 가서 다이얼을 엄청나게 천천히, 한 번에 몇 밀리미터씩만 돌렸다. 아무 일도 일어나지 않았다. 몇 밀리미터쯤 더 돌렸다. 또 몇 밀리미터쯤 더. 그의 앞으로 돌아갔다. 그가 어깨를 으쓱하기에, 나도 따라 했다. 다시 뒤로 돌아가서 아주 약간 더 돌렸더니, 더는 다이얼이 돌아가지 않았다. 다시 그의 앞으로 갔다. 그는 어깨를 으쓱했다. 아마도 보청기가 더 이상 작동하지 않거나, 배터리가 너무 낡아서 못 쓰게 되었거나, 보청기를 꺼버린 이후로 그가 완전히 귀머거리가 된 모양이었다. 어느 쪽이든 다 가능성이 있는 얘기였다. 우리는 서로를 마주 보았다.

그때 갑자기 새 떼가 창 옆을 엄청나게 빠른 속도로 믿을 수 없을 만큼 가까이에서 날아갔다. 스무 마리쯤 되어 보였다. 어쩌면 더 많을지도 몰랐다. 하지만 무엇을 해야 할지 모두가 정확히 알고 있다는 점에서, 한 마리처럼 보이기도 했다. 블랙 씨는 귀를 움켜쥐고 기묘한 소리를 마구 질러댔다. 그는 울기 시작했다. 행복해서도 아니고, 그렇다고 슬퍼서도 아니었다.

"괜찮으세요?" 내가 속삭였다.

내 목소리에 그는 더 격하게 울면서 괜찮다고 고개를 끄덕였다.

나는 그에게 내가 더 많은 소리를 냈으면 좋겠느냐고 물었다.

그는 고개를 끄덕였다. 그러자 더 많은 눈물이 뺨으로 흘러내렸다.

나는 침대로 가서 덜그럭거리며 핀과 종이 집게들을 우르르 떨어뜨렸다.

그는 더 많은 눈물을 흘리며 울었다.

"보청기를 꺼드릴까요?" 이렇게 물었지만, 그는 더 이상 나를 쳐다보지 않았다. 소리를 내는 것은 파이프 소리처럼 아주 조용한 소리까지 하나라도 놓치지 않으려는 듯 귀를 쫑긋 세우고 방을 이리저리 걸어 다녔다.

나는 그 자리에 그대로 머물러 그가 온 세상의 소리를 듣는 모습을 보고 싶었다. 그러나 시간이 늦었다. 4시 30분에 「햄릿」 연습이 있었다. 처음으로 조명 효과를 넣고 하는 연습이었기 때문에, 엄청나게 중요했다. 나는 블랙 씨에게 다음 주 토요일 7시에 들르겠으니, 그때 시작하자고 말했다. "전 아직 'A'로 시작하는 사람들도 다 못 만났어요." 그가 대답했다. "좋아." 그는 무엇보다도 자기 자신의 목소리를 듣고 제일 많이 울었다.

세 번째 메시지. 오전 9시 31분. 여보세요? 여보세요? 여보세요?

그날 밤 엄마는 나를 껴안아 주다가, 내가 마음속에 뭔가를 품고 있음을 알아차리고 말하고 싶은 것이 있느냐고 물었다. 나는 말하고 싶었지만 엄마에게는 아니었다. 그래서 이렇게 대답했다. "언짢게 여기지 말아주세요. 말하기 싫어요." "정말이니?" "너무 피곤해요 (Tres fatigue)." 나는 손을 흔들며 말했다. "뭐 좀 읽어줄까?" "괜찮아요." "《뉴욕 타임스》에서 오자 찾기 해볼까?" "됐어요." "그래, 알았어." 엄마는 내게 키스를 해주고 불을 껐다. 막 방을 나서려는 엄

마를 불렀다. "엄마?" "응?" "제가 죽으면 땅에 묻지 않겠다고 약속해 주실 거예요?"

엄마는 되돌아와서 내 뺨을 어루만지며 말했다. "넌 죽지 않을 거야." "죽을 거예요." "언제가 되든 금방 죽지는 않는다니까. 네 앞에는 길고 긴 인생이 있어." "아시다시피, 전 엄청나게 용감해요. 하지만 좁아터진 땅속에서 영원히 있을 수는 없어요. 도저히 못 한다고요. 절 사랑하시죠?" "물론 사랑하지." "그럼 저를 왕능인가 뭔가 하는 것에 넣어주세요." "왕릉 말이니?" "뭐 그렇게 읽은 것 같아요." "그런 얘기를 꼭 해야겠니?" "네." "지금?" "네." "왜?" "제가 내일 죽을지도 모르잖아요?" "넌 내일 죽지 않아." "아빠도 그 다음 날 돌아가실 줄은 모르셨죠." "너한테는 그런 일이 일어나지 않을 거야." "아빠한테도 일어나지 않을 거였어요." "오스카." "죄송해요. 하지만 절 매장하시면 안 돼요." "아빠 엄마랑 함께 있고 싶지 않니?" "아빠는 거기에도 없는걸요!" "뭐라고?" "아빠의 몸은 갈기갈기 찢어졌잖아요." "그렇게 얘기하지 마라." "그럼 어떻게 얘기해야 해요? 사실이잖아요. 왜 다들 아빠가 거기 있는 척하는지 이해를 못 하겠어요." "진정해라, 오스카." "그건 텅 빈 관일 뿐이에요." "그냥 비어 있는 관이 아니야." "왜 내가 텅 빈 관 옆에 영원히 있어야 해요?" "아빠의 영혼이 거기 있잖니." 그 말에 **진짜로** 화가 치밀었다. "아빠한테 영혼 따윈 없었어요! 세포뿐이었다고요!" "아빠의 기억이 그곳에 있어." "아빠의 기억은 여기에 있어요." 나는 내 머리를 가리켰다. "아빠는 영혼이 있어." 엄마는 우리가 대화한 내용을 뒤로 되감듯이 말했다. "아빠는 세포로 이루어져 있었어요. 이제 그 세포들은 지붕 위에, 강물 속에, 뉴욕에 사는 수백만 명의 폐 속에 있어요. 사람들은 말할 때마다 아빠를 들이마시고 있는 거라고요!" "그런 말을 해선 안 돼." "하지만 **사실**인걸요! **사실**인데 왜 말하면 안 돼요!" "넌 지금 너무 흥분했어." "아빠가 죽었다고 해서 엄마가 말도 안 되는 걸 우길 수는 없다고요." "아니, 그래도 돼." "안 돼요." "진정 좀 해라, 오스카!" "빌어먹을!" "뭐라고 했니!" "죄송해요. 제 말은, 엿이나 먹으라고요." "너 이제 진짜 그만 해야겠구나!" "왕릉이 있어야 한다니까요!" "오스카!" "저한테 거짓말하지 마세요!" "누가 거짓말을 한다고 그러니?" "어디에 있었어요!" "언제 내가 어디에 있었냐는 거냐?" "그날요!" "무슨 날?" "그날!" "무슨 소리니?" "어디 있었냐고요!" "회사에 있었어." "왜 집에 있지 않았어요?" "일하러 가야 하니까." "왜 다른 엄마들처럼 학교에 절 데리러 오지 않았어요?" "오스카, 난 최대한 빨리 집으로 돌아왔어. 집에 오는 데 너보다 엄마가 더 오래 걸리잖니. 학교로 데리러 갈 때까지 널 기다리게 하느니 집에서 만나는 편이 낫겠다 싶었지." "하지만 제가 집에 올 때까지는 돌아와 계셨어야죠." "그러고 싶었지만, 도저히 불가능했어." "가능하게 만들었어야죠." "불가능을 가능으로 만들 수는 없어." "그렇게 해야 했다니까요." "할 수 있는 한 가장 빨리 돌아온 거야." 엄마는 울기 시작했다.

도끼가 이기고 있었다.

나는 엄마 얼굴에 내 뺨을 갖다 댔다. "전 환상은 필요 없어요, 엄마. 이 땅 위에 있는 것이면 충분해요." 엄마는 깊은 한숨을 내쉬더니, 나를 안아주었다. "그건 가능할지도 모르겠다." 나는 기분이 좋아질 수 있는 방법을 생각해 내려고 애썼다. 내가 기분이 좋으면 엄마가 더 이상 내게 화내지 않을 것이고, 다시 평온해질 거라고 생각했다. "움직일 공간을 조금만 두고요." "뭐라고?" "움직일 공간이 좀 있어야 한다고요." 엄마는 미소를 지었다. "좋아." 나는 코가 괜찮은

지 보려고 다시 훌쩍였다. "그리고 비데도요." "물론이지. 비데 하나 추가." "그리고 전기 울타리도요." "전기 울타리?" "그래야 도굴꾼들이 제 보석들을 훔쳐가지 못할 거 아니에요." "보석?" "네. 보석도 좀 있어야 해요."

우리는 같이 깔깔대며 웃었다. 그래야 했다. 엄마가 나를 다시 사랑하게 되었으니까. 나는 베개 밑에서 내 기분을 적어두는 책을 꺼내 최근 페이지를 펼치고, 절망적에서 보통으로 단계를 낮췄다. "야, 그거 멋진데!" 엄마가 내 어깨너머로 넘겨보고 말했다. "아니에요. 대단치 않아요. 그리고 부탁인데 훔쳐보지 마세요." 엄마는 내 가슴을 문질렀다. 기분이 좋았다. 내가 아직도 열쇠를 걸고 있고, 열쇠가 두 개라는 것을 엄마가 눈치 채지 못하도록 몸을 약간 옆으로 돌려야 했지만.

"엄마?" "응." "아무것도 아니에요."

"무슨 일이니, 얘야?" "매트리스에 엄마 팔이 들어갈 공간이 있다면 근사하지 않을까요? 그러면 옆으로 돌아누워도 넓이가 딱 맞을 거 아니에요?" "근사하겠구나." "아마 등에도 좋을 거예요. 등뼈를 곧게 쭉 펼 수 있을 테니까요. 그건 중요한 거예요." "중요하지." "또, 바싹 붙어 끌어안고 있기도 더 편할 거예요. 팔이 계속 거치적거리잖아요?" "맞아." "꼭 끌어안기가 더 쉽다는 것도 중요해요." "중요하고말고."

~~포동~~
낙천적인, 그러나 현실적인

"아빠가 보고 싶어요." "나도 그렇단다." "엄마도요?" "물론이지." "하지만 **정말**로요?" "어떻게 그런 질문을 할 수가 있니?" "엄마 행동을 보면 아빠를 별로 그리워하지 않는 것 같으니까 그렇죠.""무슨 소릴 하는 거니?""무슨 말인지 아실 텐데요.""몰라.""엄마 웃음소리가 들리는걸요.""내 웃음소리가 들린다고?""거실에서요. 론 아저씨랑.""엄마가 가끔 웃는다고 해서 아빠를 그리워하지 않는다고 생각하는 거니?" 나는 엄마에게서 떨어져 옆으로 몸을 웅크렸다.

~~낙천적인, 그러나 찬설적인~~ 엄청나게 우울한

"나도 많이 운단다. 너도 알잖니.""엄마가 우는 건 별로 못 봤어요.""너한테 우는 모습을 보이고 싶지 않으니까 그럴 거야.""왜요?""우리 둘 다에게 좋지 않으니까.""그건 그래요.""어쨌든 우린 계속 살아가야 하지 않겠니.""얼마나 많이 울었어요?""얼마나 많이?""한 숟가락만큼? 한 컵만큼? 욕조 하나를 채울 만큼? 흘린 눈물을 다 더해 본다면요.""그런 식으로는 따질 수 없어.""그럼 어떻게요?"

"엄마는 행복해질 방법을 찾으려고 애쓰는 중이야. 웃으면 행복해지지.""전 행복해지는 방법 따위 찾지 않을 거예요. 앞으로도 그럴 거고요.""저런, 그러면 안 돼.""왜요?""아빠는 네가 행복해지기를 원하실 테니까.""아빠는 제가 아빠를 기억하길 바라실 거예요.""아빠를 기억하면서 행복해질 수도 있잖니?""왜 론 아저씨를 사랑하세요?""뭐라고?""엄마는 분명히 론 아저씨와 사랑에 빠졌잖아요. 그러니까 제가 알고 싶은 건, 왜냐고요? 론 아저씨가 뭐가 그렇게 대단한데요?""오스카, 세상이 보기보다 더 복잡할지도 모른다는 생각은 안 해봤니?""늘 생각해요.""론은 친구야.""그럼 다시는 사랑에 빠지지 않겠다고 저랑 약속해요.""오스카, 론도 지금 힘든 시기를 겪고 있어. 우리는 서로를 도와주고 있단다. 우리는 **친구**야.""사랑에 빠지지 않겠다고 약속해 달라니까요.""왜 그런 약속을 하라는 거니?""절대로 다시는 아무도 사랑하지 않겠다고 약속해 주지 않으면, 전 엄마를 사랑하지 않을 거예요.""공정치 못하구나.""전 공정하지 않아도 돼요! 엄마 아들이니까요!"엄마는 땅이 꺼지도록 깊은 한숨을 내쉬고는 말했다. "넌 아빠를 정말 많이 닮았어."그때 나는 마음에 없던 말, 하고 싶지도 않았던 말을 해버리고 말았다. 그 말이 내 입에서 나간 순간, 그라운드 제로*에 갔을 때 내가 들이마셨을지도 모를 아빠의 세포와 그 말이 뒤섞였다는 것이 부끄러웠다. "제가 선택할 수 있었다면, 엄마를 선택했을 거예요!"

엄마는 잠시 나를 빤히 바라보더니, 일어나서 방을 나갔다. 엄마가 문을 쾅 닫았으면 좋겠다고 생각했지만, 엄마는 그러지 않았다. 엄마는 언제나 그렇듯 조심스레 문을 닫았다. 엄마가 걸어가는 소리는 들리지 않았다.

~~엄청나게 우울한~~
믿을 수 없을 만큼 외로운

"엄마?"
아무 소리도 없다.
나는 침대에서 나와 문으로 갔다.
"그 말 취소할게요."

---

* Ground Zero. 세계무역센터가 있던 자리.

엄마는 아무 말도 하지 않았지만, 엄마의 숨소리가 들려왔다. 나는 엄마가 반대편 손잡이를 잡고 있을 거라고 생각하고, 문손잡이에 손을 가져갔다.

"취소한다고."

"그런 말을 취소할 수는 없어."

"그런 말에 대해 사과할 수는 있나요?"

아무 대답도 없다.

"제 사과를 받아주실 건가요?"

"모르겠다."

"모르신다니 말이 돼요?"

"오스카, **모르겠다니까.**"

"저한테 화나셨어요?"

아무 말도 없다.

"엄마?"

"응."

"아직도 저한테 화나셨어요?"

"아니."

"정말요?"

"너한테 화난 적은 없단다."

"그럼 어땠는데요?"

"마음이 아팠어."

마룻바닥에서 잠들었던 모양이다. 잠에서 깼을 때, 엄마는 내 셔츠를 벗기고 내가 파자마로 갈아입도록 거들었다. 틀림없이 엄마가 내 멍을 다 봤을 것이다. 나는 어젯밤 멍 자국을 거울에 비춰보며 개수를 세어봤다. 마흔한 군데였다. 그중에는 큼직한 것도 있었지만, 대부분은 작았다. 엄마 때문에 멍이 드는 건 아니다. 하지만 그래도 엄마가 어쩌다 멍이 들었느냐고 물어봐 주고(엄마도 알고 있을 테지만), 내게 미안해하고(내가 얼마나 힘들었는지 깨달을 테니까), 괴로워하고(적어도 그중 몇 개는 엄마 탓이니까), 죽어서 나를 홀로 남겨두는 일이 절대 없도록 하겠다고 약속했으면 좋겠다. 하지만 엄마는 아무 말도 하지 않았다. 멍을 볼 때 엄마 눈에 떠오른 표정조차 볼 수가 없었다. 셔츠를 주머니처럼, 혹은 해골처럼 머리에 뒤집어써서 얼굴을 덮고 있었으니까.

나의 감정들

스피커에서 항공편을 알리고 있다.   우리는 듣지 않고 있어.
뭐라고 떠들건 상관없어, 우리는 어디에도 가지 않을 테니까.
벌써 네가 그립구나, 오스카.   너와 함께 있을 때조차 네가 그리웠
단다.
그게 바로 내 문제였어.   나는 이미 갖고 있는 것도 그리워해서,
늘 온통 그리운 것들 속에 묻혀 있지.
새로운 페이지를 펼칠 때마다, 나는 네 할아버지를 쳐다본단다.
그의 얼굴을 보면 마음이 푹 놓이지.   아무 일도 없을 것 같은 기분
이야.   그는 어깨를 잔뜩 움츠리고 있어.   등은 굽었고.   드레스
덴에서는 거인이었는데.   그의 손이 여전히 거칠어서 기쁘단다.
조각을 아직 놓지 않은 거야.
그가 아직도 결혼반지를 끼고 있다는 걸 이제야 알았단다.   돌아
왔을 때 낀 건지, 아니면 내내 끼고 있었던 건지 모르겠어.   여기 오
기 전에 아파트 문을 잠갔지.   불을 끄고 수도꼭지도 모두 단단히

잠가두었단다. 자기가 살던 곳에 안녕을 고하기란 힘든 일이야. 사람과 이별하는 것 못지않게 힘들지도 몰라.

우리는 결혼 후에 그 집으로 옮겼단다. 그의 아파트보다 방이 더 많았어. 그런 집이 필요했거든. 동물들이 다 들어갈 방도 있어야 하고, 우리 사이에도 방이 있어야 했으니까. 네 할아버지는 제일 값비싼 보험 증권을 샀지. 보험회사 사람이 사진을 찍으러 왔어. 무슨 일이 생기면, 그들이 아파트를 예전 모습 그대로 다시 지어줄 수 있도록 말이야. 그는 필름 한 통을 다 썼어. 마루 사진, 벽난로 사진, 욕조 사진을 찍었지. 난 내가 소유한 것과 나 자신을 혼동한 적이 한번도 없었어. 그 남자가 간 다음, 네 할아버지는 자기 카메라를 꺼내더니 더 많은 사진을 찍기 시작했어.

뭐 하는 거예요? 내가 물었지.

유비무환이오. 그가 이렇게 썼어. 그때는 그의 말이 옳다고 생각했지만, 이제는 확신이 서지 않는구나.

그는 모든 것을 다 찍었단다. 벽장 속의 선반 밑면도. 거울 뒤도. 심지어 부서진 것까지. 기억하고 싶지 않을 만한 것도. 사진을 테이프로 이어 붙이면 고대로 아파트가 되었을 거야.

그리고 문손잡이도. 그는 아파트의 문손잡이란 손잡이는 죄다 찍었어. 하나도 빠짐없이. 온 세상과 미래가 손잡이 하나하나에 달려 있다는 듯이. 언젠가 정말로 사진이 필요한 날이 온다면 손잡이 생각이 날 거라는 듯이.

왜 그게 그렇게 보기 싫었는지 알 수가 없구나.

나는 그에게 말했단다, 저 문손잡이들은 썩 좋은 것도 아니에요.

그가 이렇게 썼지, 하지만 우리의 문손잡이요.

나 또한 그의 것이었지.

그는 내 사진은 한 장도 찍지 않았고, 우리는 생명 보험에도 들지 않았어.

그는 서랍에 집 안을 찍은 사진 한 벌을 넣어두었어. 또 한 벌은 행여 집에 무슨 일이 생길 경우를 대비해 항상 몸에 지니고 다닐 수 있도록, 그의 공책에 테이프로 감아두었지.

우리 결혼 생활이 불행했던 것은 아니란다, 오스카. 그는 어떻게 하면 나를 웃게 할 수 있는지 알고 있었어. 또 가끔은 내가 그를 웃게 만들기도 했지. 우리는 규칙을 만들어야 했지만, 상관없었어. 양보를 하면 문제될 게 없지. 거의 모든 것을 양보해야 한다 해도 말이다.

그는 보석상에 일자리를 얻었단다. 기계를 다룰 줄 알았거든. 그는 정말 열심히 일해서 부지배인이 되고, 곧 지배인이 되었어. 그는 보석을 좋아하지 않았어. 증오했지. 보석은 조각과는 극과 극이라고 말하곤 했어.

하지만 생계 수단이니까. 그는 괜찮다고 했어.

우리는 썩 좋은 동네는 아니었지만 인근에 우리 가게를 내게 됐어. 아침 11시부터 저녁 6시까지 열었지.

하지만 언제나 할 일이 있었단다.

우리는 생계를 꾸려가는 데 온 힘을 다 바쳤어.

가끔 그는 일이 끝난 후 공항에 가곤 했지. 그에게 신문과 잡지를 갖다 달라고 부탁했어. 처음에는 미국식 표현을 배우고 싶어서였단다. 하지만 포기해 버렸어. 그래도 여전히 갔다 와달라고 부탁했지. 그는 가도 좋다는 내 허락을 원했거든. 친절한 의도에서 그를 보낸 것은 아니었어.

우리는 정말 열심히 노력했어. 언제나 서로를 도우려고 애썼지.

그렇다고 우리가 무력했다는 건 아니야. 내가 그를 위해 물건들을 구해 와야 하는 것과 마찬가지로, 그도 내게 물건들을 갖다 주어야 했어. 그것이 우리에게 목표를 주었어. 때때로 내가 원하지도 않는 것을, 단지 그가 나를 위해 갖고 오게 만들려고 부탁하기도 했지. 우리는 서로가 서로를 도울 수 있도록 돕는 데 온 힘을 다 바쳤어. 나는 그의 슬리퍼를 샀지. 그는 내게 차를 타주었어. 나는 그가 냉방 장치를 세게 틀 수 있도록 일부러 난방을 올렸어. 그가 냉방 장치를 켜면 나는 다시 난방 장치를 세게 틀 수 있었고. 그의 손은 여전히 예전 그대로 거칠었어.

할로윈이 되었단다. 아파트로 이사 온 후 처음 맞는 할로윈이었지. 초인종이 울렸어. 네 할아버지는 공항에 가고 없었어. 문을 열자 한 아이가 눈만 보이도록 구멍을 뚫은 흰 시트를 뒤집어쓴 채 문 앞에 서 있었어. 과잘 주지 않으면 장난칠 거예요! 아이가 말했지. 나는 뒤로 한 발짝 물러섰어.

누구니?

유령이에요!

왜 그런 것을 뒤집어썼니?

할로윈이니까요!

무슨 말인지 모르겠다.

아이들이 분장을 하고 문을 두드리면, 사탕을 주는 거예요.

사탕이 없는데.

오늘은 할로윈이란 말이에요!

나는 아이에게 기다리라고 말했지. 침실로 가서, 매트리스 밑에서 봉투를 꺼냈어. 우리의 저축. 우리의 생활비. 나는 백 달러짜리 지폐 두 장을 꺼내 다른 봉투에 넣은 후 유령에게 내밀었지.

아이한테 돈을 주어 쫓아버린 거야.

나는 문을 닫고 아이들이 더 이상 우리 집 초인종을 울리지 않도록 불을 다 껐단다.

동물들도 사태를 파악했는지 나를 둘러싸고 안기려 하더구나. 그날 밤 네 할아버지가 돌아왔을 때 난 아무 얘기도 하지 않았어. 잡지와 신문들을 갖다 주어서 고맙다고 했지. 손님용 침실로 가서 글을 쓰는 척했어. 스페이스 바를 치고 치고 또 쳤어. 내 자서전은 공백이었어.

날짜는 한 번에 하루씩 지나갔지. 어떤 때는 한 번에 하루가 채 다 지나가지 않는 날도 있었어. 우리는 서로를 마주 보고 머릿속에 지도를 그렸어. 나는 그에게 내 눈이 별로라고 말했어. 그가 나에게 관심을 가져주기를 바랐거든. 우리는 아파트 안에서 그 안에 들어갈 수는 있어도 존재할 수는 없는 안전한 장소들을 만들었어.

그를 위해서라면 뭐든 다 했을 텐데. 어쩌면 그게 내 병이었는지도 몰라.

우리는 불을 꺼둔 채 무의 공간에서 사랑을 나눴다. 울고 싶었어. 우리는 서로를 볼 수가 없었어. 항상 마주 보지 않은 채 뒤에서 사랑을 나눠야 했단다. 처음 했을 때처럼 말이야. 그의 마음속 어디에도 내가 없다는 것을 알았어.

그는 내 옆구리를 꽉 껴안고 아주 세게 밀어붙였어. 나를 뚫고 다른 어딘가로 가려는 것처럼.

왜 누구나 사랑을 할까?

일 년이 지나갔어. 또 일 년. 또 일 년. 또 일 년이.

우리는 생계를 꾸려나갔어.

나는 그 유령을 잊을 수가 없었어.

아이가 필요했단다.

아이가 필요하다는 것이 무슨 의미겠니?

어느 아침 잠에서 깨어났을 때, 문득 내 한가운데 구멍이 뻥 뚫려 있다는 것을 알았어. 내 삶을 양보할 수는 있지만, 내 뒤에 올 생명까지 양보할 수 있는 건 아니라는 것을 깨달았지. 말로 설명할 수는 없었어. 필요는 설명보다 앞서는 것이거든.

내가 나약해서 그런 건 아니었어. 하지만 강해서도 아니었지. 필요해서였어. 난 아이가 필요했어.

그에게는 그 사실을 감추려고 했단다. 너무 늦어서 손쓸 도리가 없게 될 때까지 말하지 않고 기다리려고 했어. 그건 최후까지 숨겨야 할 비밀이었어. 생명. 나는 그 비밀을 내 속에 꽁꽁 숨겨두었지. 그 비밀을 지니고 다녔어. 그의 책 속에 있는 아파트처럼 말이야. 헐렁한 셔츠를 입었단다. 앉을 때는 꼭 무릎 위에 베개를 올려놓았어. 무의 공간 외의 장소에서는 옷을 벗지 않았지.

하지만 영원히 비밀을 품고 있을 수는 없었어.

우리는 어둠 속에서 침대에 누워 있었어. 어떻게 그 말을 해야 할지 몰랐단다. 아니, 알기는 했지만, 말할 수가 없었어. 나는 침대 옆 탁자에서 그의 공책 한 권을 집었어.

아파트는 칠흑같이 깜깜했어.

램프를 켰단다.

우리 주변이 환히 밝아왔어.

아파트는 더 어두워졌지.

나는 이렇게 썼어, 나 임신했어요.

공책을 그에게 건넸어. 그는 읽었어.

그는 펜을 들어 이렇게 썼어, 어떻게 그럴 수가?

나는 이렇게 썼지, 제가 그렇게 만들었어요.

그가 썼어, 하지만 우리는 규칙을 정했잖소.

다음 페이지는 문손잡이였어.

나는 페이지를 넘겨 이렇게 썼어, 제가 규칙을 깨뜨렸어요.

그는 일어나 침대에 앉았어.   시간이 얼마나 흘렀는지 모르겠구나.

그가 이렇게 썼어, 다 잘될 거요.

나는 잘되는 것만으로는 충분치 않다고 말했어.

다 ~~잘될~~ 완벽할 거요.

나는 그에게 거짓말로 지킬 수 있는 것은 아무것도 남아 있지 않다고 말했지.

다 ~~잘될 완벽할~~ 거요.

나는 울기 시작했어.

그의 앞에서 울어보기는 처음이었어.   사랑을 나누고 싶었어.

나는 그에게 여러 해 전 우리가 처음으로 무의 공간을 만들었을 때부터 내가 알아야 했던 것을 물어봤어.

우리는 뭔가요?   존재인가요 무인가요?

그는 내 얼굴에 손을 덮었다가 다시 들어 올렸어.

그것이 무슨 의미인지 나는 알 수 없었어.

다음 날 아침 일어나 보니 심한 독감에 걸려 있었어.

병이 난 것이 아이 때문인지 네 할아버지 때문인지 알 수가 없었단다.

그가 공항으로 떠나기 전, 그에게 인사를 하면서 여행 가방을 들어봤는데, 묵직하더구나.

그렇게 그가 나를 떠나려 한다는 것을 알았단다.

그를 붙잡아야 하는 건지 의문스러웠어. 그를 바닥에 넘어뜨려 억지로 나를 사랑하게 한다면. 그의 어깨를 움켜쥐고 얼굴에 대고 악을 쓰고 싶었단다.

나는 그를 공항까지 따라갔어.

오전 내내 그를 관찰했지. 그에게 어떻게 말을 걸어야 할지 알 수가 없었어. 그가 공책에 뭔가를 쓰는 모습을 지켜봤어. 그가 사람들에게 몇 시냐고 묻는 모습을 지켜봤지. 모두들 벽에 걸린 커다란 노란 시계를 가리켰지만.

멀리서 그를 보고 있으려니 기분이 참 이상했어. 너무나 비참했어. 아파트에서는 그를 돌봐 줄 수 없었으니까, 바깥세상에서는 보살펴 주고 싶었지. 누구도 당해서는 안 될 온갖 끔찍한 것들로 부터 그를 지켜주고 싶었단다.

난 그에게 아주 가까이 다가갔어. 바로 등 뒤까지 갔지. 그가 적는 것을 들여다봤어. 우리가 살아야 한다는 것은 치욕이다. 그러나 우리 삶이 단 한 번뿐이라는 것은 비극이다. 나는 뒤로 물러섰어. 그렇게 가까이 서 있을 수가 없었어. 바로 그때조차.

기둥 뒤에서 그가 계속 뭔가를 적고, 시간을 묻고, 거친 손을 무릎에 비비는 모습을 지켜봤지. 예와 아니요, 를.

나는 그가 표를 사려고 줄 서는 모습을 보았어.

생각했지, 대체 언제 그가 떠나지 못하도록 막아야 할까?

그에게 어떻게 부탁할지 아니면 어떻게 얘기할지 그것도 아니면 어떻게 애원할지 알지 못했어.

그가 줄 맨 앞까지 갔을 때 나는 그에게 다가갔어.

그의 어깨를 만졌지.

난 볼 수 있어요, 이렇게 말했어. 얼마나 바보 같은 소리인지.

내 눈은 별로예요. 하지만 볼 수는 있어요.

여기에서 뭐 하는 거요? 그가 손으로 썼어.

난 갑자기 부끄러워졌단다. 부끄러워본 적은 별로 없었는데 말이야. 수치심을 느낀 적이야 많았지. 부끄러움은 자기가 원하는 것으로부터 고개를 돌릴 때 느끼는 감정이지. 수치심은 원하지 않는 것으로부터 고개를 돌릴 때 느끼는 감정이고.

당신이 떠나려 한다는 걸 알아요. 내가 말했어.

집에 가요, 그가 적었어. 당신은 침대에 있어야 해요.

좋아요, 내가 말했지. 할 얘기를 어떻게 해야 할지 몰랐어.

내가 집으로 데려다 주리다.

안 돼요. 집에 가고 싶지 않아요.

그가 이렇게 썼어. 당신 미쳤군. 감기에 걸릴 거요.

벌써 걸렸는걸요.

감기 곱빼기에 걸릴 거요.

그가 농담을 하다니 믿을 수가 없었어. 내가 웃고 있다는 것도 믿을 수가 없었고.

웃다 보니 우리 집 부엌 식탁이 생각났어. 거기서 우리는 웃고 또 웃곤 했지. 그 식탁은 우리가 서로에게 가까울 수 있는 곳이었어. 침대 대신이었지. 우리의 아파트 안에서는 모든 것이 뒤죽박죽이었어. 우리는 식탁 대신 거실 탁자에서 밥을 먹었어. 우리는 창문 가까이에 있고 싶어 했지. 할아버지의 괘종시계 몸통에 빈 공책을 가득 채워 넣었어. 마치 그 공책들이 시간 자체인 양. 다 쓴 공책은 작은 침실의 욕조에 넣었어. 그 욕조는 쓰질 않았으니까. 나는 잠들었을 때 몽유병자처럼 걸어 다녔어.

한번은 샤워기를 틀었단다. 어떤 공책은 물에 둥둥 뜨고, 또 어떤 것은 그 자리에 그대로 있었지.   다음 날 아침 깨어나 내가 한 짓을 보았어.   물은 그가 보낸 나날들로 회색빛이 되었지.

난 미치지 않았어요.   내가 그에게 말했어.

당신은 집에 가야 해요.

난 지쳤어요.   힘들어서 지친 게 아니라, 너무 지겨워서 지쳤어요. 어느 날 아침 잠에서 깨서 더 이상은 빵을 구울 수 없다고 말하는 그런 아내들처럼.

당신은 빵 같은 건 구운 적이 없잖소, 그가 썼어.   우리는 아직도 농담을 하고 있었어.

그럼 내가 문득 잠에서 깨서 빵을 굽는 것과 같다고 해두죠, 내가 말했어, 그럴 때조차 우리는 농담을 하고 있었어.   우리가 농담을 하지 않을 때가 올까?   그건 어떤 걸까?   어떤 느낌일까?

소녀 시절 내 삶은 언제나 점점 더 소리가 커지는 음악 같았어. 모든 것이 나를 감동시켰지.   낯선 사람을 따라가는 개.   그 개를 보면서 만감이 교차했지.   달이 잘못 적힌 달력.   난 그 달력을 보고 울 뻔했어.   정말로 그랬어.   굴뚝에서 피어오른 연기가 끝나는 곳.   식탁 가에 놓인 쓰러진 병.

나는 어떻게 하면 덜 느낄 수 있는지를 배우는 데 평생을 바쳤어.

날이 갈수록 느끼는 감정들이 줄어들었지.

이런 것이 늙어간다는 것일까?   아니면 늙는다는 건 뭔가 더 나쁜 것일까?

슬픔으로부터 자신을 방어하려면, 행복으로부터도 자신을 지킬 수 있어야 한단다.

그는 공책 겉장으로 자기 얼굴을 가렸어.   마치 공책 겉장이 손인 것처럼.   그는 울었어.   누구 때문에 우는 걸까?

애나 때문에?

부모님 때문에?

나 때문에?

자기 자신 때문에?

나는 그에게서 공책을 빼앗았어. 꼭 책이 울고 있는 것처럼 책장 위에서 눈물방울이 굴러 내리고 있었지. 그는 손으로 얼굴을 가렸어.

당신이 우는 모습을 제게 보여주세요. 내가 그에게 말했어.

당신에게 상처 주고 싶진 않아요, 그는 고개를 좌우로 흔들어 이렇게 말했어.

당신이 나에게 상처 주고 싶어 하지 않는다는 것이 내게는 상처예요. 우는 얼굴을 보여주세요.

그는 손을 내렸어. 한쪽 뺨에 '예'가 거꾸로 찍혀 있었지. 또 한쪽 뺨에는 '아니요'가 거꾸로 찍혀 있었어. 그는 여전히 아래를 내려다보고 있었어. 이제 눈물이 뺨을 타고 흘러내리는 대신, 그의 눈에서 바닥으로 뚝뚝 떨어졌어. 우는 얼굴을 보여주세요, 내가 말했지. 그가 꼭 그렇게 해야 할 의무가 있다고 여기지는 않았어. 나 또한 그에게 그렇게 할 의무가 있다고는 생각지 않았고. 우리는 서로에게 그럴 의무가 있었지만, 그건 다른 얘기지.

그는 고개를 들어 나를 바라봤어.

당신에게 화난 거 아니에요, 내가 말했지.

틀림없이 화난 거요.

규칙을 깬 사람은 나인걸요.

하지만 당신이 지킬 수 없는 규칙을 만든 사람은 나요.

내 생각은 정처 없이 떠돌았단다, 오스카. 드레스덴으로 갔다가,

어머니의 목에 걸린 땀에 젖은 진주로 갔지. 아버지의 외투 소매
로 생각이 흘러갔어. 아버지의 팔은 너무나 굵고 강인했어. 내가
살아 있는 한 그 팔이 나를 보호해 줄 거라고 굳게 믿었지. 정말로
그랬어. 아버지를 잃은 후에도. 아버지의 팔에 대한 기억은 그
팔이 그랬던 것처럼 나를 감싸 안아주었거든. 하루하루가 그 전날
에 사슬처럼 이어졌어. 하지만 한 주는 날개를 단 듯 지나갔지.
일 초가 십 년보다 더 빠르다고 믿는 사람은 나같이 살아본 적이 없
는 거야.

왜 날 떠나려 하나요?

그가 썼어, 어떻게 살아야 할지를 모르겠소.

저도 몰라요, 하지만 전 노력하고 있어요.

어떻게 노력해야 할지도 모르겠소.

그에게 하고픈 말이 있었어. 하지만 그 말이 그에게 상처가 될
것을 알고 있었어. 그래서 마음속에 묻어두고 내가 상처 입는 쪽
을 택했지.

나는 그의 몸에 손을 얹었어. 그를 만지는 건 항상 내게 아주 큰
의미가 있었지. 그건 내가 사는 이유였어. 이유는 결코 설명할
수 없었지만. 손끝을 살짝 대는, 아무것도 아닌 접촉이라도 좋았
어. 그의 어깨에 손가락을 댄다든가. 같이 버스에 끼어 앉아 있
을 때 허벅지 바깥쪽이 맞닿는다든가. 설명할 수는 없었지만, 난
그런 접촉이 필요했어. 때때로 우리의 작은 접촉들을 꿰매 한데
이어놓는 상상을 해보았단다. 사랑을 나눌 때는 몇 번이나 서로의
손끝이 상대의 몸을 스칠까? 왜 누구나 사랑을 나누는 것일까?

생각이 어린 시절로 흘러가는구나, 오스카. 내가 계집아이였을
때로. 나는 여기 앉아서 한 움큼의 조약돌을 생각하고 있고, 처음

으로 내 겨드랑이에 털이 난 것을 알아차렸단다.

생각이 어머니의 목 주위를 맴돌고 있어. 어머니의 진주.

처음으로 향수 냄새를 좋아하게 되었을 때랑, 언니와 내가 어두운 침실에서 이불의 온기를 느끼며 누워 있던 때도.

어느 날 밤 난 언니에게 내가 우리 집 창고 뒤에서 본 것을 말했단다. 언니는 내게 그 일에 대해서는 한마디도 않겠다는 약속을 하라고 했어. 난 약속했지.

언니가 키스하는 거 봐도 돼?

우리가 키스하는 걸 보겠다고?

언니가 어디서 키스할 건지 내게 알려주는 거야, 그럼 난 숨어서 구경하면 되지.

언니는 웃음을 터뜨렸어. 좋다는 뜻이었지.

우리는 한밤중에 잠에서 깼어. 누가 먼저 깼는지는 모르겠구나. 아니면 동시에 깼을 수도 있고.

기분이 어때? 내가 언니에게 물었지.

기분이 어떠냐니 뭐가?

키스하는 거.

언니는 깔깔 웃었어.

축축해.

나도 웃었지.

축축하고 따듯하고, 처음에는 아주 이상야릇해.

난 웃었어.

이렇게 하는 거야, 언니는 내 얼굴을 양손으로 움켜잡더니 나를 자기 쪽으로 끌어당겼어.

내 평생 사랑에 빠진 기분을 그렇게 절절히 느껴본 적은 없었어.

그 이후로도 없었고.

우리는 순진했어.

그 침대에서 우리 둘이 키스하는 것보다 더 순진한 행동이 또 있을까?

그것만큼 망가뜨리지 말아야 할 것이 또 있을까?

나는 그에게 말했어. 당신이 그냥 머물러준다면 내가 더 노력할게요.

좋아요, 그가 썼어.

제발 날 떠나지만 말아줘요.

좋소.

이 얘기는 더 할 필요도 없어요.

좋소.

무슨 이유에서인지 구두가 머릿속에 떠오르는구나. 내가 살면서 닳아 해지게 만든 구두가 몇 켤레일까. 몇 번이나 내 발이 구두를 신고 벗었을까. 나는 뒤축이 침대를 향하도록 구두를 침대 발치에 놓아두곤 했지.

굴뚝과 난로로 생각이 흘러가고 있구나.

위에서 울리는 발소리. 양파 튀기는 소리. 쩽그랑 소리를 울리는 크리스털.

우리는 부자가 아니었지만, 부족함은 없었어. 나는 내 침실 창문에서 세상을 구경했지. 난 세상으로부터 안전했어. 하지만 아버지가 불안해하는 모습도 보았지. 전쟁이 다가올수록, 아버지는 점점 더 우리에게서 멀어져갔어. 그것이 아버지가 아는 한 우리를 보호할 수 있는 유일한 방법이었을까? 아버지는 매일 밤 창고에서 여러 시간을 보내셨지. 거기서 주무시는 날도 있었어. 마룻바닥 위에서 말이야.

아버지는 세계를 구하고 싶어 하셨어.   아버지는 그런 분이었어. 하지만 가족을 위험에 빠뜨릴 생각도 없으셨어.   그것도 아버지다운 일이었어.   아버지는 내 생명을, 당신이 구할 수 있을지도 모를 한 생명과 저울질해 보았던 게 틀림없어.   혹은 열 사람의 생명. 어쩌면 백 사람의 생명.   아버지는 내 생명이 백 사람의 생명보다 더 무겁다고 판단하셨던 거야.

그해 겨울 아버지의 머리카락은 하얗게 세었어.   난 눈이 내린 거라고 생각했어.   아버지는 우리에게 다 잘될 거라고 장담하셨지. 난 어린아이였지만, 다 잘되지는 않으리라는 것을 알고 있었어. 그렇다고 아버지가 거짓말쟁이였다는 건 아니야.   아버지다운 말이었던 거지.

내가 강제 노동자에게 답장을 쓰기로 결심한 것은 폭격이 있던 날 아침이었단다.   왜 내가 그렇게 오래 시간을 끌었는지, 무엇 때문에 그때 그에게 편지를 써야겠다는 생각을 했는지는 나도 모르겠다.

그는 내 사진도 같이 보내달라고 부탁했었지.   그런데 마음에 드는 사진이 한 장도 없었어.   이제야 내 어린 시절의 비극이 무엇이었는지 알겠구나.   폭격이 아니었어.   내 사진이 한번도 마음에 든 적이 없다는 것이었어.   좋아할 수가 없었어.

나는 이튿날 사진관에 가서 사진을 찍어야겠다고 마음먹었지.

그날 밤 난 거울 앞에서 내 옷가지들을 전부 다 입어봤어.   못생긴 영화배우가 된 기분이었단다.   어머니께 화장하는 법을 가르쳐달라고 졸랐어.   어머니는 왜 그러느냐고 묻지 않으셨지.

어머니는 뺨에 연지 바르는 법을 보여주셨단다.   눈 화장 하는 법도.   어머니 손이 내 얼굴에 그렇게 많이 닿았던 적은 없었어.   그럴 일이 없었지.

내 이마. 내 턱. 내 관자놀이. 내 목. 어머니는 왜 우셨을까?

난 책상 위에 다 끝내지 못한 편지를 남겨두고 왔단다.

그 편지 때문에 우리 집이 더 잘 타올랐던 거야.

그걸 보기 흉한 사진과 함께 보내버렸어야 했는데.

전부 다 보내버렸어야 했는데.

공항은 오가는 사람들로 발 디딜 틈도 없이 붐볐단다. 하지만 네 할아버지와 나뿐이었어.

나는 그의 공책을 가져다 죽 살펴봤어. 그리고 이 문장을 가리켰어. 얼마나 낙담했는지, 얼마나 애가 닳는지, 얼마나 슬픈지.

그는 공책을 뒤적여 이 문장을 가리켰어, 당신이 내게 그 칼을 건네주었던 식으로.

나는 이 문장을 짚었지, 내가 다른 세상의 다른 사람이라면 다른 일을 했을 텐데.

그는 이 문장을 가리켰어, 가끔씩은 누구나 그냥 사라져버리고 싶을 때가 있어요.

나는 이 문장을 가리켰어, 당신이 스스로를 이해하지 못한다 해도 잘못된 건 아니에요.

그는 이 문장을 가리켰어, 얼마나 슬픈지.

나는 이 문장을 가리켰어, 그리고 단것도 사양하지 않겠어요.

그는 이 문장을 가리켰어, 울고 울고 또 울고

나는 이 문장을 가리켰어, 울지 말아요.

그는 이 문장을 가리켰어, 상심하고 혼란에 빠져서.

나는 이 문장을 가리켰어, 너무 슬퍼요.

그는 이 문장을 가리켰어, 상심하고 혼란에 빠져서.

나는 이 문장을 가리켰어, 존재.

그는 이 문장을 가리켰어, 무.

나는 이 문장을 가리켰어, 존재.

아무도 이 문장을 가리키지는 않았지, 당신을 사랑해요.

그 주위에는 길이 없었어.   우리는 그것을 기어올라 넘을 수도 없었고, 끝이 나올 때까지 걸어갈 수도 없었어.

어떻게 살아야 할지를 배우는 데 한평생이 걸렸다니 한스럽구나, 오스카.   다시 인생을 살 수 있다면 다르게 살 텐데.

내 삶을 바꿀 거야.

피아노 선생님에게 키스를 할 거야.   그가 비웃어도 좋아.

침대에서 메리와 함께 팔짝팔짝 뛸 거야.   바보 같다 해도 상관 없어.

못생긴 사진들을 보내버릴 거야.   수천 장이라도.

어떻게 하면 좋겠소?   그가 이렇게 썼어.

그거야 당신에게 달렸죠.   내가 대답했지.

그는 이렇게 썼어.   집에 가고 싶소.

당신에게 집이란 무엇인가요?

가장 많은 규칙들이 있는 곳.

나는 그를 이해했어.

그럼 우리는 더 많은 규칙을 만들어야겠군요.   내가 말했지.

집을 더 집답게 만들기 위해서라면.

그래요.

좋아요.

우리는 곧장 보석상으로 갔어.   그는 여행 가방을 뒷방에 갖다놓았지.   그날 우리는 에메랄드 귀걸이를 한 쌍 팔았어.   다이아몬드

약혼반지를.　어린 소녀에게 줄 금팔찌를.　브라질에 간다는 사람에게 줄 시계를.

　그날 밤 우리는 침대에서 서로 껴안았지.　그는 내 온몸에 키스를 퍼부었어.　나는 그를 믿었어.　난 바보가 아니었어.　난 그의 아내였어.

　다음 날 아침 그는 공항으로 갔어.　난 감히 그의 여행 가방을 더듬어볼 엄두를 내지 못했단다.

　나는 그가 집에 돌아오기를 기다렸어.

　여러 시간이 지났지.　그리고 몇 분이.

　11시가 되었어도 난 가게를 열지 않았어.

　창가에서 기다렸어.　아직도 그를 믿고 있었어.

　점심도 걸렀지.

　초가 흘러갔어.

　오후가 지나갔단다.　저녁이 왔어.

　저녁도 걸렀어.

　순간들 사이의 빈틈으로 여러 해가 지나갔지.

　네 아빠가 내 배 속에서 발길질을 했단다.

　그는 내게 무엇을 말하려 했을까?

　나는 새장을 창가로 가져갔단다.

　창문을 열고, 새장을 열었어.

　물고기는 배수구에 쏟아 부었어.

　개와 고양이들을 아래층으로 데리고 가서 목줄을 풀어주었어.

　곤충들을 거리에 놓아주었지.

　파충류들도.

　쥐들도.

그들에게 말했어.   가.
너희들 모두.
가.
그러자 그들은 갔단다.
그리고 돌아오지 않았어.

행복, 행복

인터뷰어 그날 아침의 사건을 설명해 주시겠습니까?

토모아시 저는 제 딸아이 마사코와 함께 집을 나섰습니다. 딸애는 일
하러 나가는 길이었죠. 전 친구를 만날 예정이었고요. 그때
공습경보가 울렸습니다. 전 마사코에게 집으로 가겠다고 했
어요. 그 애가 말했죠. "전 사무실에 가봐야겠어요." 전 자질
구레한 집안일을 하면서 경보가 해제되기를 기다렸죠.

침구를 갰습니다. 벽장도 정리하고요. 물걸레로 창문도 닦았
지요. 그때 번쩍하는 섬광이 일었어요. 처음에는 카메라 플
래시이겠거니 생각했죠. 지금 생각하면 어처구니없는 소리
지요. 섬광이 눈을 찔렀어요. 머릿속이 하얘졌습니다. 주변
창문들의 유리가 죄다 산산이 부서지고 있었어요. 어머니가
저한테 조용히 하라고 쉿 하실 때와 같은 소리가 났습니다.

다시 정신을 차려보니, 전 서 있지 않았어요. 다른 방으로 날
아가 있었답니다. 제 손에는 아직 걸레가 쥐어져 있었지만,

이젠 바싹 말라 있었어요. 그때 머릿속에는 온통 딸을 찾아야겠다는 생각뿐이었습니다. 창밖을 내다보니 이웃 사람 한 명이 거의 벌거벗다시피 한 꼴로 서 있더군요. 피부가 몸 전체에서 벗겨져 내리고 있었지 뭡니까. 피부가 손가락 끝에 매달려 있었다니까요. 저는 그에게 무슨 일이 일어난 거냐고 물었지요. 그는 너무나 기진맥진한 나머지 대답도 못 했습니다. 그는 이리저리 사방을 두리번거렸어요. 가족을 찾는구나 싶었어요. 저는 생각했지요. 가야 해. 가서 마사코를 찾아야 해.

저는 신발을 꿰어 신고 공습 대비용 두건을 챙겼습니다. 기차역으로 향했지요. 사람들이 구름처럼 몰려나와 저와 반대 방향으로 움직이고 있었습니다. 그들에게서 구운 오징어 비슷한 냄새가 났어요. 저도 혼비백산해서 제정신이 아니었던가 봅니다. 사람들이 바닷가로 쓸려 올라온 오징어처럼 보였으니 말입니다.

한 어린 소녀가 저를 향해 오는 모습을 보았습니다. 그 애의 피부가 녹아 흘러내리고 있었어요. 마치 밀랍 같았습니다. 그 애는 나지막이 중얼거리고 있었어요. "엄마. 물. 엄마. 물." 전 그 애가 마사코일지도 모른다고 생각했습니다. 하지만 아니었어요. 저는 그 애에게 물을 주지 못했습니다. 지금도 그때 일이 마음에 걸립니다. 하지만 마사코를 찾아야 했어요.

저는 히로시마 역까지 내내 달려갔습니다. 사람들로 북새통을 이루고 있었지요. 어떤 이들은 이미 죽어 있었습니다. 많은 사람들이 땅바닥에 누워 있었어요. 그들은 어머니를 찾으며 물을 달라고 애원했습니다. 저는 토키와 다리로 갔습니다. 딸의 사무실로 가려면 다리를 건너야 했거든요.

인터뷰어   버섯구름을 보셨습니까?

토마야시   아뇨, 구름은 보지 못했습니다.

인터뷰어   버섯구름을 못 보셨다고요?

토마야시   버섯구름은 보지 못했습니다. 마사코를 찾느라 정신이 없었어요.

인터뷰어   하지만 구름이 도시 전체를 뒤덮었는데요?

토마야시   딸애를 찾느라 정신이 없었다니까요. 사람들이 저에게 다리를 넘어갈 수 없다고 말했습니다. 전 딸이 집으로 돌아와 있을지도 모른다고 생각하고, 발길을 돌렸습니다. 니기쓰 신사까지 왔을 때 하늘에서 검은 비가 내리기 시작했습니다. 이게 뭔가 싶었죠.

인터뷰어   검은 비를 좀 설명해 주실 수 있겠습니까?

토모야시   전 집에서 딸을 기다렸습니다. 유리는 다 깨지고 없었지만, 창문을 열어두었죠. 밤새 뜬눈으로 딸애를 기다렸어요. 하지만 그 애는 돌아오지 않았지요. 다음 날 새벽 6시 30분쯤 이시도 씨가 찾아왔습니다. 그이의 딸도 우리 애와 같은 사무실에서 일하고 있었거든요. 그는 마사코의 집이 어디냐고 큰 소리로 외치고 있었습니다. 전 밖으로 달려 나갔지요. "여깁니다, 여기예요!" 이시도 씨는 내게 다가와 이렇게 말했지요. "빨리요! 옷가지를 좀 챙겨서 따님한테 갑시다. 지금 오타 강 강둑에 있어요."

숨이 턱에 닿도록 뛰었지요. 젖 먹던 힘까지 다 내서 뛰었습니다. 토키와 다리에 닿자, 땅바닥에 군인들이 누워 있는 것이 보였습니다. 히로시마 역 주변에서는 더 많은 시체를 보았습니다. 7일 아침에는 6일보다 더 많았지요. 강기슭에 갔더니, 누가 누군지 구분할 수 없을 정도였어요. 나는 계속 마사코를 찾아다녔습니다. 누군가의 외마디 소리가 들렸습니다. "어머니!" 귀에 익은 목소리였어요. 나는 차마 눈 뜨고는 못 볼 몰골을 한 딸애를 찾아냈습니다. 그 애는 요즘도 그런 모습으로 내 꿈속에 나타난답니다. 그 애가 말했어요. "왜 이렇게 오래 걸렸어요."

나는 딸애에게 미안하다고 했지요. "최대한 빨리 온 거란다." 거기에는 우리 둘뿐이었어요. 어떡하면 좋을지 몰랐습니다. 전 간호사가 아니었으니까요. 딸애의 상처에는 구더기가 들끓고 끈적끈적한 누런 액체가 고여 있었습니다. 저는 딸애를 닦아주려고 했지만 피부가 벗겨지고 있었어요. 구더기들 천지였는데도 그것들을 닦아낼 수가 없었습니다. 그랬다가는 피부와 근육까지 다 벗겨져 나갈 터였으니까요. 손으로 일일이 구더기를 집어내는 수밖에 없었지요. 딸애가 무얼 하고 있느냐고 묻더군요. 저는 이렇게 대답했지요. "오, 마사코, 아무것도 아니다." 그 애는 고개를 끄덕였습니다. 아홉 시간 후, 딸애는 숨을 거두었습니다.

인터뷰어 그동안 내내 따님을 팔에 안고 계셨습니까?

토마아시 네. 제 품에 안고 있었습니다. 딸애가 말했어요. "죽고 싶지 않아요." 그래서 제가 그랬습니다. "넌 죽지 않을 거다." 그랬더니 딸애가, "집에 가기 전에는 죽지 않겠다고 약속할게요." 그렇지만 그 애는 고통스러워하며 계속 울부짖었습니다. "어머니."

인터뷰어 이런 얘기를 하신다는 것이 참으로 힘드실 겁니다.

토모아시 여러분의 단체가 증언을 기록하고 있다는 말을 듣고, 꼭 가야 한다고 생각했습니다. 딸애는 제 품 안에서 눈을 감으며 이렇게 말했습니다. "죽고 싶지 않아요." 죽음이란 그런 것입니다. 군인들이 어떤 제복을 입었는가는 중요하지 않습니다. 얼마나 좋은 무기를 가졌는가도 상관없습니다. 제가 봤던 것을 모두가 볼 수만 있다면, 다시는 전쟁 따위는 일어나지 않을 거라고 생각합니다.

인터뷰가 끝나자 나는 카세트 플레이어의 정지 버튼을 눌렀다. 여자 아이들은 울고 있었고, 남자 아이들은 토하는 소리를 내며 장난을 치고 있었다.

"좋아," 키건 선생은 의자에서 일어나 손수건으로 이마를 훔치며 말했다. "오스카가 우리에게 생각할 거리를 많이 던져주었구나." 내가 대꾸했다. "아직 다 안 끝났는데요." "내가 보기엔 이 정도면 충분한 것 같다." 내가 설명했다. "복사열이 폭발 지점에서 일직선으로 뻗어나갔기 때문에, 과학자들은 사이에 있는 물체들의 그림자를 관찰함으로써 여러 다른 지점으로부터 폭심지로 향하는 방향을 판단할 수 있었어요. 그림자로 폭탄의 폭발 높이를 추적할 수 있었고요. 불덩어리는 반경 안의 모든 것을 한순간에 숯덩이로 만들어버리는 효과를 발휘했지요. 굉장하지 않습니까?"

지미 스나이더가 손을 들었다. 나는 그를 호명했다. 그가 질문했다. "넌 왜 그 따위로 생겨먹었니?" 나는 수사법적인 질문이냐고 물었다. 키건 선생은 그에게 교장실로 오라고 말했다. 아이들 몇몇이 킥킥거렸다. 그들의 웃음 속에서 나를 향한 악의를 느꼈지만, 자신감을 잃지 않으려고 애썼다.

"폭발과 관련해 또 하나 흥미로운 특징은 연소 온도와 색의 관계입니다. 어두운 색은 당연히 빛을 흡수하지요. 예를 들어, 두 고수가 벌이는 유명한 체스 경기가 대도시의 한 공원 안 실물 크기의 게임판 위에서 아침에 펼쳐진다고 합시다. 폭탄이 모든 것을 파괴하는 겁니다. 관중석의 구경꾼들, 경기를 촬영하던 사람들, 그들의 검은색 카메라, 시간을 측정하는 시계, 고수들까지도요. 그럼 흰 사각형 모양의 섬 위에 놓인 흰 조각들만 남겠죠."

지미가 교실 밖으로 걸어 나가며 말했다. "이봐, 오스카, 버크민스터가 누구지?" "리처드 버크민스터 풀러는 과학자이자 철학가, 발명가였어. 버키볼로 가장 잘 알려진 측지선 돔을 고안한 것으로 유명한 인물이야. 1983년에 사망했어." 지미가 말했다. "내 말은 네 버크민스터 말이야."

그가 왜 그런 질문을 하는지 의아했다. 바로 몇 주 전 고양이가 몸을 작은 낙하산처럼 만들어 종단 속도에 도달하는 과정을 보여주려고 버크민스터를 학교에 데려와 옥상에서 떨어뜨린 일이 있기 때문이었다. 고양이들은 8층보다는 20층에서 떨어질 때 살아남을 가능성이 더 많다. 8층 정도 높이까지 내려와야 비로소 상황을 파악한 뒤 몸의 힘을 빼고 자세를 바로잡기 때문이다. 나는 이렇게 대답했다. "버크민스터는 내 고양이야."

지미는 나를 손가락질하며 웃어댔다. "하 하!" 아이들도 심술궂게 킬킬거렸다. 뭐가 그렇게 우스운지 이해할 수가 없었다. 키건 선생이 화가 나서 외쳤다. "지미!" 지미가 대꾸했다. "왜 그러세요? 제가 뭘 어쨌는데요?" 장담하건대, 키건 선생도 속으로는 웃고 있었을 것이다.

"제가 하던 얘기로 돌아가서, 그들은 폭발점으로부터 0.5킬로미터쯤 떨어진 지점에서 종이 한 장을 발견했습니다. 글자들은 완전히 타 없어진 상태였지요. 저는 그 글자들이 어떻게 생겼을지 무지무지 궁금했습니다. 그래서 처음에는 제가 직접 글자들을 파내려고 시도해 보았습니다만, 손재주가 따라주질 못해서 조사를 좀 해보았습니다. 그 결과 스프링 가에서 형판 쇠로 찍어내는 일을 전문으로 하는 인쇄업자를 찾아냈습니다. 250달러에 해줄 수 있다고 하더군요. 세금이 포함된 금액이냐고 물었죠. 그는 아니라고 했지만, 제 생각으로는 어쨌거나 그 돈을 들일 가치가 있을 것 같아서, 엄마의 신용카드를 가져갔습니다. 하여간, 그게 이겁니다." 나는 『시간의 역사』첫 면이 일본어로 찍힌 종이를 들어 보였다. 그 내용을 영어로 옮긴 것은 아마존 일본 사이트에서 가져왔다. 나는 반 아이들에게 거북이 이야기를 읽어주었다.

그날은 수요일이었다.

나는 휴일인 목요일을 도서관에서 《아메리칸 드러머(American Drummer)》최신호를 읽으며 보냈다. 사서인 히긴스가 나를 위해 특별히 주문해 준 것이었다. 지루했다. 파워스 씨가 나와 함께 실험을 좀 해줄 수 있을까 싶어 과학실로 갔다. 그는 다른 선생들 몇몇과 함께 점심을 먹으러 가기로 했고, 나 혼자 실험실에 놔둘 수는 없다고 말했다. 그래서 나는 화실에서 장신구를 좀 만들었다. 거기서는 혼자 있어도 괜찮으니까.

금요일, 지미 스나이더가 운동장 건너편에서 나를 불렀다. 그는 친구들 한 무더기를 이끌고 내게 다가왔다. 그가 말했다. "어이, 오스카, 딸딸이 칠래 아니면 에머 왓슨더러 빨아달라고 할래?" 나는 에머 왓슨이 누구인지 모르겠다고 대답했다. 매트 콜버가 말했다. "헤

르미온이잖아, 이 저능아야." "헤르미온이 누군데? 그리고 난 저능아가 아니야." 데이브 맬런이 말했다. 「해리 포터」에 나오잖아, 이 호모 새끼야." 스티브 위커도 한마디 했다. "젖꼭지가 얼마나 예쁘다고." 제이크 라일리가 말했다. "딸딸이가 좋아 오럴이 좋아?" 내가 대꾸했다. "난 그 애를 만나본 적도 없어."

새와 벌에 대해서라면 많이 알아도, 성(性)에 대해서는 그다지 아는 바가 없다. 내가 아는 것은 모두 인터넷으로 독학한 것뿐이다. 물어볼 사람이 아무도 없으니까. 예를 들어, 페니스를 남의 입에 넣으면 그 사람에게 오럴 섹스를 해주는 것이다. 또 자지가 페니스이고, 음경도 페니스를 가리킨다는 것도 알고 있다. 물론 거대 심볼도 안다. 섹스를 할 때는 여자의 질이 젖는다는 것도 안다. 질이 무엇으로 젖는지는 모르지만. 질이 보지도 되고, 항문도 된다는 것도 안다. 딜도*가 뭔지는 알아도, 정액이 뭔지는 정확히 모른다. 항문 섹스가 항문으로 성교하는 것이라는 것도 알지만, 차라리 몰랐으면 좋을 뻔했다.

지미 스나이더가 내 어깨를 밀어붙이며 말했다. "네 엄마는 창녀라고 말해 봐." 내가 말했다. "네 엄마는 창녀야." "네 엄마가 창녀라고 말하라고." "네 엄마는 창녀야." "'우리' '엄마는' '창녀다' 이렇게 말하란 말이야." "네 엄마는 창녀야." 매트와 데이브와 스티브와 제이크는 배꼽을 잡고 웃었지만, 지미는 진짜로 진짜로 화가 났다. 그는 주먹을 쳐들고 말했다. "너 이제 죽었어." 나는 주변을 둘러보며 선생님을 찾았지만, 아무도 눈에 띄지 않았다. "우리 엄마는 창녀야." 내가 말했다. 나는 안으로 들어가 『시간의 역사』를 몇 줄 더 읽

---

* 남자 성기 모양의 기구.

었다. 그러다가 샤프펜슬을 망가뜨렸다. 집으로 돌아오니, 스탠 아저씨가 말했다. "편지 왔다!"

친애하는 오스카,
외상값 76.50달러를 부쳐줘서 고맙다. 솔직히 말하자면, 그 돈을 받을 거란 기대는 전혀 안 했어. 이제 세상 사람들을 다 믿을 거야.

(택시 운전사) 마티 마할트라
추신. 팁은 없어?

나는 그날 밤 7분을 세고, 그다음에는 14분, 그다음에는 30분을 세었다. 아무리 해도 잠을 잘 수가 없었다. 그 다음 날 자물쇠를 찾으러 갈 수 있다는 생각에 너무 흥분해 있었다. 나는 비버처럼 발명품을 궁리해 내기 시작했다. 2003년 전화번호부에 이름이 실린 사람들이 모두 죽으려면 백 년은 걸릴 거라는 생각을 하다가, 언젠가 민치네 집에서 보았던 텔레비전 쇼에서 어떤 사람이 손으로 전화번호부를 동강내는 묘기를 하던 생각이 났다. 백 년 후 누군가 2003년 전화번호부를 반으로 찢지는 말았으면 좋겠다. 거기 실린 사람은 모두 죽고 없겠지만, 그래도 기분이 이상할 것 같았다. 그래서 나는 블랙박스 전화번호부를 발명했다. 그 전화번호부는 비행기의 블랙박스와 똑같은 재질로 만들어졌다. 그래도 잠이 안 왔다.
뒷면에서 크렘 브륄레* 맛이 나는 우표도 발명했다.
그래도 잘 수가 없었다.

---

* 계란과 크림, 설탕을 섞어 구운 프랑스 과자.

맹도견한테 폭탄 탐지 훈련을 시켜서 폭탄 탐지 맹도견으로 만들면 어떨까? 그렇게 하면 맹인들이 맹도견과 함께 돌아다니면서 보수도 받고 우리 사회의 일원으로 기여할 수도 있을 것이고, 우리는 더 안전해질 것이다. 잠은 점점 더 멀리 달아났다.

잠에서 깨어났을 때는 토요일이었다.

나는 블랙 씨를 데리러 위층으로 올라갔다. 그는 문 앞에서 자기 귀에 손가락을 바짝 대고 똑똑 꺾으면서 기다리고 있었다. "이건 뭐냐?" 내가 그를 위해 만든 선물을 건네자 그가 물었다. 나는 아빠가 곧잘 그랬듯 어깨를 으쓱했다. "내가 이걸 뭣에 쓰겠냐?" "열어보세요." 하지만 나는 기쁨을 참지 못하고, 그가 상자를 싼 종이를 벗겨내기도 전에 말해 버리고 말았다. "제가 할아버지를 위해 나침반 펜던트를 달아 만든 목걸이에요. 침대를 기준으로 할아버지가 어디에 계신지 알 수 있게요." 그는 상자를 열어보더니 말했다. "참 착하기도 하지!" "네." 나는 더 빨리 열어드리려고 그의 손에서 상자를 받았다. "아파트 밖에서는 아마 소용이 없을 거예요. 침대에서 멀어질수록 침대의 자기장이 약해지니까요. 하지만 아직은 괜찮아요." 내가 목걸이를 건네자 그는 그것을 목에 걸었다. 나침반은 침대가 북쪽에 있다고 가리켰다.

"그럼 어디로 갈 거냐?" 그가 물었다. "브롱크스요." "IRT*를 타고?" "그게 뭔데요?" "IRT 전철 말이야." "IRT 전철 같은 건 없어요. 그리고 전 대중교통은 타지 않는걸요." "왜?" "확실한 표적이 되니까요." "그럼 거기까지 어떻게 갈 셈이냐?" "걸어가죠." "여기서 족히 30킬로미터는 되는걸. 게다가 너 내가 걷는 걸 본 적이 있냐?" "그건

---

* 뉴욕의 지하철 노선명. Interborough Rapid Transit Company.

그러네요." "IRT를 타자꾸나." "거긴 IRT가 없어요." "뭐가 있건, 좌우지간 타자고."

밖으로 나가면서 나는 스탠 아저씨에게 말했다. "스탠 아저씨, 블랙 씨예요. 블랙 씨, 이 분이 스탠 아저씨예요." 블랙 씨가 손을 내밀자, 스탠 아저씨가 손을 맞잡고 흔들었다. 나는 스탠 아저씨에게 말했다. "블랙 씨는 6A에 사세요." 스탠은 손을 거두었으나, 블랙 씨의 기분이 상한 것 같지는 않았다.

브롱크스로 가는 길은 거의 내내 지하였다. 나는 믿을 수 없을 정도로 공포에 질렸지만, 일단 힘든 고비를 넘기고 전철이 지상으로 올라가자 한결 나아졌다. 브롱크스에는 빈 건물이 많았다. 창에 유리가 없는 것으로 보아 알 수 있었다. 그래서 빠른 속도로 지나가면서도 건물 안까지 훤히 들여다볼 수 있었다. 우리는 전철에서 내려 거리로 나섰다. 블랙 씨는 주소를 찾으면서 자기 손을 꼭 잡으라고 했다. 나는 그에게 인종차별주의자냐고 물었다. 그는 사람들 때문이 아니라, 가난한 동네다 보니 신경이 쓰인다고 말했다. 나는 순전히 농담으로 그에게 게이냐고 물었다. 그가 대답했다. "그런 것 같다." "정말요?" 그렇지만 손을 빼지는 않았다. 나는 동성애 혐오자가 아니니까.

건물의 초인종은 망가져 있었다. 그래서 문을 벽돌로 받쳐 활짝 열어놓았다. 아그네스 블랙의 아파트는 3층에 있었는데, 엘리베이터가 없었다. 블랙 씨는 지하철 계단을 오른 것만으로도 충분하다며 자기는 밑에서 기다리겠다고 했다. 그래서 나는 혼자 올라갔다. 복도 바닥은 끈적거렸고, 무슨 이유에서인지 현관문의 구멍들엔 검은색 페인트가 덮어씌워져 있었다. 그 문들 중 한 곳에서 누군가의 노랫소리가 들려왔다. 다른 문들을 통해서는 텔레비전 소리가 들렸다.

나는 아그네스의 문에 열쇠를 꽂아보았지만 들어가지 않았다. 그래서 문을 두드렸다.

휠체어를 탄 자그마한 여자가 문을 열어주었다. 멕시코인 같았다. 아니면 브라질 사람이든가. "실례합니다만, 아그네스 블랙 씨세요?" "난 용어 몬태요." "뭐라고요?" "용어 몬태요." "죄송한데요, 무슨 말씀이신지 잘 알아들을 수가 없어서요. 다시 한 번 조금만 더 분명하게 말씀해 주시겠어요?" "용어 몬태." 나는 기다리라는 의미의 만국 공통어로 허공을 향해 손가락을 세운 다음, 계단 아래 블랙 씨를 불렀다. "영어를 못 하는 것 같아요!" "그럼 무슨 말을 하디?" "무슨 말 할 줄 아세요?" 나는 그녀에게 물었다. 하지만 어리석은 질문임을 깨닫고, 다른 방법으로 접근해 봤다. "프랑스어 할 줄 아세요?(Parlez-vous français?)" "에스파냐어.(Español.)" 그녀가 말했다. "에스파냐어래요." 나는 아래쪽에 대고 고함을 질렀다. "잘됐군!" 그가 맞받아 외쳤다. "돌아다니면서 에스파냐어를 약간 주워들은 게 있지!" 그래서 나는 그녀의 휠체어를 계단 쪽으로 밀고 갔다. 그들은 서로에게 고함을 치며 얘기했다. 목소리는 오가는데 서로 얼굴은 볼 수 없으니 다소 기묘한 상황이었다. 그들이 같이 깔깔대고 웃으면, 그 웃음소리가 계단 위아래로 퍼져나갔다. 블랙 씨가 외쳤다. "오스카!" 그러자 나도 외쳤다. "그건 제 이름이에요. 그렇게 자꾸 부르시면 닳아 없어지겠어요!" 그가 외쳤다. "내려오너라!"

로비로 내려가자, 블랙 씨는 우리가 찾고 있는 사람은 '세계의 창'* 의 웨이트리스였다고 설명해 주었다. "뭐라고요?" "내가 방금 얘기를 나눈 여자는 펠리츠야. 아그네스랑 개인적으로 아는 사이는 아니래.

---

* 세계무역센터 꼭대기 층에 있는 레스토랑.

그래도 이사 올 때 그녀에 대한 얘기를 들었다는구나."정말요?"
"내가 없는 얘기를 지어내겠냐." 우리는 거리로 나가 걷기 시작했
다. 차 한 대가 음악을 엄청나게 크게 틀고 지나갔다. 그 음악 소리
에 내 심장까지 떨렸다. 올려다보니 창문에서 창문으로 이어진 줄에
옷이 널려 있었다. 나는 블랙 씨에게 저것이 소위 말하는 '빨랫줄'
이냐고 물었다. "저게 바로 그거야.""제가 생각했던 것과 같네요."
우리는 좀 더 걸었다. 아이들이 거리에서 돌멩이를 발로 차면서 신
이 나는지 웃음을 터뜨렸다. 블랙 씨는 돌멩이 하나를 집더니 주머
니에 넣었다. 그는 도로 표지판을 보고, 자기 시계를 보았다. 노인 두
엇이 가게 앞 의자에 앉아 있었다. 그들은 시가를 피우면서 텔레비
전 보듯 세상을 구경하고 있었다.

"생각해 보니까 참 묘하네요." 내가 말했다. "뭐가?""아그네스가
거기서 일했다는 것 말이에요. 어쩌면 우리 아빠랑 아는 사이였을지
도 몰라요. 아빠를 몰랐더라도, 그날 아침 아빠한테 서빙을 해주었
을 수도 있어요. 아빠는 바로 그 레스토랑에 계셨으니까요. 모임이
있었거든요. 어쩌면 아그네스가 커피 같은 걸 리필해 주었을지도 몰
라요.""있을 법한 일이구나."

"어쩌면 둘이 같이 죽었을지도 몰라요." 그는 내 말에 대꾸할 말을
찾지 못하는 것 같았다. 당연히 그들은 함께 죽었을 테니까. 진짜 의
문은 그들이 **어떻게** 함께 죽었느냐였다. 레스토랑의 반대편 끝에 있
었는지, 아니면 바로 옆에 있었는지 같은. 어쩌면 그들은 함께 옥상
으로 올라갔을지도 모른다. 사진들 중에는 사람들이 손을 잡고 함께
뛰어내리는 장면도 있었다. 그러니까 그들도 그랬을지 모른다. 아니
면 건물이 무너질 때까지 그저 서로 이야기를 했을지도 모른다. 그
들은 무슨 얘기를 했을까? 공통점이라곤 한 군데도 없었는데, 어쩌

면 아빠는 내 얘기를 했을지도 모른다. 아빠가 그녀에게 무슨 얘기를 했을지 궁금하다. 아빠가 누군가의 손을 잡고 있었다고 생각하면 설명할 수 없는 기분이 들었다.

"아그네스에게 아이가 있었을까요?" 내가 물었다. "그거야 모르지." "그 사람한테 물어봐 주세요." "누구한테?" "돌아가서 지금 저기 사는 여자한테 물어봐 주세요. 아그네스한테 아이가 있었는지 없었는지 틀림없이 알고 있을 거예요." 그는 그 질문이 왜 그렇게 중요한지 묻지 않았고, 펠리츠가 이미 아는 대로 다 말해 주었다고도 하지 않았다. 우리는 세 블록을 되돌아갔다. 나는 계단을 올라가 그녀의 휠체어를 계단으로 밀고 갔고, 그들은 잠시 동안 계단 아래위에서 대화를 나누었다. 그런 다음 블랙 씨가 외쳤다. "아이는 없었대!" 그러나 거짓말일지도 모른다는 의심이 들었다. 나는 에스파냐어를 몰랐지만, 그저 없다는 말만 했다고 하기에는 그들이 너무 한참 동안 얘기한 것 같았다.

지하철을 타러 되돌아가던 중, 갑자기 머리에 어떤 생각이 퍼뜩 떠오르면서 화가 치밀었다. "잠깐만요. 아까 왜 웃으셨어요?" "아까라니?" "맨 처음 그 여자하고 얘기하실 때요. 웃으셨잖아요. 두 사람 다." "모르겠는데." "모르시겠다고요?" "기억이 안 나." "기억을 더 듬어보세요." 그는 잠시 생각했다. "기억할 수가 없어." 일흔일곱 번째 거짓말.

우리는 지하철역 옆에서 한 여자가 식료품 수레 안의 커다란 항아리에 넣고 파는 타말리* 몇 개를 샀다. 평상시에는 한 개씩 따로 포장한 것이나 엄마가 만든 음식이 아니면 잘 먹지 않지만, 그때는 길

---

* 옥수수 가루와 다진 고기를 고추 양념하여 옥수수 껍질에 싸서 찐 멕시코 요리.

가에 앉아서 그것을 먹었다. 블랙 씨가 말했다. "활력이 솟는 것 같구나." "'활력'이 뭔데요?" "기운이 돈다는 뜻이야. 상쾌해졌다고." "저도 활력이 솟아요." 그는 내게 팔을 두르고 말했다. "잘됐구나." "여기에 고기는 손톱만큼도 안 들어갔겠죠? 그렇죠?" 나는 지하철 계단을 오르며 탬버린을 흔들었다. 열차가 지하로 들어갈 때는 숨을 멈췄다.

앨버트 블랙은 몬태나 출신이었다. 그는 배우가 되고 싶었지만, 캘리포니아에는 가고 싶지 않았다. 캘리포니아는 집에서 너무 가까웠다. 배우가 된다는 것은 무엇보다도 자기 아닌 다른 누군가가 된다는 것을 뜻했다.

앨리스 블랙은 믿을 수 없을 만큼 예민했다. 산업용으로 지은 것이라 주거용으로 전용해서는 안 되는 건물에 살고 있었기 때문이다. 그녀는 주택 관리국에서 나온 사람들이 아니라는 확답을 받고서야 문을 열어주었다. 내가 말했다. "문구멍으로 우리를 보시면 되잖아요." 그녀는 내 말대로 하고 나서 마음을 놓았다. "오, 그렇군요." 별일도 다 있다고 생각했지만, 하여간 그녀는 우리를 들어가게 해주었다. 그녀의 손은 숯검정투성이였다. 여기저기 스케치들이 널려 있는 게 보였다. 모두 같은 남자를 그린 것이었다. "마흔 살이신가요?" "난 스물하나야." "전 아홉 살이에요." "난 백세 살이라오." 나는 그녀에게 저 드로잉들을 직접 그렸느냐고 물었다. "응." "몽땅 다요?" "그래." 나는 스케치 속의 남자가 누구냐고는 묻지 않았다. 대답을 들으면 부츠가 무거워질까 봐 겁이 났다. 누군가를 사랑하고 그리워하지 않고서는 그 사람을 저렇게 잔뜩 그릴 리가 없다. 내가 그녀에게 말했다. "엄청나게 아름다우시군요." "고마워." "키스해도 되나요?" 블랙 씨가 팔꿈치로 내 옆구리를 쿡 찌르고는 그녀에게 물었

다. "이 열쇠에 대해 아시는 것이 있습니까?"

친애하는 오스카 셸,

케일리 박사님을 대신해 답장을 보냅니다.

박사님은 최근 콩고로 탐사 여행을 떠나셨거든요.

박사님은 당신이 자신의 코끼리 연구에

뜨거운 관심을 보여주신 데 대해 감사를 전해 달라고

부탁하셨습니다. 박사님의 조수는 저이기 때문에

─그리고 당신도 겪어보셨겠지만, 예산 제한

때문에─지금으로서는 박사님께서 사람을

더 쓰실 수가 없답니다. 그러나 당신이 여전히

관심이 있고 시간이 되신다면, 다음 가을 수단에서

진행하는 프로젝트에서 함께 일할 수 있을 거라고

하셨습니다. (현재 보조금을 신청해 놓은 상태입니다.)

이전 연구 경력, 학부 및 대학원 성적 증명서를 포함한 이력서와

추천서 두 통을 보내주시길 바랍니다.

게리 프랭클린

앨런 블랙은 로어 이스트사이드에서 살고 있는데, 센트럴 파크 남쪽 건물의 경비원으로 일하고 있었다. 우리는 거기서 그를 찾아냈다. 그는 경비원 일에 진절머리가 난다고 말했다. 러시아에서는 기술자였지만, 지금은 머리가 다 녹슬어 버렸다는 것이었다. 그는 우리에게 주머니에 넣고 다니는 작은 휴대용 텔레비전을 보여주었다. "DVD도 볼 수 있어. 이메일 계정이 있으면, 이걸로 메일도 확인할 수 있지." 그가 말했다. 나는 그에게 원한다면 이메일 계정을 만들어

주겠다고 했다. "정말?" 나는 그 텔레비전을 받아 들었다. 익숙하지 않은 것이었지만, 꽤 빨리 구조를 파악하고 모든 설정을 마쳤다. "사용자 이름은 무엇으로 넣어드릴까요?" 나는 '앨런'이나 '앨런블랙', 아니면 별명을 쓰시라고 했다. "아니면 '기술자'로 하시든가요. 멋질 것 같은데요." 그는 손가락으로 턱수염을 매만지며 생각에 잠겼다. 나는 그에게 아이가 있느냐고 물었다. "아들이 하나 있지. 머잖아 내 키를 훌쩍 뛰어넘게 될걸. 나보다 키도 더 크고 더 영리할 거야. 훌륭한 의사가 될 거야. 신경외과의 같은 거. 아니면 변호사가 돼서 연방 대법원에 서든가." "흠, 아드님 이름으로 하셔도 좋을 것 같아요. 혼동이 되지 않을까 싶긴 하지만." "경비원." "뭐라고요?" "'경비원'으로 해줘." "아무거나 원하시는 것으로 하셔도 돼요." "경비원으로 해달라니까." 그래서 '경비원 215'로 하기로 했다. 이미 214명의 경비원이 있었기 때문이다. 헤어질 때 그가 이렇게 말했다. "행운을 빈다, 오스카." "제 이름이 오스카인 줄 어떻게 아셨어요?" 블랙 씨가 말했다. "네가 말해 줬잖아." 그날 오후 집에 돌아와 그에게 이메일을 보냈다. "열쇠에 대해서는 전혀 모르신다니 유감이에요. 하지만 그래도 만나서 기뻤어요."

친애하는 오스카,

당신이 자기 얘기를 조리 있게 하는 것을 보니
똑똑한 젊은이일 거라 생각되지만, 당신을 만나본 적도 없고,
어떤 과학 연구를 했는지도 전혀 모르는 상태에서
추천서를 써드리기는 어렵겠습니다.
제 작업에 대한 친절한 관심에 감사드리고,
당신의 과학 탐사 여행과 그 밖의 일에

행운이 있기를 빕니다.

제인 구달

아널드 블랙은 우리를 보자마자 자기 할 말만 하고는 끝이었다. "도움을 줄 수 없겠구나. 미안하다." 내가 말했다. "하지만 우리가 무슨 일로 도움을 청하는지 아직 말하지도 않았는데요." 그는 울먹울먹하더니, "미안하다."고 말하고 문을 닫아버렸다. 블랙 씨가 말했다. "전진, 앞으로!" 나는 고개를 끄덕이고 속으로 생각했다. **이상해.**

편지 감사합니다. 저에게 오는 편지가 너무 많아서 개인적으로 답장을 쓰지는 못합니다. 그렇더라도 언젠가는 편지를 보내주신 정성에 제대로 보답할 날이 오기를 바라며, 편지들은 모두 다 읽고 잘 모아두고 있습니다. 그날까지 안녕히.

진심을 담아
스티븐 호킹

그 일주일은 열쇠 생각을 할 때를 제외하면 믿을 수 없을 만큼 지루했다. 뉴욕에 맞춰보지 못한 자물쇠가 161,999,999개나 있다는 것을 알고 있었지만, 그래도 꼭 전부 다 넣어본 것만 같은 기분이었다. 호주머니 속에 넣고 다니는 후춧가루 스프레이처럼, 가끔씩 그저 열쇠가 잘 있는지 만져보고 싶었다. 아니면 그와 정반대였다. 나는 열쇠 끈을 조절해 열쇠들——하나는 아파트 열쇠, 하나는 정체불명의 열쇠——이 내 가슴 위에 오도록 했다. 다 좋았지만 딱 하나, 날씨가 너무 추울 때는 좀 난감했다. 그래서 가슴에서 열쇠가 닿는 부분에 반창고를 붙여 열쇠가 그 위에 오게 했다.

월요일은 지루했다.

화요일 오후에는 페인 박사에게 가야 했다. 왜 내게 도움이 필요하다는 건지 이해가 안 되었다. 아빠가 죽었다면 누구든 무거운 부츠를 신고 사는 것이 **당연하고**, 부츠가 무겁지 **않은 사람이 있다면, 그 사람이야말로** 도움이 필요한데 말이다. 하지만 어쨌거나 내 용돈의 인상 여부가 달려 있었기 때문에, 갔다.

"어이, 친구." "전 박사님 친구가 아닌데요." "그래. 그건 그렇고. 오늘 날씨가 아주 근사하구나. 그렇지 않니? 괜찮다면 우리 나가서 공놀이라도 좀 할까." "날씨가 근사하다는 데에는 동감이에요. 하지만 공놀이는 됐어요." "정말?" "스포츠는 재미없어요." "그럼 뭐가 재미있니?" "어떤 대답을 원하시는데요?" "왜 내가 원하는 것이 있을 거라고 생각하지?" "왜 선생님은 저를 바보 천치로 생각하세요?" "널 바보 천치라고 생각하지 않아. 절대 그렇지 않다." "고맙군요." "왜 네가 여기에 왔다고 생각하니, 오스카?" "그건요, 제가 끔찍한 시간을 보내고 있다는 생각으로 우리 엄마가 너무 괴로워하셔서죠." "엄마가 괴로워하신다고?" "사실은 그렇지 않아요. 인생은 원래 끔찍한 거잖아요." "네가 끔찍한 시간을 보내고 있다고 했는데, 그건 무슨 뜻이지?" "제가 계속 감정을 가라앉히지 못한다는 거예요." "지금도 감정적인 상태냐?" "지금 전 엄청나게 감정적이에요." "어떤 감정들을 느끼고 있니?" "모든 감정을 다 느껴요." "예를 들자면…" "지금 전 슬픔, 행복, 분노, 사랑, 죄의식, 기쁨, 수치심을 느끼고 있고, 그리고 약간 즐겁기도 해요. 제 뇌의 일부는 얘기할 수는 없지만 언젠가 치약이 했던 웃기는 일을 떠올리고 있거든요." "넌 굉장히 많은 것을 한꺼번에 느끼는 모양이구나." "치약이 빵 판매전에서 우리가 팔았던 초콜릿 빵에 설사약을 넣었거든요." "재미있구나." "전 모든 감정을 다 느껴요." "너의 그런 감정 과잉이 일상 생활에도 영향을 미치니?" "음, 질문에 대답하자면, 선생님이 진짜 쓰려고 했던 단어는 그게 아닐 것 같은데요. 감정 과잉이요. 하지만 무슨 말씀을 하시려는 건지 알겠어요. 그래요. 혼자 있을 때는 끝내 울음을 터뜨릴 때가 많아요. 학교에 가기가 엄청나게 힘들어요. 또 친구 아파트에서는 잠을 잘 수가 없어요. 엄마와 떨어져 있으면 너무 무섭거든요. 사람들하고도 잘 어울리질 못하겠어요." "네 생각에는 네가 어떤 상태인 것 같니?" "너무 많이 느껴요. 바로 그런 상태예요." "너무 많이 느낀다는 것이 가능하다고 생각하니? 잘못된 식으로 느끼는 건 아니고?" "제 속마음이랑 밖으로 드러나는 모습이 달라요." "겉과 속이 일치하는 사람이 있을까?" "저도 몰라요. 하여튼 전 그래요." "어쩌면 원래 인간이라는 존재가 그런지도 모르지. 겉과 속이 다를 수밖에 없을지도 몰라." "하지만 제 경우에는 더 심해요." "누구나 다 그렇게 생각할 거야." "그럴 수도 있겠죠. 하지만 진짜로 저는 더 심하다고요."

그는 의자에 깊숙이 앉아 책상 위에 펜을 놓았다. "개인적인 질문 좀 해도 될까?" "우리나라는 자유 국가인데요 뭐." "네 음낭에 아주 짧은 털이 난 것을 본 적 있니?" "음낭이라." "페니스 뿌리 근처에 매달려 고환을 감싸고 있는 주머니를 말하는 거야." "불알 말이군요." "맞아." "재미있네요." "한번 생각해 보렴. 잠시 돌아서 있으마." "생각할 필요도 없어요. 제 음낭에 털 같은 건 없는데요." 그는 종이에 뭔가를 썼다. "페인 박사님?" "하워드라고 불러라." "언제 부끄러운 기분이 드는지 말해 보라고 하셨죠." "그래." "지금 부끄러워요." "미안하다. 아주 개인적인 질문이었다는 거 나도 안단다. 그저 한번 물어본 거다. 가끔, 신체 변화가 있을 때 감정적으로 심한 기복을 겪기도 하거든. 네가 겪고 있는 것이 부분적으로는 혹시 신체 변화 탓이 아닌가 생각했단다." "아니에요. 그건 아빠가 그 누구도 상상할 수 없을 만큼 참혹하게 죽은 탓이에요."

우리는 마주 보았다. 나는 절대 먼저 시선을 돌리지 않겠다고 스스로에게 약속했지만, 결국 늘 그랬듯 눈길을 피하고 말았다.

"우리 가벼운 게임 하나 해볼까?" "퍼즐 같은 건가요?" "그렇진 않아." "난 머리 쓰는 게임이 좋은데." "나도 그래. 하지만 이건 그런 게 아니야." "실망이군요." "내가 단어 하나를 말하면, 네가 제일 먼저 떠오르는 걸 말하는 거야. 사람 이름이든, 그냥 소리든 뭐든 말해도 좋아. 아무거나 다 돼. 정답은 없어. 규칙도 없고. 한번 해볼까?" "쏘세요." 그가 말했다. "가족." 내가 대답했다. "가족." "미안하다. 설명이 부족했나 보다. 내가 어떤 단어를 말하면, 너는 제일 먼저 생각나는 것을 말해야 해." "'가족'이라고 하시니까 가족이 생각났어요." "하지만 같은 단어는 피하도록 하자꾸나. 알겠니?" "알았어요." "가족." "진한 애무." "진한 애무라고?" "남자가 손가락으로 여자의 음부를 만지는 거요. 맞죠?" "그래, 맞아. 정답은 없으니까. 안전은?" "안전이라고요?" "그래." "네." "배꼽." "배꼽?" "배꼽." "배꼽 말고는 생각나는 것이 없어요." "좋아. 배꼽." "배꼽에 대해서는 아무것도 생각이 안 나요." "깊이 파보렴." "제 배꼽을요?" "네 머릿속을 말이야, 오스카." "아." "배꼽. 배꼽." "항문?" "좋아." "나빠요." "아니, 잘했다는 뜻이야." "제가 잘 **받**아쳤군요." "**바다.**" "물." "축하." "왈, 왈." "그건 짖는 소리니?" "어쨌거나요." "좋아. 훌륭해." "네." "더러운." "배꼽." "불편한." "엄청나게." "노란색." "황인종의 배꼽 색깔." "한 단어로 해야 해. 알겠지?" "규칙이 없는 게임이라더니 규칙이 많네요." "상처." "현실적." "오이." "포마이카." "포마이카라고?" "오이랬잖아요?" "집." "가재도구가 있는 곳." "비상사태." "아빠." "아버지는 비상사태의 원인이니, 해결책이니?" "둘 다요." "행복." "행복이라. 맙소사. 죄송해요." "행복." "모르겠어요." "생각해 봐. 행복." "모르겠다고요." "행복. 좀 더 머리를 짜내 봐." 나는 어깨를 움츠렸다. "행복. 행복." "페인 박사님?" "하워드라고 하라니까." "하워드?" "응?" "부끄러워요."

나는 그에게 아무런 할 말이 없었지만, 우리는 이야기를 주고받으며 남은 사십오 분을 보냈다. 거기 있고 싶지 않았다. 자물쇠를 찾을 수 없다면 어디든 다 싫었다. 엄마가 올 시간이 거의 다 되자, 페인 박사는 다음 주에는 더 잘할 수 있도록 계획을 세웠으면 좋겠다고 말했다. "네가 할 수 있다고 생각하는 것, 마음에 둔 것을 나한테 말해 줄래? 그리고 나서 다음 주에 네가 얼마나 성공적으로 그 일을 해냈는지 함께 얘기해 보자꾸나." "학교에 가도록 노력해 볼게요." "좋아. 아주 좋아. 또?" "저능아들을 좀 더 인내심을 갖고 대하도록 노력해 볼게요." "좋아. 그리고 또?" "모르겠어요. 감정에 휘둘려서 일을 망치지 않도록 노력해 보는 건 어떨까요." "그리고 또?" "엄마한테 더 잘할게요." "그리고?" "아직도 모자라요?" "됐다. 충분해. 그럼 한 가지 물어보마. 네가 말한 것들을 어떻게 해낼 생각이니?" "마음속 깊은 곳에 제 감정을 묻어둘 거예요." "감정을 묻어둔다니, 무슨 뜻이지?" "아무리 많은 감정이 생겨도, 밖으로 드러내지 않겠다는 거예요. 꼭 울어야겠다면 속으로 울 거예요. 피를 흘려야 한다면, 멍들게 하는 거죠. 미쳐버릴 것 같다 해도 세상 사람들한테는 입을 꼭 다물 거예요. 말해 봤자 아무 소용없어요. 남들의 인생까지 구렁텅이에 빠뜨릴 뿐이에요." "하지만 네가 마음속 깊이 네 감정을 묻는다면, 넌 진짜 네가 아니게 될 거야. 그렇지 않겠니?" "그래서요?" "마지막으로 한 가지만 더 물어도 되겠니?" "무슨 질문인데요?" "아버지가 돌아가셔서 좋은 점이 있을 수 있을까?" "아빠가 돌아가셔서 **좋은** 점이 있다고 생각하느냐고요?" "그래. 아버지의 죽음으로 뭔가 잘된 점도 **있다**고 생각하니?" 나는 의자를 걷어차고 그의 서류를 마룻바닥에 내팽개치면서 고래고래 소리를 질렀다. "아니! 있을 리가 없잖아, 이 개새끼야!"

그렇게 하고 싶었다. 하지만 그 대신 어깨만 으쓱하고 말았다.

나는 밖으로 나와 엄마에게 엄마 차례라고 말했다. 엄마는 어땠느냐고 물었다. "괜찮았어요." "네 잡지 엄마 가방 속에 있다. 주스도." "고마워요." 엄마는 허리를 굽혀 내게 키스했다.

엄마가 들어가자, 나는 소리를 죽여 살금살금 내 도구 상자에서 청진기를 꺼낸 다음 무릎을 꿇고 '이름이 뭔지는 모르겠지만 하여튼 청진기 끝'을 문에 갖다 댔다. 벌브라고 하던가? 아빠라면 아실 텐데. 소리가 잘 들리지는 않았다. 어떤 때는 아무도 말을 안 하고 있는 건지, 아니면 말하고 있는데 내가 못 듣는 것인지 확실치가 않았다.

너무 많이 너무 급하게 기대하시면
　저도 알아요
　　　　　　　라고요?
무슨　　　　　　　　　　　　　입니까?
　　　하셨죠?

제 말은 그게 아니에요.

선생님이 느끼실 때까지　　　오스카가 하기는 불가능하다고

282

그러나 그가 느낄 때까지   괜찮다고 느끼는   입니다.

모르겠어요.   문제는
            인가요?
저로서는
         모르시겠습니까?

            설명하려면 시간이 아주 많이

         시작해 보시겠습니까?
시작   쉽게   행복한가요?
뭐가 우습지요?

있었어요   누군가   내게 질문을 하더군요. 그래서
그렇다고 대답할 수 있었죠.   아니면   하지만   더 이
상 간단한 대답을 믿지

어쩌면   잘못된 질문이군요.   상기시키는
단순한 것들이 있어요.

뭐가 단순하죠?
손가락을 몇 개나   들고 있습니까?
그렇게 간단하지 않아요

전 말하고 싶어요   그건 쉽지 않을 거예요.

        생각해 보신 적이 있
뭐라고요?

        어떻게 들리는지.   도중에, 병원에서조차
우리는 보통   안전한 환경이   생각하죠.

        집은 안전한 환경입니다.
도대체 당신은 자신이 어떤 사람이라고 생각하십니까?

미안합니다.
        해서 미안해요. 화나셨군요.
        당신 때문이 아니라   화난
누구에게 화가 나신 겁니까?

같은 과정을 겪는 아이들이   있는 것이 좋

    오스카는   다른 아이들 아니에요.   자기
또래 아이들과 어울리는 것도 좋아

좋은 일인가요?

오스카는 오스카입니다. 다른 누구도   그건 굉장한
거예요.

전 걱정이 되어서   그 애 자신에게

우리가 이런 얘기를 하고 있다니 믿을 수가 없군요.

          모든 것에 대해서   얘기를 있었다는 것을 깨닫고
얘기할 이유가 전혀
그 애 자신에게 위험할까요?

      염려스럽습니다.   아동의 징후들이

      아무리 봐도 방법이   우리 아이를 입원시켜

집으로 돌아오는 차 안에서 우리는 둘 다 아무 말도 하지 않았다.
나는 라디오를 켜고 「헤이 주드」가 나오는 채널을 찾아냈다. 정말
로, 나는 상황을 나쁘게 만들고 싶지는 않았다.* 슬픈 노래를 고르고
싶었고, 상황을 더 낫게 만들고 싶었다.** 단지 방법을 몰랐을 따름

---

* 비틀스의 노래 「헤이 주드」의 가사 중 한 대목을 인용한 것. Hey Jude, Don't make it bad.
* * 마찬가지로 가사의 한 대목. take a sad song, and make it better.

이다.

저녁 식사 후, 나는 내 방으로 올라갔다. 벽장에서 상자를 꺼내고, 상자에서 또 상자를 꺼내고, 바구니, 만들다 만 목도리, 그리고 전화기를 꺼냈다.

네 번째 메시지. 오전 9시 46분. 아빠다. 토머스 셸이야. 토머스 셸이라고. 여보세요? 내 말 들리니? 거기 있니? 전화 좀 받아라. 제발! 받으라고. 난 테이블 밑에 있다. 여보세요? 미안하다. 젖은 냅킨으로 얼굴을 덮고 있어. 여보세요? 아니요. 다른 걸로 해봐요. 여보세요? 미안하다. 사람들이 미쳐가고 있어. 헬리콥터가 주위를 빙빙 돌고 있고, 그리고. 옥상으로 올라갈 것 같다. 사람들 말로는 뭔가 수가 있을 거래. 피란이랄까 —모르겠어요. 저걸 써보세요.—거기 올라가면 탈출할 수 있을 거라는구나. 그렇다면 말이 되지. 헬리콥터가 충분히 접근할 수 있을 거야. 그렇겠지. 제발 전화 좀 받으렴. 몰라요. 네, 저거요. 거기 있니? 저걸 써보라고요.

왜 아빠는 안녕이라고 말하지 않았을까?

가슴에 멍이 들었다.

왜 아빠는 "사랑한다."라고 말하지 않았을까?

수요일은 지루했다.

목요일은 지루했다.

금요일도 지루했다. 금요일이 토요일 바로 전날이라는 점만 제외하면. 그 말은 곧 자물쇠에 훨씬 더 가까워졌다는 뜻이고, 그건 행복이었다.

네가 있는 곳에 왜 나는 없는가

1978. 4. 12.

나의 아이에게, 나는 이 편지를 네 어머니의 아버지의 창고가 있던 자리에서 쓰고 있단다. 그 창고는 이제 여기에 없어. 마룻바닥도 없고 마룻바닥을 덮은 카펫도 없고, 벽도 없고 그 벽의 창문도 없고, 모든 것이 바뀌었어. 지금 이곳은 도서관이란다. 네 할아버지가 아시면 기뻐하실 거다. 땅속에 묻힌 할아버지의 책들이 씨앗이 되어 책 한 권에서 백 권이 나온 셈이니 말이다. 나는 사전으로 둘러싸인 긴 탁자 맨 끝에 앉아 있단다. 가끔 한 권씩 뽑아서 왕이니, 여배우니, 암살자니, 판사니, 인류학자니, 테니스 챔피언이니, 쇼군이니, 정치가니 하는 사람들의 생애를 읽기도 하지. 내 편지를 한 장도 받지 못했다 해서 내가 아예 쓰지도 않았다고는 생각지 마라. 매일 너에게 편지를 쓰고 있단다. 때때로 그날 밤 나에게 무슨 일이 일어났는지 말할 수 있다면 그날 밤을 뒤로 하고 떠날 수 있을 텐데, 네가 있는 집으로 돌아갈 수 있을 텐데 하는 생각도 한단다. 하지만 그날 밤은 시작도 없고 끝도 없어. 내가 태어나기 전부터 시작되었고 아직도 진행 중이지. 나는 드레스덴에서 이 편지를 쓰고 있단다. 네 어머니는 무의 손님용 침실에서 집필하는 중이고. 아니, 아마 그럴 거라고 짐작하고, 그러기를 바란다. 가끔씩 손이 화끈거릴 때면 우리가 동시에 같은 단어를 쓰고 있다고 확신하지. 애나가 내게 타자기를 주었는데, 네 어머니가 자서전을 쓸 때 바로 그 타자기를 사용했지. 폭격이 있기 불과 몇 주 전의 일이었어. 내가 고맙다고 하자, 애나는 이렇게 말했어. "왜 나한테 고마워하는데? 그건 나를 위한 선물이야." "너를 위한 선물이라고?" "넌 나한테 절대 편지를 쓰지 않잖아." "하지만 난 너와 함께 있는걸." "그래서?" "편지는 곁에 없는 사람에게 쓰는 거야." "넌 절대 나를 조각하지 않아. 하지만 적어도 편지 정도는 쓸 수 있겠지." 그것이 사랑의 비극이야. 그리움은 늘 사랑보다 더 강하거든. 나는 그녀에게 말했어. "너도 나한테 편지를 쓰지는 않잖아." "네가 타자기를 준 적이 없으니까." 나는 우리를 위해 미래의 집을 고안해 내기 시작했어. 밤을 꼬박 새워 타자를 쳐서 다음 날 그녀에게 주었단다. 수십 개의 집을 상상했지. 그중에는 마법의 집도 있었고(시간이 멈춘 도시에 있는 정지된 시계가 달린 시계탑이라든가), 평범한 것도 있었어(장미 정원과 공작새가 있는 시골의 부루주아 장원 같은). 하나하나가 모두 그럴싸하고 완벽했어, 네 어머니도 그 편지들을 보았을지 궁금하구나. "사랑하는 애나, 우리 세상에서 제일 높은 사다리 꼭대기에 지은 집에서 살자." "사랑하는 애나, 우리 터키의 산허리에 있는 동굴 속에서 살자." "사랑하는 애나, 우리 벽이 없는 집에서 살자. 그러면 우리가 가는 곳은 어디나 다 우리 집이 될 거야." 자꾸만 더 나은 집을 생각해 내려고 하지는 않았어, 단지 집은 중요하지 않다는 것을 그녀에게 보여주려 했어. 어느 집, 어느 도시, 어느 나라, 어느 세기에서든 살 수 있고, 행복할 수 있다고 말이야. 세상 전체가 우리 집인 것처럼. 모든 것을 잃기 전날 밤, 우리의 마지막 미래의 집을 타자기로 쳤단다. "사랑하는 애나, 우리는 알프스 산을 따라 일렬로 죽 늘어선 집들에서 살 거야. 같은 집에서 두 번 자는 일은 절대 없을 거야. 매일 아침 식사를 하고 나면, 썰매를 타고 다음 집으로 내려가는 거야. 대문을 열면, 먼젓번 집은 무너지고 새집으로 다시 지어지는 거지. 산 아래까지 내려오면, 승강기를 타고 꼭대기로 올라가 다시 처음부터 시작하는 거야." 다음 날 네 어머니에 집으로 가는 길에 그 편지를 가지고 갔단다. 그때 창고에서 무슨 소리가 들려왔어. 지금 내가 너에게 편지를 쓰고 있는 바로 이 자리에서 말이다. 사이먼 골드버그인가 싶었지. 애나의 아버지가 그를 숨겨주고 있다는 것을 알고 있었거든. 매일 밤 애나와 내가 들판으로 살금살금 나갈 때면 그들의 말소리가 들려왔어. 그들은 언제나 소리 죽여 소곤거렸지. 빨랫줄에서 검댕 얼룩이 진 그의 셔츠를 본 적도 있단다. 그들에게 들키고 싶지 않아서, 조용히 벽에서 책을 한 권 빼냈지. 애나의 아버지, 그러니까 네 할아버지는 얼굴을 손에 묻은 채 의자에 앉아 있었어. 그는 나의 영웅이었지. 그때를 돌이켜 생각할 때, 난 그분이 얼굴을 손에 묻은 모습은 보지 않아. 그런 모습을 한 그를 보지 않을 거야. 나는 손에 든 책을 본다. 삽화가 있는 오비디우스의 『변신론』이었어. 미국에서 그 판본을 찾으려 한 적이 있었지. 마치 그 책을 찾아내 다시 창고 벽에 꽂아 넣으면 얼굴을 손으로 가린 내 영웅의 모습을 가리고, 내 인생과 역사를 그 순간에 정지시킬 수 있다는 듯이 말이야. 뉴욕의 서점이란 서점은 다 뒤졌지만, 결국 그 책을 찾을 수는 없었단다. 빛이 벽의 구멍을 통해 방 안으로 쏟아져 들어가자, 네 할아버지는 고개를 들고 책장으로 다가왔단다. 우리는 『변신론』이 빠진 자리를 통해 서

로를 마주 보았어. 나는 그에게 무슨 문제가 있느냐고 물었고, 그는
아무 말도 하지 않았지. 그의 얼굴의 세로로 긴 모습, 그 얼굴의 책
등만 볼 수 있었지, 우리는 마침내 모든 것이 불꽃으로 폭발하는 듯
한 느낌이 들 때까지 서로를 바라봤지. 내 인생의 침묵이었어. 나는
애나를 그녀의 방에서 찾아냈어. "안녕." "안녕." "방금 너희 아버지
를 만났어." "창고에서?" "화가 나신 것 같던데." "아빠는 더 이상 그
일에 말려들길 원치 않으셔." "곧 다 끝날 거야." "네가 어떻게 알
아?" "다들 그렇게 말하던걸." "사람들이 하는 말들은 항상 틀려."
"끝날 거야. 그러면 생활도 예전으로 되돌아갈 거고." 그녀가 말했
다. "어린애처럼 굴지 마." "나를 피하지 마." 그녀는 나를 보려 하지
않았단다. 내가 물었지. "무슨 일 있어?" 그녀가 우는 모습은 한번도
본 적이 없었어. "울지 마." 그녀가 말했어. "나한테 손대지 마." 내
가 물었지. "무슨 일이야?" "제발 부탁이니까 입 좀 다물고 있어!"
우리는 말없이 그녀의 침대 위에 앉았어. 침묵이 손처럼 우리를 내
리눌렀어. 내가 말했지. "그게 무슨 일이든……" 그녀가 말했단다.
"나 임신했어." 우리가 그때 서로에게 무슨 말을 했는지 적을 수가
없구나. 내가 자리를 뜨기 전, 그녀가 말했단다. "제발 미친듯이 기
뻐해 줘." 나는 그녀에게 기쁘다고, 당연히 기쁘다고 말하고 키스해
주었지. 그녀의 배에도 입을 맞췄어. 그것이 마지막으로 본 그녀의
모습이었단다. 그날 밤 9시 30분, 공습경보가 울렸어. 모두들 방공
호로 갔지만, 아무도 서두르지 않았단다. 경보가 한두 번 들어본 것
도 아니고, 이번에도 또 잘못된 경보이겠거니 했거든. 뭐 하러 드레
스덴에 폭격을 퍼붓겠니? 동네 사람들은 집 안의 불을 끄고 은신처
로 줄지어 들어갔단다, 나는 계단에서 기다리며 애나 생각을 했어,
쥐 죽은 듯 정적만 흘렀고, 내 손도 보이지 않을 만큼 깜깜했어. 비

행기 백 대가 머리 위를 날았갔어. 거대한 비행기들이 물속을 가르는 백 마리의 고래처럼 밤을 뚫고 지나갔어. 비행기들은 뒤따르는 동료를 위해 암흑을 밝힐 붉은 조명탄 다발을 떨어뜨렸지, 나는 거리에 혼자 서 있었어, 붉은 조명탄 수천 발이 내 주위로 떨어졌단다, 상상도 못 할 일이 막 벌어질 참이라는 것을 알았어, 나는 애나 생각을 하고 있었고, 미칠 듯이 기뻤지. 나는 한 번에 계단을 네 개씩 뛰어 내려갔어. 그들이 내 표정을 보았어. 내가 미처 뭔가 말하기도 전에──내가 무슨 말을 하려 했던가?──끔찍한 소리가 들려왔어. 관중들이 우리를 향해 보내는 박수갈채 소리처럼 폭발음이 빠르게 다가왔어. 그때 그들은 우리 머리 위에 있었단다, 우리는 구석으로 날아갔어. 지하실은 불꽃과 연기로 가득 찼지. 더 강력한 폭발에 벽이 바닥에서 날아가고 그 벌어진 틈새로 빛이 홍수처럼 쏟아져 들어오더니 다시 땅으로 포탄이 쏟아졌어. 주황색과 푸른색의 폭발, 보라색과 하얀색, 나중에 읽은 바로는 첫 번째 폭격은 삼십 분도 채 안 걸렸다더구나. 하지만 며칠, 몇 주같이 느껴졌어. 세상이 종말을 맞은 것 같았지. 폭격은 사실상으로 시작돼자마자 끝난 셈이었는데, "괜찮아요?" "괜찮아?" "괜찮아?" 우리는 황록색 연기로 자욱해서 아무것도 알아볼 수 없는 지하실에서 뛰쳐나왔지. 삼십 분 전까지만 해도 난 현관 계단에 있었는데, 이제는 거리도 집도 현관도 없고 어디에나 불길뿐이었어, 우리 집에 남은 것이라곤 대문을 굳게 받치고 있던 건물 정면의 파편, 불길 속을 마구 달려가는 말 한 마리의 모습뿐이었지, 불타는 차량과 수레들 속에서 피난민들도 불타고 있었어, 사람들이 비명을 지르고 있었어. 나는 부모님께 애나를 찾으러 가야 한다고 말했단다. 어머니는 같이 있자고 하셨어. 나는 우리 집 대문 앞에서 다시 만나자고 했단다, 아버지는 가지 말고 있으라고 애원하셨지, 문고리를 잡자 손바닥이 벗겨졌어, 붉고 고동치는 근육이 보였지. 왜 나는 다른 손으로 문고리를 잡았을까? 아버지가 내게 소리쳤어, 아버지가 내게 소리를 지르신 건 처음이었단다, 뭐라고 하셨는지는 적을 수가 없구나, 나는 부모님께 우리 집 문 앞에서 다시 만나자고 말했어, 아버지가 내 얼굴을 한 대 치셨지, 아버지가 나를 치신 것도 처음이었어, 그것이 내가 본 부모님의 마지막 모습이었어. 애나의 집으로 가는 도중에 두 번째 공습이 시작되었단다, 제일 가까운 지하실로 몸을 피했어, 그곳에도 포탄이 떨어졌지, 분홍색 연기와 금빛의 화염으로 가득했단다, 그래서 옆의 지하실로 도망쳤어, 그곳도 불길에 휩싸여 있었지, 나는 지하실이 무너질 때마다 계속해서 다음 지하실로 도망갔단다, 몸에 불이 붙은 원숭이들이 나무 위에서 비명을 질러댔고, 날개에 불이 붙은 새들이 절박한 통화가 오가는 전화선 위에서 노래했지, 나는 다른 은신처를 찾았단다, 그곳은 무너진 벽으로 엉망이었어, 갈색 연기가 손처럼 천장에서부터 내리누르고 있었지, 숨 쉬기가 점점 더 힘들어졌단다, 내 폐는 입으로 공기를 들이마시려고 애쓰고 있었어, 그때 은빛 섬광이 번쩍였어, 우리 모두는 한꺼번에 지하실을 빠져나가려고 아우성이었지, 죽은 이들과 죽어가는 이들을 짓밟으면서, 나는 한 노인을 밟고 나갔어, 아이들을 밟고 나갔어, 모두가 모두를 잃었어, 포탄이 폭포처럼 쏟아졌어, 나는 거리를 내달렸어, 지하실에서 지하실로, 다리들과 목들이 널려 있는 끔찍한 광경들을 보았지, 초록색 드레스를 입은 금발의 여인이 몸에 불이 붙은 채 팔에 잠잠해진 아기를 안고 달려가는 모습을 보았어, 곳곳에서 사람들이 일 미터 남짓한 깊이의 걸쭉한 웅덩이로 녹아내린 모습을 보았어, 사람들이 깜부기불처럼, 웃음소리를 내듯, 탁탁 잔금이 가면서 쪼개지는 모습, 폭발을 피하려고 호수와 연못에 거꾸로 뛰어들었던 수많은 사람들의 시체를 보았어, 그들의 몸을 보니 물에 잠긴 부분은 아직 멀쩡했지만, 수면 위로 솟아나온 부분은 알아보기 힘들 만큼 숯검정이 되어 있었어, 폭탄이 쉴 새 없이 떨어졌지, 자주색, 오렌지색, 흰색, 나는 계속해서 뛰었어, 손에서는 피가 멈추지 않았어, 건물들이 무너지는 소리 사이로 그 아기의 말없는 울부짖음이 들려왔지. 동물원 옆을 지났어, 우리가 망가져 열려 있었어, 모든 것이 뒤죽박죽 아수라장이었지, 넋이 나간 동물들은 고통과 혼란에 울부짖었어, 사육사 한 명이 도와달라고 외치고 있었어, 그는 강한 사람이었어, 화상을 입어 눈도 뜨지 못하고 있었지만, 내 팔을 붙들고 총 쏘는 법을 아느냐고 물었어, 나는 지금 꼭 찾아가야 할 사람이 있다고 말했지, 그는 내게 소총을 건네면서 말했어, "육식동물들을 찾아야 합니다." 나는 그에게 총을 잘 못 쏜다고 말했어, 어느 것이 육식동물인지도 모른다고 말했지, 그러자 그가 대답했어, "전부 다 쏴버리세요." 얼마나 많은 동물을 죽였는지 몰라, 코끼리를 죽였어, 코끼리는 우리에서 이 미터쯤 떨어진 곳에 있었지, 그 뒷머리에 소총을 대고 누르면서 생각했어, 방아쇠를 당기면서, 이 동물을 꼭 죽여야만 하는 걸까? 쓰러진 나무 둥치에 올라앉아 모든 것이 무너지는 모습을 둘러보며 털을 뽑고 있는 원숭이를 죽였어, 사자 두 마리를 죽였어, 사자들은 서쪽을 바라보며 나란히 서 있었지, 그들은 가족이었을까, 친구였을까, 부부였을까, 사자들도 사랑을 할 수 있을까? 덩치 큰 죽은 곰의 시체 위로 기어 오르려고 낑낑대던 새끼 곰을 죽였어, 자기 부모의 몸 위로 기어오르던 중이었을까? 총탄 열두 발을 쏴서 낙타도 죽였어, 낙타가 육식동물이 맞는지 헷갈렸지만, 눈에 띄는 대로 다 죽이는 중이었으니까, 모두 다 죽어야 했어, 코뿔소는 머리를 바위에 세차게 박고 있었어, 박고 또 박고, 마치 스스로를 고통에서 끌어내리려는 듯이, 아니면 스스로에게 고통을 주려는 듯이, 코뿔소를 총으로 쏘았어, 그래도 계속 머리를 박았어, 다시 쏘았지, 더 세게 머리를 박았어, 코뿔소에게로 걸어가 양쪽 눈 사이에 총을 갖다 댔어, 코뿔소를 죽였어, 얼룩말을 죽였어, 기린을 죽였어, 강치의 수조를 붉게 물들였어, 원숭이 한 마리가 내게 다가왔어, 내가 아까 쐈던 원숭이였어, 죽인 줄 알았는데, 그는 천천히 나를 향해 걸어왔어, 손으로 귀를 가리고, 나에게서 무엇을 원하나, 내가 고함을 질렀어, "나한테 원하는 게 뭐야?" 나는 다시 한 번 쏘았지, 심장이라고 생각되는 곳을, 원숭이가 나를 보았어, 그 눈 속에서 이해하는 듯한 기미를 보았다고 확신했어, 그러나 용서를 보지는 못했어, 나는 독수리들을 쏘려고 했지만 그러기엔 사격 실력이 모자랐어, 나중에 사람의 시체를 뜯어먹은 독수리들이 통통하게 살이 오른 모습을 보았지, 모든 것이 내 탓이었어. 두 번째 폭격은 시작됐을 때처럼 갑자기 그리고 완전히 멎었어, 머리카락이 다 타고, 팔도 손가락도 시커메진 채로, 나는 걸어갔어, 반쯤 넋이 나간 채로, 로슈비츠 다리 밑으로 걸어갔지, 검은 물에 검은 손을 담그고 물에 비친 내 모습을 보았어, 나 자신의 몰골에 혼비백산했지, 피로 떡 진 머리카락, 갈라지고 피가 나는 입술, 빨갛고 펄떡이는 손바닥, 삼십오 년이 지나 이 글을 쓰고 있는 지금도 내 팔 끝에 손이 매달려 있는 것이 이상하게 보이는구나. 난 그때 제정신이 아니었어, 머릿속에는 오직 한 가지 생각뿐이었단다. **계속 생각해야 해.** 생각하는 한 난 살아 있는 거야, 하지만 어느 지점에서부턴가 생각하기를 멈추었단다, 그다음으로 기억하는 건 이가 덜덜 떨리도록 추웠다는 느낌이야, 정신을 차려보니 나는 땅바닥에 누워 있었어, 고통은 완전했어, 고통 때문에 내가 죽지 않았다는 것을 알 수 있었지,

나는 다리와 팔을 움직여보았단다, 도시 전역에 투입되어 생존자를 찾고 있던 한 군인이 내 움직임을 보았던가 봐, 다리 아래서 220명이 넘는 사람들을 옮겨 왔는데 그중 넷만 살아남았고, 내가 그중 하나였다는 것을 나중에 알았단다. 그들은 우리를 트럭에 싣고 드레스덴을 빠져나갔어, 트럭 옆을 덮은 캔버스 천이 펄럭이는 틈새로 바깥을 내다봤더니, 건물들이 불타고, 나무가 불타고, 아스팔트가 불타고 있었단다, 도시에 남겨진 사람들의 모습을 보았고 그 소리를 들었어, 사람들이 선 채로 녹아내리는 냄새가 났어, 살아 있는 횃불처럼 길을 밝히면서, 아무도 줄 수 없는 도움을 청하는 비명을 지르면서, 공기 자체가 타오르고 있었어, 트럭은 아수라장을 빠져나가느라 수없이 길을 우회해야 했어, 비행기들이 또 한 차례 우리에게 접근했지, 군인들은 우리를 트럭에서 끌어내려 그 밑에 숨겼어, 비행기들이 급강하하면서, 더 많은 기관총알과 더 많은 포탄을 퍼부었어, 노란색, 빨간색, 초록색, 파란색, 갈색으로, 나는 다시 의식을 잃었지, 깨어나 보니 흰 병원 침대에 있었어, 팔도 다리도 움직일 수가 없었어, 팔다리를 다 잃었나 싶었지만, 내 몸을 살펴볼 힘도 없었어, 여러 시간이 흐르고, 여러 날이 흘렀어, 마침내 내려다보았더니, 나는 침대에 묶여 있었고, 간호원이 내 옆에 서 있었어, 내가 물었지, "왜 저를 이렇게 해놓았나요?" 간호원은 내가 자해하려 했다고 말했어, 나는 풀어달라고 부탁했어, 간호원은 그럴 수 없다고 했어, 내가 또 자해할 거라는 것이었어, 풀어달라고 애원했지, 절대 자해하지 않겠다고, 안 그러겠다고 약속했어, 간호원은 미안하다며 내 몸을 어루만졌어, 의사들이 나를 수술했어, 그들은 내게 주사를 놓고 내 몸을 붕대로 감았어, 하지만 내 생명을 구한 것은 그녀의 손길이었어, 병원을 나온 후 며칠을 그리고 몇 주를 부모님과 애나와 너를 찾아 헤맸단다. 건물의 잔해 더미 속에서 모두가 모두를 찾고 있었어, 하지만 아무리 찾아봐도 헛일이었지, 우리의 옛 집을 찾아갔단다, 문은 아직도 제자리에 굳건히 서 있었고, 가재도구도 몇 가지는 무사했어, 타자기가 그대로 있더구나, 그것을 아기처럼 팔에 안아 날랐지, 나는 피란을 떠나기 전 문 위에 내가 살아 있다는 글귀와 오샤츠의 피란민 수용소 주소를 적어놓았단다, 기다렸지만 편지는 오지 않았어. 시체가 너무나 많은 데다가, 상당수는 심하게 훼손되었기 때문 사망자 명단도 만들 수가 없었지, 살아남은 수천 명의 사람들은 희망에 매달릴 수밖에 없는 고문을 당한 거야. 로슈비츠 다리 밑에서 죽어가고 있다고 생각했을 때, 내 머릿속에는 오직 한 가지 생각뿐이었어. **계속 생각해야 해.** 계속 생각하면 살 수 있어. 그러나 살아남은 지금, 이제는 생각이 나를 죽이고 있단다. 나는 생각하고 생각하고 또 생각하지. 그날 밤, 붉은 화염 덩어리 검은 물 같던 하늘, 전부를 잃기 불과 몇 시간 전만 해도 내가 모든 것을 다 갖고 있었다는 생각을 멈출 수가 없단다. 네 이모는 내게 임신했다고 말했었지, 나는 떨 듯이 기뻤어, 믿어서는 안 된다는 것을 알았어야 하는데, 백 년의 기쁨이 단 일 초 만에 지워질 수도 있단다, 아직 키스할 것도 없었지만, 나는 그녀의 배에 입을 맞췄어, 이렇게 말했단다, '우리 아기를 사랑해.' 그 말에 그녀가 깔깔대고 웃었어, 우리가 서로의 집 중간쯤에서 마주쳤던 날 이후로 그녀가 그렇게 웃는 것은 본 적이 없었지, 그녀가 말했어, '너는 상상 속의 것을 사랑하는 거야.' 내가 대꾸했지, "난 우리의 상상을 사랑해." 중요한 건 그것이었어, 우리는 함께 상상을 하고 있었던 거야. 그녀가 물었지. "두렵니?" "뭐가?" "삶은 죽음보다 더 무시무시해." 나는 호주머니에서 미래의 집을 꺼내 그녀에게 주었지, 그녀에게 키스했어, 그녀의 배에 키스했어, 그것이 내가 마지막으로 본 그녀의 모습이었어. 길 끝까지 왔을 때 그녀의 아버지의 목소리가 들려왔단다. 그는 창고에서 나왔어. "하마터면 잊어버릴 뻔했다!" 그가 나를 불렀어. "여기 너한테 줄 편지가 있다. 어제 온 건데. 잊어버릴 뻔했구나." 그는 집으로 달려 들어가 봉투를 갖고 나왔어. "깜빡했어." 그가 말했어, 그의 눈은 붉었고, 손가락 마디는 희었지. 나중에 그가 폭격에서 살아남긴 했지만 자살했다는 소식을 들었어. 네 어머니가 그 얘기를 해주지 않던? 네 어머니도 그 얘기를 알고 있을까? 그는 내게 편지를 건네주었어. 사이먼 골드버그에게서 온 편지였지. 편지는 네덜란드의 베스터보르크 수용소에서 온 것이었어, 우리 지역의 유대인들이 끌려간 곳이었지, 그곳에서 그들은 노동을 하거나 죽음을 맞아야 했어. "친애하는 토머스 셸에게, 짧은 만남이었지만 자네를 만나서 기뻤네. 이유를 굳이 설명할 필요는 없겠네만, 자네는 내게 깊은 인상을 남겼어. 우리가 가는 길이 아무리 멀고 평탄치 않을지라도, 언젠가 다시 만나게 되기만을 바라네. 그날까지 이 어려운 시기에 자네에게 행운이 있기를 바라네. 자네의 신실한 벗, 사이먼 골드버그." 나는 편지를 도로 봉투에 넣고 그것을 미래의 집이 들어 있는 호주머니에 넣었단다, 접어가는데 네 할아버지의 목소리가 들려왔어, 그는 아직도 문간에 있었지, "까딱하면 잊어버릴 뻔했다." 네 어머니가 브로드웨이의 빵집에서 나를 발견했을 때, 나는 모든 얘기를 다 하고 싶었단다, 그렇게 할 수 있었다면 우리는 다르게 살았을지도 모르지, 내가 지금 여기가 아니라 거기 너와 함께 있을지도 모르지. "난 아기를 잃었다오." 이 말을 했더라면, "사랑하는 것을 잃을까 봐 너무 두려운 나머지 아무것도 사랑하지 않기로 했소,"라고 말했더라면, 그랬더라면 불가능이 가능으로 바뀌었을지도 모르지 어쩌면. 하지만 난 그렇게 할 수가 없었단다, 내 안에 너무 많은 것을 너무 깊이 묻어두었기에. 난 거기가 아니라 여기에 있어. 내 삶에서 수천 킬로미터나 떨어진 이 도서관에 앉아, 아무리 애써 보아도, 아무리 간절히 원해도 보낼 수 없으리라는 것을 알면서 편지를 쓰고 있어. 어떻게 해서 창고 뒤에서 사랑을 나누던 그 소년이 이 테이블에서 이 편지를 쓰고 있는 이 남자가 된 것일까?

너를 사랑한다,
아버지로부터

여섯 번째 구

"옛날 옛날에, 뉴욕 시에는 여섯 번째 구(區)가 있었단다." "구가 뭔데요?" "너 또 끼어드는구나." "알아요, 하지만 구가 뭔지 모르면 제가 이야기를 이해하지 못 할 거 아니에요." "동네 같은 거야. 아니면 동네들의 집합이랄까." "여섯 번째 구가 있었다면, 그럼 다섯 개는 뭐예요?" "그야 맨해튼, 브루클린, 퀸스, 스태튼 아일랜드, 브롱크스지." "그중에 제가 가본 구도 있나요?" "얘기 좀 하자." "그냥 알고 싶어서 그래요." "몇 년 전에 브롱크스 동물원에 간 적이 한 번 있단다. 기억 안 나니?" "안 나요." "그리고 식물원에 장미를 구경하러 브루클린에도 갔었고." "퀸스에도 가봤어요?" "거긴 안 가본 것 같은데." "스태튼 아일랜드는요?" "거기도 안 갔어." "**진짜로** 여섯 번째 구가 있어요?" "지금 막 그 얘기를 하려던 참이었잖니." "이젠 방해 안 할게요. 약속해요."

"아마, 역사책을 아무리 뒤져봐도 그런 이야기는 안 나올 거야. 센트럴 파크에 있는 정황 증거를 제외하고는 그 구가 있었다는 사실을 증명할 것이 하나도 없으니까. 그러니까 여섯 번째 구의 존재를 지워버리는 건 일도 아니지. 하지만 대부분의 사람들이 여섯 번째 구의 존재를 믿을 여유도 이유도 없고, 믿지도 **않는다고** 말할지라도, 여전히 그들은 '믿는다'는 말을 쓸 거야.

"여섯 번째 구도 섬이었단다. 맨해튼과 가느다란 물길을 사이에 두고 있었어. 그 사이의 가장 좁은 거리는 멀리뛰기 세계 최고 기록과 맞먹었기 때문에, 전 세계에서 단 한 사람만이 물에 젖지 않고 맨해튼에서 여섯 번째 구로 갈 수 있었지. 해마다 열리는 멀리뛰기 행사는 거창한 축제가 되었단다. 베이글을 특별한 스파게티에 꿰어 섬에서 섬으로 매달고, 바게트는 핀으로 사모사*는 공으로 삼아 볼링을 하고, 그리스 식 샐러드를 색종이 조각처럼 허공에 흩뿌렸단다. 뉴욕의 아이들은 유리병에 개똥벌레를 잡아넣고 구 사이에 띄웠어. 벌레들은 천천히 가사 상태로 빠져들어······" "가사 상태라고요?" "질식한다고." "왜 뚜껑에 구멍을 뚫어주지 않아요?" "개똥벌레들은 죽기 직전 몇 분간 빠르게 빛을 깜박거리거든. 시간을 잘 맞추면, 멀리뛰기 선수가 건널 때 강이 아른아른 빛나게 된단다." **"근사하네요."**

"마침내 시간이 되면, 멀리뛰기 선수가 이스트 강에서부터 도움닫기를 시작했단다. 그는 맨해튼 거리를 끝에서 끝까지 가로질러 내달렸지. 뉴욕 시민들이 거리 양쪽에서, 아파트와 사무실 창문에서, 나무 위에서 그를 응원했단다. 2번가, 3번가, 렉싱턴, 파크, 매디슨, 5번가, 콜럼버스, 암스테르담, 브로드웨이, 7번가, 8번가, 9번가, 10번가··· 드디어 그가 도약을 하면, 뉴욕 시민들은 맨해튼과 여섯 번째 구 양쪽 기슭에서 선수에게 갈채를 보내고 서로에게 환호성을 질렀

---

* 만두와 비슷한 인도 요리.

302

지. 멀리뛰기 선수가 허공에 떠 있을 동안, 모든 뉴욕 시민들은 하늘을 나는 듯한 기분을 맛보았어."

"아니, 어쩌면 '허공에 뜬 기분'이라는 말이 더 적절할 거야. 그 도약은 멀리뛰기 선수가 이쪽에서 저쪽 구로 간다기보다는, 한참 동안 두 구 사이에 머물러 있다는 인상을 주었으니까." "정말 그렇겠군요."

"아주아주 오래전 어느 해인가, 멀리뛰기 선수의 엄지발가락 끝이 강 표면을 살짝 스치면서 잔물결을 일으켰단다. 사람들은 잔물결이 풍경(風磬)처럼 개똥벌레 병을 하나씩 두드리며 여섯 번째 구에서 맨해튼 쪽으로 밀려오는 모습을 보고 숨이 넘어가게 놀랐어.

" '출발이 좋지 않았던 게 틀림없습니다!' 맨해튼의 구의원이 강 건너편에서 고함쳤어.

"멀리뛰기 선수는 부끄러워하기보다는 당황해서 고개를 저었단다.

" '역풍 때문이오,' 여섯 번째 구의 의원이 멀리뛰기 선수가 발을 닦도록 수건을 내밀며 말했어.

"멀리뛰기 선수는 고개를 저었어.

" '어쩌면 점심때 과식을 했는지도 몰라요.' 한 구경꾼이 다른 이에게 말했지.

" '아니면 실력이 한물갔던가.' 다른 이가 말했지. 그는 멀리뛰기를 보여주려고 아이들까지 데려온 터였어.

" '정신이 딴 데 가 있었던 게 틀림없어요.' 또 다른 이가 말했어. '그렇게 멀리까지 뛰려면 마음을 단단히 먹어야지요.'

" '아니에요,' 멀리뛰기 선수가 모든 추측을 부인했단다. '다 틀렸어요. 난 제대로 뛰었다고요.'

"어떤 계시가……" "계시라고요?" "깨달음 말이야." "오, 알겠어요."깨달음이 발가락이 일으킨 잔물결처럼, 구경꾼들 사이로 퍼져 나갔단다. 뉴욕 시장이 그것을 큰 소리로 공표하자, 모두가 약속이라도 한 듯 탄식을 내뱉었지. '여섯 번째 구가 움직이고 있습니다.'"

"움직인다고요!"

"한 번에 일 밀리미터씩, 여섯 번째 구가 뉴욕에서 멀어지고 있었던 거야. 일 년이 지나자 멀리뛰기 선수의 발이 온통 푹 젖게 되었고, 여러 해가 지나서는 정강이까지 물에 빠지게 되었어. 더, 더 많은 세월이 지나자——너무 많은 세월이 흘러서 마음 놓고 축하했던 시절이 언제였는지 아무도 기억하지 못할 정도가 되었을 때——팔을 뻗어 여섯 번째 구를 꽉 잡아야 했고, 그다음에는 아예 손도 닿지 않게 되었어. 맨해튼과 여섯 번째 구 사이에 놓인 여덟 개의 다리는 팽팽히 당겨지다가 결국은 한 번에 한 개씩 무너져서 물속으로 떨어졌단다. 터널도 너무 당겨지다 못해 결국은 버틸 수 없게 되었어.

"전화선과 전선이 끊어지면서, 여섯 번째 구의 주민들은 구시대적인 기술 수준으로 돌아가야 했단다. 아이들 장난감 같은 것들을 써야 했어. 포장 음식을 데우는 데 돋보기를 사용하고, 중요한 서류는 종이비행기로 접어 한 사무실에서 다른 사무실로 날려 보냈단다. 한때는 멀리뛰기 축제의 장식용으로만 쓰였던 유리병 속의 개똥벌레들이, 이제 인공 조명을 대신해 집집마다 온 방을 밝혀주게 되었지.

"피사의 사탑을 다루었던 바로 그 기술자들… 그게 어디 있었더라?"**"이탈리아!"**"맞아. 그들이 사태를 해결하기 위해 불려왔단다.

"'섬이 가고 싶어 하는군요.' 기술자들이 말했지.

"'허 참, 어떻게 생각하십니까?' 뉴욕 시장이 물었어.

"그 말에 기술자들이 대답했어. '할 말이 없습니다.'

"물론 그들도 섬을 구하려고 해봤어. 섬이 정말로 가고 싶어 하는 거라면, '구한다'라는 표현이 적절치 않을 수도 있겠지만. 어쩌면 '붙잡아 둔다'라는 말이 맞을지도 모르지. 섬의 기슭에 쇠사슬을 맸지만, 곧 고리가 끊어져버렸어. 콘크리트 말뚝을 여섯 번째 구 둘레에 둘러쳤지만, 그것도 실패였어. 장비도 소용없었고, 자석도 실패였고, 기도조차 성과가 없었단다.

"양철 캔에 실을 꿰어 만든 전화로 섬과 섬을 연결했던 젊은 친구들은 점점 더 많은 실을 써야 했단다. 연을 점점 더 높이 올려 보내듯이 말이야.

"'네 목소리가 거의 들리지 않아.' 맨해튼의 침실에서 한 소녀가 눈을 가늘게 뜨고 아버지의 망원경으로 친구의 창문을 찾아내려 애쓰면서 말했지.

"'그래야 한다면 목이 터지도록 고함을 칠게.' 친구가 여섯 번째 구의 자기 침실에서 지난 생일에 받은 망원경으로 그녀의 아파트를 바라보며 말했단다.

"그들 사이의 실은 믿을 수 없을 정도로 길어졌어. 하도 길어서 온갖 실이란 실은 다 묶어 이어야만 했단다. 그의 요요 끈, 말하는 인형에서 뽑아낸 당김줄, 아버지의 일기장을 묶었던 노끈, 할머니의 목에 진주를 엮어주었던 밀랍 끈, 잡동사니 속에서 찾아낸 그의 종조부가 어린 시절 썼던 누비이불에서 뽑은 실 등등. 요요, 인형, 일기장, 목걸이, 누비이불은 그들이 함께 나눈 모든 것 안에 포함되어 있었어. 그들이 서로에게 할 말은 점점 더 많아졌지만, 실은 점점 더 모자랐어.

"소년이 아무런 설명도 더 하지 않고 소녀에게 '사랑해'라고 캔에 대고 말해 달라고 부탁했단다.

"소녀는 아무것도 묻지 않았어. '바보 같은 소리'라거나 '우린 사랑하기엔 너무 어려'라는 말도 하지 않았고, 그가 부탁했으니까 말해 준다는 티도 내지 않았어. 그저 '사랑해'라고 말했단다. 그 말은 요요와, 인형과, 일기장과, 목걸이와, 누비이불과, 빨랫줄과, 생일선물과, 하프와, 티백과, 테니스 라켓과, 언젠가는 소년이 소녀의 몸에서 벗겨내야 할 스커트 단을 타고 전해졌어." **"구역질나요!"** "소년은 자기 캔의 뚜껑을 덮고 실을 떼어낸 다음, 자신에 대한 소녀의 사랑을 벽장 선반 위에 올려놓았단다. 물론 그는 다시는 그 캔을 열 수 없었어. 그랬다가는 그 속에 든 것을 잃어버릴 테니까. 거기 있다는 것을 아는 걸로 충분했지.

"그 소년의 부모를 비롯해 어떤 이들은 여섯 번째 구를 떠나려 하지 않았단다. 그들은 이렇게 말했어. '왜 떠나야 하는데? 움직이는 것은 나머지 세상이야. 우리 구는 제자리에 있어. 저들더러 맨해튼을 떠나라고 해.' 그 말이 틀렸다고 어떻게 증명할 수 있겠니? 그리고 누가 그러려고 하겠니?" "저라면 안 하겠어요." "나 같아도 안 해. 하지만 대부분의 여섯 번째 구민들은 눈에 빤히 보이는 것을 받아들이기를 거부했지. 근본적인 고집이나 원칙, 용기가 있었기 때문이 아니었어. 단지 가고 싶지 않았던 거야. 살던 대로 살고 싶을 뿐 변화를 원치 않았지. 그래서 그들은 한 번에 일 밀리미터씩 떠내려간 거야.

"그 결과로 센트럴 파크가 생겼단다. 센트럴 파크는 원래 지금의 자리에 있지 않았어." "이야기에서만 그렇다는 거죠?"

"센트럴 파크는 여섯 번째 구의 한가운데에 있었단다. 구의 기쁨이자 중심이었어. 그렇지만 여섯 번째 구가 영영 멀어져갈 것이고, 구할 수도 붙잡을 수도 없다는 것이 확실해지자, 뉴욕 시민들은 투표로 공원을 구하자는 결정을 내렸단다." "시민 투표요?" "그래. 투표

말이야."“그래서요?"“그래서 만장일치로 결정이 내려졌단다. 여섯 번째 구민들 중 가장 완고한 이들조차 불가피한 결정임을 인정했어.
 "거대한 갈고리를 동쪽 끝 땅에 걸었어. 뉴욕 사람들은 마룻바닥을 덮은 깔개처럼 그 공원을 여섯 번째 구에서 맨해튼으로 끌어 왔단다.
 "아이들은 공원을 끌어 올 동안 공원에 누워 있어도 좋다는 허락을 받았어. 왜 허락이 필요한 건지, 혹은 왜 아이들에게 이런 허가를 하는 건지는 아무도 몰랐지만, 이것은 양보 또는 허락으로 간주되었어. 그날 밤 역사상 가장 큰 불꽃놀이가 뉴욕 하늘을 수놓았고, 교향 악단이 근사한 연주를 했단다.
 "뉴욕 아이들은 빈틈없이 몸을 바짝 붙이고 공원 바닥에 등을 대고 누웠단다. 마치 공원이 그들과 그 순간을 위해 마련된 것처럼 말이야. 흩어진 불꽃은 땅에 닿기 직전에 허공 속으로 사라졌단다. 아이들은 한 번에 일 밀리미터씩 맨해튼과 어른들 쪽으로 당겨졌어. 공원이 지금의 자리까지 왔을 때, 아이들은 한 명도 빠짐없이 모두 잠들어 있었단다. 공원은 아이들의 꿈으로 새겨진 모자이크였지. 어떤 이들은 고함을 질렀고, 어떤 이들은 자기도 모르게 미소를 지었고, 어떤 이들은 깊은 침묵에 빠졌지."
 "아빠?"“응?"“사실은 여섯 번째 구가 없었다는 거 알아요. 제 말은, 객관적으로는 그렇다고요."“넌 낙관주의자냐 비관주의자냐?"“기억이 안 나요. 어느 쪽이죠?"“그 말이 무슨 뜻인지는 알고 있니?"“사실은 몰라요."“낙관주의자는 긍정적이고 희망에 차 있단다. 비관주의자는 부정적이고 냉소적이지."“전 낙관주의자예요."“흠, 잘됐구나. 반박할 수 없는 증거란 없거든. 믿고 싶어 하지 않는 사람을 믿게 만들 방법은 없단다. 하지만 믿고 싶어 하는 사람이 믿음을 잃지 않게 해줄 실마리는 무수히 많지."“예를 들면요?"“센트럴 파크에서 찾은 특이한 화석 같은 게 그렇지. 또는 저수지의 pH가 안 맞는다든가. 동물원의 어떤 수조들은 공원을 끌어 왔던 거대한 갈고리가 남긴 구멍과 딱 들어맞는 자리에 놓여 있다든가. "맙소사."

"나무가 하나 있어——회전목마로 가는 입구에서 동쪽으로 딱 스물네 발짝 떨어진 곳에——그 나무 몸통에 이름 두 개가 새겨져 있단다. 전화번호부에도 인구 조사에도 없는 이름들이야. 병원이나 납세, 투표 관련 문서에도 그들의 이름은 없지. 그들이 존재했다는 증거는 나무에 새겨진 이름 말고는 아무 데도 없어. 여기에서 흥미로운 사실을 발견할 수 있단다. 센트럴 파크의 나무에 새겨진 이름들 중 적어도 5퍼센트는 어디서 나온 것인지 몰라." **"흥미롭군요."**

"여섯 번째 구에 관한 문서도 몽땅 구와 함께 떠내려갔단다. 그래서 그 이름들이 여섯 번째 구 주민들의 것이고, 센트럴 파크가 맨해튼이 아니라 옛날 그 자리에 있을 때 새겨진 것인지는 알 길이 없어. 어떤 사람들은 지어낸 이름이라고 믿지. 한 걸음 더 나아가 의심해 본다면, 사랑의 표시 자체가 꾸며낸 제스처라는 거야. 저마다 자기가 믿고 싶은 대로 믿지." "아빠는 어떤 것을 믿으시는데요?"

"글쎄, 아무리 둘째가라면 서러울 비관주의자라도 센트럴 파크에서 단 몇 분만 있어보면 현재 이외에 뭔가 다른 시제를 경험하고 있다는 느낌을 받기 마련이지. 그렇지 않니?" **"그런 것 같아요."** "어쩌면 우리는 잃어버린 것을 그리워하고 있거나, 왔으면 하는 것을 바라고 있는지도 몰라. 아니면 그건 공원이 움직이던 날 밤 꾸었던 꿈의 나머지 조각일지도 모르고. 우리는 그 아이들이 잃어버린 것을 그리워하고, 그 아이들이 바랐던 것을 바라는지도 몰라."

"그럼 여섯 번째 구는요?" "무슨 말이니?" "여섯 번째 구는 어떻게 되었어요?" "음, 센트럴 파크가 있었던 구 중앙에는 거대한 구멍이 남았단다. 섬이 지구를 가로질러 가고 있기 때문에, 그 밑에 있는 것을 보여주는 액자와 같은 모습이지." "지금은 어디에 있어요?" "남극 대륙에." "정말요?"

"보도는 얼음으로 덮여 있고, 공공 도서관의 스테인드글라스는 눈의 무게를 간신히 버티고 있지. 꽁꽁 언 인근 공원에는 얼어붙은 분수가 있고, 거기서 꽁꽁 언 아이들이 그네가 가장 높이 올라간 지점에 꽁꽁 얼어붙어 있어 —— 꽁꽁 언 그넷줄이 아이들을 허공에 매달아 놓고 있단다. 대여용 말들은⋯⋯" "그건 뭔데요?" "공원의 마차를 _끄는_ 말이야." "비인도적이군요." "말들도 속보로 달리다 말고 꽁꽁 얼어 있단다. 벼룩시장 상인들도 승강이를 하던 모습 그대로 꽁꽁 얼어 있지. 아줌마들은 평소 모습 그대로 꽁꽁 얼어붙어 있고. 꽁꽁 언 판사의 망치도 유죄냐 무죄냐 사이에서 꽁꽁 얼어 있지. 땅 위에는 갓 태어난 아기들이 내쉰 첫 숨결과 죽어가는 이들이 몰아쉰 마지막 숨결이 눈 같은 결정이 되어 깔려 있지. 꽁꽁 얼어 닫힌 벽장의 얼어붙은 선반 위에는 목소리가 든 캔이 올려져 있단다."

"아빠?" "왜?" "끼어들려는 게 아니고요, 얘기 끝났어요?" "끝났단다." "그 이야기 정말로 근사했어요." "근사했다니 기쁘구나." "정말 **최고예요.**"

"아빠?" "응?" "지금 막 뭔가 생각이 났어요. 제가 센트럴 파크에서 파낸 물건들이 진짜 여섯 번째 구에 있던 것이라고 생각하세요?"

아빠는 어깨를 으쓱했다. 나는 그 모습이 정말 좋았다.

"아빠?" "왜 그러니, 얘야?" "아무것도 아니에요."

나의 감정들

그 일이 일어났을 때 나는 손님용 침실에 있었단다. 텔레비전을 보면서 너에게 줄 흰색 목도리를 뜨던 중이었지. 뉴스가 나오고 있었어. 시간은 놓친 열차에서 흔드는 손처럼 지나가고 있었지. 너는 이제 막 학교에 갔는데, 나는 벌써 너를 기다리고 있었단다. 네가 그 어떤 것을 생각하더라도 내가 너를 생각하는 만큼은 아니었으면 좋겠다.

실종된 소녀의 아버지를 인터뷰하는 장면이 나오고 있었지.

그의 눈썹이 기억나는구나. 슬프도록 깨끗하게 면도한 얼굴도 기억이 난다.

아직도 따님이 생존한 상태로 발견될 거라고 믿고 계십니까?

그렇습니다.

가끔가다 한 번씩 텔레비전을 쳐다보았지.

가끔가다 한 번씩 네 목도리를 짜는 내 손을 보았지.

가끔가다 한 번씩 창밖으로 네 창문을 내다보았지.

새로운 단서라도 있습니까?

제가 아는 한은 없습니다.

그렇지만 계속 믿고 계시는군요.

그렇습니다.

얼마나 시간이 지나면 포기하시겠습니까?

저 사람을 꼭 저렇게까지 괴롭혀야 할까?

그는 이마를 만지며 이렇게 말했어, 시신이 나오면요.

그 질문을 한 여자는 자기 귀를 만지작거렸어.

그녀가 말했지, 죄송합니다.   잠깐만요.

그녀가 말했어, 뉴욕에서 무슨 일인가 벌어졌습니다.

실종된 소녀의 아버지가 가슴을 손으로 문지르며 카메라 너머를 보았단다.   아내를 보는 건가?   누군가 모르는 사람을 보고 있나? 뭔가 보고 싶은 것이라도 있나?

이상하게 들릴지도 모르겠지만, 불타는 건물이 텔레비전에 나왔어도 아무런 느낌이 없었단다.   놀라지도 않았어.   뜨개질을 계속하면서, 실종된 소녀의 아버지를 생각했지.   그는 계속 믿고 있었어.

건물에 뚫린 구멍에서 연기가 피어오르고 있었지.

검은 연기가.

어린 시절 겪었던 최악의 폭풍우가 떠올랐단다.   나는 창가에서 아버지 선반의 책들이 뽑혀 나가는 모습을 보았단다.   책들이 날아갔어.   우리 식구 그 누구보다도 더 나이를 많이 먹은 나무가 쓰러졌단다.   하지만 그 반대가 될 수도 있었어.

두 번째 비행기가 부딪히자, 뉴스를 전하던 여자가 비명을 지르기 시작했지.

불길이 건물에서 솟아올랐어.

수백만 장의 종잇조각들이 하늘 가득 날렸지. 종이들은 반지 모양을 이루며 건물 주변에 떠 있었어. 토성의 고리처럼 말이야. 아버지의 책상 위에 남은 커피 잔 자국처럼. 토머스가 자기는 필요 없다고 내게 말했던 반지처럼. 나는 그에게 반지가 필요한 사람이 당신만은 아니라고 말했지.

다음 날 아침 아버지는 우리 집에서 뽑혀 나간 나무의 밑동에 이름을 새기도록 해주셨단다. 우리는 식전 감사 기도를 올리던 중이었지.

네 엄마한테서 전화가 왔다.

뉴스 보고 계세요?

그래.

토머스한테서 연락 없었나요?

아니.

저도 받지 못했어요. 걱정이 되네요.

왜 걱정을 하니?

말씀드렸잖아요. 그이한테서 연락이 없다고요.

하지만 그 앤 가게에 있잖니.

그 건물에서 회의가 있다고 했는데 연락이 없어요.

나는 토할 것만 같아 고개를 돌렸어.

전화를 끊고 화장실로 달려가 토했지.

깔개를 더럽히고 싶지 않았거든. 그게 나란다.

난 네 엄마한테 다시 전화를 걸었어.

엄마는 네가 집에 있다고 하더구나. 방금 너하고도 통화를 했다고 했어.

내가 가서 너를 돌보겠노라고 말해 주었단다.

그 애가 뉴스를 보지 못하게 해주세요.

알았다.

그 애가 뭔가 묻거든, 그저 괜찮을 거라고만 알려주세요.

나는 괜찮을 거라고 말했지.

며느리가 말했어.   지하철이 아수라장이에요.   집까지 걸어가야 겠어요.   한 시간 후면 도착할 거예요.

그 애가 말했지.   어머님 사랑해요.

그 애가 네 아버지와 결혼한 지는 십이 년이 되었지.   내가 그 애를 안 지는 십오 년이 되었고.   그 애가 나한테 사랑한다고 말한 것은 처음이었어.

바로 그때 그 애가 안다는 것을 나도 알았어.

나는 길을 건너갔단다.

수위가 십 분 전에 네가 올라갔다고 말해 주더구나.

그는 내게 괜찮으냐고 물었어.

나는 고개를 끄덕였지.

팔은 어떻게 되신 겁니까?

내 팔을 보았어.   셔츠에서 피가 배어 나오고 있었어.   내가 넘어지고도 몰랐나?   팔을 긁혔나?   바로 그때 내가 안다는 것을 알았어.

초인종을 울렸지만 아무도 대답하지 않았어.   그래서 내 열쇠로 문을 열었단다.

너를 불렀어.

오스카!

너는 대답하지 않았지만, 네가 거기 있다는 것을 알았어.   네 기척을 느낄 수 있었단다.

오스카!

옷장 속을 들여다보았어. 소파 뒤도 보았지. 스크래블 보드가 커피 테이블 위에 있었어.   단어들이 이리저리 엇갈려 있었지. 네 방으로 가봤어. 비어 있더구나. 네 옷장 속도 보았지. 거기에도 없었어. 네 엄마 아빠의 방으로 가봤다. 어딘가에 네가 있다는 것은 알았어. 네 아빠의 벽장 속을 보았지. 의자 위에 걸린 턱시도를 만져보았어. 호주머니에 손을 넣어보았지. 네 아빠 손은 자기 아버지 손을 고대로 빼닮았어. 네 할아버지의 손 말이다. 네 손도 그렇게 될까? 호주머니를 보니 그런 생각이 떠오르더구나.

다시 네 방으로 가서 네 침대 위에 누웠단다.

불이 켜져 있어서 네 방 천장의 별들은 보이지 않았어.

내가 자란 집의 벽을 생각했단다.   내 지문들.

벽이 무너지면서, 내 지문들도 무너졌어.

내 밑에서 네 숨소리가 들려왔어.

오스카?

나는 바닥에 엎드렸단다.   손과 무릎을 바닥에 붙이고 말이야.

거기 두 명이 들어갈 수 있니?

안 돼요.

정말이니?

틀림없어요.

내가 애써 보면 어떻게 안 될까?

될지도 몰라요.

나는 가까스로 침대 밑에 몸을 욱여넣었단다.

우리는 등을 바닥에 대고 누웠지.   얼굴을 돌려 서로 마주 볼 공간조차 없었어.   빛 한 줄기 들어오지 않았어.

학교는 어땠니?

잘 갔다 왔어요.

지각하지는 않았고?

문이 열리기도 전에 갔어요.

그럼 밖에서 기다렸니?

네.

뭘 했는데?

책 읽었어요.

뭐?

뭐가 뭐예요?

무슨 책을 읽었느냐고?

『시간의 역사』요.

좋디?

재미로 읽는 책이 아니에요.

그래서 집까지 걸어왔니?

좋았어요.

오늘 날씨가 참 좋지.

네.

이렇게 멋진 날씨가 얼마 만인지 몰라.

정말 그래요.

이런 날씨에 집 안에 틀어박혀 있기는 억울하지.

맞아요.

그런데 우리는 여기 있구나.

난 네 쪽으로 얼굴을 돌리고 싶었지만, 그럴 수가 없었어.　내 손
을 움직여 네 손을 만졌지.

선생님들이 하교시키셨니?

사실 가자마자 그냥 돌려보냈어요.

무슨 일이 일어났는지 알고 있니?

네.

엄마나 아빠한테서 연락 받았니?

엄마한테서요.

엄마가 뭐라고 하시던?

다 괜찮다고, 곧 집에 오신다고 하셨어요.

아빠도 곧 오실 거다.   일단 가게 문부터 닫고.

네.

너는 마치 침대를 들어 올리려는 것처럼 손바닥을 침대에 대고 눌렀지.

너에게 뭔가 말하고 싶었지만, 무슨 말을 해야 할지 몰랐어.   그저 네게 뭔가 말해야 한다는 생각뿐이었지.

할미한테 네 우표를 보여주련?

고맙지만 괜찮아요.

아니면 우리 엄지손가락 씨름 할까?

나중에요.

배고프니?

아뇨.

그냥 여기서 엄마 아빠가 집에 올 때까지 기다렸으면 좋겠니?

네.

나도 너랑 같이 여기서 기다렸으면 좋겠니?

네.

정말이냐?

그럼요.

저기 있잖냐, 오스카?

네.

가끔씩 우리 위로 공간이 무너지는 듯한 느낌이 들 때가 있었단다. 누군가 침대 위에 있었어. 메리가 팔짝팔짝 뛰고 있어. 네 아버지가 잠들어 있어. 애나가 내게 키스해. 땅속에 매장된 기분이야. 애나는 내 얼굴 양옆을 꽉 잡고 있어. 우리 아버지가 내 뺨을 꼬집어. 내 위에 있는 모든 것들.

네 엄마는 집에 돌아오자 숨이 막히도록 너를 꽉 껴안았지. 네 엄마 팔에서 너를 빼내고 싶을 정도였어.

그 애는 네 아버지한테서 전화가 없었느냐고 물었지.

안 왔다.

전화기에 메시지도 없어요?

없구나.

너는 아버지가 회의 때문에 그 건물에 있었느냐고 물었지.

그 애는 아니라고 대답했어.

너는 엄마의 눈을 들여다보려고 했어. 그때 네가 알고 있다는 것을 알았지.

그 애는 경찰에 전화를 걸었어. 통화 중이었지. 다시 전화를 걸었어. 또 통화 중이었어. 계속 걸었어. 드디어 전화가 연결되자, 얘기할 사람이 좀 있느냐고 물었지.

얘기할 사람은 아무도 없었어.

너는 욕실로 갔지. 나는 며느리에게 진정하라고 일렀어. 적어도 네 앞에서만이라도.

네 엄마는 신문사에도 전화를 했지. 그들도 아는 게 없었어.

소방서에 전화를 했어.

그들도 아무것도 몰랐어.

오후 내내 난 네 목도리를 짰단다. 목도리는 점점 더 길어졌어.

네 엄마는 창문을 닫았지만, 여전히 연기 냄새를 맡을 수 있었어.

그 애는 내게 포스터를 만들면 어떻겠느냐고 물었어.

난 좋은 생각인 것 같다고 대답했지.

그 말에 그 애는 울음을 터뜨렸어. 나한테 의지하고 있었으니까.

목도리는 자꾸만 더 길어졌어.

네 엄마는 네 방학 때 찍었던 사진을 가져왔어. 불과 두 주 전에 찍은 것이었지. 사진 속에는 너와 네 아빠가 있었어. 난 그것을 보고 네 얼굴이 나온 사진은 쓰면 안 된다고 말했지. 네 엄마는 그러면 쓸 수 있는 사진이 한 장도 없다고 했어. 네 아빠 얼굴만 있는 사진은 없다는 거야.

내가 그랬지. 그래도 그건 안 된다.

네 엄마가 대꾸했지. 지금 그런 것 따지고 있을 상황이 아니에요. 그러지 말고 다른 사진을 쓰자꾸나.

놔두세요, 엄마.

그 애가 나를 엄마라고 부른 건 처음이었지.

그것 말고도 사진은 많이 있잖니.

엄마 일이나 신경 쓰세요.

이건 내 일이기도 해.

우리가 서로에게 화를 낸 건 아니었어.

네가 얼마나 이해할지는 모르겠지만, 아마 넌 다 이해할 거다.

그 애는 그날 오후 포스터를 갖고 시내로 나갔단다. 바퀴 달린 여행 가방에 포스터를 가득 넣었어. 난 네 할아버지 생각을 했단다. 그때 그이는 어디에 있을까 궁금했어. 그이가 고통스러워하기를 바라는 건지 아닌지 알 수가 없었어.

네 엄마는 호치키스도 가져갔어. 호치키스 침 한 상자도. 테이프도. 지금 그 물건들 생각이 나는구나. 종이, 호치키스, 호치키스 침, 테이프. 구역질이 나. 물질적인 것들. 누군가를 사랑한 사십 년의 세월이 호치키스와 테이프로 남다니.

우리 둘만 남았어. 너하고 나.

우리는 거실에서 게임을 했지. 넌 장신구를 만들었어. 목도리는 끝도 없이 길어졌어. 우리는 공원을 산책했지. 우리 위에 있는 것에 대해서는 한마디도 하지 않았어. 천장처럼 우리를 찍어누르는 것. 네가 내 무릎을 베고 잠들자, 난 텔레비전을 켰단다.

소리가 나오지 않을 때까지 음량을 줄였어.

똑같은 화면이 계속 반복됐지.

건물을 들이박는 비행기들.

떨어지는 사람들.

높은 창문 밖으로 셔츠를 흔드는 사람들.

건물을 들이박는 비행기들.

떨어지는 사람들.

회색 연기에 덮인 사람들.

떨어지는 사람들.

무너지는 건물들

건물을 들이박는 비행기들.

건물을 들이박는 비행기들.

무너지는 건물들.

높은 창문 밖으로 셔츠를 흔드는 사람들.

떨어지는 사람들.

건물을 들이박는 비행기들.

가끔씩 네 눈까풀이 떨리는 듯 했다.　깨어 있었니?　아니면 꿈을 꿨니?

네 어머니는 그날 밤 늦게야 집에 왔단다.　여행 가방은 텅 비어 있었지.

그 애는 네가 아파요, 라고 말할 때까지 너를 꼭 끌어안았지.

그 앤 네 아빠를 아는 사람들, 뭔가 알고 있을 것 같은 사람들한테 모조리 전화를 걸었어.　그들에게 이렇게 말하더구나.　잠을 깨워 드려서 죄송해요.　난 그 애의 귀에 대고 고함을 지르고 싶었어, 미안할 것 없다!

그 앤 눈물도 나오지 않았는데 자꾸만 눈가를 훔쳤지.

부상자가 수천 명은 될 거라고들 했어.　의식이 없는 사람들.　기억이 없는 사람들.　수천 구의 시체가 있을 거라고들 했어.　그 시체들을 스케이트장에 넣으려고 했지.

몇 달 전 우리가 스케이트를 타러 갔을 때, 내가 사람들이 스케이트 타는 모습을 보고 있자니 두통이 난다며 돌아왔던 일 기억하니? 그때 난 얼음 밑에서 줄지어 늘어선 시체들을 보았단다.

네 어머니는 나에게 집에 가도 좋다고 말했지.

난 갈 생각이 없다고 했어.

그 애가 말했지.　뭐 좀 드셔야죠.　눈도 좀 붙이시고요.

먹을 수도 잠잘 수도 없을 것 같구나.

그 애가 말했어.　전 좀 자야겠어요.

난 그 애에게 사랑한다고 말했지.

그 말에 그 애가 울음을 터뜨렸단다.　그 애는 나를 의지하고 있었거든.

나는 거리를 건넜어.

건물을 들이박는 비행기들.

떨어지는 사람들.

건물을 들이박는 비행기들.

떨어지는 사람들.

건물을 들이박는 비행기들.

건물을 들이박는 비행기들.

건물을 들이박는 비행기들.

더 이상 네 앞에서 강한 척하고 있을 필요가 없어지자, 난 한없이 약해졌어. 바닥에 쓰러졌단다. 그곳이 내게 맞는 곳이었어. 주먹으로 바닥을 내리쳤어. 손이 부서지길 바랐지만, 너무 아파서 멈추었지. 하나뿐인 자식을 위해 손 하나 부서뜨리지도 못하다니 나는 얼마나 이기적인지.

떨어지는 사람들.

호치키스와 테이프.

공허하다는 느낌도 없었어. 그런 느낌이라도 들면 좋았을 텐데.

높은 창문 밖으로 셔츠를 흔드는 사람들.

뒤집힌 주전자처럼 텅 비고 싶었어. 하지만 나는 돌처럼 묵직했단다.

건물을 들이박는 비행기들.

화장실에 가야 했어. 일어나고 싶지 않았단다. 내 배설물 속에 널브러져 있고 싶었어. 나는 그래야 마땅해. 내 오물 속에서 뒹굴고 싶었어. 하지만 일어나서 화장실로 갔단다. 그게 바로 나야.

떨어지는 사람들.

무너지는 건물들.

우리 집에서 뽑혀 나간 나무의 나이테.

잔해 더미 밑에 깔려 있는 사람이 나였으면 하는 마음뿐이었어. 일 분만이라도. 일 초라도. 그 애를 대신하고 싶은 마음만큼이나 단순한 것이었지. 그리고 그보다 더 복잡한 것이었어.

방 안의 불빛은 텔레비전에서 흘러나오는 빛뿐이었어.

건물을 들이박는 비행기들.

건물을 들이박는 비행기들.

다른 기분이 들 줄 알았어. 하지만 그때조차도 나는 나였단다.

오스카, 낯선 사람들 앞에서 네가 무대에 섰던 일을 기억하고 있단다. 그들에게 이렇게 말하고 싶었어. 저 애는 내 거예요. 일어나서 외치고 싶었어. 저 아름다운 아이가 내 거예요! 내 거라고요!

너를 보고 있노라면, 자랑스럽고도 슬펐지.

세상에. 그의 입술. 네 노래.

너를 볼 때면, 내 삶이 이해가 되었어. 나쁜 일조차도 다 이해할 수 있었어. 너란 존재를 이 세상에 있게 하기 위해 그 모든 것이 다 필요했던 거야.

세상에. 네 노래들.

내 부모님의 삶도 이해가 되었어.

조부모님의 삶도.

언니의 삶까지도.

하지만 난 진실을 알고 있었지. 그래서 이토록 슬픈 거야.

지금 이 순간 이전의 모든 순간이 바로 이 순간에 달려 있어.

전 세계 역사의 모든 것이 한순간에 잘못된 것으로 드러날 수도 있어.

네 어머니는 시체가 없어도 장례을 치르고 싶어 했지.

누가 무슨 말을 할 수 있었겠니?

우리는 모두 함께 리무진을 타고 갔지. 난 너를 쓰다듬는 손을 멈출 수가 없었어. 아무리 해도 성이 차질 않았지. 더 많이 쓰다듬어 주고 싶었어. 넌 운전사와 농담을 했지만, 속으로는 고통스러워하고 있다는 것을 알 수 있었어. 운전사를 웃겨야 할 만큼 넌 고통스러웠던 거야. 묘지에 닿아 빈 관을 내렸을 때, 너는 동물 같은 소리를 냈지. 그런 소리는 생전 처음 들어봤어. 너는 상처받은 짐승이었어. 아직도 그 소리가 내 귓가에 맴돌고 있어. 그 소리는 바로 내가 사십 년간 찾아 헤맸던 것, 내 삶과 자서전이 되길 바랐던 것이었어. 네 어머니는 너를 옆으로 데려가 꼭 안았지. 그들은 네 아버지의 무덤에 흙을 떠 넣었어. 내 아들의 빈 관 위로. 거기에는 아무것도 없는데.

나는 어떤 소리도 새어 나가지 않도록 모든 소리를 내 안에 꽁꽁 가뒀어.

리무진을 타고 우리는 집으로 돌아갔지.

모두 침묵에 빠졌어.

내 집까지 오자, 넌 나를 정문까지 데려다 주었지.

수위가 내게 편지가 왔다고 알렸어.

그에게 내일이나 다음에 보겠다고 했지.

수위는 방금 어떤 사람이 주고 갔다고 했어.

나는 말했지, 내일이요.

수위가 말했어, 아주 급해 보이던데요.

나는 네게 편지를 좀 읽어달라고 했지. 내 눈은 별로란다.

네가 봉투를 열었어.

미안해요, 네가 말했지.

왜 미안해하니?

아뇨, 편지에 그렇게 쓰여 있어요.

나는 네게서 편지를 받아 들고 보았지.

네 할아버지가 사십 년 전 나를 떠났을 때, 나는 그의 필적을 전부 지웠단다. 거울과 마룻바닥에서 글씨를 닦아냈지. 벽에 페인트 칠을 했어. 샤워 커튼을 빨았어. 바닥칠까지 새로 했어. 그가 남긴 글자를 전부 없애는 데 그를 알고 지냈던 세월과 맞먹는 시간 이 걸렸지. 마치 모래시계를 뒤집어 놓는 것과 같았어.

그는 자기가 찾고 있는 것을 찾으러 가야 한다고 생각했어. 그러 면 그것이 더 이상 존재하지 않거나, 혹은 아예 처음부터 존재한 적 이 없었다는 것을 깨닫게 될 거라고 생각했어. 그가 편지를 쓸 줄 알았어. 아니면 돈을 부쳐 오든가. 하다못해 내 사진은 아니라도 아기 사진만이라도 보내달라고 부탁하던가.

사십 년 동안 소식 한 줄 없었어.

텅 빈 봉투뿐이었지.

그런데 이제, 내 아들의 장례식 날, 단 한 마디라니.

미안해요.

그는 돌아와 있었어.

살아서 그리고 혼자서

함께 탐색을 계속한 지 여섯 달 하고도 보름이 되던 날, 블랙 씨가 자기는 여기서 끝내겠다고 말해서 나는 다시 혼자가 되었다. 여전히 아무런 성과도 얻지 못했고, 내 부츠는 그 어느 때보다도 무거워졌다. 엄마한테는 당연히 말할 수가 없었고, 내 제일 좋은 친구 치약과 민치한테도 털어놓을 수가 없었다. 할아버지는 동물들과 말할 수 있었다지만, 나는 그렇게도 할 수 없었으니 버크민스터도 도움이 되지 않았다. 페인 박사는 고려 대상에 넣지도 않았다. 스탠 아저씨한테 얘기하려면 이야기를 시작하기에 앞서 설명해야 할 것이 너무 많았다. 그리고 죽은 사람들과 대화할 수 있다는 얘기는 믿지 않았다.

팔리는 이제 막 교대 근무를 시작한 참이어서, 할머니가 집에 계신지 안 계신지 모르고 있었다. 그는 무슨 일이 있느냐고 물었다. 내가 대답했다. "할머니가 필요해서요." "내가 벨을 울려줄까?" "됐어요." 나는 일흔두 개의 계단을 뛰어 올라가면서 생각했다. **어쨌거나 블랙 씨는 믿을 수 없을 만큼 늙어빠진 노인네야. 내 시간만 잡아먹고 도움은 하**

325

나도 안 됐어. 나는 숨을 거칠게 몰아쉬며 할머니 집 초인종을 울렸다. 블랙 씨가 먼저 끝내겠다고 말해서 다행이야. 애초에 왜 내가 함께 다니자고 청했는지 모르겠다니까. 할머니의 대답이 없기에, 다시 눌렀다. 왜 할머니는 문간에서 기다리고 계시지 않는 거야? 할머니한테 중요한 사람은 나 하나뿐인데.

나는 직접 문을 열고 들어갔다.

"할머니? 계세요? 할머니?"

나는 아마 할머니가 가게나 어딘가에 가셨나 보다고 생각하고, 소파에 앉아 기다렸다. 어쩌면 소화를 시키러 산책 삼아 공원에 가셨을지도 모른다. 내가 보기에는 좀 이상하지만 가끔 그러시니까. 아니면 나를 위해 탈수 아이스크림을 사러 가셨거나, 뭔가 부치러 우체국에 가셨을지도 모르지. 그런데 할머니가 편지를 보낼 사람이 있던가?

별로 그러고 싶지 않았지만, 나는 또 상상을 하기 시작했다.

할머니는 브로드웨이를 건너다가 택시에 치었다. 택시는 뺑소니를 쳤다. 보도에 있던 사람들 모두 할머니를 보았지만, CPR*을 제대로 할 자신이 없어서 아무도 도와주지 않았다.

할머니는 도서관 사다리에서 떨어져 두개골이 산산조각 났다. 아무도 보지 않는 책들만 있는 서가였으므로, 할머니는 피를 흘리며 죽어갔다.

할머니는 YWCA 수영장 바닥에서 의식을 잃었다. 아이들은 할머니로부터 4미터 위에서 수영을 하고 있었다.

다른 생각을 하려고 애썼다. 낙관적인 상상을 해보려고 했다. 그러

---

* 심폐 기능 소생법(cardiopulmonary resuscitation)의 약자.

나 비관적인 쪽이 엄청나게 생생했다.

할머니는 심장 마비를 일으켰다.

누군가 할머니를 선로로 떠밀었다.

할머니는 강간당하고 살해당했다.

나는 아파트를 둘러보며 할머니를 찾기 시작했다.

"할머니?"

할머니가 "나 여기 있다," 하시기를 바랐지만, 아무 소리도 들리지 않았다.

식당과 부엌을 들여다봤다. 혹시나 해서 식품 저장실 문을 열어봤지만, 먹을 것들밖에 없었다. 옷장도 화장실도 열어봤다. 작은 침실 문도 열어봤다. 아빠가 내 나이 때 잠을 자고 꿈을 꾸던 곳이었다.

할머니 없이 아파트에 있어보기는 처음이었다. 할머니 침실로 가서 옷장을 들여다보다가 내 그런 행동이 마치 할머니가 벗어둔 옷을 보는 것처럼 믿을 수 없을 만큼 어색하게 느껴졌다. 나는 당연히 할머니가 거기 없을 줄 알면서도 화장대의 맨 위 서랍을 열었다. 내가 왜 그런 짓을 했을까?

서랍은 봉투로 꽉 차 있었다. 수백 통은 족히 되어 보였다. 봉투는 다발로 묶여 있었다. 다음 서랍을 열어보니 거기도 봉투로 가득 차 있었다. 그 밑의 서랍도 마찬가지였다. 온통 봉투였다.

소인을 보고 봉투가 연대순, 즉 날짜순으로 정리되어 있다는 것을 알았다. 할머니의 고향인 독일 드레스덴에서 온 편지들이었다. 1963년 5월 31일부터 최악의 날까지, 매일 한 통씩이었다. 어떤 봉투에는 '태어나지 않은 나의 아이에게'라고 쓰여 있었다. 또 어떤 것에는 '나의 아이에게'라고 쓰여 있었다.

도대체 뭐지?

내 것이 아니니까 그래서는 안 되는 거였지만, 그중 한 통을 열었다.

1972년 2월 6일 금요일에 보낸 것이었다. "나의 아이에게." 아무 내용도 없었다.

다른 뭉치에서 또 다른 편지를 꺼내 보았다. 1986년 11월 22일. "나의 아이에게." 이것도 빈 종이다.

1963년 6월 14일. "태어나지 않은 나의 아이에게." 빈 종이.

1979년 4월 2일. 빈 종이.

내가 태어난 날을 찾아보았다. 빈 종이.

누가 할머니에게 이 편지들을 보냈을까 궁금했다.

다른 방에서 뭔가 소리가 들렸다. 할머니한테 훔쳐본 것을 들키지 않도록 재빨리 서랍을 닫고, 현관 쪽으로 살금살금 걸어갔다. 혹시 도둑이 든 건 아닐까 더럭 겁이 났다. 다시 소리가 들렸다. 이번에는 손님용 방에서 들려오는 소리라는 걸 알 수 있었다.

퍼뜩 생각이 났다. **세입자다!**

진짜였구나!

그 순간만큼 할머니에게 깊은 애정을 느낀 적은 없었다.

나는 돌아서서 손님용 방문으로 살금살금 걸어가 문에 귀를 갖다 댔다. 아무 소리도 들리지 않았다. 그러나 무릎을 꿇자, 방에 불이 켜져 있는 것이 보였다. 나는 일어섰다.

"할머니?" 속삭이듯 불렀다. "거기 계세요?"

아무 대답도 없었다.

"할머니?"

엄청나게 작은 소리가 들렸다. 나는 다시 무릎을 꿇었다. 이번에는 불이 꺼진 것이 보였다.

"거기 누구 있어요? 전 여덟 살이고 우리 할머니가 꼭 필요해서 찾고 있는 중이에요."

발소리가 문으로 다가왔지만, 엄청나게 부드러운 데다 카펫이 깔려 있어 거의 들리지 않았다. 발소리가 멈추었다. 숨소리가 들려왔지만, 더 무겁고 느린 것으로 보아 할머니가 내는 소리는 아니었다. 뭔가가 문에 닿았다. 한 손? 두 손인가?

"여보세요?"

문손잡이가 돌아갔다.

"도둑이라면, 제발 죽이지만 말아주세요."

문이 열렸다.

한 남자가 말없이 거기 서 있었다. 도둑이 아닌 것은 분명했다. 그는 믿을 수 없을 만큼 늙었고, 엄마와는 반대로 눈살을 찌푸리지 않고 있을 때조차도 찌푸린 것처럼 보이는 얼굴이었다. 흰색 반소매 셔츠를 입고 있어서, 털북숭이 팔꿈치가 훤히 드러나 보였다. 아빠처럼 앞니 두 개 사이가 벌어져 있었다.

"아저씨가 세입자인가요?"

그는 잠시 골똘히 생각하더니, 문을 닫았다.

"여보세요?"

그가 방에서 물건을 뒤지는 소리가 들려왔다. 그러더니 돌아와 문을 열었다. 작은 공책을 손에 들고 있었다. 그가 첫 페이지를 열었다. 빈 장이었다. "나는 말을 못 해." 그가 이렇게 썼다. "미안하다."

"할아버지는 누구세요?" 그는 다음 장을 넘겨 대답을 적었다. "내 이름은 토머스." "우리 아빠랑 이름이 같네요. 아주 흔한 이름이죠. 아빠는 돌아가셨어요." 다음 장에 그는 이렇게 썼다. "미안하다."

"할아버지가 우리 아빠를 죽인 것도 아닌데요 뭘." 다음 장에는 무슨 이유에서인지 문손잡이 그림이 있었다. 그래서 그는 그 다음 장

에 이렇게 썼다. "그래도 미안하다." 내가 말했다. "고맙습니다." 그
는 다시 종이를 몇 장 앞으로 넘겨 "미안하다"를 가리켰다.

우리는 그 자리에 서 있었다. 그는 방 안에 있었다. 나는 복도에 있
었다. 문은 열려 있었지만, 우리 사이에 보이지 않는 문이 있는 것
같았다. 나는 그에게 무슨 말을 해야 좋을지 몰랐고, 그는 나에게 뭐
라고 적어주면 좋을지 몰랐다. "전 오스카예요." 그에게 내 명함을
주었다. "우리 할머니 어디 계신지 아세요?" 그가 적었다. "외출했
단다." "어디로요?" 그는 아빠가 잘하던 식으로 어깨를 으쓱했다.
"언제 돌아오실지 아세요?" 그는 어깨를 으쓱했다. "할머니가 계셔
야 하는데."

그와 나는 서로 다른 양탄자 위에 서 있었다. 두 양탄자가 만나는
선을 보니 어느 구에도 속하지 않았던 곳이 생각났다.

그는 이렇게 썼다. "괜찮다면, 안으로 들어와 함께 할머니를 기다
리자꾸나." 나는 그에게 손님이냐고 물었다. 그는 무슨 뜻이냐고 되
물었다. 내가 말했다. "전 손님하고는 같이 안 있거든요." 그는 자기
가 손님인지 아닌지 모르겠다는 듯 아무것도 적지 않았다. "일흔이
넘으셨나요?" 그는 내게 왼손을 보여주었다. 거기에는 '예'라고 문
신이 새겨져 있었다. "전과가 있으신가요?" 그는 '아니요'라고 새겨
진 오른손을 내보였다. "또 어느 나라 말 할 줄 아세요?" 그가 적었
다. "독일어. 그리스어. 라틴어." "프랑스어 할 줄 아세요?(Parlez-
vous français?)" 그는 왼손을 폈다 접었다. '약간'이라는 뜻으로 이
해했다.

나는 방으로 들어갔다.

벽이고 어디고 할 것 없이 빽빽이 "난 너무나 절실히 삶을 갖고 싶었
다,"라든가, "단 한 번만이라도, 단 일 초 동안이라도,"와 같은 글귀가

쓰여 있었다. 나는 그를 위해서 할머니가 그 글을 보지 않기를 바랐다. 그는 공책을 내려놓고 무슨 이유에서인지 다른 것을 집어 들었다. "여기서 사신 지 얼마나 되셨어요?" 내가 물었다. 그는 이렇게 썼다. "네 할머니가 내가 여기 산다고 말해 준 지가 얼마나 되었니?" "글쎄요, 아빠가 돌아가신 후부터인 것 같아요. 그러니까, 이 년쯤 되었나 봐요." 그는 왼손을 폈다. "그 전에는 어디 계셨어요?" "네 할머니는 내가 그 전에 어디 있었다고 하던?" "그런 말씀은 하지 않으셨어요." "여기에는 없었다." 나는 기묘한 대답이라고 생각했지만, 그런 것에는 이골이 나 있었다.

그는 이렇게 썼다. "먹을 것 좀 줄까?" 나는 괜찮다고 대답했다. 그가 나를 뚫어져라 쳐다보는 것이 마음에 들지 않았다. 그렇게 쳐다보면 믿을 수 없을 만큼 쑥스러웠지만, 뭐라고 해야 좋을지 알 수 없었으니까. "마실 것 줄까?"

"할아버지 얘기 좀 들려주실래요?" 내가 물었다. "내 이야기?" "네, 할아버지는 어떻게 살아오셨어요?" 그가 적었다. "나도 모른다." "어떻게 모를 수가 있어요?" 그는 아빠처럼 어깨를 으쓱했다. "어디서 태어나셨어요?" 그는 어깨를 으쓱했다. "자기가 태어난 곳도 모른다니 말도 안 돼요!" 그는 어깨를 으쓱했다. "어디서 자라셨어요?" 그는 어깨를 으쓱했다. "좋아요. 형제나 자매가 있으세요?" 그는 어깨를 으쓱했다. "무슨 일을 하세요? 퇴직하셨다면, **전에는** 무슨 일을 하셨어요?" 그는 어깨를 으쓱했다. 나는 그가 대답을 모를 리가 없는 질문거리를 생각해 내려고 머리를 쥐어짰다. "할아버지는 인간이신가요?" 그는 책장을 앞으로 넘겨 "미안하다"를 짚었다.

그때보다 더 간절히 할머니가 필요했던 적은 없었다.

나는 세입자에게 물었다. "제 이야기를 해드릴까요?"

그는 왼손을 폈다.

그래서 나는 내 이야기를 풀어놓았다.

나는 그가 할머니인 셈 치고, 맨 처음부터 시작했다.

나는 그에게 의자에 걸쳐둔 턱시도 이야기와, 꽃병을 깨뜨려서 열쇠를 찾아낸 이야기, 열쇠공, 봉투, 미술용품 가게 이야기를 했다. 애런 블랙의 목소리와, 애비 블랙에게 거의 키스할 뻔했던 이야기를 했다. 그녀는 하고 싶지 않다고 하지 않고, 그건 좋은 생각이 아니라고만 했다. 코니아일랜드의 에이브 블랙과 피카소 그림 두 점을 갖고 있는 에이다 블랙, 블랙 씨 창문 옆을 날아간 새들 이야기를 했다. 그가 이십 년 만에 처음 들어본 소리가 바로 그 새들의 날갯짓 소리였다. 그다음에는 그래머시 공원이 내려다보이는 곳에 살지만 그곳으로 나가는 열쇠는 가지고 있지 않았던 버니 블랙이 있었다. 그는 차라리 벽돌담을 마주 보고 사는 게 더 좋았을 거라고 말했다. 첼시아 블랙은 약손가락 주위에 햇볕에 탄 자국이 있었는데, 신혼여행에서 돌아오자마자 곧바로 이혼했기 때문에 반지가 있던 자리만 희게 남아 있었다. 돈 블랙은 동물 권리 보호 운동가였고, 유진 블랙은 동전을 수집했다. 포 블랙은 커널 가에 살았는데, 그곳은 한때 진짜 운하였던 곳이다. 그는 영어를 썩 잘하지 못했다. 대만에서 온 이후로 차이나타운을 벗어나지 않았기 때문이라고 했다. 밖으로 나갈 이유가 없었다. 그에게 이야기하는 내내 나는, 마치 우리가 수족관 속에 있기라도 한 것처럼, 창문 너머 물이 있다고 상상했다. 그는 차를 한 잔 하겠느냐고 했지만, 나는 괜찮다고 했다. 그래도 결국은 예의상 차를 마셨다. 나는 그에게 진짜로 뉴욕을 사랑하는지 아니면 별 생각 없이 그냥 그 셔츠를 입고 있는 것인지 물었다. 그는 어색하게 미소를 지었다. 질문을 알아듣지 못한 모양이었다. 왠지 영어로

말한 것이 잘못인 듯 미안한 마음이 들었다. 나는 그의 셔츠를 가리
켰다. "정말로? 뉴욕을? 사랑? 하세요?" 그가 말했다. "뉴욕이라
고?" "아저씨. 셔츠요." 그는 자기 셔츠를 내려다보았다. 나는 'N'을
가리키며 말했다. "뉴." 그다음에는 'Y'를 가리키며 "욕"이라고 말
했다. 그는 혼란스러운 듯도 하고, 당황한 것도 같고, 놀란 듯하기도
하고, 어찌 보면 정신이 나간 것 같이 보이기도 했다. 그의 감정의
언어를 모르니 그가 어떻게 느꼈는지는 알 수가 없다. "나 뉴욕 몰
라. 중국어로 '니(ny)' '너'야. '나는 너를 사랑한다'로 생각했어."
그제야 나는 벽에도 'I♥NY' 포스터가 붙어 있고, 문에도 'I♥NY'
깃발이 걸려 있고, 행주에도 'I♥NY', 부엌 식탁 위의 도시락에도 'I
♥NY'라고 쓰여 있는 것을 알아챘다. 나는 그에게 물었다. "저, 그럼
왜 모든 사람을 그렇게 사랑하세요?"

스태튼 아일랜드에 사는 조지아 블랙은 자기 거실을 남편의 박물
관으로 바꾸어놓았다. 그녀는 남편의 어릴 적부터의 사진들, 첫 신
발, 낡은 성적표를 다 가지고 있었다. 성적표는 내 것만 못했지만, 하
여튼 그랬다. "일 년이 지나서야 첫 번째 방문객이 왔군요." 그녀는
이렇게 말하며 벨벳 상자에 들어 있는 순금 메달을 보여주었다. "그
이는 해군 장교였어요. 난 해군 장교의 부인이 되어서 얼마나 좋았
는지 몰라요. 몇 년에 한 번씩 외국의 이곳저곳으로 옮겨 다녀야 했
지요. 한곳에 뿌리를 내릴 기회는 없었지만, 얼마나 짜릿했다고요.
필리핀에서 이 년을 살았지요." **"멋지군요."** 내가 말했다. 블랙 씨는
이상한 언어로 노래를 부르기 시작했다. 필리핀어인 모양이었다. 그
녀는 우리에게 결혼 앨범도 한 번에 한 장씩 보여주었다. "나도 옛날
에는 한 미모 했지요?" 내가 말했다. "그렇군요." 블랙 씨가 말했다.

"지금도 아름다우십니다.""두 분 다 정말 친절하시네요?" 내가 대답했다. "맞아요."

"이건 그이가 홀인원을 쳤던 3번 우드랍니다. 정말 자랑스러워했지요. 몇 주 동안 그 얘기만 입에 달고 살았답니다. 저건 하와이의 마우이에 여행 갔을 때 산 비행기 표예요. 서른 번째 결혼기념일이었다고 말해도 자랑한다고 저를 흉보지는 않으시겠죠. 삼십 년이라니. 우리가 맺은 서약을 새롭게 다시 하고 싶었지요. 로맨스 소설에서 나오는 것처럼 말이에요. 그이는 기내용 가방에 꽃을 가득 채웠답니다. 다정하기도 하지. 비행기에서 그 꽃으로 나를 깜짝 놀래주려고 했다는 거예요. 하지만 전 그이 가방이 엑스레이를 통과할 때 스크린에서 그 속을 보았답니다. 시커먼 꽃다발이 있었지 뭐예요. 꽃의 그림자 같았어요. 난 정말 복도 많지." 그녀는 우리가 남긴 지문을 천으로 문질러 닦았다.

그녀의 집까지 가는 데는 네 시간이 걸렸다. 그중 두 시간은 블랙씨가 나한테 스태튼 아일랜드 여객선을 타자고 설득하느라 허비했다. 여객선은 눈에 잘 띄는 잠재적 목표물일 뿐 아니라, 아주 최근에는 사고도 있었다. 나는 『나에게 일어난 일』에 팔다리를 잃은 사람들의 사진을 넣어두었었다. 게다가, 나는 물을 좋아하지 않았다. 특히 배가 싫었다. 블랙 씨는 여객선을 타지 않는다면 그날 밤 잠자리에서 기분이 어떨 것 같으냐고 물었다. 내가 대답했다. "아마 마음이 무겁겠죠.""그러면 배를 타면 기분이 어떻겠니?""최고겠죠.""그런데?""그런데 제가 배에 타고 **있을** 동안 무슨 일이 생길지 어떻게 알아요? 가라앉으면 어떡해요? 누가 저를 떠밀어 버리면요? 견착식 조준 사격 미사일에 맞으면 어떡해요? 그러면 오늘 밤이란 건 없을걸요." 블랙 씨가 말했다. "어떻게 되든 하여간 넌 아무것도 느끼지

CNN

STATEN ISLAND FERRY FERRY HITS PIER

FERRY DEATHS

OF NEW YORK

WNYW

못할 거 아냐."그 말을 곰곰이 생각해 봤다.

"이건 그이가 부대장한테서 받은 평가서랍니다."조지아가 상자를 톡톡 치며 말했다. "더할 나위 없이 훌륭하죠. 이건 그이가 어머님 장례식 때 맸던 넥타이예요. 어머님은 천국에 가셨을 거예요. 참 좋은 분이셨거든요. 그렇게 좋은 분은 다시없을 거예요. 그리고 여기 이건 그이가 어린 시절을 보낸 고향집 사진이에요. 물론 제가 그를 알기 전에 찍은 사진이죠."그녀는 상자를 하나하나 손으로 톡톡 치고 나서는 마치 뫼비우스의 띠처럼 다시 자기 지문을 닦아냈다. "이것들은 그이 학교 대표팀의 마크예요. 이건 그이가 담배를 피우던 시절에 쓰던 담배 상자고요. 이건 그이의 상이(傷痍) 기장이지요."

부츠가 무거워지기 시작했다. **그녀의** 물건은 죄다 어디에 있는 것일까? **그녀의** 신발과 **그녀의** 졸업장은? **그녀의** 꽃 그림자는? 나는 열쇠에 대해서는 묻지 않기로 마음먹었다. 우리가 박물관을 보러 왔다고 믿게 해주고 싶었다. 블랙 씨도 같은 생각일 것 같았다. 목록에 있는 사람들을 전부 다 만나보고도 아무것도 발견하지 못하게 되면, 다른 선택의 여지가 없게 되면 그때 다시 와서 물어보기로 했다. "이건 그이가 아기 때 신었던 신발이랍니다."

하지만 문득 의문이 솟아올랐다. 그녀는 우리가 일 년이 넘는 시간 동안 자기를 찾아온 첫 번째 방문객이라고 말했다. 아빠가 죽은 지는 일 년이 더 되었다. 우리 전에 온 방문객이 **아빠**였을까?

"안녕, 여러분."한 남자가 문간에서 말했다. 그는 김이 모락모락 피어오르는 머그잔 두 개를 들고 있었고, 머리카락은 젖어 있었다. "오, 일어났군요!"조지아가 '조지아'라고 새겨진 머그잔을 받아들며 말했다. 그녀는 그에게 진한 키스를 해주었다. 나는 **이건 대체 뭐야?** 같은 기분이 되었다. "여기 이 사람이에요."그녀가 말했다. "이

분이 누구시라고요?" 블랙 씨가 물었다. "제 남편이요." 그녀는 그가 그 자신의 삶을 보여주는 또 하나의 전시물이라는 듯한 태도로 말했다. 우리 넷은 그 자리에 서서 서로에게 미소를 보냈다. 그리고 그 남자가 입을 열었다. "자, 이제 제 박물관을 보실까요." 내가 말했다. "방금 봤어요. 정말 근사하더군요." 그러자 그가 말했다. "아니야, 오스카, 그건 **아내의** 박물관이야. 내 것은 다른 방에 있단다."

편지 감사합니다. 저에게 오는 편지가 너무 많아서 개인적으로 답장을 쓰지는 못합니다. 그렇더라도 언젠가는 편지를 보내주신 정성에 제대로 보답할 날이 오기를 바라며, 편지들은 모두 다 읽고 잘 모아두고 있습니다. 그날까지 안녕히.

진심을 담아
스티븐 호킹

그 일주일은 쏜살같이 지나갔다. 아이리스 블랙. 제러미 블랙. 카일 블랙. 로리 블랙… 마크 블랙은 울면서 문을 열고 우리를 맞았다. 그는 누군가가 자기에게 되돌아오기를 기다리고 있던 참이었다. 그래서 누가 문을 두드릴 때마다 그런 소망을 품어서는 안 되는 줄 알면서도 그 사람이기를 바라는 마음을 억누르지 못했다.

낸시 블랙의 룸메이트는 낸시가 19번가에 있는 커피숍에서 일한다고 말했다. 그래서 우리는 그곳으로 갔다. 나는 낸시에게 일반적으로 생각하는 것과는 달리, 실제로는 에스프레소보다 다른 종류의 커피에 카페인이 더 많다고 설명해 주었다. 물이 커피와 섞여 있는 시간보다 커피 찌꺼기와 섞여 있는 시간이 훨씬 더 길기 때문이다. 그녀는 미처 몰랐던 사실이라고 말했다. "저 애가 한 말이라면 사실이라오." 블랙 씨가 내 머리를 토닥이며 말했다. 내가 그녀에게 말했다. "또, 소리로 커피 한 잔을 덥힐 만큼의 에너지를 만들려면 9년 동안 고함을 질러야 한다는 거 아세요?" 그녀가 대답했다. "몰랐어." "바로 그 때문에 **커피 전문점**은 코니아일랜드의 **사이클론** 옆에 내야 하는 거랍니다! 아시겠죠?" 나는 이렇게 말하고 깔깔대며 웃었지만, 나 말고는 아무도 웃지 않았다. 그녀는 우리에게 주문을 하겠느냐고 물었다. 내가 말했다. "아이스커피로 주세요." "사이즈는?" "큰 걸로요, 그리고 얼음이 녹아서 묽어지면 싫으니까 커피 얼음으로 넣어주실래요?" 그녀는 커피 얼음은 없다고 대꾸했다. **"그렇군요."** 블랙 씨가 말했다. "바로 본론으로 들어가죠." 그런 다음 그가 얘기를 시작했다. 나는 화장실로 가서 나 자신을 멍이 들도록 때려주었다.

레이 블랙은 수감 중이어서 이야기를 해볼 수 없었다. 인터넷으로 찾아보았더니, 그는 어린아이 둘을 강간하고 살해한 죄로 복역 중이었다. 죽은 아이들의 사진도 있었다. 그 아이들의 사진을 보면 마음만 아플 것을 알면서도 보았다. 나는 그 사진들을 출력해서 『나에게 일어난 일』을 열고 프랑스인 우주비행사 장피에르 에뉴레의 사진 바로 뒤에 넣어두었다. 중력은 우리를 떨어지게 만들 뿐 아니라 근육을 강화시키기도 한다. 그래서 중력이 없는 미르 우주정거장에서 지냈던 에뉴레는 귀환 당시 우주선에서 들것에 실려 나와야 했다. 나는 감옥에 있는 레이 블랙에게 편지를 썼지만, 답장은 받지 못했다. 내 열쇠가 그의 감방 열쇠일지 모른다는 상상을 누를 수 없었지만, 속으로는 그가 열쇠와 아무 관계가 없기를 바랐다.

루스 블랙의 주소는 엠파이어스테이트 빌딩 86층이었다. 믿을 수 없을 정도로 이상한 일이었다. 블랙 씨의 생각도 그랬다. 실제로 거기 사람이 살고 있을 줄은 우리 둘 다 꿈에도 생각지 못했던 것이었다. 블랙 씨에게 무서워 죽겠다고 말했더니 그는 무서워해도 괜찮다고 했다. 거기까지 갈 수 없을 것 같은 기분이 든다고 말하자, 그는 그래도 괜찮다고 대답했다. 나는 가장 두려운 것이 바로 그거라고 말했다. 그는 왜 그런지 이해할 것 같다고 했다. 블랙 씨가 가지 말자고 해주었으면 싶었지만, 그는 그러지 않았다. 그러니 나로서도 달리 할 말이 없었다. 내가 로비에서 기다리겠다고 하자, 그는 좋다고 대답했다. "알았어요, 알았어. 저도 갈게요."

엘리베이터를 타고 올라가는 동안 건물에 대한 안내 방송이 나왔는데, 아주 근사했다. 평소 같으면 메모를 했겠지만, 그때는 용기를 다지는 데 온 힘을 집중해야 했다. 나는 블랙 씨의 손을 꽉 잡은 채 끝없이 상상의 나래를 펼쳤다. 줄이 끊어져서 엘리베이터가 떨어진다면, 바닥에 트램펄린이 있어서 우리를 다시 위로 튕겨 올린다면, 시리얼 상자처럼 지붕이 열려 우리를 스티븐 호킹조차도 확실히 알지 못하는 머나먼 우주로 날려 보낸다면…….

엘리베이터 문이 열리자, 전망대가 나왔다. 누구를 찾아야 할지 몰라 잠시 동안 그저 두리번거리기만 했다. 전망이 믿기지 않을 만큼 멋지다는 것을 알았지만, 내 뇌는 이미 하지 말아야 할 짓을 하기 시작했다. 나는 내내 우리가 서 있는 바로 아래 부분에 비행기가 충돌하는 상상을 했다. 하고 싶지 않았지만 멈출 수가 없었다. 테러리스트인 조종사의 얼굴을 보게 될 최후의 순간을 상상했다. 비행기 기수가 건물 일 밀리미터 앞까지 다가왔을 때 우리의 눈이 서로 마주치는 상상을 했다.

당신을 증오해, 내 눈이 그에게 이렇게 말하겠지.

네놈을 증오해, 그의 눈도 나에게 이렇게 말하겠지.

그다음 거대한 폭발이 일어날 것이고, 건물은 금세 무너질 듯이 흔들릴 것이다. 인터넷에서 읽은 덕분에 어떤 기분일지 알고 있었다. 차라리 읽지 않았으면 좋으련만. 그런 다음 연기가 내가 있는 곳까지 올라올 것이고, 사방에서 사람들이 아우성을 칠 것이다. 85층을 걸어 내려온 사람이 쓴 글도 읽었다. 계단이 틀림없이 이천 개는 되었을 것이다. 그는 사람들이 "도와줘요!"라든가 "죽고 싶지 않아!"라고 소리를 지르고 있었고, 어떤 회사 사장은 "엄마!"를 부르며 울부짖었다고 말했다.

공기가 점점 뜨거워지면서 내 피부에 수포가 생기기 시작할 것이다. 열기로부터 도망치고 싶은 마음이 굴뚝같겠지만, 보도로 뛰어내리면 말할 것도 없이 죽겠지. 어느 쪽을 선택할까? 뛰어내릴까 타 죽을까? 나 같으면 뛰어내릴 것 같다. 그러면 고통을 느끼지 않아도 될 테니까. 반면에 타 죽을 경우에는 최소한 탈출할 기회가 있을지도 모른다. 탈출하지 못 하더라도, 고통을 느끼는 편이 고통조차 느끼지 못하게 되는 것보다는 훨씬 낫다. 그렇지 않은가?

휴대폰에 생각이 미쳤다.

아직 몇 초의 시간이 있다.

누구한테 전화를 걸어야 할까?

무슨 말을 해야 할까?

나는 그럴 때 사람들이 서로에게 무슨 말을 할지 모조리 생각해 보았다. 태어난 이상 천 분의 일 초 후든, 며칠 후든, 몇 달 후든, 76.5년 후든 누구나 죽어야 한다. 태어난 것은 모두 죽어야 한다. 그 말은 우리 삶이 고층 빌딩과 같다는 의미이다. 연기가 번져오는 속도는 저마다 다를지라도 불길에 휩싸여 있기는 다 마찬가지이고, 우리는 모두 그 안에 갇혀 있다.

엠파이어스테이트 빌딩 전망대 위에서는 가장 아름다운 광경을 볼

수 있다. 거리의 사람들이 개미처럼 보일 거라는 글을 어딘가에서 읽었지만, 실제로 그렇지는 않다. 그들은 작은 사람들처럼 보인다. 차도 작은 차처럼 보인다. 건물조차도 작아 보인다. 뉴욕이 뉴욕을 고대로 축소해 놓은 미니어처 같다. 그 속에 있을 때 느끼는 기분과 달리, 뉴욕의 실제 모습을 볼 수 있어서 근사하다. 전망대에 있으면 엄청나게 외로워져서 모든 것으로부터 멀리 떨어져 나온 기분이 든다. 죽을 수 있는 방법이 하도 많아서 더럭 겁이 나기도 한다. 그렇지만 아주 많은 사람들에게 둘러싸여 있으므로 안전하다는 기분도 든다. 나는 한 손을 벽에 댄 채 조심스레 벽을 따라 사면을 돌았다. 내가 열쇠를 꽂아보았던 모든 자물쇠와, 아직 시도해 보지 못한 161,999,831개의 자물쇠를 보았다.

나는 무릎을 꿇고 망원경 쪽으로 기어갔다. 망원경을 단단히 잡고 일어나 벨트의 동전 지갑에서 25센트짜리 동전을 꺼냈다. 금속 뚜껑이 열리자, 울워스 빌딩, 유니언 스퀘어, 세계무역센터가 있던 자리에 뚫린 거대한 구멍 등 멀리 있는 것들이 믿을 수 없을 만큼 가까이 보였다. 나는 열 블록쯤 떨어져 있을 듯싶은 사무용 건물의 유리창을 들여다보았다. 초점을 맞추느라 몇 초 정도 걸렸지만, 곧 책상에 앉아 무언가를 쓰고 있는 남자의 모습을 볼 수 있었다. 무엇을 쓰고 있을까? 아빠와 닮은 데는 한 군데도 없었지만, 그는 아빠를 생각나게 했다. 나는 얼굴을 더 바짝 대고 차가운 금속에 코를 꼭 붙였다. 그는 아빠처럼 왼손잡이였다. 아빠처럼 앞니 사이가 벌어져 있을까? 그가 무슨 생각을 하고 있는지 알고 싶었다. 누구를 그리워하고 있을까? 무엇 때문에 미안해할까? 내 입술이 키스를 하듯 금속에 닿았다.

나는 블랙 씨를 찾았다. 그는 센트럴 파크를 보고 있었다. 나는 그에게 내려가야겠다고 말했다. "하지만 루스는 어떡하고?" "다음에 다시 오죠 뭐." "그래도 벌써 여기 왔잖아." "그럴 기분이 아니에요." "잠깐이면 될 텐데……." "집에 가고 싶어요." 그는 아마도 내 얼굴에서 금방이라도 울음을 터뜨릴 기색을 읽었을 것이다. "좋아, 집에 가자꾸나."

우리는 엘리베이터를 타려고 늘어선 줄 끝에 가서 섰다.

나는 사람들을 쳐다보며 그들이 어디에서 왔을까, 누구를 그리워할까, 무엇을 미안해할까 궁금해했다.

뚱뚱한 아이를 데리고 있는 뚱뚱한 여자, 카메라 두 대를 갖고 있는 일본 남자, 사인이 잔뜩 적힌 깁스를 하고 목발을 짚은 소녀가 있었다. 그 깁스를 잘 살펴보면 거기서 아빠의 필적을 찾아낼 것만 같은 묘한 기분이 들었다. 어쩌면 아빠는 "빨리 회복되렴."이라고 써주었을지도 모른다. 아니면 그냥 이름만 써주었든가. 할머니 한 분이 몇 피트 떨어진 곳에 서서 나를 돌아보았다. 그 시선에 쑥스러워졌다. 할머니는, 뭐라고 쓰여 있는지는 보이지 않았지만, 구식 옷차림을 하고 클립보드를 들고 있었다. 나는 먼저 시선을 피하지 말자고 다짐했지만, 결국 눈을 돌리고 말았다. 나는 블랙 씨의 소매를 잡아당기며 그 할머니를 보라고 말했다. "저기 있잖냐," 그가 속삭였다. "왜요?" "저 여자가 틀림없이 그 사람일 거다." 무슨 이유에서인지, 그의 말이 맞는다는 생각이 들었다. 우리가 서로 다른 것을 찾고 있는지도 모른다는 의심은 전혀 들지 않았지만.

"가까이 가볼까요?" "그럴까." "어떻게요?" "글쎄다." "가서 안녕하세요, 해보죠." "안녕하세요로는 부족해." "시간을 알려줄까요." "하지만 우리한테 시간을 물어본 적도 없잖아." "그럼 우리가 물어보지요." "네가 해." "할아버지가 해주세요." 우리는 어떻게 접근할지를 놓고 실랑이를 벌이는 데 정신이 팔려 정작 그녀가 우리에게 다가오는 것도 몰랐다. "이제 떠나시려는 참인가 보군요. 하지만 이 아주 특별한 건물의 아주 특별한 투어를 해보는 건 어떠신가요?" "할머니, 성함이 어떻게 되세요?" 내가 물었다. "루스야." 할머니가 말했다. 블랙 씨가 말했다. "투어라, 좋죠."

할머니는 미소를 짓고 숨을 한 번 크게 들이쉰 다음, 걸음을 옮기며 이야기를 시작했다. "엠파이어스테이트 빌딩 건축은 1930년 3월에 34번가와 5번가의 350번지, 월도프 아스토리아 호텔이 있던 자리에서 시작되었답니다. 공사는 일 년 하고 45일 만에 끝났지요. 일요일과 휴일까지 포함하여 칠백만 시간에 이르는 노동 시간이 소요되었습니다. 건물은 하나부터 열까지 공사를 빨리 진행할 수 있도록 설계되었답니다. 되도록 조립식 자재를 많이 사용했지요. 그 결과 작업은 매주 네 층 반 정도가 올라가는 속도로 진행되었어요. 전체 골조 공사를 끝내는 데는 반 년도 채 걸렸지 않았어요." 내가 자물쇠를 찾느라 들인 시간에도 못 미치는 시간이었다.

할머니는 숨을 들이쉬었다.

"슈리브, 램 앤드 하면 연합 건축 회사가 설계한 원안대로라면 86층이 되어야 했지만, 비행선을 위해 60미터 높이의 계류탑이 추가되었답니다. 오늘날 그 계류탑은 텔레비전과 라디오 방송용으로 쓰이고 있지요. 건축 비용은 대지를 포함해 총 40,948,900달러였답니다. 건물 자체만 짓는 데는, 대공황 시기에 노동력의 가격과 자재비가 하락한 덕분에 예상했던 50,000,000달러의 절반에도 못 미치는 24,718,000달러밖에 안 들었지요." "대공황이 뭐예요?" 내가 묻자, 블랙 씨가 대답했다. "내가 나중에 얘기해 주마."

"엠파이어스테이트 빌딩은 높이가 381미터로, 1972년 세계무역센터의 첫 번째 건물이 완성되기 전까지는 전 세계에서 가장 높은 건물이었답니다. 빌딩이 처음 문을 열었을 때는 세입자를 구하느라 하도 애를 먹어서 뉴욕 시민들이 엠프티 스테이트(Empty State) 빌딩이라고 부를 정도였답니다." 나는 그 말에 웃음을 터뜨렸다. "다행히 이 전망대 덕분에 파산을 면할 수 있었죠." 블랙 씨는 전망대가 자랑스럽다는 듯이 벽을 가볍게 톡톡 쳤다.

"엠파이어스테이트 빌딩은 6만 톤의 강철로 지탱됩니다. 대략 6,500개의 창문이 있고, 10,000,000개의 벽돌이 쓰였으며, 그 무게는 어림잡아 365,000톤 정도에 이릅니다." "정말 무겁군요." 내가 말했다. "이 마천루를 덮는 데 45,000제곱미터가 넘는 대리석과 인디애나 석회석이 들어갔지요. 내부는 프랑스, 이탈리아, 독일, 벨기에산 대리석으로 꾸며져 있답니다. 사실 뉴욕에서 가장 유명한 건물이 온통 뉴욕 밖에서 들여온 자재들로 이루어져 있는 거죠. 도시 자체도 대부분 이민자들로 구성된 것과 아주 흡사하지요." 블랙 씨는 고개를 끄덕이며 맞장구를 쳤다. "정말 그렇군요."

"엠파이어스테이트 빌딩은 수많은 영화의 촬영지이자 외국 고관의 접대 장소 역할을 해왔습니다. 2차 대전 때인 1945년에는 건물 79층에 폭격기가 충돌한 적도 있답니다." 나는 엄마 드레스 뒷면의 지퍼라든가, 아빠가 휘파람을 너무 오래 불고 나면 늘 물 한 잔을 청하던 일처럼 행복하고 안전한 것들에 정신을 집중했다. "엘리베이터가 바닥으로 추락했지요. 하지만 비상 브레이크 덕분에 승객들은 무사했으니 안심하셔도 좋을 겁니다." 블랙 씨는 내 손을 꼭 잡아주었다. "승강기로 말하면, 여섯 대의 화물용을 포함해 이 건물에는 70대의 승강기가 있답니다. 분당 180미터에서 430미터에 이르는 속도로 운행하지요. 원한다면 1층에서 꼭대기까지 1,860개의 계단으로

걸어 올라갈 수도 있고요." 나는 그 계단으로 내려갈 수도 있느냐고
물어봤다.

"오늘처럼 맑은 날이면 130킬로미터 밖까지 내다보인답니다. 코
네티컷까지 훤히 보이죠. 1931년 전망대가 일반에 개방된 이래로, 1
억 천만 명에 달하는 방문객들이 발 밑으로 도시가 굽어보이는 아찔
한 전망을 즐겼지요. 해마다 350만 명 이상이, 「러브 어페어」에서 케
리 그랜트가 데버러 커를 헛되이 기다렸던 곳이고, 「시애틀의 잠 못
이루는 밤」에서 톰 행크스와 맥 라이언이 운명적으로 만났던 곳인
86층에 들렀다 가지요. 또한, 전망대는 장애인들도 쉽게 올라갈 수
있도록 만들어졌습니다."

그녀는 말을 멈추고 가슴에 손을 올려놓았다.

"뉴욕 시의 감정과 정신은 엠파이어스테이트 빌딩에 구현되어 있
다고 할 수 있습니다. 여기서 사랑에 빠진 사람들부터 아이들과 손
주들을 데리고 다시 찾은 사람들까지, 모두가 이 빌딩을 지상 최고
의 장관을 제공하는 굉장한 명소일 뿐 아니라, 누구도 따르지 못할
미국의 기술력의 상징으로 인정하죠."

그녀는 머리를 숙여 인사했다. 우리는 박수를 쳤다.

"시간이 좀 더 있으신가요?" "저희는 시간 많습니다." 블랙 씨가
말했다. "공식적인 투어는 이것으로 끝이지만, 이 건물에 제가 정말
로 사랑하는 몇 가지가 더 있거든요. 그것들을 좋아하실 만한 분들
에게만 알려드린답니다." 내가 그녀에게 말했다. "저희도 아주아주
좋아할 거예요."

"지금은 텔레비전 방송탑이 된 비행선 계류탑은 원래 건물 구조의
일부였답니다. 개인 소유의 소형 연식 비행선을 매어두려는 시도는
성공적이었지요. 하지만 1931년 9월에는 해군 비행선이 거의 물구

나무를 서다시피 해서, 그 역사적인 사건에 참석한 명사들을 하마터면 다 쓸어버릴 뻔했지요. 물 밸러스트* 때문에 몇 블록 밖의 행인들까지 물벼락을 맞았답니다. 그래서 계류탑으로 쓴다는 생각은 아주 낭만적이기는 했지만, 결국 포기하고 말았죠." 그녀는 다시 걷기 시작했고, 우리는 뒤를 따랐다. 그러나 우리가 따라가지 않는다 해도 그녀는 이야기를 계속 하지 않을까 싶었다. 그녀가 우리를 위해 이야기하는 것인지, 아니면 자기 자신을 위해 이야기하는 것인지 또는 어떤 전혀 다른 이유가 있는 것인지 분간이 가지 않았다.

"봄가을 철새들이 이동할 철이 되면, 탑을 밝히는 불빛에 새들이 헷갈려서 건물로 날아드는 일이 없도록 안개 긴 밤에는 불을 끈답니다." 내가 그녀에게 말했다. "해마다 만 마리의 새들이 창문에 부딪쳐 죽는대요." 쌍둥이 빌딩의 창문에 대해 조사를 하다가 우연히 알게 된 사실이었다. "새들 수가 적지 않군." 블랙 씨가 말했다. "창문도 많을 테지요." 루스가 말했다. 나는 그들에게 말했다. "맞아요, 그래서 제가 새들이 건물에 믿을 수 없을 만큼 가까이 다가왔을 때, 다른 고층 빌딩에서 새 울음소리를 엄청나게 크게 울려서 새들을 그쪽으로 유인하는 장치를 생각해 냈어요. 새들이 한 건물에서 다른 건물로 확 몰려가게 만드는 거죠." "핀볼처럼 말이지." 블랙 씨가 말했다. "핀볼이 뭐예요?" 내가 물었다. "하지만 새들은 절대 맨해튼을 떠나려 하지 않아요." 루스가 말했다. "그럼 새 모이 셔츠가 쓸 만해질 테니까 그것도 괜찮을 거예요." 내가 그녀에게 말했다. "내가 앞으로 투어를 할 때 그 만 마리 새들 얘기를 해도 괜찮겠니?" 나는 그이야기가 내 소유는 아니니 괜찮다고 대답해 주었다.

---

* 부력을 조정하기 위해 기구나 비행선에 매다는 주머니.

"엠파이어스테이트 빌딩은 자연의 피뢰침으로서 연간 오백여 차례의 번개를 맞는답니다. 뇌우가 칠 때 옥외 전망대는 닫아두지만, 안쪽은 열어두죠. 건물 꼭대기에서 어마어마한 양의 정전기가 발생하기 때문에, 조건이 갖춰졌을 때 전망대 담에 손을 대보면 손끝에서 성(聖) 엘모*의 불꽃이 흐를 거예요." "성 엘모의 불이라니 **저엉말 굉장해요!**" "여기서 키스를 하면 입술에서 정전기가 튀는 것도 볼 수 있겠군." 블랙 씨가 말했다. "그래서 전 키스하는 연인들을 구경하는 걸 제일 좋아한답니다." 루스가 말했다. "저도요." 나도 한마디 했다. "제 것은 성 엘모의 불이에요." "엠파이어스테이트 빌딩은 위도 40도 44분, 북쪽으로 53.977초, 경도 73도 59분, 서쪽으로 10.812초에 자리 잡고 있답니다. 감사합니다."

"정말 즐거웠습니다." 블랙 씨가 말했다. "감사합니다." 그녀가 말했다. 나는 그녀에게 어떻게 그런 것을 다 아느냐고 물었다. "이 빌딩을 사랑하니까 이 빌딩에 대해서라면 잘 알고 있지." 그 말을 듣자 아직 찾지 못한 자물쇠가 떠올라 부츠가 무거워졌다. 자물쇠를 찾아내지 못한다면 아빠에 대한 내 사랑이 모자란 탓이다. "이 빌딩의 어떤 점이 그렇게 좋습니까?" 블랙 씨가 물었다. "제가 답을 갖고 있다면, 그건 정말로 사랑하는 것이 아니겠죠, 그렇지 않을까요?" "정말 멋진 분이시군요." 블랙 씨는 이렇게 말하고 난 후 어디 출신이냐고 물었다. "전 아일랜드에서 태어났어요. 제 가족은 제가 어린 소녀였을 때 이곳에 왔죠." "부모님은요?" "부모님은 아일랜드인이셨어요." "그럼 조부모님은?" "아일랜드인이요." "놀라운 얘기로군요." 블랙 씨가 말했다. "어째서요?" 루스가 물었다. 나도 왜 그런지 궁금

---

* 폭풍우가 칠 때 교회탑이나 선박의 돛대와 같은 뾰족한 물체의 끝부분에 전기가 방전되면서 나타나는 불꽃.

했다. "저희 집안은 아일랜드하고는 아무런 관계가 없거든요. 우리는 메이플라워 호를 타고 왔답니다." 내가 말했다. **"멋져요."** "무슨 말씀이신지 이해가 잘 안 되는데요." 루스의 말에 블랙 씨가 대답했다. "우리는 아무 관계가 없다는 겁니다." "관계가 있어야 할 이유라도 있나요?" "우리는 성이 같으니까요." 나는 속으로 생각했다. **하지만 엄밀히 따지면 루스는 자기 성이 블랙이라고 한 적이 없어. 실제로 블랙이라 해도, 루스는 어떻게 블랙 씨가 자기 성을 알고 있는지 왜 묻지 않을까?** 블랙 씨는 한참 걸려서 베레모를 벗더니 자기 한쪽 무릎 위에 내려놓았다. "제가 너무 단도직입적으로 말씀드리는 것 같아 죄송합니다만, 언제 오후에 저와 시간을 보내주신다면 대단히 기쁘겠습니다. 거절하신다면 실망스럽기는 하겠지만, 불쾌히 여기지는 않겠습니다." 루스는 얼굴을 돌렸다. "죄송합니다." 블랙 씨가 말했다. "제가 주책없는 소리를 했군요." 루스가 말했다. "전 여기서 살고 있어요."

블랙 씨가 말했다. **"무슨 말씀이십니까?"** "저는 여기서 지낸답니다." "늘 말입니까?" "네." "얼마나 되셨습니까?" "아. 오래됐어요. 여러 해째에요." 블랙 씨가 말했다. "세상에!" 나는 루스에게 여기서 어떻게 지내느냐고 물었다. "어떻게라니 무슨 뜻이지?" "잠은 어디서 주무세요?" "날씨가 좋은 밤이면, 밖에서 잔단다. 하지만 이 정도 높은 곳은 대개 쌀쌀하지. 쌀쌀해지면 창고에 있는 침대를 써." "식사는 어떻게 하세요?" "스낵바가 두 군데 있단다. 또 뭔가 다른 음식이 당길 때는 젊은이들이 가끔 음식을 갖다 주기도 해. 알다시피, 뉴욕에는 별별 먹을거리들이 다 있잖니."

나는 그들도 루스가 여기 있는 것을 아느냐고 물었다. **"그들이라니 누구 말이니?"** "저도 잘 모르겠지만, 이 건물 주인이라든가 뭐 그런 사람들이요." "이 건물은 내가 옮겨온 후로 죽 아주 많은 사람들의

공동 소유로 되어 있단다.""일하는 사람들이 뭐라고 안 해요?""그 이들이야 왔다 가는 이들이니까. 신참들은 내가 여기 있는 모습을 보면 그냥 여기 있어도 되는 사람인가 보다 하지.""아무도 할머니 한테 나가라고 한 적이 없단 말이에요?""없어."

"왜 내려가지 않나요?" 블랙 씨가 물었다. "전 여기가 더 편해요." "어떻게 여기가 더 편할 수 있어요?""설명하기 어렵군요.""여기 생 활은 어떻게 시작하게 됐나요?""제 남편은 방문 판매를 하는 영업 사원이었답니다.""그런데요?""오래전 얘기지요. 그이는 항상 이것 저것을 팔러 다녔어요. 그이는 변화무쌍한 삶을 좋아했지요. 또 항 상 멋지고 기발한 아이디어를 내곤 했어요. 너하고도 약간 닮았단 다." 루스는 나에게 말했다. 그 말에 부츠가 또 무거워졌다. 왜 사람 들은 나를 그냥 나로 봐주지 않는 것일까? "하루는 그이가 군수 용 품 상점에서 스포트라이트를 찾아냈지요. 전쟁이 막 끝난 참이라 마 음만 먹으면 뭐든지 찾아낼 수 있었던 때였어요. 그이는 그것을 자 기가 끌고 돌아다니는 고물 자동차의 배터리에 연결해서 고정시켰 죠. 그러고는 저한테 엠파이어스테이트 빌딩 전망대로 올라가라고 말했어요. 자기가 뉴욕을 돌아다니면서 가끔씩 내가 자기 위치를 알 수 있도록 하늘로 빛을 쏴서 나를 비추겠다고 하더군요."

"정말로 보였어요?""낮에는 안 보였지요. 완전히 깜깜해져야 볼 수 있었어요. 하지만 일단 빛이 보이면, 정말 놀라웠어요. 그이의 불 빛만 빼고 뉴욕의 모든 불빛이 다 꺼진 것 같았죠. 그 정도로 눈에 확 띄었어요." 나는 그녀에게 과장하는 게 아니냐고 물었다. 그녀가 대꾸했다. "그렇게 생각하는 것도 무리는 아니지." 블랙 씨가 말했 다. "부인 말씀이 있는 그대로의 사실일 겁니다."

"첫날 밤이 기억나요. 여기 올라와 있는데 다들 눈에 보이는 것들을 가리키며 전망을 굽어보고 있었죠. 볼만한 구경거리가 너무나 많았어요. 하지만 거꾸로 자기를 가리키는 무언가가 있는 사람은 저하나뿐이었죠." "무언가가 아니라 **누군가**이겠죠." 내가 끼어들었다. "그래, 사람이었지. 난 여왕이 된 기분이었어. 우습지 않니? 바보 같지?" 나는 고개를 가로저었다. "정말 여왕이 된 기분이었다니까. 불빛이 꺼지면, 그의 하루가 끝났다는 것을 알았어. 그러면 내려가서 집에서 그이를 만나곤 했지. 그이가 죽었을 때, 난 다시 여기로 왔어. 바보 같지." "아니에요. 그렇지 않아요." 내가 말했다. "그이를 찾고 있었던 건 아니야. 난 소녀가 아니거든. 하지만 대낮에 그의 불빛을 찾던 때와 똑같은 기분이 들었단다. 내 눈에만 보이지 않을 뿐이지, 불빛이 저기 있을 것만 같았어." 블랙 씨가 루스에게 한 걸음 다가섰다.

"도저히 집에 갈 수가 없었어." 그녀가 말했다. 나는 알고 싶지 않은 것을 알게 될까 봐 두려우면서도 어째서 그랬냐고 물었다. "그이가 집에 없다는 것을 알고 있었으니까." 블랙 씨가 그녀에게 고맙다고 말했지만, 아직 그녀의 이야기는 끝난 것이 아니었다. "그날 저녁 저쪽 구석에 몸을 웅크리고 잠에 빠졌지요. 어쩌면 경비원한테 들키기를 바랐는지도 몰라요. 한밤중에 잠에서 깨어 보니, 나 혼자였어요. 추웠어요. 겁도 났고. 난간으로 걸어갔어요. 바로 저기요. 그때만큼 뼛속까지 외로움을 느껴본 적은 없었어요. 건물이 훨씬 더 높아진 것처럼 느껴졌어요. 아니면 도시가 훨씬 더 어두워졌거나. 하지만 그때만큼 생생하게 살아 있음을 느껴본 적도 없었어요. 그보다더 살아 있다는 느낌도, 혼자라는 느낌도 가져보지 못했죠."

"부인께 내려가자고는 않겠습니다. 여기서 오후를 함께 보내면 어떨까요." 블랙 씨가 말했다. "쑥스럽군요." 루스가 말했다. "저도 마찬가지랍니다." "전 그다지 좋은 친구가 못 될 텐데요. 제가 아는 것은 이미 다 말씀드렸고요." "저도 친구로는 형편없는 사람입니다." 블랙 씨는 사실이 아닌데도 그렇게 말했다. "저 애한테 물어보세요." 그는 나를 가리켰다. "사실이에요. 정말 꽝이에요." 내가 말했다. "오후 내내 이 건물 얘기만 해주셔도 좋습니다. 근사할 겁니다. 그렇게 시간을 보내고 싶습니다." "전 립스틱도 없어요." "저도 없습니다." 그녀는 그만 웃음을 참지 못하고 폭소를 터뜨렸다가, 슬픔을 잊어버린 자신에게 화가 난 듯 손으로 입을 가렸다.

　로비까지 1,860개의 계단을 걸어 내려왔을 때는 벌써 오후 2시 32분이었다. 나는 완전히 녹초가 되었다. 블랙 씨도 지쳐 보였기 때문에, 우리는 곧장 집으로 돌아왔다. 블랙 씨의 집 문 앞까지 왔을 때——불과 몇 분 전의 일이었다.——나는 벌써 다음 주말 계획을 짜고 있었다. 파 라커웨이, 보럼 힐, 롱아일랜드까지 가야 하고, 시간이 되면 덤보에도… 그런데 블랙 씨가 갑자기 내 생각을 방해했다. "들어봐라. 오스카?" "그건 제 이름이에요. 자꾸 부르시면 닳는다니까요." "난 이제 고만 끝내야 될 것 같다." "끝내시다니 뭘요?" "네가 이해해 주었으면 좋겠다." 그는 손을 내밀어 악수를 청했다. "뭘 끝내신다는 거예요?" "너랑 함께 있어서 참으로 즐거웠단다. 한순간도 즐겁지 않았던 때가 없었어. 네 덕분에 난 세상으로 돌아왔어. 그 누구도 나를 위해 그렇게 큰일을 해줄 수는 없었을 거야. 하지만 이제는 끝내야 할 것 같다. 이해해 주길 바란다." 그의 손은 여전히 내 손을 기다리고 있었다.

　내가 말했다. "전 이해 못 하겠어요."

　그의 문짝을 발로 차며 소리쳤다. "약속과 다르잖아요."

　그를 떠밀며 고함을 질렀다. "이건 불공평해요!"

　발끝을 세워 그의 귀에 입을 바짝 대고 외쳤다. "엿이나 먹어라!"

아니다. 나는 그의 손을 잡고 악수했다…….

"그런 다음 곧장 여기로 온 거예요. 이제는 어떡해야 좋을지 모르겠어요."

내가 이야기를 들려줄 동안, 세입자는 내 얼굴에서 눈을 떼지 않고 연신 고개를 끄덕였다. 그가 나를 하도 뚫어져라 쳐다봐서 내 말을 듣고 있는 건지, 아니면 금속 대신 진실을 찾으려는 금속 탐지기처럼 내 이야기 밑에서 뭔가 믿을 수 없을 만큼 조용한 것을 들으려 애쓰고 있는 건지 궁금해졌다.

"육 개월이 넘도록 찾아다녔는데, 육 개월 전에 비해 더 알아낸 것이 한 가지도 없어요. 실제로는 오히려 아는 게 줄어들었어요. 마르셀 선생님의 프랑스어 수업을 죄다 빼먹었으니까요. 게다가 거짓말도 구골플렉스만큼 해야 했죠. 거짓말을 하면 제가 나쁜 놈이 된 것만 같은 기분이 든단 말이에요. **게다가** 여러 사람들을 귀찮게 굴었죠. 어쩌면 그 사람들과 진짜로 친구가 될 수 있었을지도 모르는데 말이에요. **그뿐인가요**, 지금은 이 일을 시작했을 때보다도 더 아빠가 보고 싶어요. 아빠를 더 이상 그리워하지 **않게 되는** 게 **목적**이었는데도 말이에요."

"너무 많이 아파요."

그가 적었다. "뭐가?"

그러자 나는 나 자신도 놀랄 행동을 했다. "기다려보세요." 이렇게 말하고 일흔두 개의 계단을 뛰어 내려가, 거리를 가로질러, "편지 왔다!"고 외치는 스탠 아저씨를 그대로 지나쳐, 백다섯 개의 계단을 뛰어 올라갔다. 아파트에는 아무도 없었다. 아름다운 음악을 듣고 싶었다. 아빠의 휘파람 소리, 아빠의 빨간 펜이 종이를 긁적이는 소리, 아빠의 벽장에서 추가 흔들리는 소리, 아빠가 신발끈을 묶는 소리를 듣고 싶었다. 나는 내 방으로 가서 전화기를 꺼냈다. 다시 백다섯 개의 계단을 뛰어 내려가, "편지 왔대도!"하고 외치는 스탠 아저씨를 지나쳐, 일흔두 개의 계단을 뛰어 올라가 할머니의 아파트로 갔다. 나는 손님용 방으로 들어갔다. 세입자는 내가 자리를 뜬 적이 없었다는 듯, 아니 아예 내가 왔다 간 적도 없었다는 듯 좀 전의 그 자세 그대로 서 있었다. 나는 할머니가 절대 끝내지 못할 목도리에서 전화기를 꺼내 선을 연결하고 다섯 개의 메시지를 틀었다. 그의 얼굴에는 아무런 표정도 떠오르지 않았다. 그저 나만 쳐다볼 뿐이었다. 아니 본다기보다 들여다보고 있었다. 그의 탐지기가 내 안 깊숙이 묻힌 엄청난 진실을 감지해 내고 있는 것처럼.

"아무한테도 들려준 적 없어요."

"네 어머니한테도?" 그가 적었다.

"엄마야말로 안 되죠."

그는 팔짱을 끼고 겨드랑이에 손을 꼈다. 그에게 그것은 손으로 입을 가리는 동작과 비슷한 것이었다. "할머니도 몰라요." 그의 손이 식탁보 밑에 갇힌 새들처럼 떨기 시작했다. 마침내 그는 가라앉히려는 노력을 포기했다. 그는 이렇게 썼다. "어쩌면 아빠는 무슨 일이 일어났는지 알고 누군가를 구하러 달려갔는지도 몰라." "그럴 수도 있겠죠. 아빠는 그런 분이었으니까요." "아빠는 좋은 분이었니?" "최고였어요. 하지만 모임이 있어서 그 건물에 가셨어요. 또 아빠는 옥상으로 올라간다고 하셨어요. 그러니까 비행기가 충돌한 층 위에 계셨던 것이 틀림없어요. 그 말은 아빠가 누구를 구하려고 달려가지는 않으셨다는 뜻이죠." "어쩌면 옥상으로 갈 거라고 말만 그렇게 했을지도 몰라." "그럴 이유가 있을까요?"

"어떤 모임이었니?" "아빠는 가업을 물려받아 보석상을 운영하셨어요. 항상 회의가 끊이지 않으셨죠." "가업인 보석상이라고?" "할아버지가 시작하셨대요." "할아버지는 어떤 분이냐?" "저도 몰라요. 제가 태어나기 전에 할머니를 떠나셨어요. 할머니 말씀으로는 동물들이랑 대화를 할 수 있었고 진짜보다 더 진짜 같은 조각을 만드셨대요." "네 생각은 어떠냐?" "동물하고 얘기할 수 있는 사람이 있을 것 같지는 않아요. 돌고래는 예외일지 몰라도. 침팬지하고 몸짓으로 얘기한다든가." "네 할아버지에 대해서 어떻게 생각하니?" "아무 생각 없어요."

그는 재생 버튼을 누르고 다시 메시지를 들었다. 다섯 번째 메시지가 끝나자 나는 다시 정지 버튼을 눌렀다.

그가 이렇게 적었다. "마지막 메시지에서는 목소리가 침착하구나." "《내셔널 지오그래픽》에서 읽었는데요, 동물은 자기가 곧 죽게 될 거라는 생각이 들면 공포에 질려서 미친 듯이 난리를 친대요. 하지만 곧 죽는다는 것을 **알게** 되면 아주 아주 침착해진대요." "어쩌면 아빠는 네가 걱정할까 봐 그랬는지도 몰라." 그럴지도 모른다. 아빠는 나를 사랑하기 **때문에** 사랑한다는 말을 하지 않은 것이다. 그러나 충분히 만족할 만한 설명은 못 되었다. "아빠가 어떻게 돌아가셨는지 알아야 해요."

그는 종이를 뒤적여 이 말을 가리켰다. "왜?"

"그래야 아빠가 어떻게 돌아가셨는지 더 이상 상상하지 않게 될 테니까요. 전 항상 상상을 하거든요."

그는 종이를 뒤적여 이 말을 가리켰다. "미안하다."

"인터넷에서 사람들이 떨어지는 모습을 담은 동영상들을 잔뜩 찾아냈어요. 포르투갈 사이트에 있었어요. 거기에는 여기서 일어나지만 여기선 볼 수는 없는 것들이 죄다 있어요. 아빠가 어떻게 돌아가셨는지 알고 싶어질 때마다 번역기 프로그램을 써서 다른 나라 말로 단어들을 찾아내요. 이를테면 '9월'은 'Wrzesien'이고, '불타는 건물에서 뛰어내리는 사람들'은 'Menschen, die aus brennenden Gebäuden springen'이에요. 그다음에는 구글에 이 단어들을 넣고 검색하죠. 나는 알 수 없는 것을 전 세계 사람들이 다 알 수 있다니 믿을 수 없을 만큼 화가 나요. **여기서, 나**한테 일어난 일인데 왜 **내 것**이면 안 되는 거죠?"

"포르투갈 동영상에서 몇 장면을 출력해서 엄청나게 꼼꼼히 살펴봤어요. 아빠 같은 사람이 하나 있었어요. 아빠랑 옷차림이 비슷했어요. 화소가 너무 커져서 더는 사람 형상으로 보이지 않게 될 때까지 확대해 보면, 안경이 보일 때도 있어요. 아니면 보인다고 생각하는 것일지도 몰라요. 하지만 볼 수 없다는 거 알아요. 그저 내가 그게 아빠였으면 하고 바라는 거예요."

"아빠가 뛰어내렸다면 더 좋겠니?"

"상상을 멈추고 싶다니까요. 아빠가 어떻게 돌아가셨는지, 그것만 정확히 알 수 있다면, 층 사이에 낀 엘리베이터 안에서 아빠가 죽어간다는 상상은 하지 않아도 될 거예요. 아빠가 건물 밖으로 기어 내려오려고 애쓰는 모습을 상상할 필요도 없을 거고요. 폴란드 사이트에서 어떤 사람이 그러고 있는 동영상을 봤어요. 아니면 식탁보를 낙하산 대신으로 쓴다든가 말이에요. '세계의 창'에 있던 사람들 중에서 몇몇이 진짜로 그랬던 것처럼요. 죽는 방법도 가지가지였어요. 전 아빠가 그중 어떤 식으로 돌아가셨는지 알아야 한다고요."

그는 나에게 양손을 내밀었다. 꼭 자기 손들을 가져가 달라는 것 같았다. "그건 문신인가요?" 그는 오른손을 접었다. 나는 공책을 뒤적여 이 말을 가리켰다. "왜?" 그는 손을 거두고 이렇게 썼다. "이 편이 더 쉬우니까. 예나 아니요를 매번 쓰는 대신, 손을 보여주면 되거든." "하지만 왜 예하고 아니요뿐이에요?" "손이 두 개뿐이잖냐." "'한번 생각해 보겠습니다'라든가, '그럴지도 모르죠'나, '그것도 가능합니다'는 어떻게 해요?" 그는 눈을 감고 잠시 생각에 빠졌다. 그러더니 아빠가 하던 식 고대로 어깨를 으쓱했다.

"항상 아무 말도 안 하세요?" 그는 오른손을 폈다. "그럼 왜 말을 안 하세요?" 그가 이렇게 썼다. "할 수가 없어." "왜요?" 그는 "할 수가 없어"를 가리켰다. "성대가 상했다든가 뭐 그런 이유인가요?" "뭔가가 망가지긴 했지." "마지막으로 말을 해본 게 언제예요?" "아주 아주 오래전이야." "마지막으로 하신 말은 뭐였어요?" 그는 공책을 뒤져 이 말을 가리켰다. "나." "'나'가 마지막으로 한 말이에요?" 그는 왼손을 폈다. "그것도 한 단어로 쳐요?" 그는 어깨를 으쓱했다. "말하려고 애써 보기는 하세요?" "어떻게 될지 잘 알고 있어." "어떻게 되는데요?" 그는 책장을 넘겨 이 말을 가리켰다. "할 수가 없어."

"해보세요." "지금?" "무슨 말이든 해보세요." 그는 어깨를 으쓱했다. "제발요."

그는 입을 벌려 손가락을 목구멍 속에 넣었다. 블랙 씨가 한 단어짜리 전기를 찾을 때처럼 손가락을 놀렸지만, 소리는커녕 흉측한 신음이라든가, 숨소리조차도 나오지 않았다.

나는 그에게 물었다. "무슨 말씀을 하려고 하셨어요?" 그는 책장을 앞으로 넘겨 이 말을 가리켰다. "미안하다." "괜찮아요. 어쩌면 정말로 성대가 망가진 건지도 몰라요. 전문가한테 가보셔야겠어요." 나는 다시 물었다. "무슨 말씀을 하려고 하셨어요?" 그는 "미안하다"를 또 짚었다.

"그 손을 사진으로 찍어도 될까요?"

그는 손바닥이 위로 향하도록 손을 책처럼 펼쳐 무릎에 올려놓았다.

예와 아니요.

나는 할아버지 카메라의 초점을 맞췄다.

그는 미동도 없이 가만히 손을 놓고 있었다.

나는 사진을 찍었다.

"이제 집에 가봐야겠어요." 그는 공책을 집어 이렇게 썼다. "네 할머니는 어쩌고?" "내일 말씀드리겠다고 전해 주세요."

거리를 반쯤 건넜을 때, 뒤에서 손뼉 치는 소리가 들렸다. 그 소리는 블랙 씨의 창밖에서 들리던 새의 날갯짓 소리와 비슷했다. 돌아보니 세입자가 건물 입구에 서 있었다. 그는 목구멍에 손을 대고 다시 말해 보려는 것처럼 입을 벌렸다.

나는 그에게 소리쳤다. "무슨 말씀을 하시려는 거예요?"

그는 공책에 뭔가를 적어 쳐들었으나, 보이지 않아서 다시 뛰어갔다. 거기에는 이렇게 적혀 있었다. "할머니한테는 우리가 만났다는 얘기를 하지 말아다오." "할아버지가 안 하신다면 저도 안 할게요." 왜 그는 그 일을 비밀로 하고 싶어 할까, 당연히 궁금해해야 할 일이었지만, 나는 전혀 궁금하지 않았다. 그는 이렇게 썼다. "혹시 내가 필요한 일이 있거든, 손님용 침실 창문에 돌을 던지렴. 그러면 내려올 테니 가로등 아래에서 만나자." "고맙습니다." 말은 그렇게 했지만 속으로는 이렇게 생각했다. 이 할아버지가 필요할 일이 대체 뭐람?

그날 밤 오직 잠이 들기만 바랐지만, 내가 할 수 있는 일은 상상하는 것 외에는 아무것도 없었다.

냉동 비행기는 어떨까? 열 추적 미사일로부터 안전하겠지?

방사선 탐지기도 되는 지하철 회전문은 어떨까?

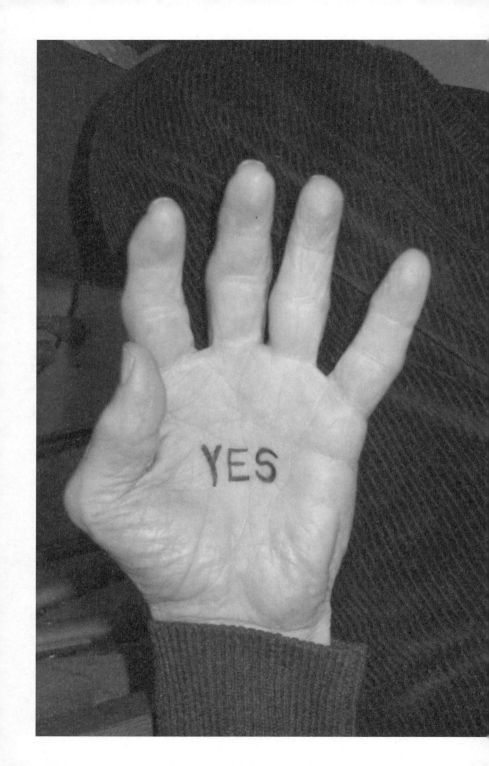

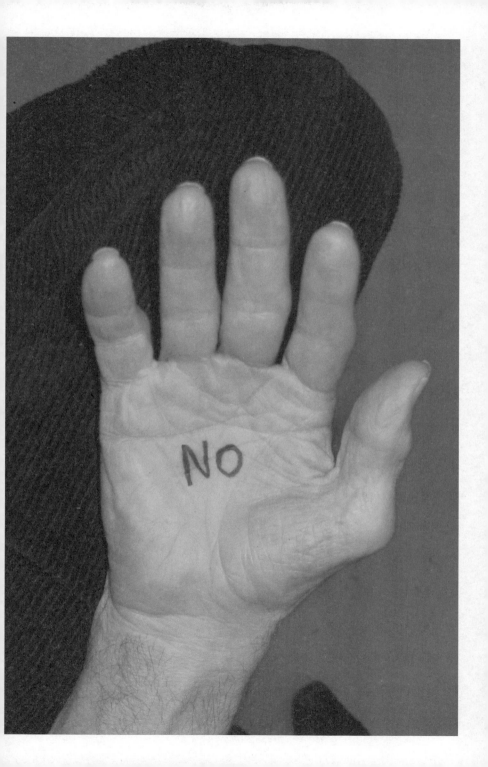

모든 건물을 병원으로 연결하는 믿을 수 없을 만큼 긴 구급차는 어떨까?

벨트 주머니에 넣을 수 있는 낙하산은 어떨까?

손잡이에 그걸 만지는 사람이 화가 난 상태인지 아닌지를 감지하는 센서가 부착되어 있어서, 총 주인이 경찰관이라 해도 발포되지 않는 총은 어떨까?

케블라* 재질의 오버올은 어떨까?

각 부분이 움직이도록 만들어져 있어서, 필요할 때면 모양을 바꿀 수 있고, 심지어는 구멍도 만들어서 비행기가 건물 한가운데를 통과해 날아가게 할 수 있는 고층 건물은 어떨까?

이건 어떨까…

저건 어떨까…

이러면 어떨까…

그러다가 문득 전혀 다른 생각이 하나 머릿속에 떠올랐다. 그 생각은 더 가까이, 더 큰 소리로 울렸다. 그 생각이 어디에서 나왔는지, 무엇을 의미하는지, 마음에 드는지 아닌지도 알 수 없었다. 그것은 주먹처럼, 아니면 꽃처럼 갑자기 확 펼쳐졌다.

아빠의 빈 관을 파내면 어떨까?

---

* 방탄복 등에 쓰이는 강도가 높은 합성 섬유.

네가 있는 곳에 왜 나는 없는가

2003. 9. 11.

나는 말을 못 합니다, 미안합니다

내 이름은 토머스입니다

미안합니다

그래도 미안합니다

나의 아이에게: 네가 세상을 떠나던 날 마지막 편지를 썼다. 다시는 너에게 한마디도 더 쓰는 일이 없을 거라고 생각했어. 내 예상이 한두 번 빗나간 것도 아닌데, 오늘 밤 내 손에 펜이 들려 있다 해서 새삼 놀랄 것도 없지. 오스카를 만나려고 기다리면서 편지를 쓰고 있단다. 한 시간이 채 지나기 전에 이 책을 덮고 가로등 밑에서 그애를 만날 거야. 우리는 묘지로, 너에게로 갈 거란다. 네 아버지와 네 아들이 말이다. 어떻게 된 일인지 얘기해 주마. 거의 이 년쯤 전에 네 어머니가 사는 아파트의 수위에게 쪽지를 하나 주었지. 리무진이 서는 모습을 길 건너에서 보았어, 그녀가 내렸지, 그녀는 문을 만졌어, 얼굴이 많이 변했지만 여전히 그녀를 알아볼 수 있었지, 손도 변했지만 만지는 습관은 여전하더구나, 그녀는 한 남자 아이와 함께 건물 안으로 들어갔어, 수위가 내 쪽지를 그녀에게 주는지는 볼 수 없었어, 그녀의 반응도 볼 수가 없었지, 그 소년이 나와서 건너편 건물로 들어갔어. 그날 밤 그녀가 창문에 손바닥을 대고 서 있는 모습을 보았단다, 수위에게 쪽지를 한 장 더 남겼지, "나를 다시 보고 싶소, 아니면 내가 떠났으면 좋겠소?" 다음 날 아침 창문을 보니 그녀가 남긴 글이 있었어, "가지 마세요," 그것도 뭔가 의미가 있기는 했지만, "당신을 다시 보고 싶어요."라는 뜻은 아니었지. 나는 조약돌을 한 움큼 모아서 그녀의 창문에 던졌어, 아무 일도 일어나지 않았어, 더 많이 던져봤지만, 그녀는 창가로 오지 않았어, 일기장을 뜯어 쪽지를 적었어──"나를 다시 보고 싶소?"──나는 그것을 수위에게 주었어, 다음 날 아침 다시 가봤지, 그녀의 삶을 지금보다 더 힘겹게 만들고 싶지는 않았어, 하지만 포기하고 싶지도 않았지, 유리창에 메모가 있었어 "당신을 다시 보고 싶지 않아요," 그것도 뭔가 의미가 있었지만, '예'는 아니었어. 나는 거리에서 조약돌을 모아 그녀

의 창문에 던졌어, 내 말을 듣고 내 뜻을 알아주기를 바라면서, 기다렸어, 그녀는 창가로 오지 않았어, 나는 쪽지를 써서──"내가 어떻게 하면 좋겠소?"──수위에게 주었어, 수위가 말했지, "틀림없이 전해 드리겠습니다." "고맙소."라는 말을 할 수가 없었어. 다음 날 아침 다시 가보니, 유리창에 메모가 있었어, 첫 번째 메모와 같은 것이었지, "가지 마세요," 나는 조약돌을 모았어, 그것들을 던졌어, 그 돌들은 손가락처럼 유리를 가볍게 톡톡 두드렸어, 쪽지를 썼어, "부정이오 긍정이오?" 언제까지 이런 일을 계속할 수 있을까? 다음 날 나는 브로드웨이에서 시장을 발견하고 사과 한 개를 샀어, 그녀가 나를 원하지 않는다면 떠나야겠지, 어디로 갈지는 모르지만, 돌아서서 걸어가야겠지, 그녀의 창에는 메모가 없었어, 그래서 사과를 던졌어, 유리 조각이 비처럼 내 위로 쏟아져 내리기를 기대하면서, 유리 파편 따윈 두렵지 않았어, 사과는 그녀의 창문을 넘어 아파트 안으로 들어갔어, 수위가 건물 앞에 서 있었어, 그가 말했어, "창문이 열려 있었으니, 운이 좋으시군요," 하지만 난 내가 운이 좋지 않다는 것을 알고 있었어, 그는 내게 열쇠를 건네주었어. 엘리베이터를 타고 올라갔어, 문이 열렸지, 그 냄새가 사십 년간 기억하지 않으려 몸부림쳤지만 잊을 수 없었던 것을 다시 떠오르게 해주었지. 나는 열쇠를 호주머니에 넣었어, "손님용 침실만이에요!" 그녀가 우리 침실에서 외쳤어, 우리가 한때 함께 잠을 자고 꿈을 꾸고 사랑을 나누던 방. 우리는 그렇게 우리의 두 번째 삶을 함께 시작했어… 사십 년의 외유와 열한 시간의 여행 끝에 비행기에서 내렸을 때, 남자는 내 여권을 받아 들고 방문 목적을 물었어, 나는 일기장에 썼지, "애도하기 위해서." 그러고 나서는 이렇게 고쳐 썼어. "다시 한 번 살아보기 ~~왜 도하기~~ 위해서." 그는 나를 흘끗 쳐다보더니 사업 목적인지 관광 목

적인지를 물었어, 내가 적었지, "어느 쪽도 아니오." "얼마 동안 애
도하고 살아보실 계획입니까?" "내 여생 동안." "그러니까 머무실
예정이라는 겁니까?" "할 수 있다면 가능한 오래." "일주일이 될지
일 년이 될지 그 대답을 해달라는 얘깁니다." 나는 아무것도 적지 않
았어. 남자가 말했지. "다음." 나는 수하물 컨베이어 위에서 돌고 있
는 가방들을 보았지, 저마다 한 사람의 몫의 소지품을 담고 있었어,
꼬마들이 이리저리 돌아다니는 모습을 보았지, 가능한 삶들, 세관에
신고할 것이 없는 사람들을 위한 출구를 가리키는 화살표를 따라갔
어, 웃음을 터뜨리고 싶었어, 하지만 침묵을 지켰단다. 보안과 직원
하나가 내게 옆으로 오라고 했어, "신고할 물건이 없는 사람들이 가
방이 많지요," 그가 말했지, 나는 신고할 것이 없는 사람들이 짐을
제일 많이 갖고 다닌다는 것을 알고, 고개를 끄덕였어, 그에게 여행
가방을 열어 보였어, "종이가 아주 많군요," 그가 말했어, 나는 그에
게 왼손을 펴 보였지, "온통 종이뿐이네요." 나는 이렇게 적었어,
"내 아들에게 보내는 편지요. 그 애가 살아 있는 동안에는 보낼 수가
없었소. 이제 그 애는 죽었소. 나는 말을 하지 못해요. 미안하오." 그
직원은 다른 직원을 쳐다봤고 그들은 서로 미소를 주고받았어, 나를
갖고 웃든 말든 상관하지 않아, 나야 보잘것없는 사람이니까, 그들
은 나를 통과시켰어, 나를 믿어서가 아니라 나를 이해하려는 수고를
하고 싶지 않았던 거지, 나는 공중전화 박스를 찾아서 네 어머니한
테 전화를 걸었단다, 내 계획은 거기까지였어, 나는 너무 많은 가정
을 했어, 그녀가 아직도 살아 있고, 내가 사십 년 전에 떠났던 그 아
파트에 여전히 살고 있다고, 그녀가 전화를 받으면 모든 사정을 다
이해할 거라고, 우리는 애도하면서 다시 한 번 살아볼 거라고 생각
했어, 전화벨이 울리고 또 울렸어, 우린 우리 자신을 용서할 거야, 전

화벨이 울렸어, 한 여자가 받았지, "여보세요?" 그녀였어, 목소리는 변했지만 숨소리는 그대로였고, 말 사이를 띄우는 것도 예전 그대로였지, 나는 "4, 3, 5, 5, 6"을 눌렀어, 그녀가 말했어, "여보세요?" 내가 물었어, "4, 7, 4, 8, 7, 3, 2, 5, 5, 9, 9, 6, 8?" 그녀가 말했어, "그쪽 전화기 상태가 좋지 않군요. 여보세요?" 송화구 너머로 손을 뻗어, 전화선을 타고, 그녀의 방으로 가고 싶었어, '예'에 닿고 싶었어, 내가 물었지, "4, 7, 4, 8, 7, 3, 2, 5, 5, 9, 9, 6, 8?" 그녀가 말했어, "여보세요?" "4, 3, 5, 7!" "이보세요, 댁 전화기가 왜 그런지는 모르겠지만, 제 귀에는 삑삑대는 소리밖에 안 들려요. 끊었다가 다시 해보세요." 다시 하라고? 다시 해보려고 하고 있단 말이야, 지금 내가 하고 있는 게 그거라고! 도움이 안 되리라는 걸 알았어, 아무 소용 없으리라는 걸 알았지만, 한 세기의 시작에서, 내 삶의 끝에서, 공항 한복판에 서서, 그녀에게 모든 것을 다 얘기했어. 왜 내가 떠났는지, 어디로 갔었는지, 어떻게 너의 죽음을 알았는지, 왜 돌아왔는지, 내가 떠나 있던 시간 동안 무엇을 해야 했는지. 그녀가 나를 믿고 이해해 주기를 바랐기 때문에, 내가 그녀에게, 나 자신에게, 너에게 빚을 졌다고 생각했기 때문에 말했어, 아니 그게 더 이기적인 행동에 불과한 걸까? 나는 내 삶을 문자로 분해했어, 사랑은 "5, 6, 8, 3"을 누르고, 죽음은 "3, 3, 2, 8, 4"를 눌렀어, 고통을 기쁨에서 빼면 무엇이 남을까? 내 삶을 합산하면 뭐가 나올까?

"6, 9, 6, 2, 6, 3, 4, 7, 3, 5, 4, 3, 2, 5, 8, 6, 2, 6, 3, 4, 5, 8, 7, 8, 2, 7, 7, 4, 8, 3, 3, 2, 8, 8, 4, 3, 2, 4, 7, 7, 6, 7, 8, 4, 6, 3, 3, 3, 8, 6, 3, 4, 6, 3, 6, 7, 3, 4, 6, 5, 3, 5, 7! 6, 4, 3, 2, 2, 6, 7, 4, 2, 5, 6, 3, 8, 7, 2, 6, 3, 4, 3? 5, 7, 6, 3, 5, 8, 6, 2, 6, 3, 4, 5, 8, 7, 8, 2, 7, 7, 4, 8, 3, 9, 2, 8, 8, 4, 3, 2, 4, 7, 7, 6, 7, 8, 4, 6, 3, 3, 3, 8! 4, 3, 2, 4, 7, 7, 6, 7, 8, 4! 6, 3, 3, 3, 8, 6, 3, 9, 6, 3, 6, 6, 3, 4, 6, 5, 3,

5, 7! 6, 4, 3, 2, 2, 6, 7, 4, 2, 5, 6, 3, 8, 7, 2, 6, 3, 4, 3?, 5, 7, 6, 3, 5, 8, 6, 2, 6,

3, 4, 5, 8, 7, 8, 2, 7, 7, 4, 8, 3, 3, 2, 8! 7, 7, 4, 8, 3, 3, 2, 8, 3, 4, 3, 2, 4, 7, 6,

6, 7, 8, 4, 6, 8, 3, 8, 8, 6, 3, 4, 6, 3, 6, 7, 3, 4, 6, 7, 7, 4, 8, 3, 3, 9, 8, 8, 4, 3,

2, 4, 5, 7, 6, 7, 8, 4, 6, 3, 5, 5, 2, 6, 9, 4, 6, 5, 6, 7, 5, 4, 6! 5, 2, 6, 2, 6, 5, 9,

5, 2? 6, 9, 6, 2, 6, 5, 4, 7, 5, 5, 4, 5, 2, 5, 2, 6, 4, 6, 2, 4, 5, 2, 7, 2, 2, 7, 7, 4,

2, 5, 5, 2, 9, 2, 4, 5, 2, 6! 4, 2, 2, 6, 5, 4, 2, 5, 7, 4, 5, 2, 5, 2, 6, 2, 6, 5, 4, 5,

2, 7, 2, 2, 7, 7, 4, 2, 5, 5, 2, 2, 2, 4, 5, 2! 7, 2, 2, 7, 7, 4, 2, 5, 5, 2, 2, 2, 4, 5,

2, 4, 7, 2, 2, 7, 2, 4, 6, 5, 5, 5, 2, 6, 5, 4, 6, 5, 6, 7, 5, 4! 4, 3, 2, 4, 3, 3, 6, 3,

8, 4! 6, 3, 3, 3, 8, 6, 3, 9, 6, 3, 6, 6, 3, 4, 6, 5, 3, 5, 3! 2, 2, 3, 3, 2, 6, 3, 4, 2,

5, 6, 3, 8, 3, 2, 6, 3, 4, 3? 5, 6, 8, 3? 5, 3, 6, 3, 5, 8, 6, 2, 6, 3, 4, 5, 8, 3, 8, 2,

3, 4, 8, 3, 3, 2, 8! 3, 3, 4, 8, 3, 3, 2, 8, 3, 4, 3, 2, 4, 7, 6, 6, 7, 8, 4, 6, 8, 3, 8,

8, 6, 3, 4, 6, 3, 2, 2, 7, 7, 4, 2, 5, 5, 2, 9, 2, 4, 5, 2, 6! 4, 2, 2, 6, 5, 4, 2, 5, 7,

4, 5, 2, 5, 2, 6, 2, 6, 5, 4, 5, 2, 7, 2, 2, 7, 7, 4, 2, 5, 5, 2, 2, 2, 4, 5, 2! 7, 2, 2,

7, 7, 4, 2, 5, 5, 2, 2, 2, 4, 5, 2, 4, 7, 2, 2, 7, 2, 4, 6, 5, 5, 5, 2, 6, 5, 4, 6, 5, 6,

7, 5, 4! 6, 5, 5, 5, 7! 6, 4, 5, 2, 2, 6, 7, 4, 2, 5, 6, 5, 2, 6! 2, 6, 5, 4, 5? 5, 7, 6,

5, 5, 2, 6, 2, 6, 5, 4, 5, 2, 7, 2, 2, 7, 7, 4, 2, 5, 9, 2, 2, 2, 4, 5, 2, 4, 5, 5, 6, 5,

2, 4, 6, 5, 5, 5, 2! 4, 5, 2, 4, 5, 5, 6, 5! 5, 6, 8, 3? 5, 5, 6, 5, 5, 2, 6, 2, 6, 3, 4,

5, 8, 3, 8, 2, 3, 3, 4, 8, 3, 9, 2, 8, 8, 4, 3, 2, 4, 3, 3, 6, 3, 8, 4, 6, 3, 3, 3, 8! 4,

3, 2, 4, 3, 3, 6, 3, 8, 4, 6, 3! 5, 6, 8, 3? 5, 6, 8, 3? 5, 6, 8, 3! 4, 2, 2, 6, 5, 4, 2,

5, 7, 4, 5, 2, 5, 2, 6, 2, 6, 5, 4, 5, 2, 7, 2, 2, 7, 4, 5, 2, 4, 6, 3, 5, 8, 6, 2, 6, 3,

4, 5, 8, 7, 8, 2, 7, 7, 4, 8, 3, 3, 2, 8! 6, 5, 5, 5, 7! 6, 4, 5, 2, 2, 6, 7, 4, 2, 5, 6,

5, 2, 6! 2, 6, 5, 4, 5? 5, 7, 6, 5, 5, 2, 6, 2, 6, 5, 4, 5, 2, 7, 2, 2, 7, 7, 4, 2, 5, 9,

2, 2, 2, 4, 5, 2, 4! 5, 6, 8, 3? 5, 5, 6, 5, 2, 4, 6, 3, 6, 7, 3, 4, 6, 7, 7, 4, 8, 3, 3,

9, 8, 8, 4, 3, 2, 4, 5, 7, 6, 7, 8, 4, 6, 3, 5, 5, 2, 6, 9, 4, 6, 5, 6, 7, 5, 4, 6! 5, 2,

6, 2, 6, 5, 9, 5, 2? 6, 9, 6, 2, 6, 5, 4, 7, 5, 5, 4, 5, 2, 5, 2, 6, 4, 6, 2, 4, 5, 2, 7,

2, 2, 7, 7, 4, 2, 5, 5, 2, 9, 2, 4, 5, 2, 6! 4, 2, 2, 6, 5, 4, 2, 5, 7, 4, 5, 2, 5, 2, 6,

2, 6, 5, 4, 5, 2, 7, 2, 2, 7, 7, 4, 2, 5, 5, 2, 2, 2, 4, 5, 2! 7, 2, 2, 7, 7, 4, 2, 5, 5,

2, 2, 2, 4, 5, 2, 4, 7, 2, 2, 7, 2, 4, 6, 5, 5, 5, 2, 6, 5, 4, 6, 5, 6, 7, 5, 4! 6, 5, 5,

5, 7! 6, 4, 5, 2, 2, 6, 7, 4, 2, 5, 6, 5, 2, 6! 2, 6, 5, 4, 5? 5, 7, 6, 5, 5, 2, 6, 2, 6,

5, 4, 5, 2, 7, 2, 2, 7, 7, 4, 2, 5, 9, 2, 2, 2, 4, 5, 2, 4! 5, 6, 8, 3? 5, 5, 6, 5, 2, 4,

6, 5, 5, 5, 2! 4, 5, 2, 4, 5, 5, 6, 5! 2, 5, 5, 2, 9, 2, 4, 5, 2, 6! 4, 2, 2, 6, 5, 4, 2!

5, 5, 6, 5, 5, 2, 6, 2, 6, 3, 4, 5, 8, 3, 8, 2, 3, 3, 4, 8, 3, 9, 2, 8, 8, 4, 3, 2, 4, 3,

3, 6, 3, 8, 4, 6, 3, 3, 3, 8! 4, 3, 2, 4, 3, 3, 6, 3, 8, 4! 6, 3, 3, 3, 8, 6, 3, 9, 6, 3,

6, 6, 3, 4, 6, 5, 3, 5, 3! 2, 2, 3, 3, 2, 6, 3, 4, 2, 5, 6, 3, 8, 3, 2, 6, 3, 4, 3? 5, 6,

8, 3? 5, 3, 6, 3, 5, 8, 6, 2, 6, 3, 4, 5, 8, 3, 8, 2, 3, 3, 4, 8, 3, 3, 2, 8! 2, 7, 2, 4,

6, 5, 5, 5, 2, 6, 5, 4, 6, 5, 6, 7, 5, 4! 6, 5, 5, 5, 7! 6, 4, 5, 2, 2, 6, 7, 4, 2, 5, 6,

5, 2, 6! 2, 6, 5, 4, 5? 5, 7, 6, 5, 5, 2, 6, 2, 6, 5, 4, 5, 2, 7, 2, 2, 7, 7, 4, 2, 5, 9,

2, 2, 2, 4, 5, 2, 4, 5, 5, 6, 5, 2, 4, 6, 5, 5, 5, 2! 4, 5, 2, 4, 5, 5, 6, 5! 5, 6, 8, 3?

5, 5, 6, 5, 5, 2, 6, 2, 6, 3, 4, 5, 8, 3, 8, 2, 3, 3, 4, 8, 3, 9, 2, 8, 8, 4, 3, 2, 4, 3,

4, 6, 5, 5, 5, 2! 4, 5, 2, 4, 5, 5, 6, 5! 6, 5, 4, 5? 4, 5? 5, 5, 6, 5, 5, 2, 6, 2, 6, 3,

4, 5, 8, 3, 8, 2, 3, 3, 4, 8, 3, 9, 2, 8, 8, 4, 3, 2, 4, 3, 3, 6, 3, 8, 4, 6, 3, 3, 3, 8!

4, 3, 2, 4, 3, 3, 6, 3, 8, 4! 6, 3, 3, 3, 6, 7, 4, 2, 5, 6, 7, 8, 7, 2, 6, 3, 4, 3? 5, 7,

6, 3, 5, 8, 6, 2, 6, 3, 4, 5, 8, 7, 8, 2, 7, 7, 4, 8, 3, 3, 2, 8! 7, 7, 4, 8, 3, 3, 2, 8,

3, 4, 3, 2, 4, 7, 6, 6, 7, 8, 4, 6, 8, 3, 8, 8, 6, 3, 4, 6, 3, 6, 7, 3, 4, 6, 7, 7, 4, 8,

3, 3, 9, 8, 8, 4, 3, 2, 4, 5, 7, 6, 7, 8, 4, 6, 3, 5, 5, 2, 6, 9, 4, 6, 5, 6, 7, 5, 4, 6!

5, 2, 6, 2, 6, 5, 9, 5, 2? 6, 9, 6, 2, 6, 5, 4, 7, 5, 5, 4, 5, 2, 5, 2, 6, 4, 6, 2, 4, 5,

2, 7, 2, 2, 7, 7, 4, 2, 5, 5, 2, 9, 2, 4, 5, 2, 6! 4, 2, 2, 6, 5, 4, 2, 5, 7, 4, 5, 2, 5,

2, 6, 2, 6, 5, 4, 5, 2, 7, 2, 2, 7, 7, 4, 2, 5, 5, 2, 2, 2, 4, 5, 2! 7, 2, 2, 7, 7, 4, 2,

5, 5, 2, 2, 2, 4, 5, 2, 4, 7, 2, 2, 7, 2, 4, 6, 5, 5, 5, 2, 6, 5, 4, 6, 5, 6, 7, 5, 4! 6,

5, 5, 5, 7! 6, 4, 5, 2, 2, 6, 7, 4, 2, 5, 6, 5, 2, 6! 2, 6, 5, 4, 5? 5, 7, 6, 5, 5, 2, 6,

2, 6, 5, 4, 5, 2, 7, 2, 2, 7, 7, 4, 2, 5, 9, 2, 2, 2, 4, 5, 2, 4! 5, 6, 8, 3? 5, 5, 6, 5,

2, 4, 6, 5, 5, 5, 2! 4, 5, 2, 4, 5, 5, 6, 5! 8, 6, 3, 9, 6, 3, 6, 6, 3, 4, 6, 5, 3, 5, 3,

2, 2, 3, 3, 2, 6, 3, 4, 2, 5, 6, 3, 8, 3, 2, 6, 3, 4, 3? 5, 6, 8, 3? 5, 3, 6, 3, 5, 8, 6,

2, 6, 3, 4, 5, 8, 3, 8, 2, 3, 3, 4, 8, 3, 3, 2, 8! 3, 3, 4, 8, 3, 3, 2, 8, 3, 4, 3, 2, 4,

7, 6, 6, 7, 8, 4, 6, 8, 3, 8, 8, 6, 3, 4, 6, 3! 2, 2, 7, 7, 4, 6, 7, 4, 2, 5, 6, 3, 8, 7,

2, 6, 3, 4, 3? 5, 7, 6, 3, 5, 8, 6, 2, 6, 3, 4, 5, 8, 7, 8, 2, 7, 7, 4, 8, 3, 3, 2, 8! 7,

7, 4, 8, 3, 3, 2, 8, 3, 4, 3, 2, 4, 7, 6, 6, 7, 8, 4, 6, 8, 3, 8, 8, 6, 3, 4, 6, 3, 6, 7,

3, 4, 6, 7, 7, 4, 8, 3, 3, 9, 8, 8, 4, 3, 2, 4, 5, 7, 6, 7, 8, 4, 6, 3, 5, 5, 2, 6, 9, 4,

6, 5, 6, 7, 5, 4, 6! 5, 2, 6, 2, 6, 5, 9, 5, 2? 6, 9, 6, 2, 6, 5, 4, 7, 5, 5, 4, 5, 2, 5,

2, 6, 4, 6, 2, 4, 5, 2, 7, 2, 2, 7, 7, 4, 2, 5, 5, 2, 9, 2, 4, 5, 2, 6! 4, 2, 2, 6, 5, 4,

2, 5, 7, 4, 5, 2, 5, 2, 6, 2, 6, 5, 4, 5, 2, 7, 2, 2, 7, 7, 4, 2, 5, 5, 2, 2, 2, 4, 5, 2!

7, 2, 2, 7, 7, 4, 2, 5, 5, 2, 2, 2, 4, 5, 2, 4, 7, 2, 2, 7, 2, 4, 6, 5, 5, 5, 2, 6, 5, 4,

6, 5, 6, 7, 5, 4! 6, 5, 5, 5, 7! 6, 4, 5, 2, 2, 6, 7, 4, 2, 5, 6, 5, 2, 6! 2, 6, 5, 4, 5?

5, 7, 6, 5, 5, 2, 6, 2, 6, 5, 4, 5, 2, 7, 2, 2, 7, 7, 4, 2, 5, 9, 2, 2, 2, 4, 5, 2, 4! 5,

6, 8, 3? 5, 5, 6, 5, 2, 4, 6, 5, 5, 5, 2! 4, 5, 2, 4, 5, 5, 6, 5! 2, 5, 5, 2, 9, 2, 4, 5,

2, 6! 4, 2, 2, 6, 5, 4, 2! 5, 5, 6, 5, 5, 2, 6, 2, 6, 3, 4, 5, 8, 3, 8, 2, 3, 3, 4, 8, 3,

9, 2, 8, 8, 4, 3, 2, 4, 3, 3, 6, 3, 8, 4, 6, 3, 3, 3, 8! 4, 3, 2, 4, 3, 3, 6, 3, 8, 4! 6,

3, 3, 3, 8, 6, 3, 9, 6, 3, 6, 6, 3, 4, 6, 5, 3, 5, 3! 2, 2, 3, 3, 2, 6, 3, 4, 2, 5, 6, 3,

8, 3, 2, 6, 3, 4, 3? 5, 6, 8, 3? 5, 3, 6, 3, 5, 8, 6, 2, 6, 3, 4, 5, 8, 3, 8, 2, 3, 3, 4,

8, 3, 3, 2, 8! 2, 7, 2, 4, 6, 5, 5, 5, 2, 6, 5, 4, 6, 5, 6, 7, 5, 4! 6, 5, 5, 5, 7! 6, 4,

5, 2, 2, 6, 7, 4, 2, 5, 6, 5, 2, 6! 2, 6, 5, 4, 5? 5, 7, 6, 5, 5, 2, 6, 2, 6, 5, 4, 5, 2,

7, 2, 2, 7, 7, 4, 2, 5, 9, 2, 2, 2, 4, 5, 2, 4, 5, 5, 6, 5, 2, 4, 6, 5, 5, 5, 2! 4, 5, 2,

4, 5, 5, 6, 5! 5, 6, 8, 3? 5, 5, 6, 5, 5, 2, 6, 2, 6, 3, 4, 5, 8, 3, 8, 2, 3, 3, 4, 8, 3,

9, 2, 8, 8, 4, 3, 2, 4, 3, 3, 6, 3, 8, 4, 6, 3, 3, 3, 8! 4, 3, 2, 4, 3, 3, 6, 3, 8, 4, 6,

3! 5, 6, 8, 3? 5, 6, 8, 3? 5, 6, 8, 3! 4, 2, 2, 6, 5, 4, 2, 5, 7, 4, 5, 2, 5, 2, 6, 2, 6,

5, 4, 5, 2, 7, 2, 2, 7, 4, 5, 2, 4, 6, 3, 5, 8, 6, 2, 6, 3, 4, 5, 8, 7, 8, 2, 7, 7, 4, 8, 3, 3, 2, 8! 7, 7, 4, 8, 3, 3, 2, 8, 3, 4, 3, 2, 4, 7, 6, 6, 7, 8, 4, 6, 8, 3, 8, 8, 6, 3, 4, 6, 3, 6, 7, 3, 4, 6, 7, 7, 4, 8, 3, 3, 9, 8, 8, 4, 3, 2, 4, 5, 7, 6, 7, 8, 4, 6, 3, 5, 5, 2, 6, 9, 4, 6, 5, 6, 7, 5, 4, 6! 5, 2, 6, 2, 6, 5, 9, 5, 2? 6, 9, 6, 2, 6, 5, 4, 5, 6, 5, 2, 4, 6, 5, 5, 5, 2, 7, 4, 2, 5, 5, 2, 2, 2, 4, 5, 2, 7, 2, 2, 7, 7, 4, 2, 5, 5, 2, 2, 2, 4, 5, 2, 4, 7, 2, 2, 7, 2, 4, 6, 5, 5, 5, 2, 6, 5, 4, 6, 5, 6, 7, 5, 4! 6, 5, 5, 5, 7!" 오랜 시간이 걸렸어, 몇 분이 걸렸는지, 몇 시간이 걸렸는지 몰라, 내 심장은 곤죽이 되었고, 손가락도 녹초가 되었어, 나와 내 삶 사이를 가로막은 벽을 손가락으로 무너뜨리려 했어, 한 번에 하나씩 눌렀어, 동전이 다 떨어졌어, 아니면 그녀가 전화를 끊었거나, 다시 걸었지, "4, 7, 4, 8, 7, 3, 2, 5, 5, 9, 9, 6, 8?" 그녀가 말했어, "장난 그만해요!" 장난이라니, 장난이 아니었어, 뭐가 장난이야, 이게 장난인가? 그녀가 전화를 끊었어, 다시 걸었어, "8, 4, 4, 7, 4, 7, 6, 6, 8, 2, 5, 6, 5, 3!" 그녀가 물었어, "오스카?" 그때 그 애의 이름을 처음으로 들었단다……. 내가 두 번째로 모든 것을 잃은 건 드레스덴의 기차역에서였어, 보내지 못하리라는 것을 알면서도 너에게 편지를 쓰고 있었지, 가끔 거기서 편지를 썼어, 가끔씩은 여기서, 또 어떨 때는 동물원에서, 너에게 쓰는 편지 말고는 아무것도 안중에 없었어, 그 외에는 아무것도 존재하지 않았어, 고개를 푹 숙이고, 세상으로부터 나 자신을 숨기고, 애나에게 걸어갈 때와 똑같았지, 그래서 그녀에게로 걸어갔던 거야, 그래서 사람들이 텔레비전 주위로 모여들었어도 알아채지 못했던 거고. 두 번째 비행기가 충돌하고, 비명을 지르지 않으려던 사람들까지 소리를 질렀을 때에야 비로소 고개를 들고 보니, 사람들이 구름같이 텔레비전 주위에 모여 있었어, 저 사람들이 어디에서 왔을까? 나는 일어나서 보았어, 스크린으로 보이는 광

경을 이해할 수가 없었어, 광고인가, 새로 나온 영화인가? 나는 이렇게 썼어, "무슨 일이죠?" 그리고 텔레비전을 보는 젊은 사업가에게 그것을 보였어, 그는 커피를 한 모금 홀짝이더니 말했어, "아직 아무도 모릅니다." 그의 커피가 자꾸만 기억나, 그의 '아직'이 잊히지 않아. 나는 인파 속에 서 있었어, 내가 보고 있는 게 연출된 영상일까, 아니면 뭔가 더 복잡한 일이 일어나고 걸까? 비행기가 충돌한 지점 위로 몇 층이나 있는지 세어보려고 했어, 불길이 건물을 온통 다 태워버릴 것 같았어, 그곳에 있는 사람들이 구조될 수 없으리라는 것을 알았어, 비행기에 몇 명이나 타고 있었을까, 거리에는 몇 명이나 있었을까, 나는 생각하고 또 생각했어. 집으로 걸어가던 길에 전자제품 상점 앞에서 발길을 멈추었어, 전면 유리창을 텔레비전 화면들이 가득 채우고 있었어, 그중 하나를 제외하고는 모두 그 건물을 보여주고 있었어, 같은 영상이 나오고 또 나왔어, 마치 세상 자체가 반복되고 있는 것처럼, 군중이 보도에 모여 있었어, 옆으로 내놓은 텔레비전 한 대에서는 자연 다큐멘터리가 나오고 있었어, 사자가 홍학을 잡아먹고 있었어, 사람들이 시끄러워졌지, 누군가가 자기도 모르게 비명을 질렀어, 분홍색 깃털, 나는 다른 텔레비전을 보았어, 건물 하나밖에 없었어, 백 개의 천장은 백 개의 바닥이 되었어, 그리고 아무것도 아닌 것이 되었어, 그것을 믿을 수 있는 사람은 나뿐이었어, 종잇조각, 분홍색 깃털이 하늘 가득 날렸어. 카페는 그날 오후 발 디딜 틈도 없었지, 사람들은 웃고 있었어, 극장 앞에는 줄이 늘어서 있었어, 사람들은 코미디를 보러 갔어, 세상은 정말 크고도 작지, 동시에 우리는 가깝고도 멀었어. 그 후 며칠 몇 주 동안, 나는 신문에서 사망자 명단을 읽었어. 세 아이의 어머니, 대학 2학년생, 양키스 팬, 변호사, 형제, 증권거래인, 주말 마술사, 입심 좋은 재담꾼, 자매, 박애주의자, 둘째 아들, 개를 좋아하는 사람, 수위, 외동아이, 기업가, 웨이트리스, 손자 열넷을 둔 할아버지, 공인 간호사, 회계사, 인턴, 재즈 색소폰 연주자, 다정한 삼촌, 재향 군인, 늦은 밤에만 시를 쓰는 시인, 자매, 유리창 닦이, 스크래블 게이머, 자원 봉사 한 소방수, 아버지, 아버지, 엘리베이터 수리공, 와인 애호가, 총무팀장, 비서, 요리사, 금융업자, 부사장, 탐조가, 아버지, 접시닦이, 베트남 참전병, 새엄마, 독서광, 외동아이, 뛰어난 체스 선수, 축구 코치, 형제, 애널리스트, 호텔 지배인, 태권도 유단자, CEO, 브릿지 게임 파트너, 건축가, 배관공, 홍보 이사, 아버지, 재택 예술가, 도시 계획가, 신혼부부, 투자 은행가, 주방장, 전기 기술자, 그날 아침 감기에 걸려서 결근을 하겠다고 전화하려 했던 새아빠……. 그러던 어느 날, 토머스 셸이란 이름을 보았단다, 제일 먼저 떠오른 생각은 내가 죽었다는 것이었어. "그의 유족으로는 아내와 아들이 있다." 생각했지, 내 아들, 생각했어, 내 손자, 생각하고 생각하고 생각했어, 그러다가 생각을 멈추었어……. 비행기의 고도가 낮아지면서 사십 년 만에 처음 맨해튼을 보았을 때, 나는 내가 올라가고 있는 건지 내려가고 있는 건지 알 수 없었어, 도시의 불빛은 별처럼 보였어, 건물들을 하나도 알아볼 수가 없었어, 그 남자에게 말했지, "다시 한 번 살아보기 ~~위~~ ~~토하가~~ 위해서," 나는 아무것도 세관에 신고하지 않았어, 네 어머니에게 전화를 했지만, 내 마음을 털어놓을 수가 없었어, 다시 전화를 걸었어, 그녀는 장난 전화라고 생각했어, 다시 전화했어, 그녀가 물었어, "오스카니?" 나는 잡지 판매대로 가서 동전을 더 많이 바꿨어, 다시 전화를 했어, 벨이 울리고 또 울렸어, 다시 했어, 벨이 울렸어, 기다렸다가 다시 걸었어, 바닥에 앉았어, 다음에 어떻게 될지 모르는 채, 나 자신이 무슨 일이 일어나길 바라는지도 모르는 채, 한 번 더 걸었어, "안녕하세요, 셸의 집입니다. 저는 사실은 전화를 받고 있지만 자동응답기처럼 말하고 있습니다. 저나 할머니께 하실 말씀이 있으시면, 제가 곧 삐 소리를 낼 테니 그 후에 시작해 주시기 바랍니다. 삐이이이. 여보세요?" 어린아이의 목소리였어, 남자 아이였지. "정말 전화를 받고 있어요. 저 여기 있다고요. 봉주르?" 난 전화를 끊었단다. 할머니라고? 생각할 시간이 필요했어, 택시는 너무 빠를 거야, 버스도 마찬가지고, 내가 무엇을 두려워하는 거지? 카트에 여행 가방을 싣고 걷기 시작했어, 아무도 나를 가로막지 않아서 놀랐어, 카트를 거리로 밀고 나갔을 때조차도, 고속도로 옆으로 카트를 밀고 갈 때조차도, 한 발짝씩 옮겨놓을 때마다 날이 점점 더 밝고 뜨거워졌어, 불과 몇 분 지나지 않아 더 이상 갈 수 없다는 것을 확실히 알았지, 여행 가방을 열어 편지 한 묶음을 꺼냈어, "나의 아이에게," 1977년에 쓴 것이었어, "나의 아이에게," "나의 아이에게," 길옆에 편지들을 늘어놓고, 너에게 할 수 없었던 얘기들로 길을 만들 생각을 해봤지, 그렇게 하면 내 짐도 짊어질 만해질지 몰라, 하지만 할 수가 없었어, 편지들을 너에게, 내 아이에게 주어야 했어. 택시를 잡았지, 네 어머니의 아파트에 닿았을 때는 이미 늦은 시각이었어, 호텔을 찾아야 했단다, 음식과 샤워와 생각할 시간이 필요했어, 나는 일기장에서 종이 한 장을 뜯어 이렇게 썼어, "미안해요," 그것을 수위에게 건넸어, 그가 말했어, "누구한테 전해 드릴까요?" "셸 부인에게 전해 주십시오," "셸 부인이란 사람은 없는데요," 내가 적었어, "있을 텐데요," "제 말이 맞다니까요, 셸 부인이 이 건물에 산다면 제가 모를 리가 없겠죠," 그러나 분명히 전화로 그녀의 목소리를 들었는데, 이사를 가서도 그 번호를 그대로 쓸 수 있을까, 그녀를 어떻게 찾아야 하지, 전화번호부가 필요했어. 나는 "3D"라고 적어서 수위에게 보여주었어, 그는 "슈미츠 부인입니다,"라고 말했지, 나는 다시 공책을 받아 이렇게 적었어, "그건 그녀의 처녀 적 이름입니다."…… 나는 손님용 침실에서 지냈어, 그녀는 문가에 음식을 갖다놓았어, 그녀의 발소리를 들을 수 있었고 가끔씩은 유리잔이 문에 부딪치는 소리를 들은 것 같았어, 내가 옛날에 물을 따라 마신 적이 있는 유리잔인가, 네 입술이 닿은 적도 있을까? 떠나기 전에 썼던 공책을 찾아봤어, 공책은 할아버지 시계의 몸통 속에 있었어, 그녀가 다 치워버린 줄 알았는데, 보관해 두고 있었어, 빈 공책도 많고 다 쓴 공책도 많았어, 공책을 이리저리 뒤적였지, 우리가 만났던 오후에 썼던 공책과 결혼한 다음 날 썼던 공책을 찾았지, 우리가 처음으로 무의 공간을 만들었던 때도 찾았고, 저수지 주변을 마지막으로 걸었던 때도 찾았어, 난간과 싱크대와 벽난로 사진도 찾았어, 공책더미 맨 위에 내가 처음으로 떠나려 했던 때 썼던 공책이 있었어, "내가 항상 침묵을 지켰던 것은 아니었다, 예전에는 떠들고 떠들고 떠들고 또 떠들었다." 나를 딱하게 여기기 시작했는지, 자기 자신을 딱하게 여긴 건지는 알 수 없지만, 그녀가 나를 잠깐씩 찾아와 주기 시작했지, 처음에는 한마디도 하지 않았어, 청소만 했지, 귀퉁이의 거미줄을 쓸어내고, 카펫을 진공청소기로 밀고, 액자의 위치를 바로잡았어, 그러던 어느 날, 침대 옆 테이블의 먼지를 털면서 그녀가 말했어, "당신이 떠난 건 용서할 수 있어요, 하지만 돌아온 건 용서할 수 없어요," 그녀는 걸어 나가 문을 닫았어, 사흘 동안 그녀를 다시 보지 못했어, 그러다가 아무 말도 한 적 없다는 듯이, 그녀는 멀쩡한 전구를 갈고, 물건들을 집었다가 내려놓고, 이렇게 말했어, "이 슬픔을 당신과 함께 나누지 않을 거예요," 그녀는 문을 닫고 나갔어, 난 죄수인가 보호자인가? 그녀가 방문하는 시간은 점점 더 길어졌어,

우리는 대화를 나누지는 않았지, 그녀는 나를 쳐다보려 하지도 않았어, 하지만 뭔가 일어나고 있었어, 우리는 점점 더 가까워졌어, 아니면 점점 더 멀어졌든가, 나는 모험을 해봤어, 그녀에게 나를 위해 포즈를 잡아주겠느냐고 물었어, 우리가 처음 만났을 때처럼, 그녀는 입을 열었지만 아무 소리도 나오지 않았어, 그녀는 내 왼손을 잡았어, 미처 몰랐지만 난 주먹을 쥐고 있었어, 그렇게 그녀는 "예."라고 대답했어, 아니면 그런 식으로 나를 만진 건가? 나는 점토를 사러 미술용품 가게에 갔어, 긴 상자에 든 파스텔, 팔레트 나이프, 롤에 걸어 놓은 수제 종이를 만져봤어, 샘플을 모조리 시험해 보았지, 파란색 펜, 초록색 유성 색연필, 오렌지색 크레용, 목탄으로 내 이름을 썼어, 내 인생의 계약서에 서명하는 기분이었지. 내가 산 것은 달랑 점토 한 덩어리였지만, 그곳에서 한 시간이 넘게 머물렀어, 집에 돌아와 보니 그녀가 손님용 침실에서 나를 기다리고 있었지, 가운을 입고 침대 옆에 서 있었어, "떠나 있을 동안 조각을 했나요?" 하려고 했지만 못 했다고 적었어, "한 개도요?" 나는 왼손을 내보였어, "조각에 대해 생각하기는 했어요? 머릿속에서 만들었나요?" 왼손을 보여주었어, 그녀는 가운을 벗고 소파로 갔어, 그녀를 볼 수가 없었어, 나는 가방에서 점토를 꺼내 카드 게임용 테이블 위에 놓았지, "머릿속으로 내 조각도 만든 적이 있나요?" 나는 이렇게 썼어, "어떤 포즈를 취하고 싶소?" 그녀는 전적으로 내가 선택할 문제라고 말했어, 카펫이 새것이냐고 묻자, 그녀가 말했어, "나를 봐요." 그러려고 했지만 그럴 수가 없었어, 그녀가 말했어, "나를 보든지 못하겠으면 떠나요. 여기 있으면서 다른 것을 보는 건 안 돼요." 나는 그녀에게 등을 대고 누우라고 했어, 하지만 그건 아니었어, 앉으라고 했어, 그것도 탐탁치가 않았어, 팔짱을 껴봐요, 고개를 나한테서 돌려봐요, 다 마음에 들지 않았어, 그녀가 말했어, "어떻게 하면 좋을지 보여줘요." 그녀에게 다가가 머리카락을 풀었어, 그녀의 어깨를 지그시 눌렀어, 그 모든 거리를 뛰어넘어 그녀를 만지고 싶었어, 그녀가 말했어, "당신이 떠난 후로 누구의 손길도 내게 닿은 적이 없어요. 그런 식으로 말이에요." 나는 손을 거두었어, 그녀가 내 손을 잡아 자기 어깨에 대고 눌렀어, 무슨 말을 해야 할지 몰랐지, 그녀가 물었어, "당신은요?" 아무것도 보호하지 못할 거짓말이라면 그게 무슨 소용이 있을까? 나는 그녀에게 왼손을 보였어. "누가 당신 몸을 만졌어요?" 공책을 다 써버린 터라, 벽에다가 썼어, "진심으로 다시 살고 싶었소." "누구예요?" 내 팔을 타고 내려가 내 펜으로 나오는 것이 진실인지 믿을 수가 없었어. "돈을 치렀소." 그녀는 포즈를 흐트러뜨리지 않았어, "예뻤어요?" "그건 중요한 문제가 아니었소." "그래도 예뻤냐고요?" "예쁜 여자도 있었소." "그래서 돈을 췄던 거군요?" "그들과 이야기를 하고 싶었소. 당신 얘기를 했소." "그렇게 말하면 내가 좋아할 것 같아요?" 나는 점토를 쳐다봤어. "그 여자들한테 임신한 나를 버리고 떠났다는 얘기도 했어요?" 나는 왼손을 내보였어. "언니 얘기도 했어요?" 왼손을 내보였지. "그 여자들 중에서 좋아한 사람도 있었어요?" 난 점토를 쳐다봤지. "당신이 진실을 말해 줘서 기뻐요." 그녀는 어깨에서 내 손을 떼어 자기 다리 사이에 넣고 꼭 눌렀어, 그녀는 고개를 옆으로 돌리지 않았어, 눈을 감지도 않았어, 다리 사이에 끼운 우리의 손만 빤히 응시했어, 내가 무언가를 죽이고 있는 듯한 기분이었어, 그녀는 내 허리띠를 풀고 바지 지퍼를 내렸어, 내 속옷 밑으로 손을 넣었어, "긴장되는구려," 내가 미소로 전하자, "괜찮아요," 그녀가 말했어, "미안하오," 내가 미소로 말했지, "괜찮아요," 그녀가 말했어, 그녀는 등 뒤로 문을 닫았다가,

열고 이렇게 물었어, "머릿속으로 나를 조각한 적도 있었나요?"…… 내가 네게 해야 할 말을 다 하려면 이 공책만으로는 모자랄 거야, 더 작게 써야 해, 책장을 모서리에서부터 갈라서 두 장으로 만들 수도 있겠지, 내가 쓴 글 위에 덧써도 될 거야, 하지만 그러고 나서는 어떻게 하지? 날마다 오후만 되면 누군가가 아파트에 왔어, 문이 열리는 소리, 발소리, 작은 발이 내는 소리가 들렸어, 말소리도 들려왔어, 어린아이의 노래하는 듯한 목소리, 공항에서 전화를 걸었을 때 들었던 바로 그 목소리였어, 둘은 몇 시간씩 얘기를 나누곤 했어, 어느 날 저녁 그녀가 포즈를 취하러 왔을 때, 그녀를 계속 찾아오는 그 사람이 누구냐고 물었지, 그녀가 대답했어, "내 손자예요." "나한테 손자가 있었군." "아뇨, 내 손자예요." "이름이 뭔가?" 우리는 다시 시도했어, 손가락 하나만 까딱해도 일을 그르칠 수 있다는 것을 알고 있는 사람들 특유의 느린 동작으로 서로의 옷을 벗겼어, 그녀는 침대에 얼굴을 묻고 누웠지, 그녀의 허리에는 오래전부터 맞지 않게 된 팬티 때문에 빨갛게 염증이 나 있었지, 허벅지는 흉터투성이였어, 나는 예와 아니요로 흉터를 어루만졌어, 그녀가 말했어, "다른 것은 보지 말아요." 그녀의 다리를 벌렸어, 그녀가 숨을 깊이 들이쉬었지, 나는 그녀의 가장 은밀한 부분을 들여다볼 수 있었고 그녀는 그것을 보고 있는 내 모습을 볼 수 없었어, 그녀의 밑으로 미끄러지듯 손을 넣었지, 그녀가 무릎을 구부렸어, 나는 눈을 감았어, 그녀가 말했어, "내 위에 누워요." 긴장된다고 쓸 곳이 없었어, 그녀가 말했어, "내 위에 누워요." 그녀를 짜부라뜨릴까 두려웠어, 그녀가 말했어, "내 전부 위에 당신의 전부를 놓아요." 나는 그녀의 안으로 가라앉았어, 그녀가 말했어, "내가 원했던 게 바로 그거예요." 왜 그렇게 그냥 놔둘 수 없었을까, 왜 다른 것을 써야만 했을까, 차라리 내 손가락을 부러뜨릴 것을, 나는 침대 옆 테이블에서 펜을 집어 팔위에 이렇게 썼어, "그 애를 만나볼 수 있을까?" 그녀는 몸을 옆으로 굴려 내 몸을 밀쳐냈어, "안 돼요." 나는 손으로 비는 시늉을 했어. "안 돼요." "제발." "제발." "그 애한테 내가 누구인지는 알리지 않겠소. 그냥 보고 싶어 그러오." "안 된다니까요." "왜 안 된단 말이오?" "왜냐면." "이유가 뭐요?" "내가 그 애의 기저귀를 갈아주었으니까요. 난 그 2년 동안 하루도 편히 잔 적이 없어요. 또 그 애한테 말하는 법을 가르쳤어요. 그 애가 울면 나도 울었어요. 그 앤 막무가내로 떼를 쓸 때는 나한테 소리를 질렀어요." "옷장에 숨어서 열쇠 구멍으로 훔쳐보겠소." 그녀가 안 된다고 할 거라고 생각했지, 그런데 이렇게 말했어, "그 애가 한 번이라도 당신을 보게 된다면, 당신은 나를 배신하는 거예요." 그녀는 나를 불쌍히 여긴 것일까, 아니면 괴롭혀주고 싶었을까? 다음 날 아침, 그녀는 나를 거실 쪽으로 면한 옷장에 넣어주었어, 그녀도 나와 함께 들어왔어, 우리는 온종일 그 안에 있었지, 그 애가 오후까지는 오지 않으리라는 것을 그녀는 알고 있었는데도 말이다, 벽장 안은 너무 좁았어, 우리 사이에는 공간이 좀 더 있어야 했어, 무의 공간이 필요했어, 그녀가 말했어, "당신이 여기에 없었던 때를 제외하고는 늘 바로 이런 기분이었어요." 우리는 말없이 몇 시간 동안이나 서로를 마주 보았어. 초인종이 울리자, 그녀는 나가서 그 애를 들어오게 했어, 나는 눈높이를 맞추느라 무릎을 꿇고 손으로 바닥을 짚었지, 열쇠 구멍으로 문이 열리고 하얀 신발이 들어오는 게 보였어, "오스카!" 그녀가 그 애를 번쩍 안아 올리며 말했어, "전 괜찮아요." 그 애가 그 노래하는 듯한 목소리로 말했어, 그 애의 목소리에서 나와 내 아버지와 할아버지의 목소리를 들었어, 네 목소리를 들어본 것도 그때가 처음이었지, "오스카!" 그녀

는 다시 그 애를 번쩍 안아 올리며 말했어, 그 애의 얼굴을 보았어,
애나의 눈이었지, "전 괜찮다니까요," 그 애가 다시 말했어, 그녀에
게 어디 있었느냐고 물었어, "세입자랑 얘기하던 중이었단다," 그녀
가 말했지. 세입자라고? "아직 여기 있어요?" "아니," "심부름하러
갔어." "그렇지만 어떻게 아파트 밖으로 나갔어요?" "네가 오기 직
전에 나갔어." "하지만 방금 전까지도 그 사람이랑 얘기하던 중이었
다고 하셨잖아요." 그 애는 나에 대해 알고 있었어, 내가 누구인지는
몰랐지만, 누군가 있다는 것은 알고 있었어, 그녀가 진실을 말하지
않고 있다는 것도 알고 있었어, 그 애의 목소리, 내 목소리, 너의 목
소리에서 그것을 들을 수 있었어, 그 애와 얘기를 해야 했어, 하지만
무슨 말을 해야 할까? 난 네 할아버지다, 너를 사랑한다, 미안하다?
어쩌면 너한테 할 수 없었던 얘기들을 그 애한테 해야 할지도 모르
지, 네가 봐야 했던 그 모든 편지들을 그 애한테 주어야 할지도 모르
지. 그렇지만 그녀는 절대 허락하지 않을 거야, 나도 그녀를 배신하
지 않을 거고, 그러니까 다른 방법을 생각해 봐야지……. 내가 무엇
을 해야 할까, 더 많은 공간이 필요해, 해야 할 말이 있어, 내 말들이
종이 가장자리의 벽을 밀어붙이고 있어, 다음 날, 네 어머니는 손님
용 침실로 와서 나를 위해 포즈를 취해 주었어, 나는 예와 아니요로
주무르며 점토를 부드럽게 만들었어, 내 엄지손가락으로 그녀의 뺨
을 꼭 눌렀어, 지문을 남기며 그녀의 코를 앞으로 나오게 했어, 나는
눈동자를 파냈어, 이마를 단단히 다졌어, 아랫입술과 턱 사이를 우
묵하게 만들었어, 공책을 집어 그녀에게로 갔어. 내가 어디에 있었
고 떠난 후 무엇을 했는지, 어떻게 먹고살았는지, 누구와 시간을 보
냈는지, 무슨 생각을 하고 무엇에 귀를 기울이고 무엇을 먹었는지
쓰기 시작했어, 하지만 그녀는 공책에서 그 책장을 뜯어냈어, "관심

없어요," 그녀가 말했어, 그녀가 정말로 관심이 없었는지 아니면 다른 이유에서 그랬는지는 모르겠어, 다음 페이지에 이렇게 썼어, "알고 싶은 것이 있으면 뭐든 다 얘기해 주리다," "나한테 털어놓으면 당신 삶은 더 편해지겠지요, 하지만 난 아무것도 알고 싶지 않아요." 어떻게 그럴 수가? 나는 그녀에게 너에 대해 얘기해 달라고 부탁했어, 그녀가 말했지, "우리 아들이 아니라, 내 아들이에요." 나는 그녀에게 그녀의 아들에 대해 얘기해 달라고 부탁했어, 그녀가 말했지, "매년 추수감사절 때마다 칠면조 요리와 호박 파이를 만들었어요. 학교 운동장에 가서 아이들에게 무슨 장난감을 좋아하는지 물어보았죠. 그 애한테 그걸 사주었어요. 아파트에서는 외국어를 쓰지 못하게 했어요. 그랬어도 그 앤 속절없이 당신이 되었어요." "그 애가 내가 되었다고?" "모든 것이 다 예와 아니요였어요." "대학에는 들어갔소?" "가까운 데로 가라고 애원했지만, 캘리포니아로 갔어요. 그런 점도 당신하고 닮았어요." "무얼 공부했소?" "원래는 변호사가 되려고 했는데, 사업을 이어받았어요. 그 애는 장신구를 싫어했어요." "왜 가게를 팔지 않았소?" "그 애한테 그러자고 했지요. 변호사가 되라고 간청했지요." "그런데 왜?" "그 애는 자기 아빠가 되고 싶었던 거예요." 미안하다, 그게 사실이라면, 네가 나처럼 되는 것이야말로 내가 가장 원하지 않는 일이었는데, 네가 너 자신이 될 수 있게 하려고 떠났던 거였는데. 그녀가 말했어, "그 애가 당신을 찾으려고 한 적도 있었어요. 당신이 유일하게 딱 한 통 보낸 편지를 그 애한테 주었죠. 그 편지에 홀리기라도 한 듯이 밤낮으로 읽더군요. 당신이 뭐라고 썼는지 몰라도, 그 편지 때문에 그 애가 당신을 찾으러 갔던 거예요." 나는 다음 장에 이렇게 썼단다, "어느 날 문을 열어보니 그 애가 있었소." "그 애가 당신을 찾아냈어요?" "우리는 아무 얘기도 하지 않았소.""당신을 찾아낸 줄은 몰랐어요.""그 애는 자기 정체를 밝히려 하지 않았소. 너무 신경이 곤두섰나 보오. 아니면 정작 나를 보니 미운 생각이 들었던 모양이지. 그 애는 기자인 척했소. 흉내치고는 아주 형편없었소. 그 애는 드레스덴 생존자들에 관한 기사를 쓰고 있다고 했소.""그 애한테 그날 밤 무슨 일이 있었는지 얘기해 주었어요?""그 편지에 적었소.""뭐라고 썼어요?""안 읽어봤소?""나한테 보낸 게 아니었잖아요.""끔찍한 일이로군. 우리가 모든 것을 다 공유할 수 없었다니. 이 방은 우리가 나누지 못한 대화로 가득 차 있구려." 네가 떠난 후 내가 식음을 전폐했다는 얘기를 그녀에게는 하지 않았단다, 나는 어찌나 여위었는지 뼈 사이에 욕조 물이 고일 정도였어, 왜 아무도 내가 그렇게 야윈 까닭을 묻지 않았을까? 누군가 물어봐 주었다면, 그랬다면 다시는 음식을 입에 대지 않았을 텐데. "하지만 그 애가 말하지도 않았다면서 어떻게 그 애가 당신 아들인 줄 알았어요?""내 아들이니까 알았지." 그녀는 내 가슴에 손을 얹었어, 내 심장이 있는 곳에, 나는 내 손을 그녀의 허벅지 위에 올려놓았어, 손으로 그녀를 어루만졌어, 그녀가 내 바지를 벗겼지, "긴장되는구려," 내가 그토록 원치 않았는데도, 조각은 점점더 애나를 닮아갔어, 그녀는 등 뒤로 문을 닫고 나갔어, 난 방에서 뛰쳐나갔어…… 거의 매일같이 걸어 다니며 도시를 다시 알아가면서 시간을 보냈지, 예전의 컬럼비안 빵집에 가보았지만 빵집은 이제 거기에 없었어, 그 자리에는 99센트보다 싼 물건은 한 개도 없는 99센트 스토어가 있었지. 바지를 맞추곤 했던 양복점에도 들렀어, 하지만 그 자리에는 은행이 있더구나, 카드가 없으면 문도 열 수 없었어, 몇 시간을 걸었어, 브로드웨이 한쪽 길을 따라 내려갔다가 그 반대편 길로 올라왔어, 시계 수리공이 있던 자리에는 비디오 가게가 있었어, 꽃시장이 있던 자리에는 비디오 게임 상점이 있었고, 정육점이 있던 곳에는 스시 가게가 있었어, 스시가 뭘까, 고장 난 시계들은 전부 어떻게 되나? 자연사 박물관 옆에서 강아지 놀이터를 구경하며 몇 시간을 보냈어, 아메리칸 핏불 테리어, 래브라도, 골든 리트리버, 개를 데리고 있지 않은 사람은 나뿐이었어, 생각하고 또 생각했어, 어떻게 하면 먼발치에서도 오스카에게 가까이 있을 수 있을까, 어떻게 하면 너에게도 네 어머니에게도 나 자신에게도 공정할 수 있을까, 항상 열쇠 구멍으로 그 애를 볼 수 있도록 옷장 문짝을 떼서 들고 다니고 싶었어, 나는 차선책을 썼단다. 멀리에서 그 애가 생활하는 모습을 봤어, 언제 학교에 가는지, 언제 집에 오는지, 친구들은 어디 사는지, 그 애가 잘 가는 가게는 어딘지, 그 애를 따라 온 도시를 다녔어, 하지만 네 어머니를 배신하지는 않았어, 내가 거기 있다는 것을 그 애가 절대 눈치 채지 못하게 했으니까. 그런 식으로 언제까지나 계속 해나갈 수 있을 거라고 생각했어, 하지만 결국 이렇게 되었구나, 다시 한 번 내가 틀렸다는 게 판명된 셈이지. 언제 처음 이상하다는 생각이 들었는지는 기억이 잘 안 나는구나, 그 애가 어떻게 저리도 오래 바깥에 있는지, 어떻게 저리도 많은 이웃들을 찾아가는지, 왜 그 애를 주의 깊게 살피는 사람은 나 하나뿐인지, 어떻게 그 애 엄마는 애가 저렇게 멀리까지 혼자 돌아다니게 놔두는지. 매주 주말 아침이면 그 애는 한 노인과 함께 건물을 나와서 도시를 돌며 이 집 저 집 문을 두드리고 다녔어, 나는 그들이 간 곳을 지도로 만들었지, 하지만 통 이해할 수가 없었어, 아무 의미도 없었어, 저들은 뭘 하고 있는 걸까? 그리고 저 노인은 누구일까, 친구인가, 선생인가, 사라진 할아버지의 대용품인가? 또 왜 들어간 집에서는 아주 잠깐씩만 머물다 나오는 걸까, 뭔가를 팔고 있나, 정보를 모으고 있나? 저 애 할머니도 알고 있을까, 저 애를 걱정하는 사람은 나뿐인가? 그들이 스태튼 아일랜드의 한 집을 나선 후, 나는 잠시 기다렸다가 그 집의 문을 두드렸어, "세상에, 오늘은 웬 손님이 이렇게 많담!" 그 여자가 말했어, 나는 이렇게 적었지, "미안합니다, 저는 말을 하지 못합니다. 방금 나간 아이는 제 손자입니다. 그 애가 여기서 무엇을 했는지 말씀해 주실 수 있겠습니까?" "참 별난 가족도 다 있네요." 나는 생각했어, 가족 맞지. "방금 그 애 엄마와 통화를 했답니다." "그 애가 여기 왜 왔습니까?" "열쇠 때문이라나요." "열쇠라뇨?" "자물쇠 때문이래요." "자물쇠라고요?" "모르셨어요?" 여덟 달 동안 난 그 애 뒤를 따라다니며 그 애가 만난 사람들과 얘기를 했지, 그 애가 너에 대해 알아내려고 애쓰는 동안, 난 그 애에 대해 알아내려고 애썼어, 그 애는 너를 찾으려 하고 있었어, 네가 나를 찾으려 했던 것과 똑같이 말이야, 그 생각을 하면 이미 조각났던 내 마음이 더 작은 조각들로 산산이 부서졌어, 왜 사람들은 자기가 전하려는 뜻을 그 순간에 말할 수 없을까? 어느 날 오후 그 애를 따라 시내로 갔다가, 우연찮게 지하철에서 그들과 마주 앉게 되었어, 그 노인이 나를 쳐다보더구나, 내가 쳐다봤던가, 내가 앞으로 팔을 뻗었던가, 오스카 옆에 앉아 있어야 할 사람은 나라는 것을 그가 알았을까? 그들은 커피점으로 들어갔어, 돌아오는 길에 그들을 놓쳤지, 늘 있는 일이었어, 눈치 채지 못하게 바짝 따라붙기가 쉽지는 않거든, 그녀를 배신할 생각은 없었어. 어퍼 웨스트사이드로 되돌아가다가 서점에 들어갔어, 아직은 아파트에 갈 수 없었어, 생각할 시간이 필요했지, 통로 끝에서 사이먼 골드버그를 닮은 한 남자를 보았어, 그 사람도 어린이책 코너에 있었어, 그를 보면 볼수록 점점 더 긴가민가했지만, 그럴수록 더 그였으면 싶었어, 그는 죽으러 간 것이 아니라 노동하러 갔던 것일까? 내 손이 호주머니의 잔돈에 부딪쳐 덜덜 떨렸어, 보지 않으려 했어, 앞으로 손을 내밀지 않으려 했어, 그럴 수 있을까, 그가 나를 알아보았을까, 그는 이렇게 썼었지, "우리가 가는 길이 아무리 멀고 평탄치 않을지라도, 언젠가 다시 만나게 되기를 바라네." 오십 년 후 그는 그때와 똑같은 두꺼운 안경을 끼고 있었어, 그보다 더 흰 셔츠는 본 적이 없었어, 그는 책들을 내려놓느라 애먹고 있었어, 나는 그에게 다가갔어, 이렇게 적었지, "저는 말을 못 합니다. 미안합니다." 그는 나를 꽉 껴안았어, 내 심장 바로 앞에서 뛰는 그의 심장을 느낄 수 있었지, 두 심장은 박자를 맞추어 같이 뛰려 했어, 그는 한마디도 하지 않고 몸을 돌려 서점 밖으로, 거리로 뛰쳐나갔어, 그가 아니었던가 봐, 무한히 두꺼운 빈 공책과 여분의 시간이 있었으면 좋겠구나……. 다음 날, 오스카와 노인은 엠파이어 스테이트 빌딩엘 갔어, 나는 거리에서 그들을 기다렸지. 위를 올려다보며 그 애를 찾았어, 목이 부러질 듯 아팠어, 그 애가 나를 내려다보고 있을까, 우리는 둘 다 알지 못하는 사이 뭔가를 공유하고 있을까? 한 시간 후, 엘리베이터 문이 열리고 노인이 밖으로 나왔어, 오스카를 저 위에 남겨두고 가려나, 저렇게 높은 곳에, 그렇게 혼자만, 누가 그 애를 안전하게 지켜주나? 나는 그 노인이 미워졌어. 나는 뭔가를 적기 시작했어, 그가 내게로 다가오더니 내 멱살을 움켜쥐었어. "잘 들어, 당신이 누구인지는 모르겠지만, 우리를 따라다니는 거 알고 있었어. 맘에 안 든단 말이야. 아주 재수 없어. 두말 안 하겠는데, 꺼지라고." 내 공책이 바닥으로 떨어졌어, 그래서 아무 말도할 수가 없었어, "다시 한 번만 저 애 근처에서 얼쩡거리다가 내 눈에 띄면……." 내가 바닥을 가리키자, 그는 내 멱살을 놓았어, 나는 공책을 집어 이렇게 썼어, "나는 오스카의 할아버지입니다. 나는 말

을 못 합니다. 미안합니다." "저 애 할아버지라고?" 나는 앞으로 책
장을 넘겨 내가 전에 썼던 것을 짚었어, "그 애는 어디 있습니까?"
"오스카한테는 할아버지가 없어." 나는 책장을 가리켰다. "그 애는
계단으로 내려오고 있소." 나는 힘닿는 대로 빠르게 모든 사정을 설
명했어, 내 글씨는 알아보기도 힘들어졌어, 그가 말했어, "오스카는
나한테 거짓말할 애가 아닌데." 나는 이렇게 썼어, "거짓말하지 않
았어요. 그 애는 모릅니다." 노인은 셔츠 밑에서 나침반이 달린 목걸
이를 꺼내 바라봤어, 그가 말했어, "오스카는 내 친구요. 그 애한테
말해 줘야겠소." "그 애는 제 손자입니다. 말하지 말아주세요." "그
애와 함께 다녀줘야 할 사람은 당신이오." "그렇게 했습니다." "그런
데 저 애 엄마는 어찌된 거요?" "저 애 엄마라뇨?" 오스카가 부르는
노랫소리가 모퉁이 너머에서 들려왔어, 그의 목소리가 점점 더 커졌
어, 노인이 말했지, "착한 녀석이오," 그러고는 걸어가 버렸어. 나는
곧장 집으로 왔어, 아파트에는 아무도 없었지. 가방을 꾸릴 생각을
했어, 창문으로 뛰어내릴 생각도 했어, 침대에 앉아 생각했어, 너를
생각했어. 너는 어떤 음식을 좋아했을까, 제일 좋아한 노래는 뭐였
을까, 첫 키스를 한 소녀는 누구였을까, 어디서, 어떻게 했을까, 방에
서 뛰쳐나가야지, 무한히 두꺼운 빈 공책이 있었으면 좋겠다, 영원
이 있었으면, 시간이 얼마나 지났는지 모르겠구나, 그건 중요하지
않아, 난 시간을 따질 이유를 다 잃었어. 누군가 초인종을 울렸지, 난
일어나지 않았어, 누구인지 관심도 없었어, 창 반대편에 혼자 있고
싶은 마음뿐이었지. 문 열리는 소리가 들리더니 그 애 목소리가 들
렸어, "할머니?" 그 애가 아파트에 있었어, 할아버지와 손자, 우리
둘뿐이었어, 그 애가 이 방에서 저 방으로 돌아다니고, 물건을 건드
리고, 문을 여닫는 소리가 들렸어, 뭘 찾고 있나, 저 애는 왜 항상 뭔
가를 찾아다닐까? 그 애는 내 방문 앞까지 왔어, "할머니?" 난 그녀
를 배신하고 싶지 않았어, 불을 껐지, 무엇이 그렇게 두려웠던 것일
까? "할머니?" 그 애가 울음을 터뜨렸어, 내 손자가 울고 있었어.

"제발. 정말로 도움이 필요해요. 거기 계시거든 제발 나와 주세요."
나는 불을 켰어, 내가 뭘 더 두려워하겠니? 나는 문을 열었어, 우리
는 서로를 마주 보았어, 나 자신과 마주했어, "할아버지가 세입자세
요?" 나는 방으로 돌아가서 이 공책을 벽장에서 꺼내 왔어, 거의 다
쓴 공책에 이렇게 적었어, "나는 말을 못 한단다. 미안하다." 그 애가
나를 보게 되다니 그저 고마울 뿐이었단다, 그 애는 나에게 누구냐
고 물었어, 뭐라고 말해야 좋을지 몰랐지, 그 애를 방으로 데리고 들
어왔어, 그 애는 나에게 손님이냐고 물었어, 무슨 말을 해야 좋을지
몰랐어, 그 애는 아직도 울고 있었어, 어떻게 달래야 할지 몰랐어, 방
에서 뛰쳐나가야지. 그 애를 침대로 데려가 앉혔어, 아무것도 물어
보지 못했고 내가 이미 알고 있는 것을 말해 주지도 못했어, 우리는
중요하지 않은 것에 대해서는 말하지 않았어, 친구가 되지도 않았
어, 나는 누구라도 될 수 있었을 거야, 그 애는 처음부터 시작했어,
꽃병, 열쇠, 브루클린, 퀸스, 난 그 순서를 기억하고 있었지. 가엾은
것, 낯선 사람한테 미주알고주알 다 털어놓다니, 그 애 주위에 벽을
쳐주고 싶었어, 안과 밖을 분리해 주고 싶었어, 그 애한테 무한히 두
꺼운 빈 공책과 여분의 시간을 주고 싶었어, 그 애는 좀 전에 엠파이
어스테이트 빌딩 꼭대기까지 올라갔던 일이며, 그의 친구가 끝내겠
다고 말한 일이며, 모든 걸 다 얘기했지, 그건 내가 원한 바가 아니
었어, 하지만 내 손자가 나와 얼굴을 마주하기 위해 필요한 것이었
다면, 그럴 가치가 있었지, 그게 무엇이든 말이야. 나는 그 애를 어루
만져 주고, 모두가 모두를 떠난다 해도 나만은 결코 그 애를 떠나지
않을 거라고 말해 주고 싶었어, 그 애는 얘기하고 또 얘기했지, 그
애의 말은 슬픔의 밑바닥을 찾아 그 애를 뚫고 떨어졌어, "우리 아빠
가," 그 애는 말했지, "우리 아빠가," 그 애는 거리를 가로질러 달려
갔다가 전화기를 들고 돌아왔어, "이게 아빠가 남긴 마지막 메시지
예요."

다섯 번째 메시지.

오전 10시 22분. 압 아빠. 여   아빠다. 뭔가
알아보렴 이건 내가 여보세요 내 말 들리니? 우린

지붕으로　　다　　괜찮아　곧　　미안하다 들리니
많이 일어나　　　　　기억해—

　메시지는 끊어졌어, 네 목소리는 아주 침착했지, 곧 죽을 사람의 목소리 같지 않았어, 우리가 몇 시간이고 말없이 테이블에 마주 앉아 있을 수 있었다면 얼마나 좋았을까, 우리가 시간을 허비할 수 있었다면 얼마나 좋았을까, 무한히 두꺼운 빈 공책과 여분의 시간이 필요해. 난 오스카에게 우리가 만났다는 사실을 할머니에게 알리지 않는 게 좋겠다고 말했어, 그 애는 왜냐고 묻지 않았지, 그 애가 얼마나 알고 있을까 궁금해졌어, 나하고 또 얘기를 하고 싶거든 손님용 침실 창문에 돌을 던지라고, 그러면 내려가서 모퉁이에서 만나주겠다고 말했어, 다시는 그 애를 보지 못하게 될까 봐, 나를 보는 그 애를 보지 못하게 될까 봐 두려웠어, 그날 밤 네 어머니와 난 내가 돌아온 이후 처음이자 마지막으로 사랑을 나누었어, 마지막 같지가 않았어, 난 애나에게 마지막으로 키스한 적이 있고, 우리 부모님을 마지막으로 보았고, 마지막으로 얘기를 했지, 왜 모든 것을 마지막처럼 대하는 법을 배우지 못했을까, 가장 한스러운 것은 미래를 너무 많이 믿었다는 거야, 그녀가 말했어, "보여줄 것이 있어요," 그녀는 나를 두 번째 침실로 데려갔어, 그녀의 손이 '예'를 꼭 잡고 있었어, 그녀는 문을 열고 침대를 가리켰어, "그 애가 잠을 자던 곳이에요," 시트를 만져보았지, 몸을 구부려 베개 냄새를 맡아보았어, 뭐든 좋으니 너를 원했어, 티끌이라도 좋았어, 그녀가 말했지, "아주 오래전 얘기예요. 삼십 년 전이죠." 나는 침대에 누웠어, 네가 느꼈던 것을 느껴보고 싶었어, 너에게 모든 것을 얘기하고 싶었어, 그녀는 내 옆에 누웠지, 그녀가 물었어, "천국과 지옥을 믿어요?" 나는 오른손을 쳐들었어, "나도 믿지 않아요," 그녀가 말했지, "죽은 다음이나 태어나기 전이나 비슷할 거예요," 그녀는 손을 펴고 있었어, 나는 그 손에 '예'를 놓았지, 그녀는 손가락을 구부려 내 손을 쥐었어, "아직 태어나지 않은 모든 것들을 생각해 봐요. 모든 아기들. 그중에는 영영 태어나지 못할 아기들도 있겠죠. 슬프지 않아요?" 슬픈지 슬프지 않은지 알 수가 없었어, 영영 만나지 못할 모든 부모들, 모든 유산(流産)들, 나는 눈을 감았어, 그녀가 말했지, "폭격이 있기 며칠 전, 아버지가 날 창고로 데려가셨어요. 위스키를 한 잔 주시고 저한테 담배를 피워보라고 하셨죠. 아주 어른이 된 듯한, 아주 특별해진 듯한 기분이 들었어요. 아버지는 저에게 섹스에 대해서 얼마나 아느냐고 물으셨죠. 전 콜록거렸어요. 아버지는 한참을 껄껄 웃으시다가 진지해지셨죠. 저한테 여행 가방 꾸리는 법을 아는지, 청혼을 받아도 단번에 수락해서는 안 된다는 걸 아는지, 필요할 때 불을 피울 줄 아는지 물으셨죠. 전 아빠를 너무나 사랑했어요. 정말 정말 사랑했어요. 하지만 뭐라고 대꾸할 말을 찾지 못했죠." 난 고개를 옆으로 돌렸단다, 그녀의 어깨 위에 머리를 기댔어, 그녀는 우리 어머니가 곧잘 하셨듯이 내 뺨에 손을 얹었어, 그녀가 하는 행동 하나하나가 모두 다른 누군가를 기억나게 했지, "부끄러운 일이에요. 삶이 그렇게도 소중하다니." 그녀가 말했지, 나는 옆으로 몸을 돌려 그녀에게 팔을 둘렀어, 방에서 뛰쳐나갈 거야, 눈을 감고 그녀에게 키스했어, 그녀의 입술은 어머니의 입술이었고, 애나의 입술이었고, 네 입술이었어, 그녀와 함께 어떻게 해야 할지 몰랐어, "그 생각을 하면 너무나 걱정이 돼요." 그녀가 셔츠의 단추를 풀면서 말했어, 나는 내 옷의 단추를 풀었어, 그녀가 자기 바지를 벗었어, 나도 내 바지를 벗었어, "우린 걱정을 너무 많이 해요." 나는 그녀를 어루만지며 모두를 어루만졌어, "우리가 하는 일이라곤 오로지 걱정뿐이에요." 우리는 마지막으로 사랑을 나누었어, 나는 그녀와 함께였고 모두와 함께였어, 그녀가 욕실로 가려고 일어났을 때 시트 위에 핏자국이 있었어, 나는 자려고 손님용 침실로 되돌아갔어, 네가 결코 알지 못할 것들이 너무나도 많단다. 다음 날 아침 창문을 두드리는 소리에 잠을 깼어, 네 어머니에게는 잠시 산책을 하고 오겠다고 말했지, 그녀는 아무것도 묻지 않았어, 그녀는 얼마나 알고 있었을까, 왜 내가 자기 시야를 벗어나도록 놔두었을까? 오스카가 가로등 아래에서 나를 기다리고 있었지, 그 애가 말했어, "아빠 무덤을 파보고 싶어요." 지난 두 달 동안 하루도 거르지 않고 그 애를 보았어, 우리는 일어날 일을 아주 사소한 부분 하나하나까지 준비해 왔던 거야, 우리는 실상 이미 센트럴 파크를 파며 연습을 하고 있었던 거지, 이미 그 전부터 세부적인 부분이 내 머릿속에 펼쳐지고 있었던 거지,

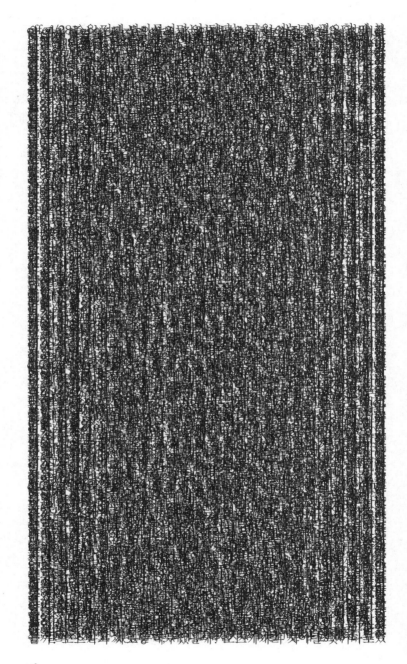

396

불가능한 문제를 푸는 간단한 해결책

　세입자와 함께 아빠의 무덤을 파러 갔다 온 다음 날, 나는 블랙 씨의 아파트에 갔다. 블랙 씨는 사실 이 일에 관여하지 않았지만, 무슨 일이 있었는지는 알 자격이 있다고 생각했다. 그러나 문을 두드렸을 때, 대답한 사람은 블랙 씨가 아니었다. "무슨 일이니?" 한 여자가 물었다. 그녀는 안경을 줄에 매달아 목에 걸고, 종이가 잔뜩 든 서류철을 들고 있었다. "블랙 씨가 아니군요." "블랙 씨라고?" "여기 사시는 분 말이에요. 어디 계신가요?" "미안하지만, 모르겠는데." "잘 계시죠?" "그렇겠지 뭐. 잘은 모르겠구나." "아줌만 누구세요?" "난 부동산업자란다." "그게 뭔데요?" "아파트를 팔아주는 사람이지." "왜요?" "집주인이 팔고 싶은가 보지. 난 오늘 막 이 일을 담당하게 됐단다." "담당이라고요?" "이 집을 맡고 있던 부동산업자가 병이 났거든." "혹시 집주인을 찾을 방법을 아세요?" "미안하지만 모르겠구나." "블랙 씨는 제 친구였단 말이에요."

　그녀가 말했다. "사람들이 오늘 오전 중에 집을 치우러 오기로 했단다." "그 사람들이 누군데요?" "그런 사람들 있잖니. 잘은 모르겠지만. 계약한 사람이랑. 청소부랑. 뭐 그런 사람들 말이야." "이삿짐센터 직원들이 아니고요?" "모르겠구나." "할아버지의 물건을 몽땅 갖다 버린단 말예요?" "아니면 팔든가 하겠지." 내가 믿을 수 없을 만큼 돈이 많다면, 그것들을 다 사버릴 텐데. 그저 쌓아두기만 하게 되더라도. 나는 그녀에게 말했다. "저기, 아파트 안에 두고 온 게 있어요. 제 것이라서, 팔거나 버리면 안 되거든요. 잠깐만 가서 갖고 올 게요. 부탁드려요."

나는 전기 목록이 있는 쪽으로 갔다. 물론 다 구해 낼 수는 없다는 걸 알고 있었지만, 필요한 것이 있었다. B 서랍을 꺼내 카드를 넘겼다. 블랙 씨의 것을 찾았다. 옳은 일이라고 믿었으므로, 그 카드를 꺼내 오버올 주머니에 넣었다.

내가 원하는 것을 손에 넣었지만, 다시 S 서랍으로 갔다. 안토닌 스캘리아, G. L. 스카버러, 레슬리 조지 스카맨 경, 모리스 세브, 앤 윌슨 섀프, 잭 워너 섀퍼, 아이리스 샤멀, 로버트 헤이븐 샤우플러, 배리 셰크, 요한 셰플러, 장 드 셸랑드르…… 드디어 찾아냈다. 셸.

마음이 놓였다. 내가 했던 모든 일이 그럴 만한 가치가 있었다는 기분이 들었다. 아빠를 전기에 기록되어 기억되어야 할 만큼 중요한 인물로 만든 것이다. 하지만 카드를 보니, 아빠의 것이 아니었다.

오스카 셸: 아들

그날 오후 악수를 나눌 때 다시는 블랙 씨를 보지 못하리라는 것을 알았더라면 좋았을 텐데. 그랬으면 놓아주지 않았을 텐데. 아니면 계속 나랑 같이 다니자고 억지라도 썼을 텐데. 내가 집에 있을 때 아빠가 전화한 이야기를 해줬을 텐데. 하지만 아빠가 나를 마지막으로 껴안아 주었을 때 그것이 영영 마지막인 줄 몰랐던 것처럼, 이번에도 역시 몰랐다. 절대 미리 알 수 없는 일이니까. 그래서 블랙 씨가 "난 이만 끝내야겠다. 네가 이해해 주었으면 좋겠구나,"라고 말했을 때, 이해하지 못했으면서도 "이해해요,"라고 말했다. 나는 절대 그를 찾으러 엠파이어스테이트 빌딩의 전망대에 가지 않았다. 그가 거기 있다고 믿는 편이 더 행복하니까.

블랙 씨가 끝내겠다고 말한 뒤에도 나는 계속 자물쇠를 찾으러 다녔지만, 전과 똑같을 수는 없었다.

파 라커웨이와 보럼 힐과 롱아일랜드시티에 갔다.

덤보와 스페인 할렘 가와 미트패킹 디스트릭트에 갔다.

플랫부시와 튜더 시티와 리틀 이탈리아에 갔다.

베드퍼드스타이브슨트와 인우드와 레드 훅에 갔다.

더 이상 블랙 씨와 함께가 아니라서 그런지, 아니면 세입자와 함께 아빠의 무덤을 팔 계획을 짜는 데 너무 많은 시간을 써버린 탓인지, 그도 아니면 단지 너무 오랫동안 아무 소득도 없이 찾아다닌 때문인지 알 수 없었지만, 더는 아빠를 향해 가고 있다는 느낌이 들지 않았다. 더는 내가 자물쇠의 존재를 믿고 있는지조차 확신이 가지 않았다.

내가 마지막으로 방문한 블랙은 피터였다. 그는 할렘 가의 해밀튼 하이츠에 있는 슈가 힐에 살았다. 그의 집 근처에 이르렀을 때, 한 남자가 현관 계단에 앉아 있는 것이 보였다. 그 남자는 무릎 위에 작은 아기를 놓고, 하나도 못 알아들을 것이 뻔한데도 아기에게 말을 걸고 있었다. "피터 블랙 씨이신가요?" "누구니?" "전 오스카 셸이에요." 그는 계단을 톡톡 쳤다. 원한다면 자기 옆에 앉아도 좋다는 뜻이었다. 그것도 괜찮겠다고 생각했지만, 서 있고 싶었다. "아저씨 아기예요?" "그렇단다." "제가 따님을 쓰다듬어 봐도 되나요?" "아들이야." "아드님을 얼러봐도 되나요?" "되고말고." 아기 머리가 얼마나 부드러운지, 눈이며 손가락은 또 얼마나 작은지 믿을 수가 없었다. "너무나 연약해요." "그렇지. 하지만 우리가 아주 안전하게 지켜주고 있어." "어른들이 먹는 음식도 먹나요?" "아직은 못 먹어. 지금은 우유만 먹고 있지." "많이 울어요?" "그렇다고 할 수 있지. 아니, 정확히 말하면 많이 운단다." "하지만 아기들은 슬퍼서 우는 게 아니죠, 그죠? 배가 고프다거나 뭐 그런 것 때문일 뿐이죠." "우리가 어떻게 알겠니." 아기가 주먹을 쥐는 모습을 구경하다 보니 기분이 좋아졌다. 아기도 생각을 할 수 있는지, 아니면 인간보다 동물 쪽에 더 가까운지 궁금해졌다. "안아보고 싶니?" "안 그러는 편이 좋을 것 같은데요." "왜?" "아기 안는 법을 모르거든요." "해보고 싶으면 내가 보여주마. 쉬워." "좋아요." "앉지 그러니?" 그가 말했다. "좋아. 이제 한 손을 여기 아래로 넣는 거야. 이렇게. 옳지. 이제 다른 손으로 아기 머리를 감싸렴. 바로 그거야. 가슴에 살짝 끌어안아 봐. 그렇지. 그렇게 말이야. 잘하는구나. 그렇지. 아기가 아주 만족해하는구나." "이렇게 하면 돼요?" "아주 잘하는데." "아기 이름이 뭐예요?" "피터." "그건 아저씨 이름 아닌가요?" "우리 둘 다 피터란다." 그 말을 듣고 나니 왜 내 이름은 아빠 이름을 따서 짓지 않았을까 궁금해졌다. 세입자의 이름이 토머스인 것이 이상하다고 생각해 본 적은 없었지만, 내가 말했다. "안녕, 피터. 내가 너를 지켜줄게."

여덟 달에 걸쳐 뉴욕을 수색하면서 내가 원했던 것은 행복해지는 것이었다. 그러나 그날 오후 집에 돌아왔을 때 나는 지치고 실망하여 암담한 심정이었다.

실험실로 갔지만, 실험 따위를 하고 싶은 기분은 전혀 아니었다. 탬버린을 칠 만큼 흥이 나지도 않았고, 버크민스터와 놀아주고 싶지도 않았고, 수집품을 정리하고 싶지도, 『나에게 일어난 일』을 훑어보고 싶지도 않았다.

론 아저씨는 우리 집 식구도 아닌 주제에 엄마와 함께 거실에 있었다. 나는 탈수 아이스크림을 가지러 부엌으로 갔다. 전화기가 눈에 들어왔다. 새 전화기였다. 전화기도 나를 돌아봤다. 전화기가 울릴 때면 나는 그 녀석을 건드리기도 싫어서 항상 고래고래 고함을 지르곤 했다. "전화 왔어요!" 전화기와 한 방에 있는 것조차 싫었다.

나는 옛날 전화기의 메시지 재생 버튼을 눌렀다. 그 최악의 날 이후로는 한번도 메시지가 들어왔는지 확인해 본 적이 없었다.

첫 번째 메시지. 토요일, 오전 11시 52분. 안녕하세요, 오스카 셸에게 남기는 메시지입니다. 오스카, 나 애비 블랙이란다. 열쇠에 대해 물어보러 우리 아파트에 왔었잖니. 실은 네게 솔직히 털어놓지 않은 얘기가 있어. 도움을 줄 수도 있을 것 같아. 전화……

그리고 메시지가 끊어졌다.

애비는 내가 여덟 달 전 두 번째로 찾아갔던 블랙이었다. 그녀는 뉴욕에서 가장 좁은 집에 살고 있었다. 내가 예쁘다고 말해 주었더니 그녀는 웃음을 터뜨렸다. 나는 그녀가 예쁘다고 말했다. 그녀는 내가 친절하다고 말했다. 내가 코끼리의 초능력에 대해 얘기해 주자

그녀는 울었다. 키스해도 되느냐고 물었다. 그녀는 싫다고는 하지 않았다. 그녀의 메시지는 여덟 달 동안 나를 기다린 것이다.

"엄마?" "왜?" "저 나가요." "알았다." "좀 이따가 올게요." "그래." "언제 올지는 몰라요. 엄청나게 늦을 수도 있어요." "알았다." 왜 엄마는 더 묻지 않을까? 왜 나를 말리려 한다든가, 하다못해 안전하게 지켜주려고도 하지 않을까?

날은 어둑어둑해지고 거리는 사람들로 붐벼서, 구골플렉스만큼 많은 사람들과 이리저리 부딪쳤다. 그들은 누구일까? 어디로 가고 있을까? 무엇을 찾고 있을까? 그들의 심장 박동 소리를 듣고 싶었다. 그들에게 내 심장 소리를 들려주고 싶었다.

지하철역에서 그녀의 집까지는 몇 블록밖에 떨어져 있지 않았다. 내가 도착했을 때는 마치 그녀가 내가 올 줄 미리 알고 열어놓은 것처럼 문이 약간 열려 있었다. 당연히 그녀가 알 리야 없겠지만. 그러면 왜 문이 열려 있을까?

"안녕하세요? 계세요? 오스카 셸이에요."

애비가 문가로 나왔다.

그녀가 나의 상상의 산물은 아니었구나 싶어 마음이 놓였다.

"저 기억하세요?" "기억하다마다, 오스카. 그새 자랐구나." "제가요?" "부쩍 컸어. 몇 센티미터는 큰 것 같은데." "자물쇠를 찾아다니느라 정신이 없어서 키는 못 재봤어요." "들어오렴. 난 네가 다시 전화하지 않을 줄 알았어. 메시지를 남긴 지 벌써 한참 됐으니까." "전화기를 무서워해서요."

그녀가 말했다. "네 생각을 정말 많이 했단다." "아줌마 메시지 말인데요." "몇 달 전에 남긴 것 말이지?" "저한테 다 털어놓은 게 아니라니 무슨 말씀이세요?" "그 열쇠에 대해서 아무것도 모른다고 했었지."“그럼 아신단 말이에요?"“그래. 글쎄, 아니야. 난 몰라. 내 남편이 알고 있지."“우리가 만났을 때는 왜 말해 주지 않으셨어요?"“그럴 수가 없었어."“어째서요?"“그냥 할 수가 없었어."“그건 제대로 된 대답이 아니에요."“남편과 나는 끔찍하게 싸우던 중이었단다."“우리 아빠 일이었단 말이에요!"“내 남편 일이기도 했어."“아빠는 살해당했다고요!"

“남편한테 상처를 주고 싶었어."“왜요?"“그가 나에게 상처를 주었으니까."“어째서요?"“사람들은 서로한테 상처를 입히거든. 다들 그래."“전 그런 짓 안 해요."“알아."“아줌마가 8초 만에 말해 줄 수도 있었을 사실을 8개월 동안 찾으러 다녔다고요!"“너한테 전화를 했어. 네가 가고 나서 바로."“아줌마가 절 아프게 했어요!"“정말 미안하다."

“그래서요?" 내가 물었다. “그래서 아줌마 남편은 어떻게 되었어요?"“그이는 너를 찾아다녔단다."**“그분이 저를** 찾아다녔다고요?"“그래."“하지만 **저도 그분을** 찾아다녔는데요!"“그이가 너한테 전부 설명할 거야. 네가 전화를 걸어야 할 것 같구나."“저한테 솔직하게 말하지 않으셨다니 아줌마한테 화가 나요."“안다."“아줌마가 제 삶을 망쳐놓은 거나 마찬가지예요."

우리는 믿을 수 없을 만큼 가까이 있었다.

그녀의 숨결에서 풍겨오는 냄새까지 맡을 수 있었다.

그녀가 말했다. “나한테 키스하고 싶다면, 해도 좋아."“뭐라고요?"“우리가 만났던 날, 키스해도 좋냐고 네가 물었잖니. 그때는 안 된다고 했지만, 지금은 괜찮다고 말하는 거야."“그 얘기를 꺼내시니까 부끄러운데요."“부끄러워할 것 없어."“저한테 미안하다는 이유로 키스를 허락하실 것까지는 없어요."“키스해 다오. 그럼 나도 네게 키스해 줄게." "그냥 포옹만 하는 게 어떨까요?"

그녀는 나를 끌어안았다.

나는 울음을 터뜨렸다. 그녀를 있는 힘껏 꽉 껴안았다. 그녀의 어깨가 젖어갔다. **어쩌면 정말로 눈물을 몽땅 다 흘려버릴 수 있을지도 몰라. 할머니 말이 맞을지도 몰라.** 눈물을 전부 다 비워내고 싶었기 때문에, 그 생각이 마음에 들었다.

그러던 중, 난데없이 한 가지 깨달음이 번쩍 머리를 스치고 지나갔다. 마룻바닥이 발 밑에서 사라지고, 나는 아무것도 없는 허공에 서 있었다.

나는 몸을 뺐다.

"왜 메시지를 중간에 끊었어요?" "무슨 소리니?" "우리 집 전화기에 남기신 메시지 말이에요. 중간에 끊겼거든요." "오, 그때 네 엄마가 전화기를 들었나 보다."

"우리 엄마가 전화를 받았다고요?" "응." "그래서 어떻게 됐어요?" "무슨 말이니?" "엄마랑 통화하셨어요?" "잠깐 했지." "무슨 얘기를 했어요?" "기억이 안 난다." "하지만 제가 아줌마를 찾아왔다는 얘기는 하셨죠?" "그래, 당연히 했지. 내가 잘못한 거니?"

그녀가 잘못한 것인지는 알 수 없었다. 왜 엄마가 그녀와 나눈 대화는 물론이고 그 메시지에 대해서도 아무 말을 안 했는지, 그것도 알 수 없었다.

"열쇠는요? 열쇠 얘기도 엄마한테 하셨어요?" "이미 알고 있는 눈치던데." "그럼 제 계획도요?"

도통 이해가 가지 않았다.

왜 엄마는 아무 말도 없었을까?

왜 아무런 행동도 취하지 않았을까?

왜 관심조차 보이지 않았을까?

그때 갑자기 모든 의문이 한꺼번에 풀렸다.

어디 가느냐는 질문에 그냥 "나간다"고만 대답했을 때, 왜 엄마가 더 묻지 않았는지, 나는 갑자기 깨달았다. 엄마는 물어볼 필요가 없었던 것이다. 이미 알고 있었으니까.

에이다가 내가 어퍼 웨스트사이드에 산다는 것을 알고 있었던 것, 캐럴의 집 문을 두드렸을 때 그녀가 따듯한 쿠키를 준비해 놓고 있었던 것, 내 이름이 오스카라고 말한 적이 없다는 게 99퍼센트 확실한데도 doorman215@hotmail.com이 내가 떠날 때 "행운을 빈다, 오스카."라고 말했던 것이 다 이해가 됐다.

그들은 내가 올 줄 알고 있었다.

내가 가기 전에 엄마가 그들 모두에게 미리 말해 두었던 것이다.

블랙 씨조차 그중 하나였다. 그는 엄마한테 미리 들어서 그날 내가 자기 집 문을 두드릴 줄 알고 있었던 것이 틀림없다. 아마도 엄마는 나와 친구가 되어 함께 돌아다니며 나를 보호해 달라고 부탁했을 것이다. 그가 나를 정말 좋아하기는 한 걸까? 그가 들려준 모든 근사한 이야기들이 사실이기는 했을까? 그의 보청기는 진짜였을까? 쇠붙이를 끌어당기는 침대는? 총탄과 장미는 총탄과 장미일까?

내내.

모두가.

모든 것을.

할머니도 알고 계셨을지 모른다.

어쩌면 그 세입자까지도.

그 세입자도 세입자가 맞을까?

내 탐사는 엄마가 쓴 연극이었다. 내가 그것을 시작했을 때 엄마는 이미 결말을 알고 있었다.

나는 애비에게 물었다. "제가 올 줄 알고서 문을 열어두셨나요?"
그녀는 잠시 아무 말도 하지 않았다. 그러다가 입을 열었다. "응."
"남편분은 어디 계세요?" "그이는 내 남편이 아니야." "전. 이해.
못. 하겠어요. 아무것도!" "전남편이야." "어디 있어요?" "일하러 갔
어." "하지만 일요일 밤인데요." "외국 시장에서 일해." **뭐라고요?**
"일본은 지금 월요일 아침이야."

"웬 아이가 당신을 만나러 왔어요." 책상 뒤의 여자는 전화에 대고
말했다. '그'의 정체에 대해서는 점점 더 헛갈렸지만, 그가 저 전화
선의 반대편 끝에 있다고 생각하니 기분이 이상했다. "네," 그녀가
대답했다. "아주 어린 아이예요." 그러더니 이렇게 대답했다. "아
뇨." 그런 다음, "오스카 셸이래요." 잠시 후, "네. 당신을 보러 왔다
는군요."

"무슨 일인지 말해 주겠니?" 그녀가 내게 물었다. "자기 아빠 일 때
문이라는군요." 그녀는 전화에 대고 말했다. 그런 다음, "그렇게 말
했다니까요." 잠시 후, "알았어요." 그러더니 나에게 말했다. "현관
으로 내려가렴. 왼쪽 세 번째 방이야."

벽에는 유명 작품으로 보이는 그림이 걸려 있었다. 창문 밖의 전망
이 믿을 수 없을 만큼 아름다웠다. 아빠가 보셨다면 좋아하셨을 텐
데. 하지만 전혀 눈에 들어오지 않았다. 사진도 찍지 않았다. 자물쇠
에 이렇게 가까이 다가가 보기는 처음이었기 때문에, 내 평생 최고
로 열심히 정신을 집중하고 있었다. 왼쪽에서 세 번째, '윌리엄 블
랙'이라는 명찰이 붙은 문을 두드렸다. 방 안쪽에서 목소리가 들려
왔다. "들어와요."

"이 밤에 무슨 일이지?" 책상 뒤에서 한 남자가 말했다. 죽은 사람도 나이를 먹는다면, 아빠 나이가 지금의 그의 나이와 비슷할 것 같았다. 그의 머리는 갈색이 도는 회색이었고, 짧은 턱수염을 기르고 동그란 갈색 안경을 쓰고 있었다. 언뜻 보았을 때는 낯익어 보였다. 엠파이어스테이트 빌딩에서 망원경으로 본 사람이 아닐까 싶기도 했다. 그러나 말도 안 되는 얘기였다. 우리는 57번가에 있었고, 57번가는 북쪽이니까. 그의 책상 위에는 사진이 들어 있는 액자들이 잔뜩 쌓여 있었다. 재빨리 그것들을 훑어보고 아빠가 그 사진 속에 없다는 것을 확인했다.

내가 물었다. "우리 아빠를 아세요?" 그는 의자에 등을 기대며 말했다. "글쎄. 네 아빠가 누군데?" "토머스 셸이에요." 그는 잠시 생각에 잠겼다. 생각을 해야만 알 수 있다는 것이 마음에 들지 않았다. "모르겠다. 셸이란 성을 가진 사람은 한 명도 모르는데." "예전에는 알고 계셨겠죠." "뭐라고?" "아빠는 돌아가셨어요. 그러니까 지금은 우리 아빠를 알 수가 없는 거죠." "저런, 안됐구나." "아저씨는 틀림없이 아빠를 알고 있었어요." "모른다니까. 정말이야." "하지만 알고 있었던 게 **틀림없어요.**"

나는 그에게 말했다. "아저씨 이름이 적힌 작은 봉투를 발견했어요. 어쩌면 아저씨 부인 것인지도 모른다고 생각했어요. 제가 알기로는 이제는 전 부인이죠. 하지만 그분은 그게 뭔지 모르시더군요. 아저씨 이름은 윌리엄이죠. 전 아직 알파벳 'W'에는 근처에도 못 갔으니까……." "내 아내라고?" "그분을 찾아가서 얘기를 나눴어요." "어디서 그녀와 얘기했니?" "뉴욕에서 가장 좁은 집에서요." "어떻게 지내던?" "무슨 말씀이세요?" "어때 보이더냐고?" "슬퍼 보였어요." "어떻게?" "그냥 슬퍼 보였어요." "무얼 하고 있던?" "아

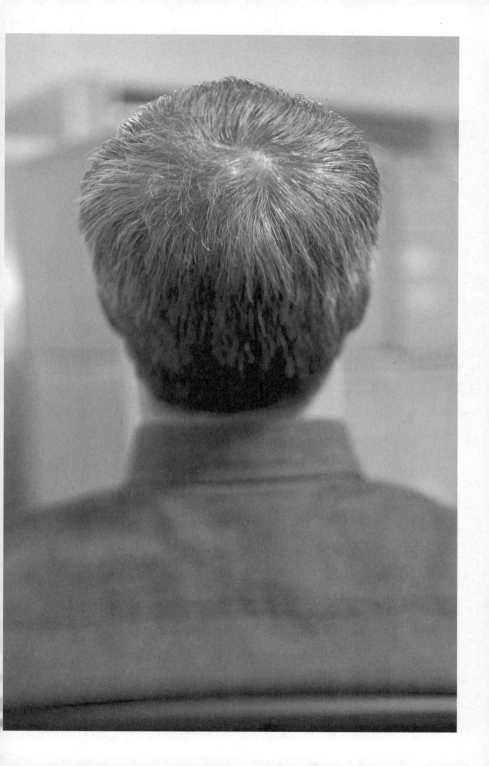

무것도 안 하고 있었어요. 전 배고프지 않다고 했지만, 저한테 음식을 주려고 하셨어요. 우리가 얘기할 동안, 다른 방에 누군가 있었어요."남자였니?""네.""그 남자를 봤니?""그 사람이 문 앞을 지나가긴 했지만, 거의 내내 다른 방에서 고함을 치고 있었어요.""**고함**을 치고 있었다고?""엄청나게 크게요.""뭐라고 소릴 질렀니?""뭐라고 하는지는 알아듣지 못했어요.""그 소리가 위협적으로 들렸니?""무슨 말씀이신지 모르겠는데요.""무시무시했니?""우리 아빠는 어떻게 아세요?""그게 언제 일이냐?""여덟 달 전이에요.""여덟 달 전이라고?""일곱 달하고 28일 됐어요." 그는 미소를 지었다. "왜 웃으세요?" 그는 마치 울 것처럼 손으로 얼굴을 가렸지만, 울지는 않았다. 그는 위를 올려다보며 말했다. "그 남자는 나야."

"아저씨였다고요?""여덟 달 전의 일이랬지. 맞아. 난 네가 다른 사람 얘기를 하는 줄 알았다.""하지만 그 사람은 턱수염이 없었는데요.""나중에 길렀지.""안경도 안 쓰고 있었어요." 그는 안경을 벗더니 말했다. "바뀌었지." 나는 떨어지는 사람들의 이미지를 이루고 있는 화소들에 대해 생각했다. 바짝 들여다볼수록 더 알아보기 힘들어진다. "왜 소리를 지르고 있었어요?""얘기하자면 길단다.""저 시간 많아요." 나는 아빠에게 조금이라도 더 가까이 다가갈 수만 있다면, 상처를 입게 되는 한이 있어도 무엇이든 알고 싶었다. "아주 길고 긴 이야기란다.""제발 부탁이에요." 그는 책상 위에 펼쳐놓았던 노트북을 덮고 말했다. "너무 긴 얘기야."

"우리가 여덟 달 전에는 아저씨 집에 함께 있었는데 지금은 이 사무실에 같이 있다니 정말 이상하지 않아요?"

그는 고개를 끄덕였다.

"이상도 하죠. 우리는 믿을 수 없을 만큼 가까이 있었어요."

그가 말했다. "그래서 그 봉투에 뭐 특별한 점이 있었니?" "딱 꼬집어 말할 만한 것은 없었어요. 봉투 속에 들어 있던 것이 특별했죠." "그게 뭔데?" "이거였어요." 나는 목에 건 끈을 끄집어내 아파트 열쇠는 등 뒤로 돌려 늘어뜨리고 아빠의 열쇠는 오버올 주머니 위, 미스터 블랙의 전기 카드 위, 반창고 위, 내 심장 위로 오게 했다. "내가 좀 봐도 되겠니?" 그가 물었다. 나는 열쇠를 목에서 벗어 그에게 건넸다. 그는 자세히 살펴보더니 이렇게 물었다. "봉투에는 뭐라고 쓰여 있었니?" "'블랙'이라고요." 그는 고개를 들어 나를 봤다. "파란색 꽃병 안에서 찾았니?" "세상에!"

그가 말했다. "믿을 수가 없구나." "믿을 수가 없다뇨?" "나에게 지금까지 일어난 일 중에서 정말이지 제일 놀라운 사건이야." "그게 **뭔데요?**" "난 이 열쇠를 찾느라 이 년을 보냈단다." "하지만 전 자물쇠를 찾느라 여덟 달을 보냈어요." "그러니까 우리는 서로를 찾아다녔던 게로구나." 나는 마침내 내 생애에서 가장 중요한 질문을 던질 수 있게 되었다. "이 열쇠로 무엇을 여나요?"

"그건 금고 열쇠란다." "그럼, 우리 아빠하고는 무슨 관계가 있어요?" "네 아빠?" "**중요한 건** 이 열쇠를 우리 아빠 벽장에서 찾아냈다는 거예요. 아빠가 돌아가신 후였으니까, 무슨 열쇠냐고 물어볼 수가 없었어요. 그래서 직접 찾아 나섰던 것이고요." "아빠 벽장에서 찾아냈다고?" "네." "긴 파란색 꽃병 속에서?" 나는 고개를 끄덕였다. "바닥에는 라벨이 붙어 있었고?" "그건 모르겠어요. 라벨은 못 봤어요. 기억이 안 나요." 내가 혼자 있었더라면, 평생 든 것 중에서 가장 큰 멍이 들었을 것이다. 나 자신이 커다란 하나의 멍으로 변해 버렸을 것이다.

"우리 아버지는 이 년 전에 돌아가셨단다." 그가 말했다. "건강 진단을 받으러 가셨는데 의사가 앞으로 살날이 두 달밖에 남지 않았다고 한 거야. 정말로 아버지는 두 달 후에 돌아가셨지." 죽음에 관한 얘기는 듣고 싶지 않았다. 실제로는 아무도 죽음에 대해 얘기하고 있지 않을 때조차, 누구나 입만 열면 그 얘기뿐이었다. "책, 가구, 옷가지 등 아버지가 남기신 물건들을 어떻게 할지 생각해야 했어." "보관해 두고 싶지 않으셨어요?" "아니, 하나도." 이상도 하다고 생각했다. 난 아빠의 유품 말고는 아무것도 원하지 않았는데. "그래서 간추려 말하자면……." "굳이 간추리시지 않아도 돼요." "모두 다 팔았단다. 나는 그 자리에 가지 말았어야 했어. 사람을 고용해서 시켰어야 했어. 아니면 다 갖다 버리든가. 하지만 그렇게 하지 않고 내가 직접 아버지 물건의 경매를 맡아서 사람들에게 가격은 흥정할 수 없다고 말했단다. 아버지의 결혼식 예복을 두고 흥정할 수는 없었어. 선글라스도 마찬가지였고. 내 인생 최악의 날 중 하나였어. 아마도 최악의 날이었을 거야."

"괜찮으세요?" "괜찮다. 지난 몇 년 동안 죽 안 좋았어. 우리 아버지와 나는 가깝지 않았거든." "안 아드릴까요?" "괜찮아질 거다." "왜 그랬어요?" "뭐가?" "왜 아버지랑 가깝지 않았어요?" "말하자면 너무 길다." "이제 우리 아빠 얘기를 해주실래요?"

"우리 아버지는 암 진단을 받고 나서 편지를 쓰기 시작하셨단다. 전에는 좀처럼 편지 같은 건 쓰지 않으셨는데 말이다. 써본 적이 있기나 했는지 모르겠다. 하지만 마지막 두 달 동안에는 뭣에 씌운 사람마냥 내내 편지를 쓰셨지. 눈만 뜨면 편지를 쓰셨다니까." 나는 왜냐고 물었지만, 정작 그보다 더 궁금했던 것은 왜 내가 아빠가 돌아가신 후에 편지를 쓰기 시작했을까였다. "아버지는 작별 인사를 하려고 하셨던 거야. 잘 알지도 못하는 사람들한테까지 편지를 쓰셨어. 아버지가 이미 편찮으시지 않았더라도, 아버지의 편지가 병이나 마찬가지였을 거야. 언젠가 사업상의 모임에 참석한 적이 있었는데, 대화 중에 상대방이 내게 에드먼드 블랙과 관계가 있느냐고 묻더구나. 그렇다고 대답했지. 우리 아버지라고. 그 사람이 그랬어. '난 당신 아버님과 고등학교 동창이었어요. 그는 세상을 뜨기 전에 아주 놀라운 편지를 내게 보냈어요. 열 장짜리 편지였죠. 나와 그는 그저 안면이 있는 정도에 불과했는데 말이에요. 마지막으로 본 건 50년 전이었고. 그렇게 놀라운 편지는 처음 받아봤지요.' 나는 그에게 그 편지를 보여줄 수 있느냐고 물었지. 그가 대답했어. '같이 볼 편지는 아닌 것 같습니다.' 나는 그 편지가 나한테 큰 의미가 있을 거라고 말했어. 그는 이렇게 대답했지. '편지에 당신 얘기도 있습니다.' 난 알겠다고 말했어."

"난 아버지의 롤로덱스를 훑어보면서…….""그게 뭔데요?""명함 정리기야. 거기 명함이 있는 사람들한테 다 전화를 걸었지. 아버지의 사촌들, 동료들, 내가 들어본 적도 없는 사람들한테까지. 아버지는 모두에게 편지를 쓰셨더구나. 단 한 명도 빠짐없이 말이야. 어떤 사람들은 내게 자기가 받은 편지를 보여주었어. 보여주지 않은 사람들도 있었고."

"편지는 어땠어요?"

"제일 짧은 것은 딱 한 줄짜리였어. 제일 긴 것은 수십 장이나 되었고. 어떤 것은 짤막한 연극에 가까웠어. 편지를 받는 사람에게 그냥 질문만 한 것도 있었지.""어떤 질문이었는데요?"" '제가 노포크에서 보낸 그 여름날 당신에게 반했던 것을 아셨습니까?' '피아노라든가, 제가 남겨둔 물건에 세금이 매겨질까요?' '전구의 작동 원리가 무엇입니까?'"" '그거라면 제가 설명해 드릴 수도 있었을 텐데.'"

"'정말로 자다가 죽는 사람도 있을까요?'"

"어떤 편지는 재미있었어. 내 말은, 정말로, 정말로 재미있었다는 거야. 아버지가 그렇게 재미있는 분일 줄은 몰랐어. 어떤 편지는 철학적이었어. 아버지는 자기가 얼마나 행복한지, 얼마나 슬픈지에 대해서, 그리고 하고 싶었지만 하지 못했던 일들, 했지만 하고 싶지 않았던 일들에 대해서 쓰셨어."

"아저씨한테는 안 쓰셨어요?" "쓰셨지." "뭐라고 쓰셨어요?" "읽을 수가 없었어. 몇 주 동안은 그랬단다." "어째서요?" "너무 괴로웠거든." "저 같으면 엄청나게 궁금했을 텐데요." "내 아내, 그러니까 내 전처는 그걸 읽지 않으면 내가 미쳐버릴 거라고 했어." "그건 아줌마가 아저씨를 잘못 이해한 거예요." "하지만 그 말이 옳았어. 미친 짓이었어. 말도 안 되는 짓이었지. 난 어린애가 되어가고 있었어." "네, 하지만 아저씨는 그분의 아이였잖아요."

"그래 난 아버지의 아이였지. 맞아. 내가 지나치게 수다를 떨고 있구나. 요약하자면……." "요약하지 마세요." 나는 그가 자기 아버지 말고 우리 아빠 얘기를 해주기를 바랐지만, 또 한편으로는 이야기가 끝나는 것이 두려워서 가능한 이야기가 길어지기를 바랐다. "난 편지를 읽었단다. 아마도 고백 같은 것을 기대하고 있었나 봐. 나도 모르겠다. 나한테 화난 얘기라든가, 아니면 용서를 구하는 얘기 같은. 내가 모든 것을 돌이켜 생각하게 할 만한 것 말이다. 하지만 편지는 무미건조한 사실만을 담고 있었어. 이해가 될지 모르겠는데, 편지라기보다는 문서에 더 가까웠단다." "그럴 줄 알았어요." "모르겠다. 어쩌면 내가 잘못 생각한 건지도 모르지만, 아버지가 미안하다고 말하고, 나를 사랑한다고 말하기를 기대했어. 인생을 정리하는 마당에 할 법한 얘기들 있잖냐. 하지만 그런 건 한마디도 없었어. '널 사랑한다'는 말조차 없더구나. 유서며, 생명 보험이며, 죽음을 앞둔 사람에게는 영 어울리지 않는 끔찍하게 사무적인 얘기들뿐이었어."

"실망하셨어요?" "화가 났지." "죄송해요." "아니다. 네가 미안해할 건 없어. 그것에 대해서 생각을 했어. 내내 생각했단다. 아버지가 나한테 하신 얘기는 물건을 어디에 남겨두었다느니, 무엇을 돌보고 싶었다느니 그런 내용이었어. 아버지는 책임감이 강하셨어. 선량한 분이었지. 감정에 휩쓸리기는 쉽단다. 법석을 떠는 건 언제라도 할 수 있지. 여덟 달 전의 내 모습을 기억하지? 그렇게 하기는 쉽단다."

"쉬운 것 같지는 않던데요." "간단해. 고래고래 마구 소리를 질러대면 사태가 심각하다는 느낌을 주지만, 실은 아무것도 아니야." "그러면 중요한 건 뭐예요?" "신뢰감을 주는 것이지. 선량해지는 것."

"그럼 열쇠는 어떻게 된 거예요?" "아버지는 편지 말미에 이렇게 쓰셨어. '네게 줄 것이 있다. 파란색 꽃병 속에 넣어 침실 선반에 올려둔 열쇠다. 은행의 대여 금고 열쇠란다. 내가 왜 그것을 너에게 주고 싶어 했는지 네가 이해하기를 바란다." "그리고요? 그 안에 뭐가 있었어요?" "아버지의 유품을 죄다 팔아치우고서야 그 편지를 읽었단다. 꽃병도 팔아버렸지. 네 아버지한테 팔았다." **"뭐라고요?"**

"바로 그 때문에 너를 찾으려고 했던 거야." "우리 아빠를 만나셨어요?" "아주 잠깐이었지만, 만나기는 만났지." "아빠를 기억하세요?" "아주 잠깐이었다니까." "그래도 기억하실 거 아니에요?" "짧게 얘기를 나눴지." "그래서요?" "좋은 분이시더구나. 그것들을 다 팔아 치우는 것이 나한테 얼마나 힘든 일이었는지 아는 것 같았어." "아빠가 어땠는지 좀 더 자세히 설명해 주실 수 있나요?" "맙소사, 정말 별로 기억나는 것이 없다니까." "제발요." "키가 160센티미터 정도 되었던 것으로 기억한다. 갈색 머리였고. 안경을 쓰고 있었지."

"어떤 안경이요?" "두꺼운 안경이었어." "어떤 옷을 입고 계셨어요?" "양복이었던 것 같은데." "어떤 양복이요?" "회색이던가?" "맞아요! 아빠는 일하러 가실 때 회색 양복을 입으셨어요! 앞니 사이가 벌어져 있던가요?" "기억이 안 나는데." "잘 생각해 보세요."

"집에 가던 중에 물건을 판다는 팻말을 보고 왔다고 했어. 그 다음 주에 기념일이 있다고 했었지." "9월 14일!" "네 엄마를 깜짝 놀라게 해줄 거랬어. 꽃병이 아주 마음에 든다면서. 아내도 좋아할 거라고 했지." "엄마를 놀라게 해준다고요?" "네 엄마가 제일 좋아하는 식당에 예약도 해놓았다고 했어. 근사한 밤이 될 거라고 했지."

그 턱시도.

"또 무슨 얘기를 하셨어요?" "또 무슨 얘기를 했더라……." "아무거나요." "웃는 모습이 멋있더구나. 그래, 기억난다. 웃는 모습이 잘 어울려서, 나까지도 웃음이 났지. 나를 위해서 웃어주었어."

"또요?" "아주 안목이 있더구나." "그게 무슨 뜻이에요?" "자기가 무엇을 원하는지 잘 알고 있었어. 물건을 보면 그게 자기가 찾던 건지 아닌지 바로 알더라고." "맞아요. 아빠는 믿을 수 없을 정도로 안목이 높아요." "그가 꽃병을 들고 있던 모습이 기억나는구나. 꽃병 바닥을 꼼꼼히 살펴보고 몇 번이나 이리저리 돌려가며 살폈어. 아주 신중한 사람인 것 같았어." "아빠는 엄청나게 신중했어요."

그가 훨씬 더 자세히 기억해 낼 수 있으면 좋을 텐데. 아빠가 셔츠 맨 위의 단추를 풀고 있었는지, 면도 크림 냄새가 났는지, 휘파람으로 「난 바다코끼리라네」를 불었는지, 그런 것까지. 아빠는 옆구리에 《뉴욕 타임스》를 끼고 있었을까? 입술이 텄을까? 호주머니에 빨간색 펜을 넣고 있었을까?

"그날 밤 아파트가 텅 비었을 때, 난 마룻바닥에 앉아 아버지의 편지를 읽었단다. 꽃병에 대한 것을 읽었어. 아버지를 실망시켰다는 기분이 들었지.""하지만 은행에 가서 열쇠를 잃어버렸다고 하시면 되잖아요.""해봤지. 하지만 아버지 이름으로 된 금고는 없다지 뭐냐. 내 이름을 대봤지. 그래도 없대. 어머니 이름이고 할머니 할아버지 이름이고 다 없었어. 말도 안 되는 얘기지.""은행 사람들은 뭐랬어요? 전혀 방법이 없대요?""동정은 했지, 하지만 열쇠가 없으면 전혀 손쓸 방법이 없다더구나.""그래서 우리 아빠를 찾으셔야 했던 거군요."

"네 아빠가 꽃병 바닥에서 열쇠를 발견하고 나를 찾아오기를 바랐단다. 하지만 네 아빠라고 무슨 수가 있었겠니? 우린 아버지의 아파트를 팔아버렸으니, 네 아빠가 다시 왔다 해도 나를 만날 수 없었겠지. 그래서 열쇠를 발견했다면 쓰레기려니 하고 내버렸을 거라고 확신했어. 나 같으면 그랬을 테니까. 나로서도 네 아빠를 찾을 방법이 없었어. 아무리 생각해 봐도 전혀 방법이 없었어. 네 아빠에 대해서는 아무것도, 이름조차 몰랐으니까. 몇 주 동안 일을 마치고 집으로 돌아갈 때면 우리 집으로 가는 길이 아닌데도 주변을 들러서 갔단다. 늘 다니던 길에서 한 시간 거리나 벗어난 곳까지 말이야. 네 아빠를 찾으러 돌아다녔어. 벽보를 몇 장 붙이고서야 무슨 일이 있었는지 알았어. '지난 주말 7번5가에서 꽃병을 사신 분께. 부디 연락을…' 하지만 그때는 9월 11일이 지난 다음 주였어. 온 천지가 포스터로 도배가 되어 있더라고."

"우리 엄마도 아빠를 찾는 포스터를 붙였어요.""무슨 말이니?" "아빠는 9월 11일에 돌아가셨어요. 그 일로 돌아가셨다고요.""오, 세상에. 미처 몰랐구나. 정말 안됐구나.""괜찮아요.""무슨 말을 해줘야 할지 모르겠다.""아무 말도 하실 필요 없어요.""네 엄마가 붙인 포스터는 보지 못했단다. 만약 봤더라면… 흠, 봤더라면 어떻게 되었을지 모르겠다." "아저씨가 우리를 찾아내실 수도 있었겠지요." "맞는 말이다." "아저씨 포스터랑 우리 엄마 포스터가 가까운 곳에 붙어 있었을지도 몰라요."

그가 말했다. "어디에 있건 네 아빠를 찾으려고 애썼단다. 주택가, 시내, 기차 안, 동네방네 다 가봤어. 사람들의 눈을 죄다 들여다보았지만, 네 아빠의 눈과 같은 눈은 어디에도 없었어. 한번은 어떤 사람이 타임스 광장에서 브로드웨이를 가로질러 가는 모습을 보고 네 아빠라고 생각했단다. 하지만 인파 속에서 놓치고 말았어. 네 아빠라고 생각되는 사람이 23번가에서 택시를 타는 모습을 본 적도 있고. 소리쳐 불렀으면 좋았겠지만, 이름을 알았어야 말이지." "토머스예요." "토머스라. 그때 알았더라면 좋았을 텐데."

"센트럴 파크에서 어떤 사람을 삼십 분이 넘게 쫓아간 적도 있단다. 네 아빠라고 생각했어. 왜 그렇게 이리저리 왔다 갔다 하는지는 알 수 없었지만. 방향이 없었어. 영문을 알 수가 없었지." "불러 세우지 그러셨어요?" "결국은 그렇게 했단다." "그래서 어떻게 됐는데요?" "내가 잘못 봤지 뭐냐. 다른 사람이더구나." "왜 그렇게 걸어 다녔는지 물어보셨어요?" "뭘 잃어버려서 땅바닥을 보며 찾는 중이었다나."

"흠, 아저씨도 이제 더는 찾으실 필요가 없겠군요." 내가 그에게 말했다. "이 열쇠를 찾느라 너무 오랜 시간을 보냈어. 그래서 열쇠를 **보기**가 힘들구나." "아저씨 아버지가 남기신 게 뭔지 보고 싶지 않으세요?" "원하고 원하지 않고의 문제가 아닌 것 같다." "그럼 뭐가 문제예요?"

"정말 미안하다. 너도 역시 뭔가를 찾는 중이라는 건 나도 알아. 이게 네가 찾는 것이 아니라는 것도 알겠고.""괜찮아요.""도움이 될지 모르겠지만, 네 아버지는 좋은 분인 것 같았어. 얘기를 나눈 건 고작 몇 분이었지만, 좋은 사람이라는 건 충분히 알 수 있었단다. 그런 아버지를 가졌으니 넌 운이 좋은 아이야. 그런 아버지를 얻을 수 있다면 이 열쇠라도 내놓겠다.""선택하실 필요는 없어요.""맞아, 넌 선택할 필요 없겠지."

우리는 아무 말도 하지 않고 앉아 있었다. 나는 다시 그의 책상 위에 놓인 사진들을 살펴보았다. 모두 애비의 사진이었다.

그가 말했다. "나와 함께 은행에 가지 않겠니?""친절하시네요. 고맙지만 괜찮아요.""진심이니?" 궁금하지 않아서 거절한 것은 아니었다. 궁금해서 미칠 지경이었다. 그러나 혼란에 빠질까 봐 두려웠다.

그가 말했다. "왜 그러니?""아무것도 아니에요.""괜찮니?" 눈물을 보이고 싶지 않았지만, 참을 수가 없었다. 그가 말했다. "정말, 정말 미안하다."

"아무한테도 하지 않은 얘기가 있는데, 아저씨한테 말해도 되나요?"

"물론이지."

"그날, 선생님들은 등교를 하자마자 우릴 바로 귀가시켰어요. 이유는 말해 주지 않고, 그냥 안 좋은 일이 생겼다고만 했어요. 우린 뭐가 뭔지 몰랐던 것 같아요. 아니면 안 좋은 일이 우리에게 일어날 수 있다는 사실을 깨닫지 못했든가. 많은 부모님들이 아이들을 데리러 왔어요. 하지만 우리 아파트는 학교에서 다섯 블록밖에 떨어져 있지 않았기 때문에, 저는 혼자 집까지 걸어왔어요. 친구가 저한테 전화하겠다고 했어요. 그래서 자동응답기를 봤더니 불빛이 깜박거리고 있더라고요. 메시지 다섯 개가 녹음돼 있었어요. 모두 한 사람한테서 온 것이었어요.""네 친구였니?""아빠였어요."

그는 손으로 입을 감쌌다.

"아빠는 계속 무사하다고, 다 괜찮으니 걱정 말라는 말만 하셨어요."

눈물이 그의 뺨을 타고 흘러내려 손가락으로 떨어졌다.

"하지만 이건 아무한테도 한 적이 없는 얘기예요. 메시지를 다 듣고 나자 전화벨이 울렸어요. 10시 22분이었어요. 발신자 번호를 보니 아빠의 핸드폰 번호였어요." "오, 저런." "제가 얘기를 끝까지 할 수 있도록 저를 좀 잡아주실래요?" "그러마." 그는 재빨리 책상 옆으로 의자를 움직여 내 곁으로 왔다.

"전화를 받을 수 없었어요. 도저히 할 수가 없었어요. 전화벨은 계속 울리는데, 꼼짝도 하지 못했어요. 전화를 받고 싶었지만, 몸이 움직이질 않았어요.

"자동응답기가 돌아가면서, 제 목소리가 흘러나왔어요."

안녕하세요, 셸의 집입니다. 오늘의 소식입니다. 시베리아의 유카티아는 몹시 춥습니다. 숨을 내쉬면 곧바로 숨결이 파삭 소리를 내며 얼어버립니다. 그곳 사람들은 그 소리를 별의 속삭임이라고 부른답니다. 엄청나게 추운 날에는, 마을 전체가 사람과 동물의 숨결이 만들어낸 안개로 뒤덮이죠. 메시지를 남겨주세요.

"삐 하는 소리가 들렸어요.

"그런 다음 아빠의 목소리가 들렸어요."

너 거기 있니? 거기 있니? 거기 있어?

"아빠가 애타게 저를 찾는데, 저는 전화를 받을 수가 없었어요. 할 수가 없었어요. 도저히 그럴 수가 없었다고요. **너 거기 있니?** 아빠는 열한 번을 불렀어요. 세어봤죠. 손가락을 다 써서 꼽고도 한 번이 남았어요. 왜 아빠는 계속 불렀을까요? 누군가가 집에 오기를 기다리고 있었을까요? 그리고 왜 '누구'라고 하지 않으셨을까요? **거기 누구 있니?**, 라고요. '너'는 딱 한 사람을 가리키는 말이잖아요. 가끔씩 내가 거기 있다는 걸 아빠가 알고 계셨다는 생각이 들어요. 어쩌면 아빠는 내가 수화기를 들 용기를 내도록 시간을 주려고 계속 말하셨던 건지도 몰라요. 게다가 아빠가 한 번 물었다가 다시 묻기까지는 꽤 긴 간격이 있었어요. 세 번째와 네 번째 사이에는 십오 초 정도 시간이 있었는데, 그때가 제일 길었어요. 아빠 주위에서 사람들이 비명을 지르고 울부짖던 소리가 지금도 제 귀에 들려요. 유리가 깨지는 소리도 들려요. 아마도 사람들이 뛰어내리고 있었던 것 같아요.

너 거기 있니? 너 거기 있니? 너 거기 있니? 너 거기 있니? 너 거기 있니? 너 거기 있니? 너 거기 있니? 너 거기 있니? 너 거기 있니? 너 거기 있니? 너

"그러고는 메시지가 끊겼어요.
"메시지가 흘러나오는 시간을 재보니 1분 27초였어요. 10시 24분에 끝났다는 의미였죠. 건물이 무너져 내린 시각이에요. 그러니까 아마도 아빠는 그렇게 돌아가셨을 거예요."
"정말 안됐구나." 그가 말했다.
"이 얘기는 아무한테도 한 적 없어요."
그는 포옹하듯이 내 몸을 꽉 잡았다. 그의 머리가 떨리고 있었다.
내가 물었다. "저를 용서하시는 거죠?"
"내가 너를 용서하냐고?"

"네."

"전화를 받지 못한 것을 말이냐?"

"아무한테도 말하지 못한 거요."

그가 말했다. "용서한단다."

나는 목에서 끈을 벗어 그의 목에 걸어주었다.

"이 열쇠는 뭐니?" 그가 물었다.

"우리 아파트 열쇠예요."

집으로 돌아와 보니 세입자가 가로등 아래 서 있었다. 우리는 매일 밤 그곳에서 만나 몇 시에 떠날까, 비가 오면 어떻게 할까, 경비원이 우리더러 뭐 하는 중이냐고 물으면 어떻게 할까 등등 계획의 세부 사항을 놓고 의논했다. 현실적인 세부 사항에 대해서는 두어 번의 만남으로 얘기가 다 끝났지만, 무슨 이유에서인지 우리는 아직도 갈 준비를 끝내지 못했다. 그래서 우리는 59번가 다리가 무너졌을 경우 갈 수 있는 우회 도로라든가, 묘지 울타리에 전기가 흐를 경우 넘을 방법이라든가, 체포될 경우 경찰을 속일 방법 따위의 비현실적인 부분까지 궁리했다. 별의별 지도와 비밀 번호와 연장들을 모았다. 그 날 밤 윌리엄 블랙을 만나서 그 얘길 듣지 못했더라면, 아마도 언제까지고 끝없이 계획만 짰을 것이다.

세입자는 이렇게 썼다. "늦었구나." 나는 아빠가 늘 하던 대로 어깨를 으쓱했다. 그가 적었다. "만일을 위해 밧줄 사다리를 가져왔다." 나는 고개를 끄덕였다. "어디에 있었니? 걱정했다." "자물쇠를 찾았어요."

"찾았다고?" 나는 고개를 끄덕였다. "그리고?"

무슨 말을 해야 좋을지 몰랐다. 자물쇠를 찾았으니 이제 수색을 중단해도 된다? 자물쇠를 찾았는데 아빠하고는 아무 관계가 없었다? 자물쇠를 찾았고 이제 남은 평생을 내내 무거운 부츠를 신고 살아야 한다? "찾지 못했더라면 좋았을 걸 그랬어요." "네가 찾던 것이 아니었니?" "그건 아니에요." "그럼 왜?" "자물쇠를 찾았으니 이제는 수색을 할 수가 없잖아요." 그는 내 말뜻을 이해하지 못한 것 같았다. "자물쇠를 찾으면서 조금 더 오래 아빠 곁에 머물 수 있었거든요." "하지만 언제까지나 아빠 곁에 있을 수는 없잖니?" 나는 진실을 알고 있었다. "그렇죠."

그는 뭔가를 생각하듯, 아니면 많은 것을 생각하듯, 그게 가능하다면 말이지만 모든 것을 생각하듯 고개를 끄덕였다. 그는 이렇게 썼다. "우리 계획을 실행에 옮길 때가 된 것 같구나."

나는 내 왼손을 펴 보였다. 무슨 말을 하려고 했다가는 다시 울음이 터질 것만 같아서였다.

우리는 목요일 밤에 계획을 실행에 옮기기로 했다. 그날은 아빠가 돌아가신 지 이 년째 되는 날이기도 했으니 딱 좋을 듯싶었다.

아파트로 들어가기 전, 그가 내게 편지를 건넸다. "이게 뭐예요?" "스탠 아저씨는 커피를 마시러 갔다. 제때 돌아오지 못할지도 모른다고 나더러 이걸 네게 전해 주라더구나." "뭔데요?" 그는 어깨를 으쓱하더니 거리를 건너갔다.

친애하는 오스카 셸,

당신이 이 년 전에 보내주신 편지를 모두 읽어보았습니다. 그래서 저는, 언젠가 당신에게 적당한 답장을 보낼 날이 오기를 바라며, 답장으로 같은 내용의 편지를 여러 통 보냈습니다. 그러나 당신이 점점 더 많은 편지를 보내면서 자신을 점점 더 많이 내보이자, 아무래도 계속 형식적인 답장을 보내기가 꺼려졌습니다.

지금 저는 배나무 아래 앉아 친구 소유의 과수원을 내려다보면서 당신에게 보낼 편지를 구술하고 있습니다. 치료를 받느라 육체적으로, 정신적으로 소진되었던 몸을 며칠 동안 여기서 지내며 회복시키던 중이었습니다. 오늘 아침 울적한 기분에 잠겨 풀이 죽은 채로 있다가, 불가능한 문제를 풀 수 있는 간단한 해결책이 머리에 떠올랐습니다. 오늘을 내가 기다려왔던 날로 만드는 것입니다.

당신은 첫 번째 편지에서 제 제자가 될 수 없겠느냐고 물었습니다. 그 점에 대해서는 잘 모르겠지만, 당신이 케임브리지에 오셔서 며칠간 저와 함께해 주신다면 기쁘겠습니다. 당신을 제 동료들에게 소개해 드리고, 인도 밖에서 먹을 수 있는 제일 훌륭한 카레를 당신에게 대접해 드리고, 천체물리학자의 삶이 얼마나 따분한 것인지 보여드리겠습니다.

당신은 과학에서 밝은 미래를 누릴 수 있습니다, 오스카.

그 길을 닦는 데 도움이 될 수 있는 일이라면 그것이 무엇이든 기꺼이 해드리겠습니다. 당신의 상상력을 과학적인 목적을 위해 쓴다면 어떻게 될지 생각만 해도 근사합니다.

하지만 오스카, 똑똑한 사람들은 항상 내게 편지를 씁니다. 당신은 다섯 번째 편지에서 "제가 발명을 도저히 멈추지 못한다면 어떻게 될까요?"라는 질문을 했습니다. 그 질문이 계속 제 머릿속에서 떠나지 않았습니다.

내가 시인이라면 얼마나 좋을까요. 누구에게도 이런 얘기를 털어놓은 적이 없습니다. 당신에게만 털어놓겠습니다. 당신은 내가 믿어도 좋을 사람이라는 느낌이 드니까요. 나는 내 마음의 눈으로 우주를 관찰하며 평생을 보냈습니다. 가슴이 벅차도록 보람찬 삶이었습니다. 멋진 삶이었죠. 이 시대의 위대한 사상가들과 함께 시간과 공간의 기원을 탐구할 수 있었습니다. 하지만 나는 내가 시인이라면 좋겠습니다.

나의 영웅인 앨버트 아인슈타인은 이런 말을 했습니다. "우리의 상황은 바로 이렇다. 우리는 우리가 열 수 없는 닫힌 상자 앞에 서 있다."

광대무변한 우주 대부분이 암흑 물질로 구성되어 있다는 얘기는 굳이 말하지 않아도 아실 겁니다. 우리가 결코 볼 수도, 들을 수도, 냄새 맡을 수도, 맛볼 수도, 만질 수도 없는 것들이 깨지기 쉬운 균형을 좌우합니다. 그것이 삶 자체를 좌우합니다. 무엇이 진짜일까요? 무엇이 진짜가 아닐까요? 어쩌면 이런 질문은 하지 말아야 할, 옳지 않은 질문일지도 모릅니다. 무엇이 삶을 좌우할까요?

내가 삶이 의지할 수 있는 것을 만들었더라면 얼마나 좋을까요.

당신이 발명을 결코 멈추지 못한다면 어떻게 될까요?

어쩌면 당신은 아예 발명을 하지 않고 있는 것일지도 모릅니다.

아침을 먹으러 오라고 나를 부르는군요. 이만 편지를 줄여야겠습니다. 당신에게 하고 싶은 말, 당신으로부터 듣고 싶은 말이 아직 많이 남아 있습니다. 우리가 다른 대륙에 살고 있는 게 유감이군요. 유감스러운 것이 한두 가지가 아니지만 말입니다.

이맘때에는 날씨가 참 좋습니다. 해는 낮게 떠 있고, 그림자가 길게 드리워지고, 공기는 차고 깨끗합니다. 당신은 앞으로도 다섯 시간은 더 있어야 일어나겠군요. 하지만 나는 우리가 이 맑고 아름다운 아침을 함께하고 있는 듯한 기분이 듭니다.

당신의 벗,

스티븐 호킹

나의 감정들

한밤중에 노크 소리에 잠이 깼다.

내 고향의 꿈을 꾸던 중이었어.

가운을 걸치고 문으로 갔지.

도대체 누구지?   왜 수위가 알리지 않았지?   이웃인가?   하지
만 왜?

또 노크 소리가 들렸어.   열쇠 구멍으로 들여다봤어.   네 할아버
지더구나.

들어와요.   어디 갔었어요?   괜찮은 거예요?

그의 바지 밑단이 흙먼지로 범벅이 되어 있었지.

당신 괜찮아요?

그는 고개를 끄덕였어.

들어와요.   내가 씻어줄게요.   무슨 일 있었어요?

그는 어깨를 으쓱했어.

다치기라도 했나요?

그는 오른손을 내보였어.

다쳤어요?

우리는 부엌 식탁으로 가서 앉았어.　나란히.　창문은 컴컴했어. 그는 무릎 위에 손을 올렸어.

우리의 팔꿈치가 닿을 때까지 그에게 바짝 다가갔어.　그의 어깨에 머리를 기댔지.　가능한 한 많이 접촉하고 싶었어.

내가 말했지, 무슨 일이 있었는지 말을 해야 내가 도와줄 수 있잖아요.

그는 셔츠 주머니에서 펜을 꺼냈지만 적을 곳이 없었어.

난 그이한테 내 손을 펴서 내밀었지.

그는 이렇게 적었어, 당신한테 잡지를 좀 갖다 주고 싶소.

꿈속에서, 무너진 천장이 우리 머리 위에서 전부 다시 만들어졌어. 불길은 폭탄 속으로 도로 들어갔고, 폭탄은 위로 올라가 비행기들의 몸통 속으로 도로 들어갔어.　비행기 프로펠러들은 거꾸로 돌았지. 드레스덴을 가로지르는 시계 초침처럼.　단지 더 빠르다뿐이지.

난 그가 쓴 단어로 그를 갈겨주고 싶었어.

소리를 지르고 싶었어.　이건 공정하지 못해요, 그리고 어린아이처럼 주먹으로 식탁을 마구 내리치고 싶었어.

특별히 원하는 것이 있소?　그는 내 팔에 썼지.

다 좋아요, 내가 대답했어.

예술 잡지는?

좋아요.

자연과학 잡지는?

좋아요.

정치는?

좋아요.

유명 인사들이 나오는 건?

좋아요.

나는 그가 종류별로 하나씩 다 가지고 돌아올 수 있도록 여행 가방을 갖다 주겠다고 말했어.

그가 자기 물건을 가지고 갈 수 있기를 바랐어.

꿈속에서, 여름 다음에 봄이 오고, 가을 다음에 여름이 오고, 겨울 다음에 가을이 오고, 봄 다음에 겨울이 왔어.

그에게 아침을 차려주었지.　맛있게 만들려고 신경을 좀 썼어. 그에게 좋은 기억을 남겨주고 싶었어.　그래서 언젠가 다시 돌아오도록.

돌아오지 않더라도 적어도 나를 그리워하도록.

접시 가장자리를 잘 닦아서 그에게 주었어. 그의 무릎 위에 냅킨을 펴주었지.　그는 아무 말도 하지 않았어.

시간이 되자, 나는 그와 함께 아래층으로 내려갔어.

적을 데가 없어서, 그는 내 몸에 적었어.

늦을지도 모르오.

나는 알겠다고 말했어.

그가 적었어, 잡지를 갖다 주겠소.

난 그이에게 말했어, 잡지는 필요 없어요.

지금이야 그럴지도 모르지만, 잡지를 보면 당신도 좋아할 거요.

내 눈은 별로예요.

당신 눈은 완벽해요.

잘 지내겠다고 약속해 줘요.

그는 이렇게 적었어, 잡지만 갖고 올 거라니까.

울지 말아요, 난 손가락을 얼굴에 대고 상상의 눈물을 뺨 위로 끌어올려 도로 눈 속으로 집어넣으면서 말했어.

그 눈물이 내 것이 아니라서 화가 났어.

그이에게 말했지, 잡지만 갖고 금방 돌아오겠죠.

그는 왼손을 내보였어.

나는 한 가지도 놓치지 않으려고 기를 썼어. 완벽하게 기억하고 싶었거든. 난 내 삶에서 중요한 것을 전부 잊어버렸거든.

내가 자란 집 정문이 어떻게 생겼는지 기억이 안 나. 누가 먼저 키스하던 입술을 떼었는지, 나인지 언니인지. 창밖의 풍경도 내 창밖의 것밖에는 기억이 안 나. 어머니 얼굴을 기억해 내느라 몇 시간씩 잠을 이루지 못하는 밤도 있지.

그는 돌아서서 나에게서 멀어져갔어.

나는 아파트로 다시 올라와 소파에 앉아 기다렸어. 무엇을 기다렸을까?

아버지가 내게 마지막으로 하셨던 말씀이 기억나질 않아.

아버지는 천장 밑에 깔려 있었지. 아버지를 뒤덮은 회반죽이 붉게 물들었어.

아버지가 말했어, 모든 것을 느낄 수 없구나.

아무것도 느낄 수 없다는 뜻으로 한 말인지 아닌지 알 수가 없었어.

아버지가 물었어, 엄마는 어디 계시냐?

아버지가 우리 어머니 얘기를 하는 것인지 아버지의 어머니 얘기를 하는 것인지도 알 수 없었어.

난 천장을 아버지의 몸 위에서 치우려고 애썼어.

아버지가 말했지, 내 안경 좀 찾아주련?

나는 찾아보겠노라고 대답했어. 하지만 전부 다 묻혀버렸는걸.

아버지가 우시는 모습은 난생처음 보았어.

아버지가 말했어, 안경이 있으면 뭐라도 할 수 있을 텐데.

내가 말했어, 아버지를 꺼내 드릴게요.

아버지가 말했어, 내 안경을 찾아다오.

그들은 모두 나가라고 소리치고 있었어.   남아 있던 천장도 막 무너지려는 참이었지.

아버지와 함께 있고 싶었어.

하지만 아버지는 내가 당신 곁에서 떠나기를 바라신다는 것을 알았단다.

내가 말했어, 아빠, 아빠를 떠나야 해요.

그러자 아버지가 뭔가 말씀하셨어.

아버지가 내게 하신 마지막 말씀이었지.

기억이 안 나.

꿈속에서, 눈물이 아버지의 뺨을 타고 올라가 눈 속으로 도로 들어갔지.

난 소파에서 일어나 타자기와 종이를 넣을 수 있는 데까지 한껏 여행 가방에 쑤셔 넣었어.

쪽지를 써서 테이프로 창문에 붙였지.   누구한테 보라는 것인지는 몰랐지만.

방마다 돌면서 불을 껐어.   물이 새는 수도꼭지가 있는지 확인했어.   난방도 끄고 가전 제품 플러그도 다 뽑았어.   창문을 전부 닫았어.

택시를 타고 떠나면서 쪽지를 봤어.   하지만 눈이 별로여서 읽을 수는 없었지.

꿈속에서, 화가들이 초록색을 노란색과 푸른색으로 분리했어.

갈색은 무지개 색으로.

아이들은 색칠하기 그림책에서 크레용으로 색깔을 뽑아 올렸고, 아이들을 잃어버린 어머니들은 가위로 자기의 검은색 옷가지들을 수선했지.

난 내가 해온 일들을 전부 되짚어 본단다, 오스카.   내가 하지 않았던 일도 전부.   내가 잘못을 저질렀다 해도 이젠 다 지난 일이야. 하지만 내가 하지 않은 것을 되돌릴 수는 없어.

국제선 터미널에서 그를 찾아냈지.   그이는 손을 무릎에 올려놓은 채 테이블에 앉아 있었어.

오전 내내 그를 관찰했어.

그는 사람들에게 몇 시냐고 물었고, 다들 벽의 시계를 가리켰어.

그를 관찰하는 일이야 도가 텄지.   평생 해온 일이 그것인걸.   내 침실 창가에서.   나무 뒤에서.   부엌 식탁 너머에서.

그이와 함께 있고 싶었어.

아니, 누구라도 좋아.

내가 과연 네 할아버지를 사랑하기나 했는지 모르겠구나.

하지만 혼자가 아니라는 것이 좋았어.

그이에게 아주 가까이 다가갔어.

그이 귀에 대고 소리를 지르고 싶었어.

그이의 어깨를 건드렸어.

그이는 고개를 숙였지.

당신이 어쩐 일이오?

그는 내 눈을 피했어.   난 침묵이 싫었어.

무슨 말이든 해봐요.

그는 셔츠 주머니에서 펜을 꺼내고 테이블 위에 쌓여 있는 냅킨 더

미에서 맨 위의 한 장을 집었어.

그는 이렇게 적었어, 당신은 내가 없을 때 행복했소.

어떻게 그런 생각을 할 수가 있어요?

우리는 자기 자신과 서로에게 거짓말을 하고 있소.

무슨 거짓말을 한단 말이에요? 우리가 거짓말을 하건 말건 난 상관없어요.

나는 나쁜 놈이오.

상관없다니까요. 당신이 누구라도 개의치 않아요.

난 그럴 수가 없소.

무엇 때문에 괴로워하나요?

그는 냅킨 더미에서 또 한 장을 집었어.

그는 이렇게 썼어, 당신이 나를 괴롭히고 있소.

그러자 나는 입을 다물었어.

그는 이렇게 썼어, 당신을 보면 자꾸 옛 기억이 떠올라.

나는 손을 테이블 위에 올려놓고 그에게 말했어. 당신이 날 그렇게 만드는 거잖아요.

그는 냅킨을 또 한 장 집어 이렇게 썼어, 애나는 임신했었소.

나도 알아요. 언니가 말해 줬어요.

알고 있었다고?

당신이 아는 줄은 몰랐어요. 언니는 비밀이라고 했어요. 당신이 알고 있었다니 기쁘네요.

그는 이렇게 썼어. 차라리 몰랐으면 좋을 뻔했소.

아예 갖지 못했던 것보다는 잃어버리는 편이 낫죠.

난 처음부터 한번도 가져보지 못한 것을 잃었소.

당신은 모든 것을 가졌어요.

애나가 언제 당신에게 말했소?

잠자리에 누워 수다를 떨 때요.

그는 이 말을 가리켰어, 언제.

거의 끝날 무렵에요.

뭐라고 말했소?

나 곧 아기를 낳게 될 거야, 그랬어요.

애나가 행복해했소?

기뻐 어쩔 줄 몰라 했죠.

왜 아무 말도 하지 않았소?

그러는 당신은요?

꿈속에서, 사람들은 막 일어나려는 일에 대해 사죄하고 숨을 들이
쉬어 촛불을 켰어.

오스카를 만났소, 그가 적었지.

알아요.

알고 있었소?

그야 물론이죠.

그는 종이를 앞으로 넘겼어, 왜 아무 말도 하지 않았소?

그러는 당신은요?

알파벳이 z, y, x, w… 로 갔어.

시계가 깍째 깍째 거리면서 돌아갔어.

그는 이렇게 썼어.   어젯밤 그 애와 함께 있었소.   그 애와 같이
있었던 거였소.   편지들을 묻었소.

무슨 편지를요?

내가 보내지 못한 편지들.

어디에 묻었어요?

땅속에.　바로 그 자리에 있었소.　열쇠도 묻었소.

무슨 열쇠요?

당신 아파트 열쇠 말이오.

우리 아파트죠.

그는 테이블 위에 손을 놓았어.

연인들이 서로의 속옷을 끌어올리고, 서로의 셔츠 단추를 잠가주고, 옷을 입고 입고 입었어.

나는 그에게 말했어, 그 얘기를 해봐요.

애나를 마지막으로 보았을 때.

말해요.

우리가.

말하라니까!

그는 손을 무릎 위에 놓았어.

그를 후려치고 싶었어.

그를 껴안고 싶었어.

그의 귀에 대고 목이 터져라 소리 지르고 싶었어.

내가 물었어, 그래서 이제 어떻게 되는 거죠?

모르겠소.

집에 가고 싶은가요?

그는 앞장으로 넘겼어, 그럴 수가 없소.

그럼 떠날 건가요?

그는 가리켰어, 그럴 수가 없소.

그러니 우린 선택을 할 수가 없었어.

우리는 그 자리에 앉아 있었어.

우리 주변에서는 많은 일이 일어났지만, 우리 사이에서는 아무 일도 일어나지 않았어.

우리 머리 위의 스크린에 착륙할 비행기와 이륙할 비행기에 관한 정보가 떴어.

마드리드 출발.

리오 도착.

스톡홀름 출발.

파리 출발.

밀라노 도착.

모두가 오고 가고 있었어.

온 세상 사람들이 한 곳에서 다른 곳으로 이동하고 있었어.

아무도 한곳에 머물지 않았어.

내가 말했지, 우리가 머물면 어떨까요?

머문다고?

여기에요. 여기 이 공항에 머물면 어떻겠어요?

그가 이렇게 썼어, 그것도 농담이오?

난 아니라고 고개를 저었지.

어떻게 우리가 여기 머물 수 있단 말이오?

나는 그에게 말했어. 공중전화가 있으니 오스카에게 전화를 걸어 내가 잘 있다는 걸 알려줄 수 있어요. 저기 당신이 공책과 펜을 살 수 있는 문구점도 있네요. 밥을 먹을 곳도 있고요. 현금 인출기도 있어요. 화장실도 있고. 텔레비전까지 있는걸요.

가지도 오지도 않고.

존재도 무도 아니고.

예도 아니요도 아니고.

내 꿈은 줄곧 시작으로 되돌아갔어.

빗줄기가 구름 속으로 올라가고, 동물들은 경사로를 내려갔어.

둘씩 짝지어서.

기린 두 마리.

거미 두 마리.

염소 두 마리.

사자 두 마리.

쥐 두 마리.

원숭이 두 마리.

뱀 두 마리.

코끼리 두 마리.

무지개가 뜬 후 비가 왔어.

내가 이 글을 타자로 치는 동안, 우리는 테이블에 마주 보고 앉아 있단다. 테이블은 크지는 않지만 우리 둘이 앉기에는 충분해. 그는 커피를 마시고 나는 차를 마시고 있지.

종이를 타자기에 끼우면, 그의 얼굴이 보이지 않게 돼.

그런 식으로 그이가 아니라 너를 택하는 거야.

그를 볼 필요는 없어.

그가 나를 보고 있는지 알아야 할 필요가 없어.

그가 떠나지 않을 거라고 믿는 것도 아니면서.

이런 상태가 오래 계속되지 않으리라는 건 알아.

그이가 되기보다는 내가 되는 편이 나아.

말들은 아주 쉽게 술술 나오지.

페이지가 쉽게 넘어가고 있어.

꿈이 끝날 즈음, 이브가 사과를 가지에 도로 달아놓고 있어. 나무는 도로 땅속으로 들어가. 나무는 어린 나무가 되고, 어린 나무는 씨가 되지.

신은 땅과 물, 하늘과 물, 물과 물, 저녁과 아침, 존재와 무를 하나로 만드셨지.

신께서 말씀하셨어, 빛이 있으라.

그러자 어두워졌어.

오스카.

내가 모든 것을 잃기 전날 밤도 여느 밤과 다를 바가 없었단다.

언니와 나는 아주 늦도록 잠들지 않고 있었어. 우리는 깔깔대고 웃었어. 어린 시절부터 살아온 집의 지붕 밑 침대에 누운 어린 자매. 창문을 스쳐가는 바람.

어느 하나 파괴되어도 좋을 것이 있었겠니?

난 우리가 밤을 지새울 거라고 생각했어. 남은 평생 내내 깨어 있을 거라고.

우리가 나누는 말은 점점 뜸해졌어.

언제 말을 하고 있고 언제 입을 다물고 있는지조차 구별하기 어려워졌어.

내 팔과 언니 팔의 털이 서로 닿았어.

밤이 늦었고, 우리도 지쳤지.

그날 밤 말고도 새털같이 많은 날이 있을 줄 알았지.

언니의 숨소리가 느려지기 시작했지만, 난 아직도 얘기를 하고 싶었어.

언니가 몸을 옆으로 웅크렸어.

내가 말했어, 언니한테 하고 싶은 말이 있어.

언니가 말했어, 내일 말해도 되잖아.

내가 언니를 얼마나 사랑하는지 한번도 말하지 않았지.

438

그녀는 내 언니였어.

우리는 한 침대에서 잤어.

그 얘기를 할 기회가 한번도 없었어.

언제나 그럴 필요가 없었어.

아버지 창고의 책들이 한숨을 쉬고 있었지.

언니의 호흡을 따라 내 주위의 시트가 오르락내리락 거렸어.

언니를 깨울까도 생각했어.

하지만 그럴 필요는 없었어.

그날 밤만 밤이었던 건 아니니까.

게다가 사랑하는 사람한테 어떻게 사랑한다는 말을 하겠니?

나는 몸을 모로 누이고 언니 옆에서 잠들었지.

너에게 지금까지 전하려 했던 모든 이야기의 요점은 바로 이것이
란다, 오스카.

그 말은 언제나 해야 해.

사랑한다,

할머니가.

아름다우면서 진실한

엄마는 그날 저녁 메뉴로 스파게티를 만들었다. 론 아저씨도 우리와 함께 식사를 했다. 나는 그에게 아직도 나한테 질드지언 심벌즈와 다섯 피스짜리 드럼 세트를 사줄 생각이 있느냐고 물었다. 그가 말했다. "물론이지. 아주 멋질 거다." "더블 베이스 페달은 어때요?" "그게 뭔지는 모르겠다만, 그것도 갖춰주마." 나는 그에게 왜 가족이 없느냐고 물었다. 엄마가 소리쳤다. "오스카!" "**왜요?**" 론 아저씨는 나이프와 포크를 내려놓고 말했다. "괜찮아." 그가 말했다. "나도 가족이 있었단다, 오스카. 아내와 딸이 있었지." "이혼하셨어요?" 그는 웃음을 터뜨렸다. "아니." "그럼 그들은 어디에 있어요?" 엄마는 자기 접시만 내려다보고 있었다. 론 아저씨가 대답했다. "사고를 당했단다." "무슨 사고였는데요?" "자동차 사고였어." "전 그런 줄 몰랐어요." "네 엄마와 나는 가족을 잃은 사람들의 모임에서 만났단다. 거기서 서로 친구가 되었지." 나는 엄마 쪽으로 눈을 돌리지 않았고, 엄마도 나를 보지 않았다. 엄마는 왜 나한테 그런 모임에 나간다는 말을 해주지 않았을까?

"아저씨는 어떻게 죽지 않았어요?" 엄마가 끼어들었다. "이제 됐다, 오스카." 론 아저씨가 말했다. "난 그 차에 타고 있지 않았거든." "왜 차에 타고 있지 않았어요?" 엄마는 창밖을 내다보았다. 론 아저씨는 손가락으로 접시 가장자리를 만지면서 말했다. "나도 모르겠다." "이상한 건 아저씨가 우는 모습을 한번도 본 적이 없다는 거예요." "난 항상 울고 있단다."

배낭은 이미 꾸려놓았다. 고도계니 그라놀라 바*니 센트럴 파크에서 파낸 야전용 다용도칼이니 다른 준비물도 다 챙겨두어서, 더는 할 일이 없었다. 엄마는 9시 36분에 나를 껴안아 주었다.

"책 읽어줄까?" "괜찮아요." "뭐 하고 싶은 말 있니?" 엄마가 아무 말도 하지 않겠다면 나도 말하지 않을 작정이었기 때문에, 고개를 저었다. "이야기 해줄까?" "됐어요." "아니면《타임》에서 오자 찾기 놀이 할래?" "엄마, 고맙지만 정말 괜찮아요." "너에게 가족 이야기를 다 해주다니 론은 친절하기도 하지." "그런 것 같아요." "론에게 잘해 주렴. 그는 정말 좋은 친구야. 론도 도움이 필요해." "저 피곤해요."

잠들지 못할 것이 뻔했지만, 자명종을 밤 11시 50분에 맞춰놓았다.

침대에 누워 다가올 시간을 기다리면서, 나는 무수히 많은 발명을 했다.

미생물 분해성 자동차를 발명했다.

모든 단어가 모든 언어로 실려 있는 책을 발명했다. 그다지 쓸모 있는 책은 못 되겠지만, 그 책을 들고 있으면 할 수 있는 말은 죄다

---

* 귀리에 황설탕과 건포도를 섞은 아침 식사 대용 식품.

손 안에 있다고 생각해도 좋을 것이다.

구글플렉스 전화기는 어떨까?

온 천지에 다 안전망을 깔아놓으면 어떨까?

11시 50분이 되었다. 나는 엄청나게 조용히 일어나서, 침대 밑에서 준비한 물건들을 꺼내고 소리가 나지 않도록 한 번에 일 밀리미터씩 문을 열었다. 야간 수위인 바트 아저씨는 책상에 앉아 잠들어 있었다. 굳이 거짓말로 둘러댈 필요가 없게 돼서 다행이었다. 세입자는 가로등 밑에서 나를 기다리고 있었다. 우리는 좀 이상하긴 했지만 악수를 나눴다. 정확히 자정에 제럴드가 리무진을 끌고 왔다. 그는 우리에게 문을 열어주었다. 내가 그에게 말했다. "제시간에 오실 줄 알았어요." 그는 내 등을 두드리며 말했다. "난 지각 같은 건 안 한다." 그렇게 두 번째로 리무진을 타보게 됐다.

차를 타고 가면서, 우리는 제자리에 정지해 있고 세상이 우리를 향해 달려오고 있다는 상상을 했다. 세입자는 가는 내내 아무것도 하지 않고 옆으로 몸을 돌려 앉아 있었다. 아빠 의견으로는 미국에서 가장 흉물스러운 건물인 트럼프 타워와 역시 아빠 생각으로는 믿을 수 없을 만큼 아름다운 건물인 UN 본부가 보였다. 창문을 내리고 팔을 밖으로 내밀었다. 비행기 날개처럼 손으로 곡선을 그렸다. 내 손이 충분히 크다면, 리무진이 하늘을 날게 할 수도 있을 텐데. 엄청나게 거대한 장갑은 어떨까?

제럴드는 백미러로 내게 미소를 보내며 음악을 틀어 줄까 물었다. 나는 그에게 아이가 있느냐고 물었다. 그는 딸이 둘 있다고 대답했다. "따님들이 뭘 좋아하나요?" "뭘 좋아하냐고?" "예." "어디 보자. 켈리는 바비 인형이랑 강아지랑 구슬 팔찌를 좋아해." "제가 구슬 팔찌를 하나 만들어드릴게요." "그래, 틀림없이 좋아할 거야." "또

요?" "부드럽고 분홍색을 띤 것들을 좋아해." "저도 부드럽고 분홍색인 것 좋아해요." "흠, 좋아." "그럼 다른 따님은 어때요?" "재닛 말이냐? 그 애는 운동을 좋아해. 제일 좋아하는 운동은 야구야. 야구를 할 줄 안다고. 여느 여자 애들 수준이 아니야. 아주 **제법**이란다."

"둘 다 특별해요?" 그는 웃음을 터뜨렸다. "당연히 아빠 눈에는 특별하다마다." "객관적으로요." "그게 무슨 소리냐?" "그러니까, 사실 그대로요. 진실하게요." "진실은 내가 그 애들의 아빠라는 거지."

나는 창문 밖을 좀 더 내다보았다. 우리는 어느 구도 아닌 다리의 한 부분을 건너가고 있었다. 몸을 돌려 건물들이 점점 작아지는 모습을 바라보았다. 버튼을 찾아 개폐식 천장을 열고 일어나서 차 밖으로 몸을 반쯤 내밀었다. 할아버지 카메라로 별들을 찍었다. 머릿속에서 그 별들을 연결해 마음 내키는 대로 아무 말이나 만들어보았다. 다리 밑을 지나거나 터널로 들어갈 때면 제럴드가, 차 안으로 들어오지 않으면 목이 날아갈지도 모른다고 말했다. 나도 알고는 있었지만 정말로, **정말로** 그의 말대로 하자니 아쉽기 짝이 없었다. 나는 머릿속에서 '신발'이니 '타성'이니 '천하무적' 같은 말들을 만들어 냈다.

제럴드가 잔디밭으로 차를 몰아 묘지 바로 옆에 리무진을 세운 시각은 12시 56분이었다. 나는 배낭을 둘러멨고, 세입자는 삽을 들었다. 우리는 리무진 지붕으로 올라가 울타리를 넘었다.

제럴드가 소곤거렸다. "진짜로 이런 짓을 하고 싶어?"

울타리 너머로 그에게 말했다. "이십 분 이상은 걸리지 않을 거예요. 아니면 삼십 분쯤." 그는 세입자의 여행 가방을 던져주고는 말했다. "난 여기 있으마."

너무 깜깜해서, 우리는 손전등의 불빛을 따라가야 했다.

나는 아빠의 무덤을 찾아 수많은 묘비들을 훑었다.

마크 크로퍼드

다이애나 스트레이트

제이슨 바커 주니어

모리스 쿠퍼

메이 굿맨

헬렌 스테인

그레고리 로버트슨 주드

존 필더

수전 키드

그것들이 모두 죽은 사람들의 이름이고, 죽은 사람들이 가질 수 있는 것은 오직 이름뿐이라는 생각이 머리를 떠나지 않았다.

아빠의 무덤을 발견한 시각은 1시 22분이었다.

세입자는 내게 삽을 내밀었다.

내가 말했다. "먼저 하세요."

그는 내 손에 삽을 쥐어주었다.

나는 흙 속에 삽을 꽂고 온 체중을 실어 밟았다. 그간 아빠를 찾아 다니느라고 하도 바빠서 내 몸무게도 재보지 못했었다.

엄청나게 힘든 노동이었다. 내 힘으로는 한 번에 떠낼 수 있는 흙의 양이 아주 조금밖에는 안 됐다. 팔이 믿을 수 없을 정도로 지쳐버렸지만, 하나뿐인 삽을 주고받으며 번갈아 팠기 때문에 그럭저럭 할 만했다.

이십 분이 지나고, 또 이십 분이 지났다.

우리는 계속 팠지만, 아무것도 나오지 않았다.

또 이십 분이 지났다.

그때 손전등의 배터리가 나가 버렸다. 코앞의 손도 보이지 않을 지경이었다. 미처 예상치 못한 일이었다. 당연히 교체용 배터리를 챙겨 왔어야 했지만, 그러질 못했다. 그렇게 기본적이고 중요한 것을 어떻게 잊어버릴 수 있었을까?

나는 제럴드의 핸드폰으로 전화를 걸어 우리에게 D 배터리를 좀 구해다 줄 수 있겠느냐고 물었다. 그는 별일 없느냐고 물었다. 하도 깜깜해서 소리도 잘 안 들릴 지경이었다. "네, 우리는 괜찮아요. 배터리만 있으면 돼요." 그는 기억나는 가게는 딱 한 군데뿐인데, 십오 분 거리에 있다고 말했다. "요금을 추가로 드릴게요." "요금을 더 달라는 건 아니다."

다행히도 우리가 하고 있는 일이 아빠의 무덤을 파는 것이었으므로, 코앞의 손은 보이지 않아도 상관없었다. 삽이 흙을 제대로 떠내고 있는지 느낌으로 알 수 있으면 족했다.

그래서 우리는 어둠 속에서 말없이 땅을 팠다.

나는 벌레니, 뿌리, 진흙, 매장된 보물 등등 땅속에 있는 온갖 것들에 대해 생각했다.

우리는 땅을 팠다.

최초의 존재가 태어난 이후로 얼마나 많은 것들이 죽어갔을지 궁금했다. 1조? 구골플렉스?

우리는 땅을 팠다.

세입자는 무슨 생각을 하고 있는지 궁금했다.

잠시 후, 내 전화기가 「왕벌의 비행」을 울렸고, 나는 발신자 번호를 보았다. "네, 아저씨." "구했다." "리무진까지 되돌아가는 시간을 절약할 수 있도록 좀 갖다 주실 수 있나요?" 그는 잠시 아무 말도 하지 않았다. "그러지 뭐." 우리의 위치를 설명해 줄 수가 없었기 때문에,

나는 계속해서 그의 이름을 외쳐 불렀다. 그는 내 목소리를 따라 찾아왔다.

불을 다시 켜자 눈이 확 뜨이는 기분이었다. 제럴드가 말했다. "그다지 많이 파지 못한 것 같은데." "삽질에는 영 서툴러서요." 그는 운전용 장갑을 재킷 호주머니에 넣고, 목에 건 십자가에 입을 맞춘 다음 내 손에서 삽을 뺏어 들었다. 그는 힘이 장사였으므로, 순식간에 흙을 팍팍 파냈다.

삽이 관에 닿은 것은 2시 56분이었다. 우리는 모두 그 소리를 들었고 서로를 쳐다보았다.

나는 제럴드에게 고맙다고 말했다.

그는 한쪽 눈을 찡긋하고는, 차를 향해 어둠 속으로 사라졌다. "아, 참." 손전등으로도 그의 모습은 찾을 수 없었지만, 목소리는 들을 수 있었다. "큰애 재닛은 시리얼을 좋아해. 놔두면 하루 세 끼 그것만 먹을걸."

"저도 시리얼 좋아해요."

"잘됐구나." 그의 발소리가 점점 멀어져갔다.

나는 구덩이 속으로 내려가 그림붓으로 남은 흙을 털어냈다.

놀랍게도 관은 젖어 있었다. 미처 예상치 못한 일이었다. 땅속에 이렇게 물이 많다니?

또 한 가지 놀란 것은 관에 몇 군데 금이 가 있다는 것이었다. 아마도 위에 쌓인 흙의 무게 탓인 듯했다. 아빠가 그 속에 있었다면, 개미와 벌레들이 틈새로 들어가 아빠를 파먹었을 것이다. 아니면 적어도 현미경으로만 볼 수 있는 박테리아가 그랬을 수도 있다. 어쨌거나 죽으면 아무것도 느끼지 못하니 그러거나 말거나 대수롭지 않은 일이라는 걸 알고 있었다. 그런데 왜 그렇게 넘겨지지가 않을까?

또 놀라웠던 것은 관이 단단히 잠겨 있기는커녕 뚜껑에 못 하나 박혀 있지 않다는 사실이었다. 그저 관 위에 뚜껑을 올려놓기만 했을 뿐이어서, 그럴 마음만 있으면 누구라도 관을 열어볼 수 있었다. 이건 옳지 않은 일 같았다. 하지만 달리 생각해 보면, 관을 열 사람이 누가 있겠는가?

나는 관을 열었다.

다시는 놀라지 않았어야 했지만, 새삼 놀랐다. 아빠가 그 안에 없어서였다. 머리로는 아빠가 없다는 것을 분명히 알고 있었으면서도, 마음으로는 다른 사실을 믿고 있었던가 보았다. 아니면 믿을 수 없을 정도로 텅 비어 있어서 놀랐던 모양이다. 사전에서 '텅 빔'의 정의를 찾아본 것만 같은 기분이었다.

나는 세입자를 만나고 그 다음 날 밤부터 아빠의 관을 파낼 생각을 했다. 잠자리에 누워 있는데 갑자기 불가능한 문제를 푸는 간단한 해결책처럼 번쩍하는 계시를 받았다. 다음 날 아침 세입자가 쪽지에 적어준 대로 손님용 침실 창문에 돌을 던졌지만, 제대로 맞히지를 못했다. 그래서 스탠 아저씨에게 해달라고 했다. 세입자를 길모퉁이에서 만나 그에게 내 생각을 말해 주었다.

그가 썼다. "왜 그런 짓을 하려고 하니?" "그것이 진실이니까요. 아빠는 진실을 사랑하셨어요." "무슨 진실?" "아빠가 돌아가셨다는 거요."

그 후, 우리는 날마다 오후에 만나서 마치 전쟁이라도 계획하는 사람들처럼 세부 사항을 의논했다. 묘지까지 어떻게 갈지, 담장을 어떻게 넘을지, 어디에서 삽과 손전등, 철사 절단기, 주스 상자 등 필요한 도구들을 찾아낼지를 놓고 의견을 나눴다. 우리는 계획을 세우고 또 세웠지만, 무슨 이유에서인지 일단 관을 열게 되면 진짜로 무엇을 할지에 대해서는 한번도 말하지 않았다.

그 일을 하러 가기 전날에야 비로소 세입자가 그 당연한 질문을 던졌다.

나는 이렇게 대답했다. "물론 관을 채워 넣어야죠."

그는 당연한 질문을 하나 더 했다.

처음에 나는 빨간색 펜이나 루페라고 부르는 보석상용 확대경이나 턱시도 같이 아빠가 생전에 썼던 물건들로 관을 채우자고 제안했다. 서로의 박물관을 만든 블랙 씨 부부한테서 힌트를 얻었던 것 같다. 그러나 의논을 하면 할수록, 말이 안 되는 것 같았다. 그런 짓이 대관절 무슨 소용이 있겠는가? 돌아가신 아빠가 그 물건들을 쓸 수 있는 것도 아닌데. 세입자도 아빠의 물건은 곁에 두는 것이 좋을 것 같다고 말했다.

"유명한 이집트인들의 관처럼 보석으로 채우면 어떨까요." "하지만 네 아빠는 이집트인이 아니었잖냐." "하긴 게다가 보석을 좋아하지도 않았어요." "아빠가 보석을 좋아하지 않았다고?"

"남한테 보이기 부끄러운 제 물건들을 묻으면 어떨까요." 제안을 내놓으면서 머릿속으로 옛날 전화기, 할머니에게 화를 내게 만들었던 미국의 위대한 발명가들 우표 시트, 「햄릿」 대본, 낯선 사람들로부터 받았던 편지, 나 자신을 위해 만들었던 바보 같은 명함, 탬버린, 뜨다 만 목도리를 떠올렸다. 그러나 그것도 말이 되지 않았다. 세입자는 뭔가를 묻었다고 해서 그것이 정말로 **묻히는** 것은 아니라는 점을 상기시켰다. "그럼 뭘 넣어요?" 내가 물었다.

그가 적었다. "좋은 생각이 있어. 내일 보여주마."

왜 그렇게까지 그를 믿었을까?

다음 날 밤 11시 50분 길모퉁이에서 그를 만났을 때, 그는 여행 가방 두 개를 갖고 나왔다. 나는 그 속에 뭐가 들었는지 묻지 않았다. **우리** 아빠 일이고, 그러니까 그 관도 내 것이지만, 무슨 이유에서인지 그가 말해 줄 때까지 기다려야 한다고 생각했다.

세 시간 뒤, 내가 구덩이 속으로 기어 내려가 흙을 털어내고 뚜껑을 열자, 세입자가 여행 가방을 열었다. 가방은 종이로 꽉 차 있었다. 나는 그게 뭐냐고 물었다. 그가 적었다. "난 아들을 잃었단다." "정말요?" 그는 내게 왼손을 내보였다. "어떻게 죽었는데요?" "죽기 전에 잃어버렸단다." "어떻게요?" "내가 떠나 버렸거든." "왜요?" "두려워서." "뭐가 두려웠는데요?" "그를 잃을까 봐 두려웠어." "아드님이 죽을까 봐 두려웠어요?" "그가 살아 있는 것이 두려웠어." "어째서요?" "삶은 죽음보다 더 무시무시하니까."

"그래서 이 종이들은 다 뭐예요?"

"아들에게 하지 못한 말들. 편지들."

솔직히 말해서, 그때 내가 그의 말을 어떻게 이해했는지 모르겠다. 내 머릿속 아주 깊은 곳에서조차 그가 내 할아버지라는 것을 알았다고는 생각지 않는다. 당연히 그랬어야 했지만, 그 여행 가방 속의 편지들과 할머니 서랍 속에 있던 봉투들 사이의 연관성도 깨닫지 못했다.

그러나 뭔가 이해했던 것이 틀림없다. **분명히** 그랬다. 그렇지 않고서야 내가 왜 왼손을 폈겠는가?

집에 돌아왔을 때는 새벽 4시 22분이었다. 엄마는 문 옆의 소파에 앉아 있었다. 엄마가 믿을 수 없을 만큼 나에게 화가 났을 거라고 생각했지만, 엄마는 아무 말도 하지 않았다. 그저 내 이마에 입을 맞춰 주었다.

"내가 어디를 갔다 왔는지 알고 싶지 않아요?""엄만 널 믿어.""하지만 궁금하지 않아요?""네가 나한테 알려주고 싶으면 말하겠지.""날 껴안아 줄 거예요?""조금만 더 여기 있어야겠다고 생각했어.""나한테 화났어요?" 엄마는 고개를 가로저었다. "론 아저씨는 저한테 화났어요?""아니.""정말요?""그럼."

나는 방으로 들어갔다.

손이 더러웠지만, 씻지 않았다. 적어도 이튿날 아침까지는 더러운 채로 놔두고 싶었다. 흙먼지가 아주 조금이라도 내 손톱 밑에 오래오래 남아 있기를, 미생물 박테리아라도 영원히 남아 있기를 바랐다.

나는 불을 껐다.

마룻바닥에 배낭을 내려놓고, 옷을 벗고, 침대 속으로 들어갔다.

나는 가짜 별들을 바라보았다.

모든 고층 건물 지붕 위에 풍차를 세우면 어떨까?

연줄로 만든 팔찌는 어떨까?

낚싯줄 팔찌는?

고층 빌딩들이 뿌리를 가지고 있다면 어떨까?

고층 빌딩에 물을 주고, 고전 음악을 틀어주고, 햇빛을 좋아하는지 그늘을 좋아하는지 알아야 한다면 어떨까?

찻주전자는 어떨까?

나는 침대에서 나와 내복 바람으로 달려갔다.

엄마는 아직도 소파에 앉아 있었다. 책을 읽지도, 음악을 듣지도 않았다, 아무것도 하고 있지 않았다.

엄마가 말했다. "깼구나."

나는 울기 시작했다.

엄마가 팔을 벌리고 말했다. "무슨 일이니?"

나는 엄마에게 달려가 말했다. "난 입원하기 싫어요."

엄마는 나를 끌어당겨 내 머리를 엄마의 부드러운 어깨에 얹고 꼭 안아주었다. "넌 입원하지 않을 거야."

"곧 좋아질 거라고 약속할게요."

"넌 아무 문제 없어."

"행복한 보통 아이가 될 거예요."

엄마는 내 목 뒤를 손가락으로 감쌌다.

"믿을 수 없을 만큼 열심히 노력했어요. 아무리 해도 그보다 더 노력할 수는 없을 거예요."

"아빠도 너를 아주 자랑스러워하실 거야."

"정말 그렇게 생각하세요?"

"그렇고말고."

나는 더 심하게 엉엉 울었다. 그동안 내가 했던 거짓말들을 엄마한테 죄다 털어놓고 싶었다. 그런 다음 엄마가 때때로 좋은 일을 하느라 어쩔 수 없이 나쁜 짓을 해야 할 때도 있으니 괜찮다고 말해 주었으면 하고 생각했다. 또 전화기 얘기도 하고 싶었다. 엄마가 아빠는 그래도 여전히 날 자랑스러워할 거라고 말해 주었으면 했다.

엄마가 말했다. "그날 아빠가 빌딩에서 나한테 전화를 했단다."

나는 엄마 품에서 몸을 뺐다.

"뭐라고요?"

"아빠가 빌딩에서 전화를 걸었어."

"엄마 핸드폰으로요?"

엄마는 고개를 끄덕였다. 아빠가 돌아가신 후로 엄마가 눈물을 참으려고 애쓰지 않는 모습은 처음 보았다. 엄마는 안도감을 느꼈을까? 침울했을까? 감사를 느꼈을까? 기진맥진했을까?

"아빠가 뭐라고 했어요?"

"거리에 있다고, 건물 밖으로 나왔다고 했어. 집으로 걸어가는 중이라고 그랬어."

"하지만 아니었죠."

"그래."

난 화가 났나? 기쁜가?

"엄마가 걱정할까 봐 거짓말을 한 거군요."

"맞아."

좌절감? 공포감? 낙천적인 기분?

"하지만 아빠도 엄마가 안다는 걸 알고 있었죠."

"그래."

나는 엄마의 목 주위에 난 머리카락들을 손가락으로 감쌌다.

언제까지 그러고 있었는지 모르겠다.

아마 잠이 들었던 모양이지만, 기억이 나지 않는다. 하도 울어서 모든 것이 부옇게 보일 지경이었다. 그러다 엄마가 나를 방으로 데려왔다. 그다음에 나는 침대에 누워 있었다. 엄마가 나를 굽어보고 있었다. 나는 신을 믿지 않지만, 세상사가 엄청나게 복잡하다는 것은 믿는다. 엄마가 나를 굽어보는 모습은 그 어느 것에도 비할 수 없을 만큼 그 속을 알기 어려웠다. 그러나 동시에 믿을 수 없을 만큼 단순하기도 했다. 내 한 번뿐인 삶에서 엄마는 우리 엄마였고, 나는 엄마의 아들이었다.

나는 엄마에게 말했다. "엄마가 다시 사랑을 해도 전 괜찮아요."

엄마가 말했다. "다시 사랑을 하지는 않을 거야."

"엄마가 다시 사랑을 했으면 좋겠어요."

엄마는 내게 키스를 하고 말했다. "절대로 다시는 사랑을 하지 않을 거야."

"제가 걱정할까 봐 거짓말하시지 않아도 돼요."

"널 사랑한단다."

나는 옆으로 몸을 웅크리고 누워 엄마가 소파로 걸어가는 소리를 들었다.

엄마의 울음소리가 들려왔다. 엄마의 젖은 소맷자락을 상상했다. 엄마의 지친 눈도.

1분 51초…

4분 38초…

7분…

침대와 벽 사이 틈을 더듬어 『나에게 일어난 일』을 찾아냈다. 빈 페이지 한 장 남지 않고 꽉 차 있었다. 곧 새 공책으로 바꿔야 했다. 그 건물들이 종이 때문에 계속 불길에 탔다는 글을 어디선가 읽은 적이 있다. 메모장, 복사물, 출력한 이메일, 아이들의 사진, 책, 지갑 속에 든 달러 지폐, 파일 속의 서류들… 그 모든 것들이 다 연료였다. 많은 과학자들은 머잖아 종이 없는 사회가 현실로 다가올 거라고 말한다. 우리가 이미 그런 사회에 살고 있었다면, 아빠는 아직도 살아 있을지 모른다. 어쩌면 나도 새 공책을 쓰지 말아야 될지 모르 겠다.

배낭에서 손전등을 꺼내 책을 비추었다. 지도와 스케치들, 잡지와 신문과 인터넷에서 구한 사진들, 할아버지의 카메라로 찍은 사진들을 보았다. 온 세상이 거기 있었다. 마침내, 떨어지는 사람들을 찍은 사진들을 찾아냈다.

이건 아빠였을까?

그럴지도 모른다.

누가 됐든 간에, 그건 사람이었다.

나는 책에서 그 페이지들을 뜯어냈다.

마지막 장이 제일 앞에 오고, 제일 앞의 장이 맨 뒤로 가도록 순서를 거꾸로 뒤집었다.

책장을 획획 넘기자, 그 사람이 하늘로 떠오르는 것처럼 보였다.

사진이 더 많이 있다면, 그는 날아서 창문을 넘어 건물 안으로 도로 들어갈 것이다. 연기도 비행기가 막 빠져나오려는 구멍으로 도로 흘러 들어갈 것이다.

아빠는 메시지를 거꾸로 남겨서 마침내 자동응답기가 텅 비게 될 것이고, 비행기는 아빠로부터 후진하여 보스턴으로 날아갈 것이다.

아빠는 엘리베이터를 타고 거리로 내려가면서 맨 위층 버튼을 누를 것이다.

지하철로 거꾸로 걸어갈 테고. 지하철은 후진하면서 터널을 지나, 우리 집 앞 정거장으로 돌아올 것이다.

아빠는 지하철 개찰구를 뒤로 통과해 나와서, 메트로* 카드를 거꾸로 긁고, 뒷걸음질하며 집으로 오면서 오른쪽에서 왼쪽으로《뉴욕 타임스》를 읽을 것이다.

커피를 머그잔에 뱉어내고, 이를 닦지 않은 상태로 돌아가고, 면도기로 얼굴에 수염을 붙일 것이다.

침대로 되돌아가고, 알람이 거꾸로 울리고, 꿈도 거꾸로 꿀 것이다.

그런 다음 최악의 날 그 전날 밤이 끝날 때 다시 일어날 것이다.

내 방으로 거꾸로 걸어와, 휘파람으로 「나는 바다코끼리라네」를 거꾸로 부를 것이다.

---

* 유럽과 미국의 대도시를 운행하는 지하철. 개찰구를 지날 때 메트로 카드를 긁어야 승강장으로 들어갈 수 있다.

아빠가 나와 함께 침대에 누울 것이다.

우리는 천장의 별들을 볼 것이다. 별들은 우리 눈에서 그들의 빛을 도로 거두어 갈 것이다.

나는 "아무것도 아니에요"를 거꾸로 말할 것이다.

아빠는 "왜 그러니, 얘야?"를 거꾸로 말할 것이다.

나는 "아빠?"를 거꾸로 말할 것이다.

아빠는 내게 여섯 번째 구에 대한 이야기를 들려줄 것이다. 맨 끝의 캔 속에 든 목소리에 대한 얘기에서부터 처음 시작까지, "사랑해"에서 "옛날 옛적에…"까지.

우리는 무사할 것이다.

옮긴이의 글

2001년 9월 11일, 전 세계 사람들이 CNN을 통해 지켜보는 가운데 뉴욕의 세계무역센터 빌딩이 무너진 지 5년이 다 되어간다. 그러나 그 사건은 아직도 현재진행형이다. 누군가는 세계가 그날을 기점으로 9.11 이전의 세계와 9.11 이후의 세계로 나뉘었다고 말했다. 그 말을 증명하듯 9.11의 잔영은 아직까지도 세계 곳곳에서 나타나고 있다.

『엄청나게 시끄럽고 믿을 수 없게 가까운』은 이 비극적인 사건을 모티브로 출발하지만 그것을 정치적인 시선으로 다루지는 않는다. 미국이 세계 도처에서 보이지 않는 적들을 상대로 전개하는 이른바 '테러와의 전쟁'에 대해 찬동하거나 비난하는 입장을 취하지 않는 것이다. 9.11 테러 이후 변화한 국제 정세라든가 미국의 행보가 갖는 정치적 의미 혹은 역사적 정당성을 논하지도 않는다. 이 소설은 어느 날 갑자기 사랑하는 아빠를 잃은 한 아홉 살 소년이 그날의 충격을 극복하기 위해 힘겹게 혼자의 힘으로 걸어가야만 하는 여정을 따라간다.

인간의 역사는 근원도 의미도 알 수 없는 얼굴 없는 폭력 앞에서 하릴없이 상처입는 개인의 삶이 반복되는 이야기다. 이 폭력은 소설의 주인공인 오스카의 삶에 깊은 상흔을 남기며 어린 눈을 통해 개인적인 경험의 차원에서 그려지고 있지만, 사실 이 소설이 전하는 메시지는 인간의 나약함의 향한 연민이며 궁극적으로는 무시무시한 운명에 대한 투쟁일 수밖에 없는 인생에 대한 따뜻한 시선이다. 거대한 역사 속에서 개인의 의지와 무관하게 되풀이되는 폭력의 역사성은 오스카의 할아버지를 통해 더욱 강하게 드러난다. 오스카의 할아버지는 2차 대전 당시 드레스덴 폭격으로 사랑하는 가족과 연인, 태어나지도 않은 아이를 잃고, 평생을 그때의 기억과 함께 살아가는 인물이다. 세대를 뛰어넘어 할아버지와 오스카를 연결하는 것은 전쟁의 폭력에 사랑하는 사람들을 잃고 안전하게 보이던 일상이 하루아침에 무너지는 것을 목격한 경험이다. 할아버지는 정신적 외상을 극복하지 못하고 타인과 소통할 수 있는 능력을 상실한다. 그는 할머니가 쓴 인생담을 읽을 수 없고, 아들에게 쓴 수많은 편지들을 부치지 못한다.

이 소설에서 중요한 주제로 등장하는 것은 소통이다. 사람들은 서로를 사랑하면서도 그것을 정작 말로 표현하지는 못한다. 가까운 관계일수록 서로에게 정말 해야 할 말은 하기 힘든 법이다. 가까운 사람에게는 언제라도 말할 수 있다고 생각하며 늘 말하기를 미루기 때문이다. 그러나 인간의 역사는 언제나 그 말을 할 틈을 우리에게 주지 않고 파국으로 치닫는다. 이 소설은 역사적인 폭력이 남기는 상흔에 관한 이야기지만, 동시에 누구나 겪을 수밖에 없는 상실에 관한 이야기이기도 하다. "결국은, 모두가 모두를 잃는다."

이처럼 삶의 불가피한 비극성에서 비롯되는 비애가 포어의 작품 전체를 관통하며 흐르고 있다. 그러나 이 작품이 독자들을 사로잡는 이유는 무엇보다도 오스카가 그 지극한 슬픔을 기발한 상상력으로 끊임없이 이겨낸다는 데 있다. 비극에서 살아남기 위한 오스카의 고투는 재기가 번득이는 작가의 솜씨에 힘입어 독자에게 기쁨과 연민의 감정을 동시에 전한다. 오스카의 반짝이는 상상력은, 비록 실제로 그것이 현실을 바꾸지는 못한다 하더라도, 현실을 견딜 수 있게 해주는 힘이 된다. 붕괴 직전의 건물에서 떨어지던 사람을 다시 하늘로 날아오르게 하는 것처럼.

포어는 이 소설에서 많은 사진과 다양한 타이포그래피를 활용한 문학적 실험을 시도했다. 독자에게 이 실험은 가지런한 글자 밖의 이미지로부터 더 풍부한 내용을 읽어낼 수 있는 새롭고 특별한 독서 체험이 될 것이다.

2006년 여름
송은주

옮긴이 **송은주**

이화여자대학교 영문학과를 졸업하고
같은 학교 대학원 박사과정을 수료했으며,
현재 전문번역가로 활동하고 있다.
옮긴 책으로 『모든 것이 밝혀졌다』, 『위키드』, 『미들섹스』,
『순수의 시대』, 『여주인공들』, 『로마제국 쇠망사』,
『뉴욕 타임스가 선정한 교양』, 『클림트』 등이 있다.

엄청나게 시끄럽고 믿을 수 없게 가까운

1판 1쇄 펴냄 • 2006년 8월 16일
1판 38쇄 펴냄 • 2024년 6월 24일

지은이 • 조너선 사프란 포어
옮긴이 • 송은주
발행인 • 박근섭, 박상준
펴낸곳 • (주)민음사

출판등록 • 1966. 5. 19. (제16-490호)
서울특별시 강남구 도산대로1길 62(신사동)
강남출판문화센터 5층(우편번호 06027)
대표전화 02-515-2000 • 팩시밀리 02-515-2007
www.minumsa.com

한국어 판 ⓒ (주)민음사, 2006. Printed in Seoul, Korea

ISBN 978-89-374-8097-3 03840

* 잘못 만들어진 책은 구입처에서 교환해 드립니다.